徐剑 著　重庆出版集团 重庆出版社

目录

卷一
中转：灵山

幻城浮现／2

消失的地平线／9

寒山我独行／16

灵山横空／27

季候鸟今生候谁？／33

梅里往事／43

蓝月亮山谷／52

云岭水长／62

神川铁桥／73

清婉天堂／82

归化众生之寺／96

香巴拉并不遥远／104

卷二

大转：**灵地**

木雅土司的领地／110

情殇——刘曼卿／112

喇嘛王朝死了，理塘却活着／116

民国宣慰使进藏／121

折多山的经幡／125

理塘县太爷，无兵无权／130

空阔无边的毛垭坝／134

驻藏大臣之死／144

川滇边务大臣衙门今何在？／149

天邦达，地邦达／155

横断山，路难行／159

仓央嘉措圆寂于青海湖边／164

昌都总管府在望/169

三个达赖喇嘛同一个故乡/177

察木多的等待好寂寞/181

穷八站富八站/186

惠远寺何以安兮，唯有静修/194

十三世达赖喇嘛破例为我摩顶/198

达赖喇嘛宠臣——龙夏/210

再晤十三世达赖喇嘛土登嘉措/213

归去来兮/216

漫切村，那神奇平静的灵童故乡/218

卷三

小转：**灵湖**

摄政王出山/222

拉姆拉错——观前世今生来世/223

到不了的地方叫西藏/233

兰花指抚摸人间冷暖/235

一道谕旨命翩跹/239

佛灯亮了，驴皮鼓响了/249

热振的选择／253

劫数将尽，否极泰来／255

龙夏之劫／262

班丹拉姆发怒／266

最后一次，却成了第一次／268

圣湖预兆／275

一条天路与一家人的西藏／277

权力是一服春药／289

破译圣湖密码／295

天上之湖／299

寻找转世灵童之旅／305

天上最美之湖／310

盛极必衰／314

天堂有多远？／319

轮回，所有结束都是开始／328

跋 谁舞经幡颂天祈／339

卷一

中转

灵山

幻城浮现

秋雨阴霾了云南记忆。

淅淅沥沥下了七天。二〇〇六年"十一"长假，故乡老街泥泞在冷雨里，母亲生日湿润于冷雨里，归家的乡情也凝重在冷雨里，阴晦、寒凉，儿时对故乡秋雨的七彩印象，迷漫成视野中的烟雨青山。

父亲怕我和妻冷，点燃了一个小烽炉，里边填满了无烟焦炭，红红火火，一家人围炉而坐，且听雨打汉瓦，如磬似钟，天籁成老屋屋脊上的一片绝响，可是寒风从门外吹来，冷雨从窗口飘来，背后仍是一片寒意，再也没有了儿时的温暖。那时，一家人就用瓦缸作火盆，盆底垫上干稻壳，再将锅灶里燃烧后的木炭扒出来，放在稻谷壳上，焐成子母火。冉冉轻烟，缕缕稻香，用已被雨水浸润的麻线鞋底，从四周往中间挤，越挤子母火越旺。袅袅余温，烘热了瓦缸，弥漫于老屋，温暖着嗷嗷待哺的五只雏燕。我们头偎在奶奶的腿上，脚骑在火盆架上，不会被烤着，也不会被灼伤。老屋里热气氤氲，亲情弥漫，其乐融融，一边听着雨声，一边听奶奶讲古驿每个屋檐下的故事。秋雨敲碎了老街的黄昏，一如奶奶缀满茧花的干瘪之手，抚摸过沧桑，也轻柔地抚摸着一个少年的心情，暖暖的，虽有茧花抚过的粗犷挫痛，却温馨一生一世。

雨仍然是故乡的雨，天还是童年的天，但是少年听雨心境已经不再。人生无常，岁月如烟雨，自然便有了听雨的不同境界。少年听雨故乡的阁楼上，倚着梅花格子窗，从一朵朵梅花芯孔中眺望云之南的天穹，东边日出西边雨，秋雨落入九苇稻田，太阳碎在青石路上，有玉珠碎响，有稻香飘来，有彩虹飞架，滴滴点点，敲打在老屋汉瓦上，印刻成少年心中的一个唐诗的云南；青年听雨湘西的吊脚楼上，窗下清江如练，扁舟划过，几只渔鸥凫于水中，秋雨如珠，将铜镜般的江面砸开一个个小洞，远村幽篁成林，是一幅烟雨迷茫的水墨画，江边上待发之舟已解开缆绳，新妇伫立岸上挥泪作别，杉树皮作瓦的屋脊上的雨声，敲在离人的心中，是晓风残月、船归何处的宋词江南；中年听雨皇城根下，雨打梧桐，雨穿石阶，一夜秋风掠过，华盖巨伞般的梧桐树，落叶如褪色的片片宣纸，飘零一地，远处的长街大衢，笙歌化作欲望之河，惊涛涌起，卷成欲海狂涛，雨落在朱门宫墙的黄瓦之上，显影成一部江山家国寒梦里的秦汉文章。

而今人至壮年，已经是十六岁从军后的第三个本命年了，年轮回转徐郎归，知天命之年将近，想趁"十一"长假回故乡为老母做六十九岁大寿，却遇云南秋雨如冬，听听这片冷雨，一听便是整整十日。对故乡的记忆在十天中褪色成一部默片，彩云不在，彩雨不飞，彩虹不现，冷霖化作冰滴，点滴得灿烂心情一片黯淡，点滴得湛蓝心域阴雨般潮湿。心情浸沉冰河，浸泡在阴晦的昏暝中，唯有头顶有一记梵钟暮鼓掠过。

黄钟大吕叩响命运之门，声震于耳，是布达拉之上的驴皮暮鼓，是不远处母校那元朝三元宫里的晨钟，抑或是我生于斯长于斯的古镇之东唐朝古刹龙泉寺的梵钟？我无从感知。可是雨幕后边山野重重，却有一种宗教般的纯粹……

皈依的梵钟暮鼓已经敲响，灵山在呼唤。我该启程了，行旅的终点很遥远，寥远得如一个梦幻，一座隐没在梦境中一个又一个世纪的神山，一个掩映在云雨烟雾背后的浮城。

相约很久了，从春天到秋季，我的同事申煊早已与我约过多次，让我去朝拜一下云南藏地灵山圣湖，写一篇山水文章，配之他们拍摄的精美图片。可惜不是我无暇，便是他有事，一再延后日子，延宕到秋天姗姗而至，恰好我先回昆明，恰好是极边最美的季节，竟然遭遇一场绵绵不绝的冷雨。

今夜难眠，几盅浊酒，难抵薄衾寒，寒梦中冷霖飘飘，无边无尽的秋雨何时会停？

航班是早晨七时十分，必须早起，我不得不从昆明城东的第一个古驿大板桥，穿过雨幕入城，与傍晚从北京飞来的申煊会合。

晓色初露，天边黑潮涌动，冷雨仍在哗哗地下。站在昆明巫家坝国际机场落地窗前，豪雨滂沱，雨水敲打着千家万户的汉瓦。仰望云天，乌云仍如战舰般纷纷涌来。机场的天气预报说，整个云南境内连日都是中到大雨，我怅然，靠阳光吃饭的两位摄影家亦黯然。

候机时间好无聊。雨滴的叮咚声让人心烦意乱，坐立不安。好在包里有一本与香格里拉息息相关的《消失的地平线》，年少时就读过，此书并非万古流芳的传世之作，却在那个做着青春之梦的年代，给了我梦一样的飞翔之感。离开北京时，我特意将纸已经变黄、蒙上一层岁月尘埃的书放进包里。此刻，可以与书中主人公一起神游香格里拉。

"飞往香格里拉的航班开始登机了！"候机大厅响起播音员的声音。匆匆合上书本，走向登机口，我蓦地一愣，冥冥之中似乎总有神谕：英国作家詹姆斯·希尔顿写《消失的地平线》时，书里四个主人公也是在这样的早晨，匆匆登上印度单达坡首领的小型专机，飞往北纬三十度线神秘之境，飞机最终失事，落入梦幻般的蓝月亮峡谷，发现了天堂之城香格里拉。而今天清晨，我们也在这样的雨幕中，朝着心中的幻城飞去。此行，我又会寻找到什么，佛境中的香巴拉王国真的会惊现人间？

振翼冲上云霄，天阙寥廓，机翼下乌云涌来，天上人间被一道铁幕紧锁，不见了翼下的城郭村落，不见了云下的千山万重。我倚在椅上，一梦天街寒，再续拂晓时那一枕雨帘幽梦。梦中功名垂成的詹姆斯·希尔顿突然浮现在云上的天阙，踏云而降，将我们引入香巴拉王国的峡谷入口。我有点儿愕然，当年写《消失的地平线》之前，希尔顿居然没有到过中国，更未涉足滇藏接壤的边地。那天，他刚从遥远的英属印度、巴基斯坦归来，住在冬日伦敦的阁楼上，一缕缕寒风掠过，冻雨绵绵，满城尽是湿雾，从小窗涌入，冻得牙齿打战。一个潦倒的作家，此时身无分文，一文不名，可是他于心不甘，不甘就此沉寂下去，欲最后一次冲击长篇小说，赢得万世英名，昂然踏入名人祠。写什么呢？希尔顿身上披着一床毛毯，目光落在仍裹挟着帕米尔风雪的资料上，落在了巴黎丽人、东方学家大卫·妮尔探险滇藏归来的行走巨著《一个巴黎女子的拉萨历险记》上。伏案阅读，沿着大卫·妮尔芳魂屐痕，弋巡滇藏极边的山水，读着读着，眼前的陋室幻化成一座冰山峡谷，一轮蓝月亮挂在雪峰之上，衔着绝壁上的一座喇嘛庙，风铃随风摇曳，如一只航行的帆船，载着幽谷的辽远和寂静，朝着英伦三岛破雾驶来。希尔顿迷醉了，通体发热，一座日漫金山在心中陡然而起，一座佛光四射的金庙灿然兀立。希尔顿击节而歌："香格里拉庙，香格里拉庙……"

惊呼过后，詹姆斯·希尔顿激情和才思井喷了，他坐卧不安，在小阁楼上来回踱步，黎明将至，一部取名为《消失的地平线》的长篇小说已经构思完毕。足不出户伏案写了四个月，一气呵成。书稿杀青之时，麦克米伦出版公司旋即买下了版权，刚一面世，便纸贵英伦，给处于大战边缘的欧美大地，营造了一个梦幻般宁静温馨的东方天堂。进入蓝月亮峡谷的人，没有了战争、杀戮、饥馑和流浪，宗教以一种巨大的包容和终极精神掌控着王国的秩序，公主、贵族、商贾、兵士、轿夫一旦误入仙境，便和谐相处，从此长生不老。在寒风萧瑟的欧美冬天，此书的出现不啻上苍伸出一只慰藉之手，抚平了每个人心灵上的皱褶，温暖了寒夜中一个个战栗的灵魂。从藏语香巴拉英译过来的香格里拉一经问世，便风靡世界，成为一个梦想、一种优雅的时尚，流行百年。

一夜之间名扬天下，詹姆斯·希尔顿该酬谢谁呢？感激当今"驴友"的祖奶奶大卫·妮尔？感谢他的同乡、曾在中国玉树为妮尔画过滇藏极地地图的英国将军佩雷拉？抑或在云南丽江生活了二十六载的美国《国家地理》杂志特派植物学家洛克？其实，谁也不必答谢，在藏传佛教的经卷中，早就有一个香巴拉王国的记载，只是它若隐若现，如高山雪莲一样飘逸，湮没于雾中，深藏在雪国，唯有有缘之人才能与它相遇。英国作家希尔顿飞扬的神思和想象与香巴拉王国的仙境实现了激情碰撞。

幻城浮现于东方，虽然仅仅是昙花一现，却给欧美民众留下旷世的温婉。

我看到梦幻之城了。惊梦时分，詹姆斯·希尔顿文学纬度上的香格里拉沉落了，从记忆中淡出，而苍山中却有一座幻城突兀而立。我透过舷窗俯瞰大地，铁城一样闭锁的黑云退却了，厚厚的云团裂开一个巨大云罅，千山如黛，依稀可辨，轻纱似的白云萦绕其上，薄雾飘然，东方的天幕上泛起一抹桃红，如佛国睡莲浮起，连绵的冰山玲珑剔透，嵯峨如楼阁，昂然向天屹立。一抹朝霞伸出温暖的酥手，抚摩万仞峰峦，晨雾迷漫，仿佛雪峰相拥之间崛起了一座金色的城堡，横亘于天地之间。我扭头惊呼两位摄影家同事："快来看啊，香巴拉王国！"

申煊和欧阳扭头转向舷窗，却什么也没有看到，哑然失笑："作家是不是做梦了？"

"刚才是做梦了，但是机翼之下的雪山城郭真的是我梦醒之后看到的。"我答道。

哈哈哈！两位摄影家会意地一笑，却不加附和。

我真的看到了香巴拉王国，那连绵的雪峰，就是梅里雪山的主峰卡瓦格博啊。无论我怎么解释，两人一直含笑不语。

"你们与神山无缘，能看到香巴拉王国者，皆是虔诚之人。相晤灵城需要心灵感应。"

"有缘人，你看看舷窗之外的世界吧。"申煊揶揄道。

我侧目一看，刚才还放晴的天空，突然被上苍挥毫泼下一层层墨汁，瞬间被覆盖了。浓雾四起，雪峰峡谷不知什么时候远遁了，我开始怀疑自己是否也迷失于幻觉了。

人生之幸莫过左右逢源于幻境与现实之中，幻城挟有宗教的终极，令人飘逸；现实却带着普世的温馨，使人安逸。可是幻城毕竟如海市蜃楼一样，若隐若现，只在梦中，偶然惊现于世，一露峥嵘，便悄然隐去。

幻城远了，人间却近了。

飞机在下降，绵绵远山在视野中渐次放大，轻纱似的薄雾在机翼下面飘远，一个个凝固的墨点渐渐放大，迷漫成一片片绿野，清晰成一座座青山。青山的皱褶隐约可见，一块巨大湿地惊现于眼前，如一个神女仰卧于大地上，沟壑纵横，池塘秋草红，如玉体上的经络叶脉一一展露。一群群牦牛悠然在草地上，星罗棋布的村庄和一片片青稞架点缀其间，波光粼粼的湖水倒映着雪山的剪影。见我频频举起相机俯拍，申煊说，这就是香格里拉一景，纳帕海。

不过是湿地一块，在西藏比比皆是。我多少有点儿不屑，难掩心中浓郁的西藏情结。

飞机朝着机场跑道俯冲而下，缓缓驶向航站楼前。不是降落在詹姆斯·希尔顿《消失的地平线》的蓝月亮峡谷里，而是降在一个叫香格里拉的高原机场。走到舱门前，雪风徐徐，朝着舱门口吹来，秋天灿烂的朝霞映照在舷梯上。天晴了，淅淅沥沥十天的冷雨，飞到香格里拉城门前，戛然而止。终于见到太阳了，或许这是云之南境内冉冉升起的第一抹霞光。

秋阳钻出云罅，祥云拂照在香格里拉的城郭之上。我的心情随之灿然，多日灰蒙潮湿的记忆，被香巴拉王国的太阳点亮了。

驱车驶进阳光下的中甸城，这个康巴语叫建塘的边城，如今已被赋予了一个时尚旅游的符号——香格里拉，从此引得天下转山朝湖的众生，熙来攘往。我今天也是一个过客，朝圣终极之地是藏区八大神山之首的卡瓦格博。吃过早餐，未在中甸城停留片刻，便匆匆上路了。

朝圣的人永远在路上。登上"现代"商务车的那一刻，蓦然回首，我倏忽觉得，香消玉殒的法国藏学家大卫·妮尔和民国女特使刘曼卿正在驰马走向幻城的路上，此刻，也许她们正扬鞭打马，马蹄声隆，芳魂仍在灵山飘舞，如零落的高山杜鹃一样，雪风一吹，在雪国大峡谷中飞扬。

香魂不死。雪风之中，我仿佛听到了大卫·妮尔来自香巴拉王国的呢喃。

消失的地平线

阳光暖暖的。

那天澜沧江两岸的秋色就像此刻一样，江天透亮，层林尽染，远山雪峰如冠，一条白练逶迤西去，静得像一幅油画。芳魂已飘向香巴拉王国的大卫·妮尔，一头金发，却身着一套夏季藏装，长裙匝地，从香格里拉金庙的大门走了出来，仰首一片天，凝眸神山，操着一口地道的拉萨贵族官话，字正腔圆：

我化装成一个藏族女乞丐，与义子尼泊尔喇嘛庸登结伴，朝着灵山踽踽而行。毫不自吹自擂，这绝对是二十世纪二十年代中国乃至世界的一个传奇。

太阳刚刚升起，我和庸登背起行囊，走出澜沧江边的这座天主教堂，神父伫立在教堂的大门前，悲悯的目光穿过村庄，穿越教堂前那几棵古老的核桃树，落在了我的背上。

神父，我本要告诉你我的真实身份以及此次远行的终极之地，可我不能说啊，一旦天机泄露，便功亏一篑。唯有向你投去感激的最后一瞥，算是一个法国老太婆对主的感恩吧。

真的要感谢主啊，离开云南丽江后，我在澜沧江两岸行走了将近半个月，昼伏夜出，藏靴竹杖，穿行于江边莽林之中，茹毛饮血，就是想避开藏军的哨卡，不让他们知晓我的行踪。已经好多天没喝上一杯酥油茶了。那天黄昏，我已疲惫不堪，仰起头来，透过绿树掩映的藏寨，看到天主教堂的十字架沉落在夕阳里，与澜沧江的清澈交相辉映，心里便有一股暖流涌动。在这样的蛮荒之地，竟然还有上帝的怜悯和惠顾，眺望藏寨里炊烟袅袅，突然勾起了我无尽的乡愁。

走进教堂，遇上了我的法国同乡乌夫拉尔神父，虽然此前我们并不认识，但是那乡音款款的法兰西语，一下子使寒山变成了故乡。我已经多年不说家乡话了，舌头也硬了，却有重归故里的温馨。神父热情地款待了我们，专门举办了一个烛光晚宴，品着教堂里自酿的法国葡萄酒，三盅两杯下肚，我有点微醺。好久没有喝一杯热咖啡了，却不敢将自己化装成藏族女乞丐横穿雪国，寻找藏传佛教经卷中的香巴拉王国的计划和盘端出。

烛光之中，我发现神父不时露出狐疑的目光。我们不带行李，仅靠徒步，却要独行千山，去转山朝佛，究竟能走多远？他一定在暗自思忖，或许已预感到我将进行一次遥远的冒险旅行。猜吧，等谜底揭晓之时，相信大卫·妮尔徒步穿越香巴拉王国的拉萨之旅，将轰动整个世界。可惜这里太偏僻了，蛰伏澜沧江一隅的乌夫拉尔神父未必知道，曾在他教堂里投宿的巴黎女人，是一位饮誉西方的藏学家。

不过，我还是充满了感动。就在教区的大门口挥手告别时，神父眼眶里飘浮着一片忧心忡忡的云翳，我不知那是一种感伤的微笑，还是担忧的微笑，唯一可以安慰的是其中闪耀着怜悯和仁慈。请为我祈祷吧，让我顺利地穿越藏区，不再被藏军挡回来。

这是我第五次穿越雪域了。

前四次，每当中国仆人将行囊捆上马鞍，山间铃响，蹄声嘚嘚，在大峡谷中清脆回响，我的心一如马帮的铃铛一样喜悦欢畅。可惜啊，就像大唐帝国的高僧玄奘去西天取经一样，经历九九八十一难，他修成了正果，而我却一次次被藏军中途挡了回来，未进圣城拉萨。实不相瞒，我对北纬三十度这片秘境，心仪已久。当年还在法兰西学院求学时，我的导师弗柯教授是一位著名的西藏专家，他为我打开了一扇跨入神秘之境的东方之门。最令我心存景仰的还是在英国的吉美博物馆，我第一次看到雪国西藏的壁画和唐卡，驻足于前，凝视着唐卡上的香巴拉王国的地图，我惊呆了。这是一片怎样的秘境，整个香巴拉王国隐藏在雪山的森林环抱之中，城郭分为八瓣莲花区域，有内环雪山和外环雪山之分；外环雪山环绕着一个香巴拉王国，城中住着贵族、僧侣、巫师、黎民，囊括了四极八荒，众生芸芸，象征着香巴拉王国的巨大的包容性和终极精神；而城中的内环雪山，将卡拉巴王宫围成一个瀛台，城中的簪缨之族、皇家贵胄都有超凡的智慧，不偏执，不痴迷，不贪欲，修行打坐乃至高之境。在这里秽国的欲望和杂念死了，精神从此长生不老。我顿时为这片净土魂牵梦绕，灵魂出窍了，心也随之飞向雪域。

也就在那一刻，我蓦地觉得，平生所学的基督哲学与佛陀的博大无边相比，黯然失色。向东，到东方取经去，寻找自己的宗教。我给自己取了一个佛教法号：慧灯。从一九一〇年获得亚洲的考察许可行程开始，我在青藏高原边缘上游历了十四年之久；到中国青海省的塔尔寺学经三年，学会了梵文、藏语，熟读了大藏经和藏传佛教的经卷《甘珠尔》《丹珠尔》后，对香巴拉王国，更是憧憬已久。就像约会一个前世的情人，早已按捺不住，欲一睹芳容。我确信，在这大雪山背后，一定掩蔽着这样一个梦幻般的天堂。那片充满奥秘的净地，一直在诱惑着我。

那一年，听说十三世达赖喇嘛土登嘉措与清帝国的驻藏大臣失和，动了家伙，兵败后匆匆逃到印度大吉岭。我想前去拜谒，转动所有的经筒，不为超度，只为让他轻轻地抚顶祈福，并向他讨教，香巴拉王国究竟身藏何方。可土登嘉措从未召见过西方的世俗女子，拒绝见我。无可奈何，我动用了所有关系，将佛教大师们的推荐信一一呈了上去，终于得到达赖的允诺，乐意与我面谈。觐见之时，我像当年朝见比利时国王、王后一样，向达赖喇嘛行了西方大礼，达赖颇感意外，伸出兰花之指为我摩顶祈福，我仰起头来，长明灯煌煌如河，映着达赖的脸庞。达赖喇嘛好拘谨啊，因少年患过天花，脸上还残留着凸凹不平的麻点，嘴角的肌肉有点僵硬，不苟言笑。而他身旁毕恭毕敬地立着一群或着深酱色喇嘛服或着黄锦缎子或着织锦缝制官袍的僧俗官吏，大谈一些荒诞古怪的故事，说在一个遥远的地方有仙女出没。尽管我注意到其中有言过其实的成分，但也丝毫不怀疑在那更高、更遥远的大雪山后边，确实存在着一个截然不同的地方，这就是梦中的天堂香巴拉。我好奇地询问达赖，香巴拉王国在哪里？达赖喇嘛没有正面回答我，佛指却指向卫藏（地区名。西藏旧时分为阿里、藏（后藏）、卫藏和康（也作喀木）四部，藏人用卫藏指前后藏。元明译为乌思藏，清译为卫藏。——编者注）的东南方向，然后念道："天为中心，地为中央，国为心脏，冰川如孕妇，所有的江河如同头颅。高山特高，大地特净，在此地，人生来即为圣贤者，风俗尤淳，马匹也会奔驰如飞……"（载于《敦煌土蕃历史文书》。——编者注）

熟读了西藏经卷后，我得知六世班禅大师曾写过一部《香巴拉王国指南》，从此对扎什伦布寺景仰不已。在塔尔寺学经三年，我渴望见到仰慕已久的九世班禅大师，辗转经年，终于走进日喀则，跨进扎什伦布寺的门槛，跪拜班禅大师。他慈眉善目，对我通晓藏语和藏传佛教的经典惊讶不已，鼓励我继续研究，并毫不犹豫地打开了藏经楼，任我徜徉其间。我找到了六世班禅大师的《香巴拉王国指南》一书，在酥油灯下苦读数月，一座幻城屹然心中。在与九世班禅大师交谈时，再次恳请指示香巴拉王国的方位。

大师淡然一笑，指了指他也指了指我的心脏，说香巴拉王国就在每个人的心中。

也许我悟性未到，仍不肯罢休，希望大师指点迷津。

大师的佛手也同样指向卫藏东南方向，说到西藏八大神山之首的卡瓦格博转山吧，若是有缘之人，香巴拉王国会惊现于世。

九世班禅大师与十三世达赖的话如出一辙。似乎是一种冥冥的神谕和感应。

我执意要走进香巴拉。

在西康打箭炉（今四川省康定市）的阁楼上，我眺望日出日落，整整等了六年，想穿越康区进入擦瓦绒（今西藏左贡、盐井一带），寻找那片梦中的天国。可恨的打箭炉大人（英国驻康定城领事）居然不肯放行。直到有一天我患了肠炎，非去巴塘的教会医院就诊，方才渡过此劫。我雇了骡马和仆人，翻过折多山，朝着理塘、巴塘方向踏雪而去。可是到了理塘，却被占领此地的藏军军官卡住了，因为没有打箭炉大人签发的放行命令，藏军军官非要我原路返回，我决然相拒，表示除非死在理塘，否则我绝不走回头路。交涉谈判了数日，都给对方一个台阶下吧，妥协的结果，我不去巴塘，而是去了属于当年蒙古部落辖地的玉树。

幸运啊，也许是佛陀赐福。我穿过理塘的毛垭坝草原，到了德格印经院，领略了格萨尔王故乡的雄浑与纯净，收集了不少民间尚未写入《大藏经》的经卷，如获至宝。最庆幸的是在玉树遇上英军将军佩雷拉先生，他似乎在执行帝国军队的一项秘密使命，测绘藏东一带军事地图。我们有点他乡遇故知的感觉，彻夜长谈，我向将军谈及多年踯躅藏地，寻找香巴拉王国，却始终未叩响天堂的门环。

将军笑了，从行囊里找出一张手绘的地图，说："夫人，这一地带,是西藏与云南交界之地,也许就是你梦中的香巴拉,你不妨走走。到擦瓦绒再往西行,说不定会有奇遇和奇迹发生。"

谢谢!佩雷拉先生,我差点像膜拜达赖喇嘛一样,给他磕长头了,眼睛里噙满了感激之泪。

长夜无眠。那一晚,陡升的海拔让我兴奋得难以入眠,我睁着眼睛仰望星空,冬日的夜空深邃而诡秘,星星眨着鬼眼,银光闪闪,就像镶嵌在格萨尔王金鞍上的宝石在闪烁,抑或是香巴拉王国朱门上的金灯在耀眼。

第二天早晨,东边的天幕刚露出一抹晓色。我叫醒了义子庸登说,马上准备好粮草,找几个仆人,从这里穿越禁地,打开一条直通萨尔温江(指怒江的下游)畔,并踏上热谷——擦瓦绒的道路。

庸登从卡垫上坐了起来,揉了揉惺忪的睡眼说:"母亲你疯了,现在是冬季,入藏的山口已经被大雪封住,会送命的。"

我说:"儿子,你想到哪里去了!最危险的季节才是最安全的,此时哨卡上的藏军蜷缩在毡房里,不会注意我们的行踪。"

庸登从来唯我马首是瞻。他套上藏靴,将酱红色喇嘛服往肩上一抛,说:"好吧,我照母亲的吩咐去准备。"

我默默点了点头,托佛陀之福,赐给我这样一个好儿子。

那个冬季,应该是到了西方的圣诞节吧,天很冷,玉树草原飘了一场狂雪,青藏高原一夜之间白成了一张纸,我们将在这张大地的纸上镂刻下自己探险的履痕,去寻找梦想中的雪国香巴拉。前方不会再有圣诞树,却会有一株株菩提,那成片成林的菩提树啊,如佛陀的车辇华盖,葳蕤在香巴拉王国的莲花山上。为了不让哨卡上的藏军发现,我先出发,独自朝雪原走去,庸登带了一个仆人和七匹骡子紧随其后。在冬天的雪野上徒步旅行,不啻是一场近似悲剧

14

的远征，原野茫茫，不知路在何方，但是我还是很幸运，第一次在寒夜中悄然从藏军哨卡的窗下溜了过去。我走进藏区了，冥冥之中，离香巴拉越来越近了，我为自己在这块几乎是陌生的雪域远足感到欢欣鼓舞。

可快接近萨尔温江时，这种幸运的光环便消失了。我的义子庸登在紧随数天之后的途中，被藏军拦住了，搜查驮马的驮垛，竟然在皮囊中发现了我的照相机、一些仪器和为撰写一本植物志而准备的稿纸。情报很快传给西藏噶厦政府的昌都总管，这个官员马上恍然大悟，敲着桌子命令他的藏兵："抓住她，那个在玉树云游的法国女人大卫·妮尔，绝不能让她逾越怒江。"

驿道上快马如箭，抓住我易如反掌，从东西南北四个方向搜寻的藏兵，很快将我从山里找了出来。押我上马时，我痛苦地闭上了眼睛，可我不承认失败。从不！

我几乎走进香巴拉王国的边缘，这是最近的一次贴近。被藏兵押送回玉树，我凝视着佩雷拉将军留给我的地图仰天长啸。尖啸之声如一只草原上的母狼在嗥。

我的义子庸登坐在经堂前诵经，他在吟诵《丹珠尔》，经声让我心情宁静下来。

沉静下来后，我筹划了一次最漫长的冒险，鉴于屡进屡败，我决意洗尽铅华，褪去粉黛，将木炭研成粉末和中国墨调和在一起，掺入我的化妆品里，涂在脸、脖子和双手上，掩盖掉欧洲白人的白皙，染黑金发，让庸登从街市上换了几套乞丐的藏族服装，从青海千里迢迢跋涉到彩云之南，开始走向香巴拉王国的转山之旅。

……

我溯澜沧江而上，秋山如画，我却不能醉入画中，拐过一条羊肠小道，天主教堂的房舍便在我的视野里消失了。前方不再有上帝的庇护，却有佛陀的召唤。身后的村庄里，还有两个挑夫紧随其后，他们或许刚刚启程，挑着我们简了又简的行囊——一顶薄棉布小帐篷、铁桩子、绳子、换藏靴底用的生牦牛皮和三周的食物。即使是两个挑夫，我也让他们一前一后而行，他们并不知道为我挑的是什么东西，更不会知道我和义子去向何方。前方就是那条有名的大转山之道的入口了，藏族人信奉马年转山，羊年转湖，可是我得尽快摆脱这条朝圣之路，抄一条近道，从大雪山对面的龙日村悄然而过，走三天的路程就可以翻越藏地这座著名的神山，到达竹卡山口，不然混杂在转山的人群中，迟早会被哨卡藏军查出来，又将饮恨边地。

弯弯小道螺旋式升高，升入云间，伫立半山腰，澜沧江的涛声渐远。那座巍然的灵山逐渐裸露出苍白的轮廓，像显影的照片一样，先是灰白，渐成银色，当第一抹阳光滑过，雪峰顶上淡抹了一层胭脂般的桃红。

我转身呼唤义子：庸登，快看，灵山，日漫灵山啊！

寒山我独行

出了中甸城北，我们沿着朝圣灵山的转山大道，迤逦东去。

在我的阅读记忆中，中甸城郭之北，便是入藏大道的零公里处。明清以来，帝国的封疆大吏或用兵或运粮，汉藏百姓或茶马互市，或转山朝圣，皆以建塘城池为交织的原点，临行时，都在城门下用青稞酒送别。捻起姑娘端着的切玛盒（藏族人民举行重大的庆典仪式或欢度藏历新年时必不可少的吉祥物，是在精制的斗形木盒中用隔板分开，分别盛入炒麦粒和糌粑，插上青稞穗、红穗花和酥油花，象征人寿年丰，吉祥如意。迎接或送别尊贵客人时，也会献上切玛盒表达祝福。——编者注）里的五谷迎空一撒，献上吉祥哈达，然后踩着仆人之背，跃身跨上骤马，龙旗飘飘，绝尘而去。环纳帕海徐行，蹄声嘚嘚铃声悠悠，摇醒了太阳，也惊起湿地里的一群野鹜，冲天一鸣，盘旋在蔚蓝之中，凤翥而舞。这时，雪风如一声尖啸，风一吹，眼泪便出来了，是思乡之泪吗？哪个男儿不怜香惜玉，哪个英雄不渴望美人江山？可是回眸一看，中甸城早已经被松赞林寺的经幡掩蔽了，故乡迷失在一片风雪里。泪被风干了，打马前行，不再回望故乡，不再思念娇娘，过尼西，下奔子栏，上东竹林寺。金沙江畔，野岭逶迤，翻越白茫雪山，灵山相望，官驿驮道穿莽林而行，每天五六十里路程，直至阿墩子，抬头一片天，进入视野的便是梅里雪山主峰卡瓦格博。转过灵山，继而攀登羊肠鸟道，天梯连接佛国，到了擦瓦绒，藏地苍翠挟雪风而来，让人目不暇接，这时才会疑惑，是不是香巴拉王国的梦里人家？

我手上持有中甸朋友赠的大清和民国时编撰的《中甸县志》及资料，那晚彻夜不眠，拧亮台灯披读。据载：康熙五十九年（一七二〇年），云贵总督蒋陈锡因陕、川、滇三省发兵会剿西藏境内的准噶尔之部，与四川总督年羹尧扯皮，误了粮饷，康熙大帝震怒，下旨革去蒋陈锡总督之职，命他自备粮草，运米入藏，若再延误，就地正法。上海青浦秀才杜昌丁，书生意气，铁骨铮铮，不忘蒋公知遇之恩，当总督府树倒猢狲散，幕僚和仆从纷纷另寻新主时，他却义薄云天，毅然向父母妻儿告假一年，陪蒋公送粮入藏，留下了一部《藏行纪程》。

今天我们转山朝圣所走过的城郭寺庙、村舍客栈，在杜君的线装本《藏行纪程》中都有体现。只是天蓝如斯，白云悠悠百载，那时大中甸不过刚建成一座松赞林寺，人不过二百余户，城未方正，墙也只是一道木栅篱笆。有僧俗三个营官管理，百姓的生杀大权皆掌控在松赞林寺的大喇嘛手中。云贵总督蒋公此时虽丢了顶戴花翎，但是余威犹在，进了大中甸，依然威风凛凛，不失汉官威仪。松赞林寺大喇嘛带僧俗三个营官以及百姓倾城而出，端着切玛盒，捧着青稞酒和哈达，匍匐于驿道两旁，迎迓蒋陈锡。蒋陈锡和杜昌丁等幕僚下榻于前任营官的官寨里。那天晚上，前云南总督辗转半夜，刚入眠，突然邻里失火，殃及池鱼，烧到了营官家里，将蒋陈锡押运而来的粮草付之一炬，官兵全力抢救，也只救出了行李和盘缠。烟灰未灭，一场冬雪簌簌而下，身无居所的官兵和随从正在雪地里挨冷受冻时，一群响马裹疾风而来，雪上加霜，将刚从火场中抢出来的东西一掳而去。

望着举着火把的响马渐驰渐远，风烛残年的老总督一屁股坐在雪地上，大喊：苍天啊，你不公，我蒋陈锡刚遭遇一场火灾，又落雪难，被响马洗劫得一干二净。天亡我也，天亡蒋氏。

心如冷灰的蒋陈锡第二天便一病不起。天怜蒋公，斯时从中甸至阿墩子一带，二月阴风四起，经幡随狂风舞动，雪落灵山。蒋陈锡卧病多日，只好待雪停天晴，冰雪化了再赶路。一耽搁又是十日之久。

灵城野火一炬，焚毁了命运的神主牌，也注定了蒋陈锡血肉之躯将在苍茫西藏灰飞烟灭。他倾其家当，将新募的粮草送进了西藏腹地，但是清军的炊烟四起之际，便是蒋陈锡的命绝之时，粮食交到陕、川、滇区的清军手里，蒋陈锡东望皇城方向，长跪不起，仰天喟叹：皇上，老臣残喘之躯，走过千山万水，历时一载，终于入藏，雪山作证。老臣未负皇恩浩荡，未负家国江山，忠心可鉴啊。

蒋公陈锡言毕，一口血便吐了出来，气绝身亡，魂飞香巴拉。

蒋陈锡死了！

帝国后来也死了！

建塘却活着，活成了中甸，活成了香格里拉，活成了百年松赞林寺的暮鼓晨钟。

岁月之针随着金庙之下的小溪磨坊水轮悠然转过。到了二十世纪三十年代，当民国女特使刘曼卿打马走进中甸城时，只见城垣崛起，呈三角形布局，其顶点就枕于当今的大经轮山下。登临之时，一览边城之小。城中的房屋不用砖瓦，筑土作墙，盖上木片，再压上鹅卵石，以防木片被狂风掀走。那时仅有古街两条，驮马走过，牛羊混迹，一场秋雨冬雪过后，更加泥泞不堪，无法连缀为香格里拉的时尚之都。

不联想也罢，与其触摸不到历史的纬度和体温，不如融入边地的清净。

清静存佛心的中华民国女特使刘曼卿，住在中甸城老街的小阁楼上，每天坐在高原太阳下的女墙上，等待十三世达赖喇嘛土登嘉措再度批准自己进藏的官文，遥念西藏，而西藏的通关文书却遥遥无期。于是，便在建塘湛蓝的天穹下发发呆，优雅地晒着漫长的日子，也晒着自己慵懒的心情，秽国的欲念沉淀了，梦中的香巴拉却复活于心，酥手临池研墨，挥毫写道：

　　自丽江西行……讵三日后忽见广坝无垠，风清月朗，连天芳草，满缀黄花，牛羊成群，帷幕四撑，再行则城市俨然，炊烟如缕，恍如武陵渔父，误入桃源仙境。此何地欤？乃滇康交界中甸县城也。

刘曼卿将中甸视为汉地文人心中的桃花源,与大卫·妮尔的梦中天堂如出一辙。

同一条灵山之旅,东方西方两个女性,素昧平生,以后也不会相识,一个历险已经过去了八年,一个则刚刚踏进中甸城郭。大卫·妮尔孤独地留守在四川打箭炉的木楼上,俯看屋檐下的一朵朵野花,凝视着蛀空了窗户梅花格子的白蚁悠然上下,无聊地打发着自己前途未定的日子。隔着八载岁月,可是她们的灵魂竟然如此息息相通,异口同声将中甸比作一座香巴拉。

而此时,詹姆斯·希尔顿的《消失的地平线》尚未动笔。

我享受着这座幻城的宁静。

天地好静啊。连绵的秋雨刚刚停歇,高原太阳斜射下来,洒在香格里拉城郭之上,如一双双千手观音的兰花之指,轻轻剥去了覆盖在城池之上潮湿的黑袍,重现处子之身。

我们未及领略香格里拉城的沉静,"现代"商务车已将城郭远远地抛在了身后。驾车的司机叫孙诺茨林,一个已过而立之年的中甸藏族同胞,长得魁梧敦实,罗汉般的脸庞嵌着一双颇有女人缘的小眼睛,一笑便眯成一条缝;腆着一个弥勒佛的大肚子,跨出车门,脚甫一落地,便情不自禁地跳起康巴锅庄,音律和节拍感极好。他自称是藏地赫赫有名的某土司的后裔,却又不肯报出家世门第,让人无法印证,只得一笑了之。此君不近女色,却有一大嗜好——爱车如命,对天下的好车,犹如伯乐相马一样一一道来,驾车技术超一流。他说自己十三岁就学开车了,夜间往来于中甸与昆明之间,练就了一身驾车技术。细细思忖也是,当年中甸藏族同胞哪个不是建塘坝子的好骑手，驰骋茶马古道，谁能望其项背？如今疏远了草原上的藏马，却爱上了滇藏公路奔腾的铁骑，皆骑士也。转瞬之间，汽车驶过一片片青稞架林立的荒草地，纳帕海便在视野里一展风姿。想起当年曼卿女使在中甸城里住烦了，便驰马向城北纳帕海踏秋，她如此诗情画意地描述了纳帕海的风景：

> 出中甸城北门，为一广约十里之草原，四面环山，如居盘底，有小溪一道，曲折流于其中，分草原为若干份，牛羊三五垂首以刍其草。沿溪设水磨数所，终日粼粼，研青稞为糌粑之所也。草原之上，多野鹜，低飞盘旋，鸣声咿哑，与磨之声相和答，在此寂静之广场中，遂亦如小儿女之喁喁私语，益显其悠闲况味。

好一个静字了得。其实，香格里拉之魂，就在乎两个字之间，灵与静。灵者，灵山也，诡谲秘境的背后暗藏着巫符罩门，罩在与灵山有缘无缘之人的命运头颅上，神性魔性，福兮祸兮，皆在一步一念之间。而静者，乃空阔无边的静，天似穹顶的静，牛羊悠然的静，祥云千载的静，湛蓝悠远的静，经幡如祈的静也。这种静，绝非高处不胜寒的孤独，也与千山我独行的寂寞无关，而只有拥有慧目、慧心、慧根之人，融入荒野灵山，才能最终佛悟四谛，并情不自禁地沉静了情，宁静了性，寂静了心。

在喧嚣的都市待久了，飘浮的心性需要这种沉静。

藏族司机孙诺茨林驾车又快又稳，追着雪山之巅低垂的一片祥云，环纳帕海疾驰而过。窗外一座座藏寨，一片片青稞架，犹如浪花卷起纷纷抛于车后。我第一次叫停车，没有引起共鸣，申煊说上次与黄加法兄一行来过此地，已经拍了不少照片，无须补拍，等朝过灵山回来后再拍点纳帕海的黄昏。

我默然，未加反驳，毕竟他们两位是摄影家，我连做个票友的装备都没有，至多凑个热闹。任车前行，当车子驶入纳帕海的腹心地带时，进藏大道从山边蜿蜒掠过。雪山之下，中甸藏居四根擎天之柱昂然于庭前，狼毒花像一片点燃的篝火，伏在地下，开得如火如荼。雪风停了，青稞架默然于草地之上，一簇簇白云被晨曦浸染，一群牦牛深入湿地深处，惊起野鹜一片。一个世纪过去了，景物如昨，纳帕海俨然地守望着刘曼卿笔下的寂寥。

快停车，绝地美景，今晨错过了，未必还有明天的太阳。我终于第二次喊了起来。孙诺茨林听到了，踩了一脚刹车，戛然将车停在路边。

我拿着相机下车，从一道荆棘围成的篱笆墙缝隙里跨进纳帕海的湿地，权当摄影票友玩一回，申煊和欧阳却扛着脚架，背着包走下车来。我才发现，自己借来的这套尼康D200数码相机，至多是一支阿富汗游击队的装备水平，而两位摄影家的武器早已经是武装到牙齿的美国大兵的水平。相形见绌，比得我一点脾气也没有了。渐渐地，我为自己的途中停车后悔不迭：两个摄影家一旦进入角色，便忘却了时间和旅程，追逐着早晨的阳光，换着角度频频按动快门，一拍就是两个小时，一点也没有走的意思。我只有耐着性情，蹲在草地上，俯看一只蚂蚁悠闲爬上野花，晒着自己黑色的躯壳，也晒着寂然的日子和心情。抑或举头仰望苍穹，在中甸看天，看云，看山。秋阳暖暖的，心情也被纳帕海的亘古宁静沉淀了、融化了，陡然觉得高原的云天本身就是一种净。净情、净性、净气、净心，将一个血性的民族，一颗躁动的雄心，一个贪婪的欲望，修炼成禅意佛境的净。

风景雪山那边独好。在我的再三恳请之下，两个摄影家不无眷恋地收起家伙，我们重又登程，朝尼西方向疾驶而去。

滇藏公路朝东北而行，纳帕海在身后渐行渐远，收缩凝固成系在中甸城郭上的一枚绿松石。从高处回望，汽车在缓缓爬坡，引擎轰鸣，粗犷成一阵时断时续的喘息，我似乎听到山那边清帝国马队的嘶鸣。

帝国云南总督蒋公幕僚杜昌丁在《藏行纪程》中写道："出中甸城，行五十里至汤碓宿，又五十里尼西宿，山行六十里，至奔子栏夜宿。"

"奔子栏"，或作"崩子栏"，藏语称"卜自立"，在元明清三朝文人墨客入藏纪程中，均有"崩子栏"三个字，显然是一个永久的驿站。来往滇藏官驿大道上的将军、文吏、兵士、土匪、商贾、喇嘛、香客、马锅头皆投宿于此，出番的苍凉，入乡的温暖，架起三角锅庄，铜炊袅袅，便沸腾成血脉一样奔涌的金沙江。

也许就是这样一个宁静的黄昏，山间铃响，驮队的蹄声踏落了帝国夕阳，天边的鎏金云彩与金沙江江水的浑黄浑然一色，走过寒山万里的游子，策马走下白茫雪山，俯瞰奔子栏河谷几许炊烟直飘云天。牦牛还在山坡上吃草，田野里的青稞熟了，溢着成熟的麦香。无边的乡愁泛成一汪金汤，朝东，向着汉地呼啸而去。下榻旅舍，夜幕便垂下来了，一轮冰月挂在山冈上，于是，羁旅之人，挖来寒冰，融化成水，研墨临池，挥毫记下一站又一站驿道纪程和沿途观感。

涛声依旧，不知今夕何夕。我此时真想做一个随军出征的墨客，紧随马背天子，远征擦瓦绒岗，每过一站，蘸着自己精神的膏血，记下铁马冰河的豪迈和壮烈。可是我们下到奔子栏时，太阳恰至中天,正是吃午饭的时间。车从公路两边的砖式小楼中穿过,当年几户人家的驿站已经成为遥远的记忆。一座村落崛起于河谷与山腰之间,环公路两边清一色的汉家砖砌楼房,将当年藏式的客栈褪色成一部古老的默片。此时,倘若忽必烈的铁骑远征而来,丽江木王爷的军队凯旋神川,康熙大帝的八旗铁骑路过奔子栏,一定以为自己走错了地方。

还好,青稞地里,斗牛的长号已经吹响。长号呜呜,鞭炮一响,两头膘肥体壮的牦牛扬着高傲的犄角,朝着对方奔腾而去,一场原始的斗牛大战拉开了帷幕,让人重温喋血沙疆的悲怆。

倚在窗前,看完奔子栏的斗牛,太阳开始西斜了。日漫灵山奇观却是今日朝圣之旅的高潮。吃过午饭我们便匆匆上路,远处白茫雪山在视野中耸立,盘桓的山路弯道也越拐越急了。车窗两边,半山坡上残留着半人高的巨大的树桩,不知哪年哪月被伐倒的,盘根错节,青苔攀援其上。雪风呜咽,我仿佛听到被腰斩的生命千载的哭喊。

车子在公路边的高台上戛然停下,我不解,询问为何又停车了,申煌边下车边说拍金沙江大拐弯啊。哦,我悚然一惊,曾经在电视片里无数次看过金沙江大拐弯的画面,心灵曾被强烈撞击。

缓缓地走下公路,爬过一个U形的山坡,多少有点气喘吁吁。站在观景台上俯瞰,我突然被眼前的奇景惊呆了,梦里几回,塔似的金山终于惊现眼前,几乎是梦中的复制版。在雪峰晴空和秋阳下,金沙江大拐弯鬼斧神工,像一个倒转的"V"字金塔。脚下是奔流的金沙江,腰间一条公路与江水平行,似一条玉带缠绕其上,系着金山,以免掉入江中。背后则是雪山逶迤,白云悠悠,雪风扑面,天蓝得仿佛被海水洗濯过,一种朝圣的战栗和膜拜之情顿时充溢胸间。

我们架起机子，从不同的视角拍摄金沙江大拐弯的浩浩荡荡。时间持续了半个多小时，游人也熙熙攘攘地来了，司机孙诺茨林突然从车旁跑过来，小心地对我们说："日本人来了！"

来就来吧！我继续拍照片，头也不回地说，就算不喜欢日本，也犯不上不与日本平民为伍。

"车去梅里雪山，就是不能与日本人同行。"藏族司机解释。

"为什么？"我诧异地问道，"去灵山与日本人有什么关系？"

"只要有日本人随行，梅里就不会显灵。乌云遮蔽，什么也看不见啊。"

"啊！这么神奇？"我怅然，将信将疑问道，"不可能吧？"

"我天天拉客人来，已经一次次应验了。"

"为什么？"

"一些日本人冒天下之大不韪，居然踏我梅里神山，卡瓦格博轻饶不了他们，至今仍愤愤不平。"

"哦！"我知道二十世纪九十年代初日本登山队，欲征服梅里雪山，与云南登山队组成十七个人的中日联合登山队，十一个日本人、六个中国人魂断梅里。不想时隔多年，灵山仍然耿耿于怀。

我似信非信，连忙呼唤两个摄影家收拾设备，赶在日本人到达之前赶往灵山。

朝拜灵山，山门之前横亘一座白茫雪山。她几乎是梅里雪山的门神和灵旗。我看过许多资料，也听过不少民间版本，说路过白茫雪山时，人多了，脚步声重了，说话的声音大了，便会引得神山震怒，晴天霹雳如弹丸一样落下。清人杜昌丁在《藏行纪程》记下了如此异灵："雪山通亘二百里，不甚高，有杂木，不生树，亦无人烟，水不可饮，饮则喘急，甚至伤生。有白蟒，能兴云雾降雨雪，触之即病，过者皆衔枚疾走，人少则晴朗如常，若一喧杂，必遭其毒，时两家并进，约有五百余人，宿则鸣锣放炮，雨雪连绵，故多病者。"

无独有偶，我还读过清朝安陆文人余庆远写的《维西见闻录》，也同样言及白茫雪山的异灵："白茫山，由阿墩子逾北山至吉咱厂，九月积雪，六月始消，七八月之间，旋风如水，寒气彻骨，人升高气喘，口鼻之间，迎风不能呼吸，辄僵不苏，土人谓之寒瘴。一至山顶，黄云四起，五步之内不复见人，高声言笑，即有拳大之雹密下不止，人亦多毙焉。"

起初，我颇多质疑，以为是文人夸张之笔，渲染太浓，太重，神化了白茫雪山，不足为信。到了神山垭口，汽车停住，神山便昂然于前，白雪如盔，壑谷里树木不高，高原杜鹃如火如荼，与远处雪山融为一体。我提着相机便跑到杜鹃丛中，咔嚓拍照，一会儿就有点气喘吁吁，回头呼唤申煊和欧阳快下到山坡上拍片，喊山的分贝高了一点，居然瞬间有米粒般的小雪飘然而至，令我惊诧，等我不再吭声了，雪也就渐渐小了。过了一会儿，突然有几辆面包车驶了过来，下了十几个人，站在垭口上，朝着灵山一阵喧哗，竟然将天穹顶上一片乌云震了下来，雨夹着雪，哗地砸了下来，远处传来了雪崩的嗡然。我们面面相觑，目瞪口呆。

神山的雨雪浸淫了岁月，也苍凉了文字。天上雪山一瞬，人间已是千载，曾经走过白茫雪山的生命衰败、枯萎了，化作一缕云烟，一粒风尘，而白茫雪山的灵异之气却从未委顿和衰减。

神山果然灵异！

灵山横空

母亲此言差矣!

听我说日漫灵山,义子庸登健步走上来,他并不苟同我的说法。他说,这是藏地的神山,系八大神山之首,亚拉神山、南迦巴瓦,皆排于其后,但绝非灵山。我辩经时,曾记经卷云:灵山只浮在心中,幻觉中,浮现在雪峰相拥的香巴拉王国里。(载于《敦煌吐蕃历史文书》。——编者注)

"天为中心,地为中央,国为心脏,冰川如孕妇,所有的江河如同头颅……"我的拉萨话脱口而出,"指的就是这里吧,我的儿子?"

庸登一愣,说:"母亲,这段经文你也背过?"

我仰天大笑,说:"儿子,你忘了,母亲可是在塔尔寺学经三年啊。"

庸登点了点头:"是啊。我知道母亲有此经历。"

"你知道《大藏经》里的这段经文是谁为我诵的吗?"我问庸登。

庸登说:"母亲,是九世班禅大师吗?"

"No!"我突然说起了英语,庸登是尼泊尔一个大活佛的孙子,从小在英语环境里长大,会说一口流利的英语,与我用英语交流无阻碍。我说:"比九世班禅大师权力更大的活佛,儿子。"

庸登愣怔了,说:"母亲,你真的太伟大了,难道是十三世达赖喇嘛土登嘉措为你诵的经?"

我点头笑了,还是庸登知我啊:"你真的不负大活佛家的身世,其灵异之处,堪与达赖喇嘛的悟性媲美。"

庸登说:"母亲,儿子太渺小了,岂敢与达赖喇嘛比肩。"

"呵呵,达赖也是人啊,你身上展现出来的巫符的灵异,也足够让我惊讶。"

"母亲的藏学造诣,才让庸登惊诧。"

"呵呵,儿子看灵山吧,我们不要互相恭维了。"

打趣的话说过后,我们一阵大笑,最后目光投向了这座灵山。这时,斜阳西下,一抹殷红的晚霞如朱笔涂下,涂在了鹅蛋壳包裹的雪峰之上。日漫金山,其主峰卡瓦格博,勾画出一种奇异的轮廓,似乎在背负着一座真正巨大的城堡,四方城门与一条蜿蜒的石梯小径相连,盘桓于绝壁之下,悬崖上长着一树树高原杜鹃,一泓瀑布飞流而下,如天上银河降落峡谷。城阙四周,飞檐斗角的角墙和罗马皇宫式的阳台比比皆是,与城堡中的红宫白宫般的金庙连成一体,乍看起来,好像是在这个王国里建造的一座喇嘛庙,供修习禅定三昧的喇嘛诵经。

庸登目不转睛,盯着前方的灵山,眼帘中带着一种纯洁和纯粹,喃喃道:"母亲,这才是我诵经之中一次次梦到的灵城啊。"

"我的儿子,我们经历九九八十一难,苦苦寻找的香巴拉王国,已经露出神秘一角了。"

"是的,母亲,你修成正果的祥瑞降临了。"

我点了点头,凝视着前方的灵山,在一片吉祥七彩云霞中,红云在悄悄褪色,褪成一片紫色,飘逸于澜沧江边的峡谷里。

暮色将至,转瞬之间,一轮明月从东山一隅徐徐升起,先是杏黄月的金灿,大峡谷里一片透亮,映出一条狭长山谷的雄浑,峡谷齿轮般的雪峰逶迤千里。过后,杏黄月沉淀成蓝月亮,天穹也变成淡青色,雪风掠过,蓝月亮峡谷越来越逼真了。淡青色的夜晚显出山的轮廓，夜空下沉睡千载的雄峰，突然被蓝月亮唤醒了，迸射出一缕缕幽深的光芒。此时，我突然觉得自己伫立在世界最巍峨的山峰前，亦真亦幻，让人怀疑人间还有如此旖旎的景观，却又从轰然作响的雪崩中证实它真实的存在。

我屏住了呼吸，我的义子庸登也屏住了呼吸，怕彼此之间的只言片语破坏了眼前的静谧，这亘古的寂静，这原始之景观，在与世隔绝的秘境之中又蕴含了来世无法预测的一切。也许就在这一刻，竹卡哨卡的藏军军官，手持马鞭，带着察木多（昌都）总管的藏兵，正朝着我和义子庸登走来。

想到这里，我惊出了一身冷汗。

庸登也累了，说："母亲，睡吧，拂晓时分，我们还得起早赶路呢。"

喝了杯从枯叶漂浮的泥泽中取水煮成的酥油茶，我一阵恶心想呕。不过最终还是迷迷糊糊地睡着了。酣睡之时，噩梦不断。我睁开惺忪的睡眼，只见一位戴着藏兵毡帽的高大魁梧的男人，端着一杆插着两把刺刀的链枪站在了我跟前，我的心颤抖了，他们是不是从我的行踪中已经查出了我是谁。

"本布（藏语，长官），我从安多而来。"我操着塔尔寺学的安多话说，"与儿子一起转山朝圣。"

那藏军军官一愣，似信非信。

我心生一计：要想极力说服他，必须将自己装成一个地道的藏族乞丐。于是，我故意用手指擤鼻涕，弄得手上也黏液一片。

这是藏族下层使女最普通也最糟糕的动作，他有些不屑，却也似乎相信了，转身离去。我突然从梦魇中惊醒，没有什么藏军军官，面前只屹立着一块山岩和几枝稀疏的树梢。

我长吁了一口气，再无睡意。岩石那边传来了我义子庸登的鼾声。显然，庸登已经入睡了，我却睁着双眼，仰望秋空的深邃。也许太疲惫了，睡意还是入侵了我眼睛，我的眼皮也沉重起来，也不知什么时间，我又沉入了夜的深渊，身体在黑色的隧道和峡谷中坠落。

忽然一阵沉闷声将我吵醒，我的胸口却像被一块巨石压着一样，翻身都困难，话也说不出来，处于半醒半睡状态。迷惘之中，只见数步之远的夜幕中，有两束蓝色的荧光在跳动，像一对玻璃球，穿透夜幔，一动不动地盯着我们。冷风掠过，一激灵，我终于醒来了，只见一只身躯闪着斑纹的动物，在嗅着我们身上的气味。

我的手有点发抖，可是人冷静下来了。我深知这是蓝色峡谷中的生灵，在金庙的晨钟暮鼓中成长，是不会轻易伤害我的。于是，我没有叫醒庸登，而是凝视着这只温柔的小动物，像呼喊自己的儿子一样，与它交流。它的眼神之中没有一丝惊惶，待了一会儿，便轻轻地走开了。我深信这是一只雪豹。

天将破晓之际，那只生灵悄然离开了，我毫发未损，树林那边突然传来一阵悦耳的声响，似说话声，又像脚步声，朝着我们宿营的地方走来。穿过森林，两个高大的身影，被簇簇篝火映照着，渐行渐近。这时庸登也醒了，与我一起侧耳倾听，试图听到人的说话声与动物穿林的响动，可是那声音时而近，时而远，时而清晰，时而模糊，最后静寂成无边的沉默。我环顾四周，山岩上长满了青苔，周遭却不见烧过的木头和灰烬。

天蒙蒙亮，一缕骨灰白的云翳浮起。几只黑色的鸟落到了我们下榻的树梢上，尖啸着，啼鸣着，发出一阵晦气的怪叫。庸登被激怒了，他刚刚醒来，便有不祥之鸟来唱挽歌，以为并非吉兆，便怒气冲冲地对我说："母亲，这是一群居心叵测的欲望之鸟，若掠过我们头上,此去藏地恐有不祥,让我口诵巫符,驱走它们。"

我耸了耸肩,表示无所谓了。

庸登出身喇嘛世家,自然通晓密宗大法。他先低头念了几遍神咒,随后肢体展开。我站在一旁感到非常吃惊,巫咒刚刚落下一个尾音,所有的林鸟如遇神鹰飞来,心惊胆战,盘旋冲天,啾声刺耳,打破了拂晓的寂静。

"母亲,我的作法奏效了!"庸登手舞足蹈,欢庆着自己的胜利。

我们出发了。希望今夜能够越过禁地的边界。

曙色乍现,峡谷里的蓝月亮黯淡了,夜色如脱一件套头的黑袍一样,从山巅渐渐褪去,淡白了鬼魅的山影。我们一大早便踯躅在灵山的冰雪山谷里,沿着羊肠小道攀越山口,藏地的第一个关隘竹卡山口矗立于前。回眸之间,身后的灵山仍然是坚强的后盾。这说明我们的转山之道,已远离了澜沧江,一步一步地朝北,向萨尔温江(怒江)靠近。

感谢主的保佑,我们在穿越灵山垭口时,并未见到站岗的藏军,只有一堆堆玛尼石堆在面前。这是转山的香客登临之际,堆成的灵魂祭坛,下边由三块石头相撑,最上边则是第四块鹄立于上,远远望去,如一排山神于道边迎客。而垭口的两个山脊之上,经幡激荡,雪风中将十万次的祈祷送上天堂。

越过垭口,冰冷的雪风从藏地吹来,欲将我们吹下大雪山。佛祖在上,苍天在上,我向着四极八荒,一遍又一遍地口诵祷语:"愿一切众生都吉祥如意!"

庸登也跟着我念。诵经声中,雪风停息了,前方藏地擦瓦绒的苍茫苍翠,温婉着这片灵地。这天清晨,万里无云,蔚蓝着天地莽荡,我们穿林而行。茂密的森林突然变得稀疏了,从雪峰上缓缓升起的太阳,斜照林间,眩目成一条光带,透亮了树林间的空地和隐约可见的河流彼岸。河谷地带和半山坡,似乎已经被耕耘过了,远远看去,它更像是一座王府花园,而非普通的耕地。

我愕然了,这是什么村庄?我竭尽搜索自己的记忆。地图上并没有标明它的存在啊,此前入香巴拉王国之时,我们已经间接作过调查,那条朝圣转山大道和小径可接的村落寺院,都作了详尽的记录,谁也未向我们提及它。它从哪里来,又会消遁何处?

这可不是一般的庄园和茅屋啊,而是一座座小型的城堡,沐浴在淡淡的金色中,没有了人的喧哗,也没有了动物的嘶鸣,只有一记时高时低勉勉强强可以听到的金庙银钟之声,悦耳于山林中间。

我与义子惊呆了,一直默默地叩问:这究竟是遥远的藏地,还是我们已经步入了香巴拉王国?

是梦中的香巴拉惊现人间?一种好奇心使然,我们全然不顾白天穿行有人居住的村庄的危险,决定走进那个神奇的村庄。当我们在夕阳西下,走上一条通往那个神秘之境的小径时,暮霭浮起来了,晚风掠过,似乎一阵晚风将那个村庄吹走了。那些优雅的别墅,庄严的小城堡,阡陌井然的田野,王府般的小花园,转瞬之间便消失得无影无踪。它到底隐没在何处?我和庸登彼此叩问着,眼前却是一片缥缈的莽荡,只有林涛的狂啸,刚才那悦耳的钟声也寂然无声。

香巴拉王国谜一般地消失了。

"庸登,我们不是在做梦吧?也许刚才我们什么都没有看到过。"我失落地对庸登说,"可能是幻觉诱导了我们。"

"什么,母亲,你说我们在做梦?"一向温文尔雅的庸登神情反常,仿佛心灵追求被亵渎了,他大呼小叫地说,"我要向你证明,两个人怎么可能同时做一个相同的梦!刚才你看到那座奇妙的城堡时,我用手杖的铁尖在一块青石上画了一个巫符，以求神灵和佛陀保佑我们走到圣城拉萨。我能找到它。"

庸登拽着我的手，在毫无方向感的大莽林中定了定神，终于辨清了方向，指着一棵大树后边的青石说："那不是吗？母亲请看！"

我顺着庸登所指的方向看了过去，新画的巫符字迹清晰地凸显在青石之上。我沉默了，不知该说什么好，与义子往回返的路上，我怅然道："我的儿子，世界本来就是一场梦，好在我们不枉此行，终于看到了佛经中的香巴拉，梦中的王国……"

庸登点了点头，说："是的，母亲，我们毕竟是幸运的。"

季候鸟今生候谁？

幸运也会眷顾我们吗？

车过白茫雪山，已经跨进灵山的门槛了，我的手已触到了神秘之境的门环。仰首问天，问空阔的沉寂，问纯净的湛蓝，亦叩问自己，藏地灵山，还有那大藏经中的香巴拉王国，会慷慨一回，像对待大卫·妮尔和她的义子庸登一样，一览无余地向我们敞开吗？亮出灵山的诡异，亮出蓝月亮峡谷的纯净，亮出香巴拉王国的易初莲花和阔阔空空。

雪山无语，却有一只季候鸟在半空盘旋，啁啾不已。如满山遍野的啼血杜鹃，似乎在向我们显现今生来世的巫符和密码。天上两颗星，地下一对人，一只季候鸟，为谁而候？自然是还在路上的有缘无缘的过客。

山道弯弯，弯道越拐越急。绕过一个沟壑，鸟瞰峡谷，寥廓的森林与白茫雪山连成一片，清亮小溪蜿蜒淌过，雪水淙淙。秋霜洗过的山峦一片金黄，泅红点点，高原的太阳映衬着白茫雪山的宏伟绮丽，我们被这四溢的秋色诱惑，更为这亘古的恬淡所沉醉。

停车偏爱山色晚。申煊突然提议中途停车，再拍点照片。

我的心早已为梅里雪山魂牵梦萦。看到峡谷里有电线横过，便说美中仍然有瑕疵，还是早点去看卡瓦格博之美吧。

同车的欧阳也说，上次春天香格里拉行，已经在这里拍过照片啊。

于是，申煊兄只好妥协，与我们一起朝灵山疾驶而去。

此刻，秋空如轻纱一样透明，太阳开始西斜，簇簇彩云追着斜阳走，一轮斜阳跟着彩云走，在野岭山脊上留下一线金亮，透亮着莽荡如黛，也透亮着心情。翻过一道山梁，从此一路下坡，下到德钦县城阿墩子，下至澜沧江边，然后拜倒在灵山卡瓦格博的脚下。我左盼右顾，不见有车尾随跟进，显然不会与日本旅客共一座灵山了。果然，车绕过一座山，如转过一道屏风，蓦然之间，一座巍然的大雪山耸入云天，在我们面前惊现。这就是卡瓦格博吗？当然！车中的同行几乎异口同声。我的心怦然一动，几度寒梦灵山，几度烟雨缥缈，多少天下香客转山而来，经历千辛万苦，经历九九八十一难，五体投地膜拜跪下，匍匐于前，仰起头来只盼天开灵山，却因多日阴晦连绵，卡瓦格博住在云上，雨遮雾绕，难现真身，只好饮憾而去。于是便有了朝山封禅的帝王之憾，便有了祈求升官的封疆大吏之忧，便有了壮游天下的文人错失胜景之叹，更多了祈求超度的黎民黔首之哭。而今我无憾，灵山幻城般地浮现在我的视野，其间还相隔着七八十公里，却有一座伟岸的身躯向我压了下来。只见绝壁之上矗立一座城堡，垛堞如锯齿，横亘百余公里，而主峰卡瓦格博灿然凸现，露出巍峨之躯，阳光之下，如一座耸入云间的金庙昂然于天，清冷险峰，俊绝、宕绝、峭绝，默默守望着一个亘古的辽远，却抹不去那份圣洁与庄重。雪冠之上，一缕云翳轻飘九霄，如一片白羽的鹅毛插在王冠之上，威风凛凛，凛然而不可侵犯。

惊叹之余，汽车沿着一条峡谷迤逦而下，右岸，左岸，一直在峡谷两边旋盘着，逐渐降低，在一排白色经塔前戛然停下，我兴奋地惊呼起来，这可是拜谒灵山的最佳位置和角度啊。

"所以取名观景台啊！"申煊喟然感叹，香格里拉热遍中国和世界，朝圣转山的过客匆匆而来，德钦县政府专门在这里修了一座观景台，以供游人观赏卡瓦格博全景。

下车便见一排巨型的藏式白塔，面向灵山，金色的塔尖耸入云间，衬着湛蓝的天幕，神情虔敬，以一种罕至的纯粹朝山敬天。塔前，一片经幡际天而舞，激昂飘荡，似乎在为入藏正道上的香客高诵经文，诵着六字真言祈求天神。风马旗猎猎飞扬，雪风如祷语，一念就是百年，一愿便飞万里，一等又是千载。

我们能等多久？等到夕阳落下，等到朝霞升起，也像这旷野中的灵塔，等个天荒地老？我不知道。其实经幡最终会被雪风冷雨蚀食褪色，灵塔也会在一次次雪崩中轰然坍塌，唯有灵山亘古不变，无论我们多么钟情，多么虔诚，灵山只属于自己，永远不会属于我们。而我们的等待只是一个信念，一种虔诚，一个承诺，一种坚守。当两位摄影家将照相机的脚架支起来时，我扬腕看表，才下午四时许，落日之前，将是一场漫漫的等待和坚守。

等待，坚守吧。等待是一种缘分，有些人默默地等待了一生，却与灵山失之交臂；有的人默默坚守了一世，却与情缘相去甚远。

但是遭遇灵异和奇迹者，往往是坚守到最后的人。所以我学会了平心静气，学会了气沉丹田地厮守和坚守。钟情如此，成就一番梦想与光荣何尝不是如斯。

我站在西斜的秋阳下，高原的空气透极了，雪光紫气迸射下来，斑斓成一片七彩，赤橙黄绿青蓝紫的七彩，云之南望云的七彩，七彩的光环掩饰着滇藏秘境的香巴拉王国。此时，灵山兀然在我的面前，从少年时代知道故乡的中甸，知道梅里雪山，知道香格里拉，就等待这一天，岂知这一等，竟然等了漫漫的四十年。也许离自己最近的，却是最远的，离自己最远的，却又是最近的。终于等到了相见的这一天，这一刻。

那只季候鸟又浮在半空嘤鸣了。鸟语啾啾，似乎冥冥之中在预示着一种巫符，一个密码。

阳光有点灼人。我从高清镜头里远眺灵山，一幅静谧的油画定格其中，由近及远，近景是一片飘然的经幡，往下则是一片墨绿的高山四季杜鹃，有的含苞待放，有的早已凋谢；中景则是斜阳抚摸下的一片原始森林，阳光跑山，被太阳之鸟衔着，正在翻山越岭，一会儿照在山麓上，一会儿落在沟壑里，一会儿鎏金一样镶在阿墩子的城池上；远景则是卡瓦格博庞然于天，幻城般的城郭尖塔和金庙巍然耸立云端，与天堂融为一体。

陶醉了。沉醉了。人的心情皆被这美景融化了。转经大道苍生熙来攘往，却有几人能看到如此绝地仙境？今世有幸，得以亲见灵山真面目，而这一切，则因为自己十六年间无数次走过的苍茫青藏带给我的吉祥如意。

太阳徐徐坠落山冈，坠入神山怀抱，灵山之顶的白云缓缓蒸腾，灵山圣境开始崭露，灵山背后的云彩弥漫着，点点，簇簇，像一支朱笔蘸到了白纸之上,氤氲成一片祥云飞绕。

回望身后,天堂大道上车来车往。新来的朝圣客多为青年"驴友"群体,大多在网上贴一个帖子,说自己要去香格里拉,想找一个男友女友为伴,便会有人跟帖,两个人视频一对眼,一拍即合,便会结伴而来,双宿双飞。一辆吉普"嗞"地停在了我们身后,车上跳下三男三女,说话南腔北调。突然有一个身姿绰约的女孩朝我们走了过来,径直走到美男欧阳身边,递过一台尼康单反数码相机,操一口岭南话说:"老大,帮我看看,现在拍雪山光圈该多大。"

我们的帅哥接过后,帮她调了光圈,还耐心辅导。

"申煊,你看,摄影家还是有魅力吧,被美眉盯上了。这可是廊桥遗梦的开端啊。"我笑着说。

申煊摇了摇头,又点了点头,感慨这个年代女孩真开放。

那个女孩低头看了看欧阳镜头中的灵山,说:"老大,你好棒啊。"

我们哑然失笑,过了一会儿,车上的人在呼唤,那个女孩依依不舍地离去了,说:"晚上见,晚上你们住什么地方?"

"飞来寺啊!"

"拜拜!飞来寺见。"那个女孩转身离去。

我逗欧阳说:"快留手机号啊,人家看上你了。"

欧阳羞涩一笑。

申煊说:"他哪敢留啊,有我们两个领导在此。"

"这有什么啊,欧阳现在是银牌王老五,找女友可以挑遍天下。"

欧阳憨然一笑。

黄昏不知不觉降临了。灵山顶上悬着灰白的帐幕,氤成一片金灿。锯齿般的城堞如野火一样熊熊燃烧,云天与山界接壤之处仍清晰可见,阿墩子城池上的光亮黯然了,这似乎就是香巴拉王国夜的前驱，黛色的山岭氤氲成一层烟霭，与灵山蒸腾的热烈逐渐地接近和拥抱，主峰上那片白羽般的云团染成火烧云，犹如火凤凰的一片羽毛插在王冠之上。云雾越积越多，越堆越厚，显现灵山天气的变幻无穷，烈焰般的云层烧成了炭黑，日漫金山的辉煌没有浮现。但是我的心灵却在等待着缓缓到来的平静。

雪风吹过来了，天光越来越昏冥，夜色如潮水漫了上来，手也有点冻僵了。我们悻然收起装备，朝着德钦县城阿墩子方向驱车下山。

阿墩子，藏话称"居"，地处金沙江之左，澜沧江之右，为入藏的孔道和襟要之地，历史上它只是一个小小的驿站，无论官兵出滇，茶马互市，还是天下经筒飞旋转山的香客，皆在此地歇息。走过千山万山，走过三江并流的梦境，走下巍然入云间的卡瓦格博，寒冷的冰雪抛在身后，俯瞰阿墩子，炊烟袅袅，突然有一种乡关将近乡愁涌动的温热，一泓思乡之泪便潸然而下。走下神山，投宿于四方形的藏式小客栈里，推窗便可以看到蓝月亮峡谷里的灵山轮廓，有雨雾雪花涌来，有吉祥如意的祝祷四起。今夜无眠，独坐寒夜里，看澜沧涛涌，听雪崩嗡然，心随雾走，神追月飘，魂归香巴拉王国了。

车子一路下坡，驶进了阿墩子，凡尘的温情从万家灯火的窗里飘了出来。此时已是晚上八点多钟，从中午在奔子栏吃过午餐后，将近八个小时未进米粒，汽车驶入德钦县城，跨出车门，一缕雪风飘来，身子一阵瑟瑟地颤抖。

站在街边，一股川地火锅的辣香飘了过来，我已垂涎三尺。

欧阳问："两位领导，吃点什么好啊？"

"当然是火锅了。"我未加思索便建议辣一把，暖暖身子，博得大家一致赞同。

走过昏黄的街市，步入一家火锅店的大门，突然听到一声岭南之语:"老大,你也来了。"

我一愣,欧阳却在频频点头,定睛一看,刚才在观景台上遇到的那个年轻驴友姑娘,已经涮开了。

围坐在火锅旁,热汤滚滚,辣味冲天,水雾了小餐馆的玻璃屏风。朦胧之中,我仿佛听到了一阵马蹄声碎,朝山的香客一拨又一拨地涌进了阿墩子,搭起了帐篷,到街市上来买酥油砖茶,煮燃铜炊,等待明天转山的又一个日出日落。

民国女特使刘曼卿就是在一片酥油飘香中,策马走进阿墩子的。二十世纪二十年代末,她单枪匹马,从川地的入藏大道进入康区,到达拉萨,见到了十三世达赖喇嘛。又是几年过去了,因西藏噶厦政府与西康边军发生冲突,她又奉民国政府行政院之命,二度进藏调查,居中调停。这年七月沿着滇藏驿道一路走来,如今已经走到了离藏地最近的德钦县城阿墩子。近晤灵山,激发了女特使的万千思绪,挥笔记下了当年阿墩子的景色和转山朝圣的盛况:

> 墩市建筑,因气候与地势的变化,一律为长方形的房式,前面临街,便于交易,后边为马厩,猪圈及柴草房,每家种有菜园一方。春冬季多雪,有时街面累积数尺,好在街势倾斜,中有阴沟,下有流水,上覆厚木,每遇降雪时间,则各家自扫门前雪,倾阴沟中,否则日积月累,整个阿墩有白雪掩盖之虑。墩市多雾,有时充进屋内,俗称为"天香熏室"。
>
> 阿墩商业之盛,每岁以秋冬两季为最。因藏俗男女老幼皆以朝本地有名的太子雪山为莫大之因缘。苟能朝山三次以上,则罪愆全赎。阿墩为朝山必经之道,远如拉萨、察木多,近如江卡、察隅一带人民,邀群结伴,不惮千里之劳长途跋涉,其

中有黄发之幼童，有妙龄之少女，亦有强健男妇，苍颜翁妪，熙熙攘攘，络绎不绝，每至日暮，则张幕以居，汲水采薪，自起炊釜，至夜相与依卧，杂沓纷呈，阿墩人称之为"阿觉哇"！

曼卿女士一半藏族一半汉族血脉，生于拉萨，求学于京城，其半白半文的《康藏轺征》，堪称现代中国最早的一部边疆游记，炊烟井市之中，让我触摸到了已经远逝的阿墩子的昨天。

往事已被灵山的烟雨化成一抹苍白。如今阿墩子已崛起为云南境内海拔最高的一座现代化边城。自从光绪三年（一八七七年），阿墩子的地方官夏胡御职时，立下一块德钦碑，将阿墩子改为升平镇后，便有了歌舞升平的寓意。

但是一个世纪过去了，阿墩子的歌舞升平也只有在香格里拉作为人类的天堂之梦被重新唤醒时，才成为现实。

繁华一梦。芸芸众生游走在似梦非梦、似神非神、亦真亦幻、亦步亦趋的边界上。饮尽了麻辣火锅的人间烟火之后，我们又该脱尽尘世的俗气，下榻在与灵山相望的飞来寺前，夜晤卡瓦格博，步入蓝月亮峡谷的梦境之中。

走出小火锅店门口时，那个岭南女孩朝欧阳恬静一笑，说："老大，一会儿飞来寺前见。"反倒将我们的帅哥弄了一个大红脸。

我感叹道，时光不再，我辈垂垂老矣，好日子都属于这些年轻人了。

可是灵山却属于我们。在盘山的公路上盘桓了十多公里后，我们穿过了一条藏式酒吧林立的小街，驶到半山坡上，停在了飞来寺前刚刚装修完毕的一家三星级酒店前。

安顿完毕，才晚上九点半，南方的夜生活刚刚撩开帷幕。我对申煊说,到酒吧街走走啊,三个老男人,虽遭遇不了一场廊桥遗梦,也可以看看夜幕下"驴友"的众生相,感受一下时尚。

漫步走下山坡,卡瓦格博黝黑的山影,就在眼前,似乎触手可及。酒吧霓虹闪闪,晕红的灯光在诱惑我们。信步街头,仰首一望,一家造型别致的藏式酒吧,跳荡着"季候鸟"三个字的虹影,心里倏忽掠过一种莫名的感应:冥冥之中觉得与自己有缘的某个人,某年某月某天之前,早已先期来过这里。雪花匝地,夜雾涌了进来,却未吹散一股滞留在这里的淡淡体香和烟草味,芳魂仍在游荡,他(她)会是谁呢?是大卫·妮尔?是民国女特使刘曼卿?抑或是我生命中的某一个人?冥然想着,拾阶而上,进入了酒吧前台,只见一个漂亮的女孩独坐在吧台前兑酒,几个男服务生却坐在桌前无聊地打发着自己的日子。

"先生,坐吧,想喝点什么?"看着三个老男人走了进来,女孩子站起来打招呼,川音款款,却不是我们云南人操的老本腔了。我自京城来,当然更懂故乡话。

"先看看啰!"酒吧的木柱上悬着许多牦牛和盘羊头做的标本,墙壁上贴满了一张张路过"季候鸟"的情侣留下的纸条,洋洋大观,虽然纸已经发黄,落了一层灰,轻轻伸手触摸,便有怦然心动的故事落下。走进里屋,桌前坐着两排欧美旅客,烛光点点,幽静之极,唯有频频举杯的清脆传来。老外不时扭头看我们这三个中年男人想寻找什么。我沿着墙壁上的留言一一浏览,可惜灯光太暗了,很难看清内容,可是我总觉得这数万张的纸片,一定会有我熟悉的朋友的笔迹和故事。

但是我们最终还是选择了离开,想找一个人气旺一点的酒吧感受一下。

"梅里往事"酒吧的人气倒很旺，酒栏坐着身穿红红绿绿的冲锋衣的"驴友"，都是年轻的面孔。我们挤了进去，只见年轻人成群结队地分成四小片，各占一角，静静地在看一部关于梅里雪山雪难的片子《卡瓦格博》。三个老男人游荡进来，似乎与酒吧的氛围不相协调。我们选了一个角落坐下，申煊给每人要了一杯立顿红茶，边品边看屏幕的画面。我却拿出手机，突然想给自己第一个想到的编辑朋友发短信，便轻触手机键盘，写道："三个老男人坐在飞来寺前的'梅里往事'酒吧，近晤灵山，看《卡瓦格博》雪难片，可惜梅里无往事。"

冥冥之中，似乎会勾起一个人对梅里往事的记忆。短信很快飞掣而来："飞来寺前有一个'季候鸟'酒吧，很藏族的，可进去坐坐啊。"

我悚然一惊，立即回复："我刚从'季候鸟'酒吧走出来，季候鸟今生候谁，来世又等谁！"

对方亦怔然，短信问道："你真的刚从'季候鸟'酒吧出来？"

"是啊！"我回复道，"还在四周挂着纸条的墙壁前踯躅了一圈，都是一些有情人的留言，不乏令人怦然心动的故事。"

"天！都是命中注定。"又是一句暗藏玄机的话。

"你来过'季候鸟'？那些墙上的纸条深藏你的一个故事和秘密？"我短信飞鸿，传到涛声依旧的海边。

"你看到了？"

"感觉而已。"

也许是心随潮起潮落，我的手机立即又显现一句颇有诗意的短词："几度烟雨，迷离天涯，红尘依旧，寒山空灵。"

"呵呵，灵山之上仍有剪不断理还乱的烦恼丝，请问几时迷离灵山，几时'季候鸟'候君？"我在步步紧逼。

"求你，别再问好不好！"

呵呵，我仰天一笑，无意中触动了对方不堪回首的情殇。

"梅里无往事，梅里往事尽在一枕寒梦中。"我回复过这几句话，远天的季候鸟突然停止了鸣春，缄默不语。

梅里往事

今夜灵山静悄悄。

有一只季候鸟蛰伏在灵山的原始丛林中，俯看苍生，人们一思考、一动情，它便会咯咯地发笑。应山之声传过来，有点瘆人的感觉。

可是今夜，"梅里往事"酒吧里却没有了笑声。每个人都屏住了呼吸，凝重了飞扬的神情，静静地在看一部片子，一曲十五年前发生在梅里的悲歌，一场因人类冒犯了灵山而遭天罚的劫难。

那一场雪崩如海啸，似地震，仍然回荡在灵山的夜空。

秋夜静悄悄。我听到了亲人喊山的回声，听到了雪崩的巨响。可是生命脆弱到如此无助的地步，无助到了没有来得及向亲人呼喊一声。

《卡瓦格博》灾难片是不是这样切入的？可惜我们是从中间看起的，看着看着，我便屏息静气了，这时老板娘过来给我们续水，问了一句："三位从哪里而来？"

"北京！"我觉得她此时说话，多少有点不合时宜，但是既然聊上了，也不妨多问几句，"你好像不是本地人？"

"是呵。"她也漫不经心地答了一句，露出了一口仍然可以清晰辨出来的岭南话。

"听口音,老板娘好像是广东那边的人。"

她突然一愣,说:"没错,我就是广州人。"

"哪一年到这里开了'梅里往事'酒吧?"

"说来话长。我原本在广州一家银行工作,有一年夏天与老公一起到泸沽湖旅游,便爱上了这块土地,滞留不归,在那里开了一家'泸沽往事'酒吧。"

"哦!"我也好奇了,说,"你们岁数也不大,怎么这样喜欢回忆往事啊,莫非人生经历过许多幸福或痛楚的往事,躲进灵山灵湖来回忆、疗伤啊?"

"哪里啊,并不像你说的这样。"老板娘摇了摇头。

"呵呵!不像我说的,那像什么呢?"我穷追不舍,"那为何偏爱往事,总有缘由吧。"

"那倒也是,我老公喜欢美国一部电影,叫《美国往事》,你们看过吧?"老板娘反诘道。

"没有看过。"我答道,申煊和欧阳也随声附和。

"我们在泸沽湖住了好几年,山水看尽了,也看烦了,有一天来卡瓦格博旅游,又被这座灵山诱惑了,据说这是英国人詹姆斯·希尔顿写的《消失的地平线》的中心地带,那可是真正的香格里拉啊,梦幻般的天堂,顿时就魂牵梦绕了,两个人当机立断,盘了泸沽湖上的'泸沽往事'酒吧,在飞来寺前开了这家'梅里往事'。"

"多幸福啊,每天伴卡瓦格博日出日落,推开窗子,跨出门槛,就可以看日漫金山,看雾遮灵山,听雪崩如雷,似虚似幻,感觉一定很美吧。"我喟然感叹。

"一点也不美。"老板娘摇了摇头,说,"开始几个月还觉得很新鲜,待久了,甚至懒得再看它一眼。"

"不会吧!"我感慨道。

"真的!先生是搞文字工作的吧,出口成章,浪漫无边。但是实话实说,在这座灵山脚下,再浪漫的风景也经不起风吹雨打,霜洗雪泡啊。"

我说:"还想在这里长期待下去吗?"

"不!"老板娘摇头道,"待了两年了,早就待够了。所有的感觉都迟钝和麻木了。我和先生商量好了,年底把'梅里往事'盘了,到昆明去过几年舒舒坦坦的城里人的日子。"

"啊?"这回轮到我们惊讶了。

"没什么可以惊诧的,换了你也一样。天天守着一座雪山,出门见山,开窗看云。天天如此,你说烦不烦?"

"这倒也是。"我们不约而同地点了点头。我突然露出好奇的一面,说:"在飞来寺面前待了两年,梅里往事,每天的故事一到天黑时,都成了往事和历史,灵山是亘古的,人却是流动的。每天晚上光顾'梅里往事'的人,给你带来的哪件往事最惊心动魄,最刻骨铭心?"

"当然是攀登卡瓦格博的大雪难了,每天晚上'梅里往事'酒吧都在不断地播放这个故事,我都可以讲述每个细节了。日本人也太自负了,他们征服了世界上所有的高山,却没有想到,会在中国云南这座海拔仅有六千七百四十米的神山面前折戟沉雪。这是灵山,灵山总是要显灵的,一旦显灵,不是幸福就是灾难。"

灾难就在二十世纪九十年代的这样一个夜晚,降临到了十七个登山队员的头上。

那是一九九一年元旦前后吧,日本东京大学与云南省签订了攀登梅里雪山的协议，为期五年。东京大学登山队攀登过包括珠穆朗玛在内的世界著名雪山，自然没有将这个雪山中的小兄弟放在眼里。次年春天姗姗来迟，高原杜鹃开得如火如荼，是生命中最绚丽的季节。他们来了，一共十一个队员，加上云南省登山队的六名队员，组成了十七人的中日联合登山队。从东京和昆明运来了几十吨的登山物资，运到了阿墩子，运到了飞来寺，改乘驮马，朝着卡瓦格博主峰下的最后一个村庄悠然而去。飞来寺离卡瓦格博主峰目测不到七公里，其实一走起来却有七十公里之遥。他们牵着驮马，伴随着山间铃声，整整走了三天，终于走到了第一个大本营雨崩村。

雨崩村的藏民第一次看到这么多的城里人，住在他们的木楼上，说着叽里咕噜的听不懂的异族话；到了吃饭的时候，不吃糌粑，却撬开铁盒子里装的东西，放在火上一烤，就"米西米西"起来。

世代生于斯长于斯的藏民起初并不知道他们来干什么，几天后发现他们在离村不远的地方搭了帐篷，每天铁壳子发出嘀嗒嘀嗒的声响。一直过了十多天，村民们才从县里来人的口中得知，他们要登卡瓦格博神山。村民们震惊了，先请村长出面，劝说他们，卡瓦格博峰是梅里雪山主峰，为藏区八大神山之首，只能转山朝圣，不能朝前踏上半步，否则它一发威，来人就死无葬身之地。

没有人听，这些固执的城里人依然我行我素。

从大本营往雪线上开拔那天，雨崩村的老老少少跪在了进山的路口，堵成一道人墙，像玛尼石一样的祈告墙，虔诚地哀告，请他们不要踏进神山半步。

此时，没有一个人听这些神山子民的忠告，他们不屑地冷笑，权当看一场古老的宗教膜拜仪式，漠然朝前而去。

登山队员的身后一阵如雷如雪溃的念经咒语。可是登山队员却以为是雪风呼啸。

又不停地走了三天，终于在雪线之上设立了第一个大本营：遍野冰雪，一个晶莹剔透的童话世界。回望雨崩村，早已经淹没在了狂啸的雪风里。

登梅里雪山的日程排得井然有序。第一个大本营是指挥中心，云南体委登山队的有关人员就在这里具体负责，为第二个大本营建营提供支撑。

又盘旋而上，在离卡瓦格博仅有四百米的地方建立了第二个大本营，以便择日冲顶。

在第二个大本营的选址问题上，中日两国登山队发生了分歧：云南登山队实地踏勘地形后，建议后撤两百米设点，可是东京大学登山队队长固执己见，觉得后撤不利登顶，坚持他们的选址，前推了二百米。这一举动不啻将自己和队员们推到死亡的边缘。

第二个大本营建起时，晴空万里，斜阳缓缓西下，红润着蓝天，红润着卡瓦格博沉静的白茫，神山露出最壮丽的一面。仰望雪峰，宛如一座金庙在上，佛光熠熠，令人有点迷惑，似乎要让为它殉情的人们留下最美的一瞥。中国云南登山队的六名队员脸上灿烂了，日本队员却沉醉了，他们似乎听到了樱花凋零的碎裂，觉得这行将消逝的黄昏，如岛国的樱花一样绚烂、短暂，美至极致。

卡瓦格博的灵山之美变幻得有点令人目不暇接。一会儿雪雾便涌上来，雾锁卡瓦格博，天地混沌一片，两三米之内便看不见人影。寒冷的黑暗，如走进了死亡的黑洞，像当年长崎广岛核爆炸过后的黑暗。好冷，日本队员的帐篷里煤油气灯亮如豆点，像一只幽暗的眼睛在闪亮，在跳荡。

卡瓦格博从印度世界神山开会回来了，看到自己肩上有一些小小的黑点，如蜉蚁在肩上爬过，痒痒的。人类真自不量力，竟敢征服神山，卡瓦格博嗔怒了，露出了魔性的一面，死亡幽灵已经巡弋在了中日联合登山队命运的天空里。

天太黑了，日本东京大学登山队队长八点前最后一次与大本营的云南登山队的同仁联系，说第二个大本营周遭雪雾太大，冲顶时间待定，等到天气转晴就登顶。

这是他们对人间的最后一次呼唤。

神山不仅有灵异魔性的一面，也有悲悯的一面，在将十一个日本人、六个中国人收回天国前夕，很有礼貌地知会云南登山队两个队员的孩子，叫你们的爸爸快撤吧，此时未晚，走了还来得及。

登山队离开昆明后第一天，刚从学校放学回来的一个云南登山队员的儿子不见爸爸，问母亲："我爸爸去哪里了？"

"与日本登山队一起去登德钦的梅里雪山了。"

"妈妈，别让我爸爸去梅里，他一去，就回不来了。"

童言无忌，母亲打了儿子一巴掌，说："你个小兔崽子，爸爸刚出远门，就说开死口的话，多不吉利啊，我打死你。"

儿子哭着冲进了自己的房间，仍旧伤心欲绝，饮泣道："我爸爸回不来了。"

第一次灵山预警被亲人忽略了。

就在雪难发生的一月四日凌晨，另一个云南登山队员的儿子，半夜三更从梦魇中惊醒，坐起身来大喊："我爸爸被雪埋了，我爸爸被雪埋了。"

妈妈闻声跑到儿子的屋里，说："你是不是想爸爸了，儿子睡吧，梦往往是相反的，爸爸会安全归来的。"

灵山第二次显灵时，其实雪崩已经发生了。

翌日早晨八点，卡瓦格博仍旧阴霾，雨雾绵绵，天昏地暗。已经八点了，到了第一次联络的时间了，大本营里的对讲机没有响起，是不是山上的队员睡得太沉了？等等，等到十点，仍然杳无信息，一种不祥之感掠过脑际，惶惑着大本营里的每个人的心。再等等，可能是对讲机没有电池了，可是十七台啊，一台没有电池，不会个个没有电池啊。少安毋躁，所有的人都站到了电台前，等着嗒嗒声响起。

到了十二点，仍然没有声音。

出事了，冲顶的大本营一定出事了。一边派人上去，一边向昆明和北京报告。中日联合登山队出事了。

从大本营派上去的人，迂回了半天，雪崩不断，无法接近卡瓦格博，很快传来消息，雾太大，什么也看不到。

请求空军援助，派直升飞机营救。成都战区陆航团的直升机从川地飞来了，浓雾弥漫，雪野茫茫，在梅里雪山盘旋了好几圈，什么也看不见。

请求中国西藏登山队前来营救，这是一支攀登过珠穆朗玛峰的劲旅，有着丰富的登山经验。他们从拉萨沿着滇藏路，沿着朝圣的大道，白天黑夜地赶，两天半赶到了。在飞来寺前，他们骑上驮马，进入雨崩村，匆匆向神山进发。卡瓦格博仍在狂啸发威。西藏登山队建立了两个营地，第二个营地离中日登山队的距离还有半天的行程，傍晚快接近那个营地前，轰然巨响，雪浪滚滚，雪尘纷扬，雪崩了。后撤，赶快后撤，西藏登山队丢盔弃甲地回到雨崩村，遗憾地说：营救失败。

已经一周过去了，中日登山队存活的希望几近于零。双方协商放弃营救。

魂殇梅里。十七名中日登山队员遇难卡瓦格博,中国震惊了,整个日本岛国心颤了。

藏语称之为"卡瓦格博"的梅里雪山,一夜之间饮誉世界,人们被神山的神性与魔性深深诱惑和震撼了。

等了整整四年,日本人于心不甘,前度日本登山队又来了,与中国云南体委签订的五年登山协议只有一年了,必须征服卡瓦格博,为十一名日本登山人雪耻。

日本人这回有备而来,每天与东京气象厅联网,两个小时一报卫星云图,并与中国中央气象局和云南气象局会商后再定冲顶时间。

雨崩村的藏民淡然一笑,不想再阻挠:神山有灵,绝不会让你们随便跨越的,不信等着瞧,谁笑到最后谁笑得最美。

日本人这回冲顶的大本营建得离灵山更近,建在了离卡瓦格博主峰只有二百米的地方。那个冬天的天气真的不错,灵山有容乃大,不计前嫌,神情灿烂地迎接日本客人,让他们看个够。明天早晨登顶,日本登山队已经确定了最后的登顶时间。可是到了下午四点,东京气象厅的卫星云图过来了,两个小时之后,天气变坏,雪雾遮蔽,大雨滂沱,以后三天都是坏天气,并将有雪崩发生。快撤,往大本营后撤,日本登山队员对本国的高科技深信不疑,与中国中央气象局和云南气象局的会商结果如出一辙。

撤吧,登山队员们最后无望地看了一眼卡瓦格博,只有二百米啊,便登顶在望了。有的日本队员不信,还欲坚持,日本登山队队长手一挥,我不希望四年前的悲剧重演,撤吧。

刚刚撤离冲顶大本营不久,卡瓦格博便被乌云笼罩了。庆幸,庆幸东京气象厅料天如神。

然而等他们撤到雨崩村后,旷野无风,灵山天蓝如洗,一连三天万里无云。日本人哭了，向着灵山骤然跪倒，洒泪而别。

此别再也回不来了，云南省政府已经向世界宣布，梅里雪山从此不再向登山者开放。超度亡灵，等待轮回的日子姗姗来临了。

十年过去了。一个轮回将至，有一天，雨崩村的两个年轻人上山放牧，牦牛接近雪线，他们突然从融化的残雪里发现了日记本、塑料制品、对讲机，甚至人的骨骸。情况层层报了上去，省里突然来了一批人，开始对雪线清理，又发现当年的帐篷，这是中日联合登山队的遗物，确凿无疑了。

已经平静了的梅里往事再度复活。命殒卡瓦格博的十七名中日登山队员的亲人从东京和昆明赶来了，辨认遗物，泪哭灵山，雪祭十七个亡魂。

已经是人间四月天了，可是灵山的气温仍旧很低，卡瓦格博黑着脸，雪风凛凛，有侵骨之寒。人们站在飞来寺经幡飞扬的灵塔前烧着冥纸，已经等了一个上午了，天空仍然飞着潇潇冻雨，看不清灵山真面目，自然看不到亲人的亡魂。

就要回去了，此别也许便是永诀。一个从昆明来的云南登山队员的遗孀，突然放声大哭，喊着自己亲人的名字："孩子爹，我和儿子来看你了，灵山啊，请掀开头上的白纱，让我们最后看一眼自己的亲人啊。"

一个中国女人在呼天抢地，已经长大的两个被托梦的中国男孩面朝神山，大声喊了起来："爸爸，你在哪里？我和妈妈来看你了。"

日本女人和日本男人们一愣，也跟着齐声喊了起来。喊着自己的男人，自己的爸爸，自己兄弟的名字，叫魂，让埋在雪中的一缕缕亡魂跟着亲人回家吧。

归去来兮。叫魂之声震荡灵山，泪撼卡瓦格博，神山遽然天门顿开，浓雾被喊散了，灵山露出了巍然不可侵犯的青黛，匆匆一现。

天开了，神山显灵了。归去吧，殒落在梅里雪山的亡魂理应魂归故里。

所有参加祭祀的中国人、日本人都错愕不已，朝着灵山长跪不起。

蓝月亮山谷

我拭去脸颊上的泪水，怅然走出"梅里往事"。

一个圆圆的冰轮不知什么时候升起来了，挂在太子雪山之上。我朝灵山下的大峡谷一看，顿时惊呆了——詹姆斯·希尔顿在《消失的地平线》中描述的蓝月亮峡谷，梦一样地惊现眼前。

金黄的月亮，如一簇红红的篝火，将寒山照暖了。我们走在飞来寺的酒吧街上，夜色被一轮杏黄月浸染着，浸润了空灵，蓝色天鹅绒般朦胧成一片，如同一张宣纸落下了彩色，渐渐地漫开，灵山的轮廓越来越清晰了。金色的杏黄溢满成一轮圆月，如岭·格萨尔王金鞍上镶嵌的一颗天珠，用清辉抚摸着灵山的叠翠，直至可以远眺到连绵起伏融入地平线的遥远。

夜已经很深了。寒意随着雪风而至，一点一点地侵蚀着过客的意志。天上那个冰轮越来越明了，将飞来寺前的山谷洇染成一片淡青色，与英国人詹姆斯·希尔顿《消失的地平线》里的香格里拉蓝月亮山谷别无二致。

我们缓缓走回下榻的宾馆，我突然想起曾在"季候鸟"酒吧里等候给自己一个交代的编辑朋友，便按了手机，那曲感伤绵长的歌声响了起来。

"喂……"听筒里仍旧回荡着一种磁性的悠远。

"是我，你猜我此时站在哪里？"

"让我想想，你在月下的旷野里，直面灵山卡瓦格博。"

"天啊，"我惊呼，"是不是上苍给了你一双千里眼，我真的站在大峡谷的半坡之上，听风入松的涛声，从耳边掠过。"

手机里传来恬静的笑声，说："是啊，因为我的心长了一双眼睛，能穿透时空的夜暗，透视到你所站的纬度。"

"呵呵！"我也笑了，反诘道，"你来过飞来寺几趟？"

"两趟！"

"看到过神山露出真面目吗？"

"很遗憾，两趟都云遮雾绕，一片白茫茫的混沌，我也昏昏睡睡，与灵山无缘。"

"此时的蓝月亮山谷可是圣境毕露，亦虚亦幻，似梦非梦。"

"真的？请你给我描述一下。"

"好！此时此景，其实是当年六世达赖喇嘛仓央嘉措的情歌《在那东山顶上》的绝版再现。"我轻轻地哼起仓央嘉措的那首名作：在那东山顶上，升起皎洁的月亮，玛吉阿米的脸庞，浮现在我的心上。

"具体点，请用作家之眼，诗情画意地给我展示。"

"请听这回分解，"我转身朝东，说，"今晚应该是十六吧，月亮好圆好亮，像北方一个熟透的黄杏子，挂在东边太子雪山的顶上，山与天的接壤处，一丝云翳也没有，一百多公里长的梅里山峰，如城堡起伏的垛堞，色调忧郁，连绵着，在淡青的天穹下凸显一道炭笔勾勒的黝黑山影，默默地守望着，守望着一种等待回应神秘暗示的好奇。我侧身向北，在我的正前方，仿佛伸手可以够着金字塔造型的主峰卡瓦格博。傍晚时分，我们在观景台上看到了雪冠上的白羽般的流云沉落了，完美无缺地展示着那冰锥般的尖锐，被月色照出浸染的光芒。我觉得此时的灵山更像一个美人，一个梦中的娇娘，云散了，掀起盖头，肆无忌惮地将自己身上遮羞的云纱往下脱。云烟淡抹，冷雾凝聚在半山腰上，如一抹流云缠在腰间，更像一个藏族娇娘将洁白衬衫轻柔地卷在腰上，恰似一条宽宽的银饰腰带，恰如其分地反衬着青蓝色的天幕，而那天体的曲线婆娑多姿，一露无遗。饱满的胸部怒张，就连神秘禁地和沟壑也若隐若现，如此静谧，又如此诡谲，在原始景观的裸露中更隐藏了一种与世隔绝的奇诡和险象环生。夜空里仍然有雪崩的轰响传来。我对着山那边喊，雪山的回声悠长，像大海的涛声一样震荡蓝月亮峡谷。飞来寺的金庙鹄立绝壁之上，飞檐斗拱伸向峡谷，夜风中唯有风铃悠悠，在如此天荒地老中弥升着一种幻觉，令人顿生一种诡异的宗教幻境，我觉得自己的呼吸和心情都沉醉在一种超乎寻常的宁静之中……"

"醉了。"手机里一声惊呼，"你描述得太美了，蓝月亮峡谷，香巴拉王国梦中的天堂，仙境般的宁静。可惜我无缘，两次去了飞来寺，雾遮雨飘，无缘见灵山，今夜得以如愿。"

"说说你无缘梅里的往事吧。"

"真想听？"

"想！"

"好吧！只要你不嫌烦，权当给你提供创作素材。"

此刻，灵山无风，峡谷空茫。天地如此青蓝，秋夜如此纯净。天上两颗星，地下两个人，一个面朝灵山，一个倚望东海，今夜共一片星空，共一轮明月，那是五万年青蓝如斯的峡谷，那是五十年生于海面的明月,一束穿透了深邃的无线电波,穿透了夜的黑暗和冰冷,传递着一个个令人唏嘘不已的情殇碎片,将其连缀在一起。感时花溅泪,恨别鸟惊心,有一种令人心碎的伤痛。

伏在丛林中的季候鸟又在鸣叫。

故事的时间跨度已有十年之久了。十年相望两茫茫,隔着一座诡谲的灵山,隔着一湾浅浅的海水,不思量,自难忘,在那座美丽海滨城市相识的过程仍历历在目。

那年,她刚大学毕业,在一家房地产公司做推销工作,房展在一家高级宾馆举办,她站在那里发推介材料,刚好有一群从海外来的游客下楼,从房展推广会的旁边匆匆走过。她误认为是来买房的,走上前去向他推介,误会一场。她嫣然一笑,那一笑,迷人的大眼睛里跃出了一条鱼,将对方迷住了,两人一见钟情,一段天缘铸成。

然而,毕竟隔着一个浅浅的海湾,不能天天约会,这反倒让他有了施展才华的天空。他受过最好的华文教育,又是外科大夫出身,练得一笔好字,写得一手好文章,遥望大陆,鱼雁传书,每周两封情书飞洋跨海漂到她的手。读着那些文采飞扬的情书,她的芳心就这样一点点被浸润和俘获了。

时光姗然走过,到谈婚论嫁的时候了。她是一个内心浪漫之人,那天他向她求婚时,她说,做你的新嫁娘可以,但是在结婚之前,须答应我一个条件。

他问,什么条件?

她说,跟我去一个圣洁地方,见证我们的爱情和婚姻。

他问,什么地方?只要不是天上,天涯海角,我都陪你去。

她说,就是天上,一个见证我们的爱情和婚姻天荒地老的梦幻般的天堂。

他问，这个梦幻天堂在哪里？

她说，在云南的香格里拉，卡瓦格博雪山的飞来寺前。

他说，这个主意妙极了，多浪漫啊！自从读过詹姆斯·希尔顿的《消失的地平线》后，我就对香格里拉神往不已。

他们牵手而来，迤逦西行，先飞昆明，再大理，再丽江，再进入中甸城，然后租了一辆车直奔卡瓦格博，可是灵山似乎注定不看好这段感情，翻越白茫雪山，便是乌云滚滚，雨雾绵绵，卡瓦格博沉没在冷雨烟云之中。他们在阿墩子稍事休息，便驱车赶往飞来寺，面向灵山，跪拜天地，敬香祈愿。任凭心里多么虔敬，始终未见灵山显露真身，却有一片阴霾笼罩在爱情的命门之上，令她有了几分惆怅和遗憾。可是很快她就沉醉在将做新娘的喜悦中，洞房花烛，那种感觉如飘升天堂，她未曾多想，这灵山不开，卡瓦格博并没有见证一对新人的天荒地老，究竟深埋着一种怎样的巫符密码。

未及多想，他们几乎走遍了边地的每个角隅，让婚姻沉醉在彩云之南的天边。

婚后，两人仍然隔海遥遥相望，一个年轻女子守望在一个孤独香巢里，但她从未对自己的爱情和忠贞有过一丝的怀疑和拷问。

接下来便是初为人母，她腆着一个大肚子去了深圳罗湖桥边，等待，等着他过来，等着一起牵手分娩爱情的结晶。车旅劳顿的颠簸，孩子早产了，居然是一对双凤胎，她没有准备，医生也没有准备。第一个小孩子生出来，是个女儿，第二个却难产了，她在迷糊之中听到自己血喷的嚯然和医生的手忙脚乱，人便昏过去了。待她再度醒来时，后出世的一个女儿已经夭折了，顷刻之间，生死原来离自己这么近。

他从岛屿上赶来了，纵有悬壶济世之术，最终却挽不住一场生命之殇、生命之憾了。既已枉为大夫，唯有加倍地呵护自己的爱妻，才能抚平丧女之痛。但是他们毕竟隔着一个浅浅的海峡，一条遥遥的银河，守望海边，聚少离多，天涯一角的香巢尚未焐热，就要挥泪告别。她带着嗷嗷待哺的幼婴，断鸿声里，落日楼头，只待相聚的日子姗姗而来。

然而分居的日子，却有婚姻的暗流在涌动。那年她带着孩子去了岛上，有一天却接到了一个女人的电话，说要与她谈谈，在上岛咖啡幽静的雅座里，那个女人告诉她："我早已经是你丈夫的女人了，当然先是他的病号，后来才是他的情人。不过先声明，不是我勾引他，而是他爱上我的，我也爱他，你不在的日子，每个孤独的长夜，都是我陪着他。他说他不再爱你了，你和他成长的环境和文化背景落差很大，离开他吧，他是我的了，回到你生活的那片土地吧。"

她愣怔了，觉得头顶上一个霹雳砸了下来。凝眸眼前这个女人，没有自己年轻，也不比自己漂亮，更没有自己优雅，可是自己竟遭此惨败。难道维系夫妻之间情感的，除了形而下的性，就再没有可资精神皈依的故乡？自小在孔孟之乡长大，虽然一身时尚，但是她的内心却是古典和圣洁。偷情苟合多龌龊啊，令她鄙夷，觉得自己从小不可侵犯的骄傲被强暴、被亵渎了。"祝贺你们！"言毕，她猛然站起身来，泪流满面冲出了那家咖啡小店，天空遽降豪雨，灿烂日子不再。那一刻她一腔的柔情被彻底浇凉了，今生决不宽容，决不容忍这种爱情的背叛。她用一种情感的高贵来惩罚他的背叛。让他知道，虽然这是一个纵欲滥情的年代，但是爱情并没有完全幻灭，仍然有人在坚守着爱情的高贵与傲骨。

回到家中，最后眷恋地看了一眼仍然飘着她体香的香巢，什么也没有收拾，什么也不要了，抱起女儿，直奔机场踏云而归。

归去来兮，走下舷梯，太阳又出来了，拂照齐鲁大地。极目海天，瀛台仙岛浮起了一座海市蜃楼，在她的生命视野里冉冉升起，看来自己的精神乡关仍在故乡。第二天，她便将所有离婚手续寄了过去，执拗地掐断了与他的所有联系途径：电话打过来，啪地搁了下去，人已经来到了家门前，漠然关门而去，孩子的赡养费寄来了，也如数退了回去。

他在忏悔，在救赎。忏悔中切断了与那个女人的所有联系，从此洁身自好，遥望内地，救赎对一个女人伤害的罪孽，洗涤已经不洁的灵魂，祈望得到这个执拗女孩的宽宥、回头，只待破镜重圆的那一日。

他茫然地守望等待了十载，她带着女儿过着自己的日子。岁月的烟雨将他一点点地从她的生活中抹去。他也从此单身不娶。双方的亲人居中调停撮合了多少次，她却始终不愿再碰那块伤痛。遥望伊人无归期，他决定前往卡瓦格博，在他们爱情和婚姻明誓的地方，祈求灵山，完成自己最后的救赎。

重又飞去彩云之南，芳影远逝，飘逸过爱侣美丽云霓的地方，已旧梦阑珊。重又踏入松赞林寺，顶礼膜拜跪在强巴佛前，燃一炷梵香，心祈佛祖保佑好梦将圆，破镜重圆。朝圣灵山，然后登车直驱卡瓦格博，过了白茫雪山，仍旧是一片风雨飘摇，灵山深藏在烟雨雪雾里，不动真容，不露峥嵘。

他走进"季候鸟"酒吧，选了一临山的窗边坐了下来，坐等了三天，飞云飘去了，飞雨飘来了，飞雪飘落了，却不见灵山重现，不见奇迹重现。等到最后一个日霭沉沉，看着一对对远足的情侣牵手走进"季候鸟"酒吧，看着等了很久的恋人重新相逢时的喜极而泣，他流泪了。

招了招手，向服务生要了一张纸，写了八个字，贴在"季候鸟"的墙上，黯然离去。离去的那一刻，他最后一次回望灵山，蓦地觉得，自己的婚姻和爱情，不会再现奇迹，不会再有惊喜了。

返回美丽岛上，他给她发了一封邮件：我在飞来寺前"季候鸟"酒吧的墙上给你留言了。

留言！他到灵山前边的飞来寺"季候鸟"酒吧留言，留下什么啊？看着这封邮件，她第一次涌起一种莫名的惆怅和恐慌，突然想去那里看看，看看他究竟写了什么，给自己一个最后的交代。

她也踏云西行，重走彩云之南路。景物犹在，雪山犹在，往事皆成空。走出中甸城就默默祈求天神日漫灵山，却又遇上了一路飞雪，白茫茫的飞雪啊，铺满了朝圣之路。颠簸了五个小时，走进"季候鸟"酒吧时，人已沉沉昏昏，奢望一抹祥瑞的阳光从灵山照下来，洞亮昏暗的房间，也照亮自己的心情，可是却有一片冷雾涌入。借着一抹昏黄的灯光，她在酒吧的墙上找了一个下午，终于找到了曾经铭记于心的笔迹，浅黄的便笺写了八个字："彼岸守望，梅里作证！"

凝视着这张纸条，她被自己的平静和淡漠吓着了，如果时光轮回到从前，哪怕收到他的只言片语，她的心都会轰然一阵温热，血涌全身，怦然一阵心跳，脸颊上泛起一团红云。而此时，竟然连一点死水微澜也未吹起。

心静如止水，一切真的都平静下来了。她拾起"季候鸟"酒吧桌子上的一张便笺，未加思索，信手留下了八个字："往事如风，任雪飘落！"

俯看窗外天地，雪仍然在下，洋洋洒洒。灵山湮没在雪雾中。

酒吧桌上的红烛点亮了，映着娇娘的脸庞，她的心突然在寂寞的黑暗中明朗了，默默地对灵山说，我本是神山之下丛林中一只小鸟，以为小鸟飞不过沧海，以为小鸟没有飞过沧海的勇气，十年后才发现，不是小鸟飞不过去，而是沧海的那头早已没了等待……

　　站起身来，她将那写着这八个字的便笺贴在墙上，倚窗最后一次顾盼乌云翻滚的灵山，泪如雨下，饮憾而去……

　　……

　　"你还在听吗？"

　　"一直在听。"

　　"我的故事讲完了。"

　　"真美！一座旷世的灵山，一段凄美的绝唱。"

　　"啊哟！过奖了，美在灵山，而我只有饮憾，饮恨，饮憾卡瓦格博，不见灵山真面目，两次匆匆而来，两度失望而归。"

　　"还饮恨什么？"

　　"饮恨自己是一个失败者，一个婚姻的失败者，你该笑话我了吧？"

　　"恰恰相反，我敬重你。"

　　"敬重我什么？"

　　"敬重当下还有人在坚守一种感情的高傲、高贵和浪漫。"

　　"谢谢！听了我的故事，你也不能无偿索取素材啊，得依我一件事。"

　　"什么事？"

　　"今天晚上你一夜都不能睡，要面向卡瓦格博而坐，帮我好好看看灵山。"

　　"天！夜晤灵山，对峙而坐！这可是一个苛刻的条件啊，不过，你远在万里，即便我看到了灵山，你也看不到啊。"

　　"呵呵，我有感应啊，借你眼睛，凡你看得到之处，我的心便能感应到。"

"好浪漫的月夜啊,好难忘的雪山啊,我答应你。"

我回到了房间,坐到了窗前,拉开了厚厚的窗幔,俯瞰蓝月亮峡谷。巍峨一座灵山,一抹流云仍缠于山腰,裸裎着真实和莽荡,在压迫和审度我。坐看灵山,似睡非睡,似梦非梦,幻兮虚兮,满山遍野的青淡淹没了我,引领我走进了蓝月亮峡谷。我看到大卫·妮尔坐在香格里拉庙的石阶上,一派仙风道骨,见到我便笑了——一种我早已经习惯的藏族老太婆纯真的笑。她操着青海湟源一带的西北话,说:"你刚才叙述的两个故事场景和人物,我坐在香格里拉庙的石阶上全看到了,听到了,惯看春花秋月,日出日落!"

"哦!"我有点诧异,说,"大先生常怀一颗悲天悯人的菩萨之心,如此说辞,令晚辈惶惶。"

"我说得没错啊,这是天谴。"大卫·妮尔说,"神山是公正的、公平的,人类太渺小了,只能转经在神山圣湖之旁,膜拜于佛堂前,亲和地融入,不能够随意地践踏啊。谁冒犯了灵山,就会遭到报应。记住,大凡要征服大自然的人,均自不量力。"

"哦!"我点了点头,说,"大先生对那对劳燕分飞的夫妻,如何看呢?"

"结局早就有了。"

"早有了,我没有发现啊,他们不是还在慢慢地守望和等待吗?"

"凡人皆俗世之身,不悟四谛,岂能幡然而悟啊。其实当他们新婚第一次来飞来寺时,未见灵山,便前尘注定了这个因果,可惜一而再,再而三地错过啊。"

"大先生一路朝圣而来,看来是一个不重结果的人啦。"

"为何这样说?"

"大先生辗转藏地数十年,是西方人第一个走进香巴拉王国的,但是一夜成名的却是英国人詹姆斯·希尔顿,他完全按照先生探险游记《一个巴黎女子的拉萨历险记》书中描写和指引的经纬度,编织了一个梦幻中的香格里拉,结果纸贵欧美,可先生却落寞无声,唯有学术圈内人知道。"

"呵呵!殊途同归吧,我一步步地亲近了香巴拉王国,而希尔顿却一点点想象了香格里拉。菩提本无根,也无果啊!色空而来,虚空而去,无根无果,毫无意义。"

"可是先生修得了正果,你像《消失的地平线》书中写的满族公主罗珍一样,活到百岁,身如少妇,如今耄耋之年,竟有一副永不衰老的容颜。"

"啊啊!这都是香巴拉王国的蓝月亮山谷的惠赐啊。"

此时,我也坐在蓝月亮山谷里,沐着神山灵异和仙气,我们的生命和爱情也会像蓝月亮峡谷里的人那样长生不老吗?

我问神山,亦问自己!

云岭水长

拂晓风起,残月将落。

灵山像一幅正在洗印的底片,渐次显影出它的轮廓。先苍白的朦胧,继而黛色的清晰,最后则逼真的通透,伟岸在我们的视野里。

曙色初露,雪山开了,卡瓦格博崭露峥嵘。我电话叫醒了两位摄影家,扛上摄影装备,匆匆跑到飞来寺大经幡前,架起了照相机,只待霞映金山，日出灵山。

住在飞来寺前的游人纷纷出来了，伫立凝望灵山日出。拂晓的晨风挟着秋露和雨雾，呵出来的热气冷凝成白雾，丝丝寒意袭来。夜间积聚在山腰的云层向山巅和天空扩散，曙色中的金字塔雪峰被浓雾一点点地浸漫淹没，只露出塔尖如剑。这时东边的云罅里露出一抹殷红，飘了过来，尽染在雪峰之上，点点如桃花绽开。

不好！桃花云。欧阳识天，惊呼道。

桃花云为何不好？我戏谑道，人面桃花，桃花江里美人窝，桃花云也是女性的，她在诱引雪山开天目呢。

可这是卡瓦格博，男性的神山，不会轻易被桃花云所引诱。

呵呵，说得好啊，江山美人，不是天下英雄皆为女色所惑。

果然不出欧阳所料，我们从清晨五点，一直在雪风中站到了八点，无论转山的香客如何将一束束柏树枝煨进经塔，点燃香烟袅袅，长跪祈祷，也引不出灵山浮现。

申煊有点遗憾，欧阳亦然。我却很平静：我与灵山非常有缘了，昨晚黄昏远眺灵山，月下坐拥灵山，卡瓦格博对我已经很慷慨了，我也无欲而返了。

匆匆吃过早餐，我们便驱车前往飞来寺——一座屹立在峡谷之上的喇嘛庙，远没有希尔顿书中描写的香格里拉金庙辉煌，可它却是其最原始的临摹版本。站在停车场的山坡上往下俯看，汉式的金顶，颇有点大唐宗庙的余韵，白墙金瓦，透着一种汉藏文化交融的血脉。它终日面对着茫茫的云烟，在亘古的宁静中坐看雪山落日，云卷云舒，日复一日，年复一年。每个俗世之人在这里修行，都会从情欲的享受中进入简朴平静的境界，不再受肉欲、食欲的禁锢，在每日面壁雪山的诵经超度中寻找虚空，却永远不会被时空所限制，从而在安静、觉悟的智慧树下，拥有悠然自得、独自冥想的自由时空，凸现从容飘逸的超脱。

我们沿着古老的石阶路缓缓而下，与一株千年神树擦肩而过。每级石阶有二米多宽，沿白墙绕过，缓缓朝飞来寺走去。路过一条石梯甬道，从坍塌的围墙缺口中，远眺澜沧江对岸峡谷里的村舍，炊烟悠悠缥缈，越来越浓，弥漫在整个山谷里，可闻鸡鸣狗吠之声。一条盘旋石阶之路，从绝壁上劈开，节节升高，直上云雾之间，与飞来寺连接成一个进入天国的天梯，巍峨、神秘。

沿着天梯，走进了飞来寺。拜谒过经堂佛殿，在风铃之中转经过后，走下飞来寺前殿的台阶，站在远处的场地上，骤然回首，但见飞来寺造型别致，寺顶上两个飞檐斗角，宛如神鸟的两只翅膀，拍打着，扶摇着，两翼呈六十度角鹞然九霄，似乎欲将飞来寺与它连缀的人间吊在双翼之上，带进天堂。风铃在雪风中摇曳，两个妇女背着孩子站在香台烧柏树枝煨香。我伫立在金庙面前，整个心灵被一种宗教的氛围包裹着，一种奇异、惊栗的幻觉在辽远静寂中弥升，心里涌起了在秘境中抵达天边的皈依和归宿感。我蓦地明白为何天下众生要熙来攘往地来飞来寺的灵山面前朝圣，其实迷茫的众生需要的不仅仅是墓地，更需要一个感觉充实的高境筑巢。

天空中飞起了细雨，凝结成帘珠纷纷落下。飞来寺对面的卡瓦格博被雨雾笼罩着，茫茫一片。该走了，我们毕竟还有俗世的未了情，心怀不舍地爬上山坡，跨进车中，驶离阿墩子，也离开金沙江两岸，不再走回头路，往三江并流的另一条著名河流澜沧江驶去。

云岭就在前方，就在朝圣的路上。

车里放了暖气，刚才在飞来寺前冻僵的身子暖和了，大脑有点迷顿。金沙江在我的身后渐行渐远，我沉入了睡梦中。第一次知道金沙江时我只有四岁，父亲递了一角二分钱，让我去老家古镇的杂货铺里买一包"金沙江"牌的烟。我跨出家门，步履如飞，沿老街石板路西行十几米，便是一杂货店，高高的铺搭上搭着一个个水桶状的玻璃杯，里边装满了水果糖、棒棒糖、话梅、青果、橄榄，铺搭里边站着的不再是穿长袍马褂、戴着瓜皮帽的伙计，而是一家符姓玉溪人。我伸出小手，递上被攥暖和的一角二分钱纸币，怯生生地喊道，一包"金沙江"，却目不转睛地盯着玻璃罐里的裹成大圆头的棒棒糖。"金沙江"离我很近，棒棒糖却离我很远。手里攥着"金沙江"回家，举看烟盒，这是一条什么样的大江啊，两岸峡谷耸入云间，一条大江夺山奔涌而出，惊心动魄，巍然山影将我覆盖了，铜汁般的江水将我淹没了，也激荡了我童年的想象。将烟递给父亲，看他撕开卷纸壳，抽出一支纸烟，衔在嘴上，一边吸一边干活，悠悠、过瘾，好神气啊。突然觉得站在我面前的父亲一派伟岸，一如我今天看到的眼前这座男性的神山。纸烟袅袅，圆圈一个接一个，腾云吐雾，随着最后一个红点黑下去，"金沙江"也随之烟飞灰冷。看着纸烟壳空了，我向父亲要了过来，小心翼翼地撕开折平，想象着做成烟标；或叠成小飞机，执在手中，朝湛蓝的天空轻灵一掷，在乡场上飞翔着自己的童年；或折成一只小纸船，等春天的一场梨花雨过后，雨水如碧流珍珠一样淌在老街石板路上，我赤脚站在水中，轻轻地放下小船，漂浮着自己少年的憧憬。小船会随流淌的雨水，流入故乡的小河，流入那条真正的金沙江。

以后，每当父亲将一角二分钱递给我，我连蹦带跳，拐出大门，站在杂货铺前喊"金沙江，金沙江！"为的是得到那张平展的烟标。

那一张张烟标，也成了我的数学和作文草稿纸，计算着我的明天，也记录了我的童年。

杂货铺的铺搭一点点矮下去了，我长大了。十六岁从军去了远方，为父亲买"金沙江"烟的任务，如同接力棒般依次传给三弟、四弟和五弟了。

十九岁那年我当上军官，领到第一个月工资时，我数了数，五十四元五角，在一家人的年收入不过二百元的贫瘠年代，我一个月的工资不啻一个天文数字，足够给父亲买五十多条"金沙江"纸烟，够他抽两年了。可是，第一次探家的时候，寻遍昆明城，再也没有找到我童年买过的"金沙江"牌香烟了，原来这种属于底层的大众牌的纸烟早已停产。

"金沙江"纸烟连同我的童年，成了一段历史，一种欢乐抑或苦涩的记忆，消失了，消遁在岁月的云烟里。可是我一直在默默寻找梦中那条童年的大江。

未曾想到，第一次见到金沙江，见到与金沙江并流而行的怒江、澜沧江时，人已至不惑之年；不是在我的故乡，在我家门口，而是在遥远的西藏。

那是一九九八年的四月天吧，我跟着老首长阴法唐从蓉城空降西藏昌都邦达机场，这是世界最高的一座机场，海拔四千七百米。为便于降落和起飞，能坐一百六十多人的波音767，竟然减员到了八十多人，而且全部坐在机舱中央。一抹朝霞从舷窗里反射进来，氤氲成一片嫣红，像一个穿着红色袈裟的高僧，凌空而至。飞机掠过横断山脉，朝阳从天空斜照下来，波音飞机仿佛被剪影成一条灰色的巨鲸，云游在雪山苍茫的峡谷之间，如入梦幻之境。我倚舷窗鸟瞰，得以从一个更高远的广角来纵览三江。机翼之下三条大江如三条巨龙，一青一白一红，盘曲在他念翁山、横断山脉、怒山、云岭和贡嘎山脉云水间，穿梭于高山河谷。绝云气，背青天，携着雪谷的寒凉一路水拍三千里，江流之间互相呼唤，如歌的行板朝云之南徐徐涌流，澜沧江与怒江仅怒山一岭相隔，直线距离仅为十八点六公里。站在怒山之巅，可挽两江之水天上来，一览千山。三条巨龙一路穿峡凿谷，在香格里拉境内牵手并流四百余公里。大风起兮，漫天红尘雪浪朝向西天远行，湍流成一朵莲花，舒缓成一缎红绸，沉淀成一条哈达，令雪山之巅披着白色铠甲的怒目金刚惊叹不已。随后，三条巨龙吐着云水，激流滔滔连天涌，共一片山河，朝东，朝南，朝西，各自磅礴而去。三江入海口竟相距三千五百公里。那一瞬间，我感觉到我们这个高原族类生命深层的最后一滴精血，最后一滴英雄泪，终归大海，融化成一片深蓝。

是谁，鬼斧神工般砌造了如此大荒？是谁，让走过这里的所有苍生俯首苍茫？又是谁，在高迥沉寂的绝壁上切割出自己的痕迹和岁月？

已经是四五十万年前发生的事了。一片洪荒之中，欧亚大陆与印度次大陆激烈碰撞，天崩地裂的撞碰啊，一条长约六千公里，宽一百至一百五十公里的造山带横空出世，陡然隆起成世界最高峰珠穆朗玛，隆起成北纬三十度一条神秘的回归线，隆起成中印缅边境之地三个弧线系列排列的山脉，隆起成三江并流四百公里的香巴拉雪域王国。三条弧带将三江纳入其中，香格里拉核心地带的德钦、维西位于外弧东侧，因了外弧带是青藏高原造山运动最激烈之地，其隆起之高举世罕见，雄浑怒江大峡谷穿行其中，其岩石的主体是花岗杂岩、动力变质杂岩和混合岩杂化而成，稳定凝固，岩土之上，苍松如亭。而中间弧带则有金沙江、澜沧江逶迤流过，有新生代小型混合岩体和S形花岗杂岩散布其间，一片灼目的淡黄，陡峭处容易造成滚石和塌崩。内弧带则将中甸境内的一部分震波深断裂带收于囊中，离造山主要碰撞带最远，分布着脆性皱褶和冲断层。三个弧带的岩体，构成怒江沿岸的陡绝、雄浑、墨绿，澜沧江、金沙江沿岸的高迥、昏黄、红润。若有缘伫立在三条大江的岸边，听涛，观景，望云，望日落的沉重、仰月升的轻灵，便会使伤痛的往事皆忘，曾经的辉煌皆忘，无边的乡愁皆忘，迫不及待地想乘筏漂浮在大江流之中，走向水神，披襟岸帻。烈风掠起衣带飘逸，血晕点燃沉雄豪迈，无须阳关寻度，不要瘦马摇铃，满目的雪山峡谷溪流，都是安妥灵魂的域地，都是诸神和苍生的最后归宿。北国江南的城郭、村舍、竹篁、河流，都荒芜成故道，都沧桑成乡井。

飞机开始近地，舷窗外又是一种风景，入目即是的雪山变得满目焦黄。我们所乘坐的波音飞机如一只鹰隼，朝着一片丘陵中间跑道俯冲而下，缓缓地在停机坪泊了下来。步出舱门，旷野无树，四月的太阳有点暖意，可雪风掠过，阳光的暖意很快就被吹散了。提着行李走下舷梯，有一种脚踩白羽的轻飘，晕眩。看到迎过来接机的人，我连忙将行李箱递了过去，减轻身上的负重。

钻进越野车，出邦达机场，我头痛欲裂，脑子一片混沌，扯过保健医生递过来的氧气管，贪婪地吸了起来。几分钟过后，脑袋清爽了，只见车队沿盘山之路缓缓驶下，海拔也在缓缓降低。车到半山腰，从一片台地疾驶而过，车窗外边的山谷有一湾碧绿，俯视之间，阳光泻在水面上，雪山诸神相继出行，影印江面，好像一个巨大的蓝宝石镶在高原上，我问："这是哪里的水库？"

有人笑说："不是水库，是怒江！"

"这就是怒江？"我有点不敢相信，眼前静如处子的江流，居然就是从我故乡门口流过的那条狂奔不羁、咆哮的怒江。

"这是怒江的上游，它由雪山冰川之水融化而来，源自青藏高原，流到这里还算平静,像个少女,一旦进入怒山,便成了怒目金刚。"

仿佛一切都是上苍的安排,没有想到自己从小在云南长大,少时不识怒江,老大远行西藏才见怒江,初映入我眼中的怒江竟如一个处子。

"三江并流的起点,都在我们昌都境内啊。澜沧江的零公里,就在昌都寺的脚下。"

"哦!"这回轮到我惊讶了。

果然,越野吉普从邦达盘旋而下,一下便是七十多公里,山色返青了,河谷里的绿树葱茏起来,绿茸茸的青稞地野花点点,下到河谷里,呼吸也顺畅了。昌都寺凸现在对面的山脊之上。山脚下,一条扎曲从北边流入,河那边过去有云南驮队摇铃而来,故称云南坝,是历史上西藏噶厦政府的昌都总管府。而南边则有昂曲流入,川地的马帮从达瓦拉山下来,故称四川坝,是当年藏军代本的兵营。两曲交织的台地上矗立着昌都寺,两条河流交汇处,汇成了一条大江,这便是澜沧江了。

太阳刚刚升起,我从昌都镇的吊桥走了下来,流连在澜沧江零公里原点上,第一次亲近流入家乡的这条大江。沙滩上,从江中拥挤上岸的卵石,经过扎曲、昂曲千年流水的打磨,成了一个个恐龙蛋一样的巨石,似待小恐龙破壳而出。岸上几簇芦荻悠悠飘荡,放眼看去,江面宽不过四五十米,江水清澈湍急,泛起一朵朵雪浪,似张开的鱼唇,吞下朝霞的殷红。此景让人无法将之与那条流经美丽的西双版纳,流入亚热带雨林的宽阔的澜沧江、湄公河联结在一起。

在昌都辗转了半个多月后,我们由川藏公路出藏,翻过天路入云端九十九盘公路到达瓦拉山,在雪山峡谷的横断山脉里整整穿越了一天。傍晚时分，终于抵达西藏江达县的最后一个小镇岗托，我见到了父亲烟标上的金沙江，看到了多少次入我寒梦之中的金沙江，仍然静静地沉睡在血色的黄昏中，两岸青山环抱，与我梦了三十多年的金沙江大相径庭。我有些惊讶，父亲烟标上的金沙江流淌着黏稠的血液，两岸绝壁耸入云间，像一群脱缰的棕色野马，狂奔朝前，夺野山而出，乱石崩云，惊涛裂岸，摔碎成一片片浪花、一滴滴水雾，最后安然魂归长江。可是在这汉藏地界仅有一江之隔的岗托藏民村落下边，却是一湾碧流如带，缓缓地流逝，江雾氤氲，薄如蝉翅，犹如一个出浴的玛吉阿米，羞涩地用一条蓝色的哈达遮饰玉体，环抱住青山藏房，荷衣袂袖，缠绵母亲的身躯不放，然后从一根根圆木穿凿而成的红色藏式方块木楼下穿过，依依不舍地流向远方。似有太多的牵挂，又憧憬着远方。

踯躅在金沙江西岸岗托的寨落里，我被这宁静和美丽迷醉了，尽情享受着这里的纯净和安然，不忍离去。可是那从木屋里飘出来的藏歌，总挟着忧伤的旋律，辽远，悠扬，触摸着我童年的记忆。

我有些疑惑不解：上苍为何如此安排，三条江都从我的乡关乡井跟前淌过，第一次在藏地与三江相晤，顺序依次是怒江、澜沧江和金沙江；而这次秋日远足故乡的香格里拉，亲近的行旅居然是先金沙江，后澜沧江，再怒江。时空转圜，十年一个轮回，其中潜伏着怎样的神谕和暗示。

车上云岭。金沙江远去了，浸泡在岁月的寒梦之中，澜沧江却近了，近在云岭脚下。我一个激灵醒来，雪拥云岭马不前，倏忽想起那年那月一个未名的墨客随军出征，路经云岭时吟过的一句诗，虽无情韵，倒也是一句实话。云岭被称为彩云之南的屋脊，高不过卡瓦格博，但是从丽江、维西而来，溯澜沧江而上，大转经的芸芸众生，茶马古道的悠悠驮队，都从这里越岭而过，入藏或归乡。如果遇上雪埋大荒，冰堵孔道，面对空茫茫的皑皑白雪，只能望岭兴叹，止步不前了。

我们走的是入滇的回乡之旅。现代旅行车越过云岭之脊，仍然在云上盘旋。申煊指着窗外的景色，说这里有一处远眺澜沧江河谷的最佳观察点，上次我们在这里拍摄过，有一种特别的震撼感。

话音刚落，汽车便在一个可供架起照相设备的高台戛然停下。我们齐称藏族司机孙诺茨林的悟性，一颦一笑尽会我意。

跨出车门，细雨之中飘着几粒涩雪，已经变天了，瓦块色的乌云盖住穹庐，天地一片阴沉。极目远眺，野岭无边的大荒，一下子便让我的灵魂抖颤了。云岭下的澜沧江早已不是我十年前在昌都镇下近观滚雪水沫的零公里了，也不像我一年后在西双版纳看到的那条妩媚如女人的湄公河。此时，它宛如一个被太阳晒成紫铜色的武士，遽然倒在了峡谷里，屹立在河谷间。两条巨臂向两岸陡然展开，云岭构造的每一处褶皱，似乎都是武士身上肌肉的裸袒。峡谷由窄到宽，逐步升高，大开大合，极顶处连绵成白雪皑皑的灵山，一种气吞八荒的雄浑之美，让人的胸襟一下子开阔了，觉得天下突然小了。那条精力旺盛西去入海的大江流，紫铜色的水沫，更像我们寻找已久的脐带之血，更像我们寻找已久的古老生命的汁液，一泻千里。雷霆在河床上咆哮，听得心悸，听得心中的欲望之鸟钻出躯壳，浮在空中嘤鸣。

我们伫立云岭，身边几簇野茅摇曳，云烟雨雾将云岭染成了冷色，天地玄黄，静极了，只有风掠野草的呜咽。是谁的叹嘘啊？是千年万年的雪风掠过？还是岭·格萨尔王武士骤然倒地的血涌壮阔？我倒觉得是澜沧江峡谷中空山男女足音杂沓而来，是转山朝圣的香客吧。

没有了阳光，自然留不住摄影家的心神。我们拍了几张留影，匆匆登车，朝着澜沧江河谷疾驶而去。去维西县有一天路程，将一直沿澜沧江右岸而行，这是法国丽人大卫·妮尔徒步穿越香巴拉王国的圣道。朝窗外鸟瞰，总有精彩的风景吸人眼球，忽而山坳里一座藏族村落，像火柴盒、积木般的建筑，典型的藏式风格，白墙平顶，屋顶上均是一片金黄，晒着刚刚收获的玉米；忽而峡谷对面的半山坡上一片葱茏，是耕犁后的家园，成熟了一片秋色。

汽车盘旋而下，拐过十八盘，下到了德钦县燕门乡，再沿澜沧江右岸疾驶而行，一排房子矗立江边，一群骡马在路边嘶鸣。茶马古道，我的脑子里总有山间铃响在萦绕，连忙叫停车。孙诺茨林一脚踩了下去，旅行车居然在一道铁索浮桥桥拱下刹住了。跨下车，我仰首一看，是一道水泥拱门，上边写着三个字：阳朝桥，始建于一九六五年。不叫朝阳，却唤阳朝，显然在山阴之南了，四十年去矣，二百多米宽的澜沧江上悬吊着一座钢缆铁索桥，仍然坚固如初。中间铺着木板，两边的吊索经幡激扬，与江对岸的一座白色的经塔遥遥相望，飘动着一种宗教的沉静与虔诚。

我站在铁索拱桥门下遥望，山坳上驼铃叮咚，只见一队队骡马从对面拱桥门下钻了出来，一个小女孩，一个老马倌，赶着一群骡马悠然走过吊桥，驮着山里采撷的核桃出来买卖；身后，也有一辆辆长途车停下来，一个个背着户外行囊的年轻"驴友"从车里跳下，混迹在当地朝圣的香客之中，往铁索桥那边缓缓而行。

"他们为何从这里进山？"我问小卖部里一位懂汉话的藏族大嫂。

"这是卡瓦格博大转经的入口啊！"

如此巧合！我目瞪口呆，默然失语。灵山就是这样神奇地在一片冥然之中，将我引领到步入香巴拉的清凉桥上。

神川铁桥

我看见大卫·妮尔站在转经大道入口的桥头了。

大卫·妮尔此时已年逾百岁，却身轻如燕，沿着天梯，爬到了香格里拉寺的大殿前，一双蓝瞳穿透红尘滚滚，她淡然地对我说："这铁索吊桥多稳啊，刚才一群骡子走在上边，一点也不晃荡，我看你更是如履平地，来回跑了好几趟，没有你上个月走过大渡河上的泸定桥晃得厉害吧？"

我说："是！先生怎知我上个月去了泸定啊？"

大卫·妮尔诡谲一笑，说："我在康定城里住了六年，肉体寂灭，灵魂之灯仍在香巴拉王国游荡，能透视今生来世啊。"

"呵呵！先生可否看到我现在伫立何处？"

"当然是卡瓦格博大转经入口的铁索桥上啊！当年我离开澜沧江时，就是从这里挂溜索进入转山之途的啊！"大卫·妮尔感叹地说。

"读先生的书，最动容处是你曾挂在澜沧江、怒江的溜索上好几个小时，险些丧命，动魄惊心啊！让今天的时尚'驴友'们汗颜。"

"哈哈！你挂溜索涉过江吗？"

我摇了摇头，说："一直都没有亲眼见过溜索什么样。据说已经不多了，但怒江上还有。"

"你们现在站着的大转经的入口处当年就是溜索啊。"

"说说你过溜索的故事吧,我们都无缘于这样的刺激和历险,何况那时你已年过五旬了,一个外国老太婆,有如此胆量,令人佩服啊。"我恭维道。

"被迫无奈啊,溜索这东西太原始了,属于野蕃发明,还是先说说神川铁桥吧,了解三江之上的渡江舟楫,须从神川铁桥开始。"大卫·妮尔问我,"你知道藏族人心中的神川指的是哪条江?"

"自然是金沙江了!"

大卫·妮尔点头说:"对!我和庸登从云南化装入藏时,一路收集了不少藏文版的珍贵典籍,在隐匿深山穿行的日子里,千山寂静,我与义子庸登独行,唯有读书消磨时光。"

大约是在公元七五二年,唐帝国天宝十一年吧,这可是吐蕃王朝最强盛的岁月,而大唐经历了贞观之治、开元盛世的巅峰后,一场安史之乱,终于使帝国的大厦倾斜了,出现衰落之兆。金色大殿的朱漆柱子,被白蚁蛀了,晚风一吹,白色的粉末纷纷落下,帝国崩塌只在朝夕之间。在唐蕃交界的西北边境,就是今天离日月山不远的石堡城,吐蕃军队以八百名武夫当关,抵挡大唐千军万马,石堡城几度易手,最终还是牢牢控制在赞普麾下的勇士手中。帝国将军哥舒翰最后抚剑登场了,指挥十万唐军攻打石堡,草色青青,喋血遍野,一将功成万骨枯,引得至今青海长云野鬼哭。难怪大诗人李白会酸溜溜地说,"君不能学哥舒,横行青海夜带刀,西屠石堡取紫袍",李诗人的反战态度真的是与世界接轨了,不过当时大唐便是世界。当然吐蕃也是雪山顶上未被宗教驯服和归化的马背民族,赞普仅用几千藏兵与十万唐军周旋,却觊觎南诏,率军横扫落叶下南诏,驰马掠过巴塘、理塘、乡塘,朝着建塘方向滚滚而来,欲将西南边域统统纳于自己的囊中。一条雄浑的金沙江横亘在年轻赞普和吐蕃军队面前。"铸造铁桥过神川！"赞普那时信的是苯教，崇敬山神河神鬼神，对许多大自然现象不解，故膜拜不已。他率领全军朝着金沙江骤然长跪，说，神川借我舟楫，以图天下。吐蕃人要感谢先王啊，迎娶了文成公主，赢得当时世界上最先进的技术和工匠，让蒙昧的雪国遽然一亮，一下子与世界贴近了。吐蕃人掌握了一流的铸造铁桥技术，一个一个铁环连接江上，一桥飞架南北，几十根粗大的铁链将金沙江变成了通途。镇守神川铁桥的东城也霍然而起，站在东城的门洞前，一条通蛮（云南）道路使吐蕃王朝拓疆之路宽敞了。吐蕃军队跨过神州铁桥之时，江西十六个州县纷纷易帜，就连当时强大的南诏国也忌惮三分，北臣吐蕃，归降纳贡。于是吐蕃又在与铁桥东城相望的神川之西建立神川都督府，管辖滇西北的铁桥东城（今中甸）、敛寻城（剑川县）、牟郎共城（兰坪县）、大婆城（鹤庆县）、三探览城（丽江坝）、小婆城（宁蒗县）、松外城（永胜县）、昆明城（盐源县）计十六万人。这种扩张，通常是一些强国崛起的血腥之路，吐蕃史籍欣然写道，吐蕃"地域增长了一倍，兵精国强前所未有"。其实最有意义的却是揭开了滇藏"茶马互市"的序幕，一条连接古今的茶马古道就始于唐蕃时代，与唐蕃古道东西呼应，构成了另一条入藏大道。

帝国的辉煌经不起冷风吹雪，更经不起连年的兵燹杀戮。大唐帝国此时虽已式微，但是瘦死的骆驼比马大，不乏资源。再说一个泱泱大国，卧榻之侧，岂能容一只雪狮酣睡？南诏王异牟寻也不甘俯首称臣，联袂大唐四川节度使韦皋发兵，前后夹击，驱逐吐蕃势力出西南，神川东城、西城吐蕃守军腹背受敌，五王被俘，只能弃城而逃。一场大战过后，铁桥十六城毁于一旦，神川东城、西城被付之一炬，从历史的视野里永远消失了，就连边疆学者考古都找不到遗迹，只能靠猜测来辨认其大致的地舆方位。大唐和南诏王当时做了一件非常愚蠢的事情,就是断神川铁桥以拒吐蕃,军事上是靠金沙江、澜沧江、怒江天堑,赢得了一隅偏安,却将一条繁荣大道从此断绝了。

"忽必烈可汗远征大理,一统藏地,过金沙江时,就从中甸的良美乡以革囊渡江。你知道革囊是什么吗?"大卫·妮尔问我。

"我站在昆明大观楼前读过清人孙冉翁撰的长联,其中有'唐标铁柱,元跨革囊'两句,说的就是这段历史吧,不过,我一直不明白如何乘革囊跨江而过。"

大卫·妮尔说:"我周游中国西北学经时,见过这种东西,其实就是牛皮风干缝成的船,或将一只只羊剔去骨肉,吹气入内,几十只连缀起来做成乘筏用来渡江。"

"哦!"我恍然大悟。

"可是等我走进金沙江、澜沧江时,铁桥不再,革囊也没有了,就只能靠悬在绝壁两边的一根溜索过江。"

"先生读过杜昌丁写的《藏行纪程》吗?"我问道。

大卫·妮尔摇了摇头。

我说,这是一个清代文人由滇入藏写的日记,其中写到他随被革职的封疆大吏蒋陈锡过澜沧江时,最有意思。当时江面上的浮桥被大水冲了,他们不得不在阿墩子等了半个多月,有一天守渡弁来报,说澜沧江浮桥已抢修好了,总督大人可以渡江。次日五更,蒋陈锡钻入轿中,溯江而上,龙旗飘飘朝古渡徐徐而行,走了五十公里,到了澜沧江渡口,总督大人迈出轿子,顿生惊惶之色,令伫立一旁的杜昌丁也一脸愕然。他随蒋公多年,知道他并非等闲之辈,因年羹尧告其进藏运粮不力,被康熙大帝下旨摘去二品大员的顶戴花翎时,仍旧淡然言笑,宠辱不惊,可此时看到澜沧江上的浮桥,竟然惊出一头冷汗,杜昌丁站在江岸上一看，也吓得打哆嗦了。那是一座什么样的浮桥啊：桥宽不过六尺，长五十余丈，桥墩居然是一个一个牛皮缝成馄饨样吹了气的浮物，数十个放置在江里，上边系着数十条竹绳，串了起来，然后铺上木板，雪水一大，江流激荡，浮桥便此起彼伏，像一条水蛇在江里随浪起舞。跟随总督大人的石屏刘牧公劝蒋陈锡坐轿子过江，可是总督执意要徒步而过。此时已是上午十点来钟，桥面上的江水已漫过浮桥二尺许，江水奇寒，触体如针扎一般，总督大人几次差点被狂涛冲入江中，幸得刘牧公扭身挽扶，才幸免于难。而杜昌丁跟在后边，激流已经淹没过膝，他刚与总督大人登上岸，浮桥便被奔涌的江涛冲毁了，三个仆人跑不及，纷纷落江而亡。余下未过江者，骡马和行李，只能借悬在空中的竹编溜索过江了，他们在溜索上整整滑了三天，才全部渡过澜沧江。

大卫·妮尔笑了，说："云南总督在昆明总督府里养尊处优，哪吃得这般苦啊，难为这位朝廷封疆大吏了。"

一条澜沧江、一座浮桥竟然与生死连在了一起，我不能不扼腕长叹。李太白曾吟，蜀道之难，难于上青天，未免有点诗人的夸张。其实滇藏道之难，才是真正难于上青天。

大卫·妮尔并非盛名难副，她说："东方人总有青天梦想和情结，我也上过青天啊，在怒江上的溜索上吊了好几个小时，头上白云缠绕，脚下却白浪滚滚，天堂与地狱，生死就系在一绳之上。"

"大先生就讲讲你的生死一线牵的经历吧。"

大卫·妮尔坐在香格里拉的石阶上，遥指我站着的阳朝门的入口，说："就从你站着的大转经的入口说起吧。"

我第一次在这里挂溜索过江时，溜索本是当地土著过江的主要交通工具，或用竹编，或用绳系，甚至是稻草搓成的绳子，拴在两岸的绝壁上，以木作溜，将皮带缚在腰上，双脚悬空，一溜而过。我与庸登在澜沧江的右岸走了一天，傍晚到了这个溜索口上，苍山如血，映在江里，落日如一朵绽开的血色曼陀罗，张开迷人微笑。但是一旦从溜索上掉到江里，那就要漂进湄公河喂鱼了。我和义子站在岸上，看一个土著一溜而过，像一只低旋于江面的雄鹰，飞翔过江。俯看水流湍急，江涛如鼓，心也开始打鼓了。溜索滑到江中心，须靠自己的手拽住溜索，一截一截地抓住奋力而行，庸登看我脸色如蜡，说："母亲，其实溜索是很安全的，你过溜索时，不要看江面，一看水便晕眩了。滑到江中心时，就拽着麻绳，往上挪，千万别松手，松手就回到江中心了。"我点头称是。

庸登说："母亲，我先上溜索过江，给你示范一下，你就照着我的方式做。"

我说："好。"

只见庸登拉过皮条，将自己捆在了溜索之上，扭头对我说："母亲，我去也。"

庸登脚一蹬，只听溜索嗞地响了一声，便滑了过去，红色的喇嘛袈裟随风飘荡，到了江中心垂直的最小弧度时，他抓着麻绳，一点点往上挪过去。

"原来如此简单。"我自言自语。

溜索那边有人滑过来了，那是一个当地的藏族男人，见了我用藏话说："阿妈拉，喇嘛是你的儿子吧。"

我点头称是。

"喇嘛是一个得道高僧，你有这样的儿子，是神灵赐的福。"

我说："是啊！"

该轮到我过澜沧江了。我手握溜索,那个藏族男人将我捆在溜绳上,左看看右望望,觉得捆结实了,才说:"阿妈拉,你可以过了。"他一推,我像一只拴在母鸟翅膀上的小鸟,悠然下降,眼睛往下看。天!一江雪浪涌来,我顿时眩晕了。溜索到了江心中间,突然停住了,风将我的乞丐服卷了起来,露出身上欧洲白种人的肌肤,我连忙掩上,不能让秘密被窥透,将我这个假冒的藏人看穿。我在江中间惊惶失措,我的义子庸登站在江岸上大声呼喊:"母亲,伸出双手拽着麻绳往上爬啊。"

我明白了下一步该做什么。照庸登所说,竭尽全力,一米一米地往澜沧江左岸攀了过去,刚才心惊胆战的惊惶,反倒平静下来。

终于攀到了绝壁边缘上,庸登伸出手,将我拽了过去,说:"母亲你真棒!"

从溜索上下来时,我瘫坐在地上,惊出一身冷汗。

有了第一次挂溜索过江的经历,胆反倒大了,以后再乘溜索,就不再惊惶失措了。

然而最惊险的一幕,仍然是在被称为"汉公主哭泣河"的怒江上,我与义子在一堵红色的山岩边守了两天,等着溜索那边来人,好拽我们过江。这溜索与澜沧江上的截然不同,不再是用山茅草搓成的草绳,而是用牛皮条编织而成的;也不像澜沧江的是一高一低,由高处往低处滑过,这里中间下坠的弧度非常大,除了体魄强健的男人敢涉险过江,靠腕力攀爬到高处外,平常之人都要等专门渡过河的人员用一根绳子拉过去。

等到了第三天,终于见到江对岸有了人影晃动。岸边等了好几天要渡江的人开始乘溜索渡江了。

等了好半天,终于轮到我了。

我与一个藏族少女被捆在了溜索钩上,一股巨大的力量朝我们身上一推,两个人便风驰电掣般向江中央疾驰而去,移动到溜索绳子中间最低处,便停住了。我们像两个木偶一样在空中摇曳,这时对岸的人开始喊叫了,不停地拉那根系在我们吊钩上的绳子,企望将我们拉上去。那些身强力壮的渡河人,每拉动一次,我们的身体就犹如在跳一曲蹩脚的快步舞,在风中摇来摇去,好半天才安稳下来。溜索钩缓缓地向悬崖边上拉近,然而不幸发生了,我听到一声清脆的响声,是皮条断裂的清响,有东西落入了江中,我们两个急速地退了下来,退到了溜索在江中的最低处,任雪风掠过,任激流在脚下狂啸。我终于从慌乱之中镇静下来,发现是拉我们的那根皮条断裂了。

一个男子爬上了溜索,开始朝着我们的方向溜来系那根已经断裂的皮条,却需要一定的时间。我们悬在空中,江涛如咽,惊心动魄。如果我此时头晕,身子朝后一跃,便会坠入怒江里,葬身鱼腹。因为有了几次过溜索的经验,我心里反倒镇静了,生死有命,富贵在天,中国的谚语说得真到位啊。可是那个藏族少女却面无血色,声音颤抖地说,阿妈拉,看来这回我们是必死无疑了,并嘤嘤哭泣。

我伸手抱了她一下,说:"我的孩子,不要害怕,喇嘛师父一直跟着我,他会祷告上苍,保佑我们平安的。"

"皮带结开了。"女孩突然冒了一句。

这话一出,倒让我毛骨悚然了,如果真如女孩所说,溜索钩上的皮带松开了,我们两个会像两个小石子一样坠落江中,我寻找香巴拉王国,朝圣拉萨之旅最终都会化作泡影。

我伸手摸了摸皮带扣子,两个人系得结结实实,便安慰她说:"你快闭上眼睛,别看江水,皮带没事的,很牢固啊。"

"皮扣会解开的。"小姑娘重复了一句，语气很坚定，让我无可置疑，似乎觉得死亡之期将近了。

如果真的出现这种情况，我与小姑娘便坠水而亡了。

生死系在了一条过江的溜索上。我心中默默祷告，最好在皮带最后解开之前，我们俩能安全地抵达对岸。

这时伫立在江边的人指手画脚地在呼喊，但是他们的抢救仍然毫无进展，我仍然吊在怒江中间一晃一晃，一个个坠河而亡的魂灵在风中哭泣。

与我一起捆在溜索挂钩上的藏族少女仍在哭泣，一种死亡之兆徘徊于脑际，我开始眩晕了，觉得下边的浪花像巨鲸的白唇，张得好大，正等待着我们入腹。

我们有救了——一个岸上的渡河人爬上了溜索，背朝下，张开手脚顺着皮条绳爬了过来，像一只织网的蜘蛛，一点一点地朝我们靠近，三个人悬挂在缆绳上，他一动，溜索晃得更厉害了，我的手足都颤抖了。

溜索上爬过来的这个皮肤黧黑的男人，要将刚扯断的绳子重新系上。我对他说，皮带钩上的结要松开了，这个姑娘已经发现了。

喇嘛知道一切。他说的话居然与姑娘说的如出一辙。我惊愕了。

他朝溜索的挂钩瞅了一眼，说："我也看不清楚，但愿它在你们落地之前不会松开。"

佛祖保佑！我叹了一声，他希望如此，我们何尝不希望如此啊。

那个渡河人系好皮带扣后，便沿着缆绳离开了。他一落地，那些渡过河的人便开始拉，如此反复拉过来拉过去。也许皮带扣会松开吧，我心里一直没底。

上帝保佑。我们终于落到了山岩投射角之内，悬在怒江之上的心落地了，六个藏民拉住我们的手款款相慰，以示怜悯之情。渡河人看了看皮带，仍然牢固地系着，没有松动的迹象，当时我与藏族少女是单独捆着的，纵使皮扣松了，坠江一人，也不会影响另一个旅伴。

听说皮扣安然无恙，那群男人叽里咕噜地指责少女让大家虚惊一场。情绪仍处于激动中的少女掩面而泣。

我的义子庸登乘机行乞，说："我母亲刚遭遇了一场痛苦折磨，她已经好几天没有吃过一顿饱饭了，各位行行善，恩赐我们吧。"

所有旅者都向我这个脏老太婆投来同情之眸，慷慨地向我布施，给了足够一周生活的食品。

最后回望了一眼空中溜索，还有那沉落在神川里的铁桥，我和义子庸登朝着圣城走去。

清婉天堂

前方灶头，有袅袅的炊烟，抑或天堂的温馨吗？

已经是下午两点了，我们早已饥肠辘辘，沿澜沧江而下至维西县城的行旅，旅游设施不配套，沿途的村舍，几乎没有可用餐的饭店和客栈。离开燕门大转经入口后，我们下一站便是茨中。司机孙诺茨林熟悉这一带的地理、风情和民俗，他说茨中没有吃饭的地方，得去距茨中二十公里外一个小镇上找饭馆，然后再走回头路，返回来看天主教堂。虽然一来一往四十公里，但是大家并无异议。前边煮沸的铜炊，散发着乡井将近的温馨，让我们暂时不再理会天国的召唤。

食色,性也。中国的圣人说得多好。看来饥寒交迫的人很难步入天堂,达到成佛之境。

天空中飞着绵绵秋雨,沧澜江仍然千古不息地喧嚣着。沿江的公路刚整修过,平坦的沥青路面不时有崩塌的石头落下,孙诺茨林的车子开得又快又稳,可总是不时侧头仰望山岩。我说:"茨林,你开车为何总往悬崖上东张西望?"他说:"我在看岩燕嘛。"

我悚然一惊,问:"看岩燕做什么?"

"石崖上的燕子一飞,山崖上就会有崩塌的石头落下来。"茨林说。

哦!我明白了,心里升腾起一种莫名感动。孙诺茨林的脸上堆着一种凶蛮之状,却是一个柔情细心的男人。

旅程很远,汽车穿行在雨幕之中。天上没有了太阳,摄影家心情也暗无天日,可我一听到此地有天主教堂,便眉飞色舞了,心灵的空域顿时明朗如晴,心早驰向了那耸立着十字架的村舍。云南藏区,自古就是西藏宁玛派与格鲁派的教化众生之地,不许异教染指,未曾想到在澜沧江两岸的藏族、傈僳族和纳西族的杂居之地,竟有向上帝唱诗的祷告之声,这自然引起了我的好奇。离灵山最近的地方,上帝和佛陀居然共一片山川,众神与信徒又如何相安无事,引发了我一探究竟的冲动。

"还是神往人间吧。"申煊发话了,"当务之急是解决肚子问题。填满了肚子,再来拜佛敬主。"

汽车向前方茶炊袅袅的地方疾驶,我迷迷糊糊睡着了。一梦醒来,已换了人间。汽车在一个丁字路口的小村前戛然停下,靠东一侧恰好有两家小饭店,坐着三三两两的客人,其中不乏欧美游客。

"就在这里凑合一顿吧，吃点农家饭。"孙诺茨林说。

甫一坐下，我才发现，茨林说的凑合确有弦外之音，意在要我们有足够的心理准备。小店一点也不卫生，刚落座，苍蝇便像 B-52 轰炸机一样轮番轰炸，黑了眼前的天空，到处晶亮着低旋的薄翼，嗡嗡叫，几声凄厉。我对服务员说，快拿几根蜡烛来。

"找蜡烛做甚？"申煊不解地问我。

"点蜡烛驱苍蝇啊。"我从小在云南长大，知道点燃蜡烛驱赶苍蝇的绝招。

果然蜡烛一亮，嗡嗡而来的苍蝇便稀落了，纷纷光顾老外的饭桌了。

老外的碧眼朝我们这桌扫了过来，对大白天点蜡烛的伪浪漫迷惑不解，耸肩摇了摇头，我哑然一笑——等着黑客入侵吧，它专挑人高马大的欧罗巴人发起攻击。我们坐在屋檐下，听雨声淅沥，遥望北边山脉，一个村舍连着刚收割的红土地，雨雾缥缈，一片悠悠远人村的景象。

饭菜很农家，可能因为饿了，纵使苍蝇重重包围，我仍然大口吃肉大碗喝茶，这顿饭可是走进香格里拉吃得最多的一顿。

茶足饭饱，该去拜谒上帝了。我们掉转车头，溯江而上，原路返回二十公里，车至一座过江的桥头岔道前，孙诺茨林扭头征询道："不去茨中了吧，我带你们去茨姑。"

我说："我的作家朋友范稳是研究藏地天主教史的专家，他告诉我维西最大教堂在茨中啊。"

孙诺茨林说："茨中的教堂是新建的，没啥看头，还是茨姑天主教堂年代久远，据说当年是维西第一家。"

"那就看历史悠久的。"我替大家做主了。

车过一座跨江拱桥，驶往澜沧江左岸，朝一条山间土路迂缓而行。靠江边一侧，有一株株盘根虬须的古核桃树，躯干巨大，三四个人牵手才能合围，显然年轮已逾百年，老树新枝擎天伸向四方，如活佛出行的华盖，掩映着一座座藏族房舍，庇护着黎民苍生。靠山一侧是一垄垄葡萄园，有葡萄园的地方，教堂便近了。我默想着不知是谁说过的一句话，法国传教士嗜酒，他们不仅带来西方上帝的仁爱，更带来了法兰西葡萄酒的红润和浪漫。此地有一种香格里拉藏秘，系葡萄和青稞酿成，甘洌醇厚，据说酿制配方就是由法国传教士亲手秘传。不知不觉中，车子驶入一个村庄的入口，只见路边一栋藏房的门上，挂着一个用中英藏三种文字写着的"玫瑰红客栈"门牌，这是第一次在澜沧江边的村子里见到客栈。我问孙诺茨林："有人住吗？"

"当然有了。我送客人的时候，经常遇到一对一对的背包族，步行到这里住下，然后进茨姑做礼拜。"茨林答道。

返回来时，要停车去"玫瑰红"客栈看看，"那老板娘也许是一个藏族娇娘"。我喃喃自语。

孙诺茨林笑了，掩口不语，似乎在掩饰着一个秘密。

车子朝神秘的天堂之门驶去。山道慢慢升高，盘旋在半山腰上，脚下的澜沧江缩成一条银线，蜿蜒河谷之中，一缕缕烟云雨雾擦窗而过。前方路上，一位藏族老妪的背影渐行渐近，烟雨散尽，我看到一个普普通通的藏族阿妈拉朝我而来，仿佛就是当年化作乞丐的大卫·妮尔正朝着教堂方向踽踽而来的身影。

就是这样一个傍晚，雨过天晴，溯澜沧江河谷而上的大卫·妮尔，已经徒步走了一天，饥饿的幽灵蜕变成一只诡魅的金虫，在眼前晃悠，恍惚成一个金色的点。义子庸登走在前面，前边的村舍历历在望，只是山道弯弯，一路爬坡，拐过一个弯，村庄又隐匿了，藏在了丛林后边。大卫·妮尔的脚步越发沉重了，有点踉跄而行，她不知道自己会不会在朝圣的途中倒下。

"母亲，你听，什么声音？"义子庸登喇嘛突然精神一振，回头呼唤自己的法国义母。

一股淙淙的流水声，如从佛家的清音阁流淌而来，穿越心扉。大卫·妮尔心中浮动的饥馑欲望，突然沉静了，被一片天籁穿过。

"是流水的声音。"

庸登摇了摇头说："母亲，你再听。"

清泉流音过后，竟然有一阵牛哞、犬吠和鸡鸣。

大卫·妮尔笑了，说："儿子，母亲听到了，我们离村庄不远了。"

转过一个山坳，只见一个村落，坐落在一片风水灵地之中，后边一座青山如一把椅子相依。左右两边的山脊环抱，显然是左青龙右白虎的虎踞龙盘之势，与村庄相连的高台下，南北各两条壑谷，两条清溪飞流而下，在村庄脚下汇成一条小河，直泻入下边的澜沧江里。

"母亲，这可是一片灵山灵水灵地啊，该有一座香巴拉王国的喇嘛庙。"

"儿子，我想也该如此。"

母子俩精神大振，朝着那个巍然台地走去，沿着石头相拥的羊肠小道走了几十米，庸登刚露出半个身子，便惊叫起来："母亲，教堂！教堂！"

"教堂？"大卫·妮尔有点惊讶，说，"儿子你该不是幻觉吧？"

"不，母亲，不是幻觉。天主教堂的十字架就耸立在核桃树背后。"

大卫·妮尔爬上高台，仰首一看，真的是故乡巴黎造型的教堂，一个巨大十字架镶嵌在天幕上，乡关已近，那乡关便是温暖的天堂。大卫·妮尔的热泪夺眶而出。

"母亲，你为何流泪？"庸登问道。

"我游历中国十年了，连母语法语都说不流利了，更没喝过一杯法国葡萄酒。今晚的天主教堂，会听到乡音款款，也会品到葡萄酒的醇香。"大卫·妮尔动情地说。

母子俩走到教堂的大门前，方形的教堂坐东朝西，门拱很高，前边刷了白粉，一个十字架镶在其上。教堂的大门半掩着，已过了做晚祷的时间。大卫·妮尔推门而入，教堂的椅子很简陋，完全中国化了，一条条板凳横放其间，正面的墙壁上，烛光昏暗，映照着钉在十字架上耶稣浑身流血的苦难之状，一片血染过后的晕眩。大卫·妮尔太熟悉这一切了，从甬道中间而入，伫立在耶稣像下，在胸前画了一个十字，操着多少有点陌生的巴黎口音，做起了晚祷。

哪里来的法国女人的祈祷？这么纯正的巴黎口音，不会是天堂里的声音吧？乌夫拉尔神父从教堂耶稣像下厚厚的帐幕里走了出来，看见一个衣衫褴褛的藏族老太婆站在教堂前排，惊诧不已，说："这位女士，请问从何处而来，为什么会说一口地道的巴黎话？"

"尊敬的神父，我本是巴黎人啊！"

"哦！为何这样一身打扮？"

"只为到圣地转山朝佛。"

"请问尊姓大名？"

"大卫·妮尔。神父，我该如何尊称您？"

"叫我乌夫拉尔吧。"

"谢谢,乌夫拉尔神父,我们已在乡村的房檐下,江边的树林里风餐露宿半个多月了,请让我们在教区里住一晚吧。"

"主仁爱众生,没有理由拒绝你的请求。再说,你从遥远的巴黎而来,君自故乡来,我就按中国的当地风俗为你接风吧。"

"谢谢!客随主便。"

夜的帷幔落下来了,烛光点点,上帝接纳了大卫·妮尔,给了她寒夜的温暖。

而我们却在上帝的门槛前找不到北。仍旧是澜沧江上的那片藏族村庄,仍旧是那个风水灵地的瀛台,仍旧是那座法国传教士在维西建的第一座天主教教堂,可是孙诺茨林已经有好多日子不来茨姑了,迷失在半边日出半边雨的苍茫中。他的方位感原本不错,车过教堂左边那条清溪,沿着半坡缓缓而上,便在一个拐弯处停下,然后我们纷纷下车寻找天主教堂。一条小径通往一户藏边人家,甬道两边是鹅卵石砌成的围墙,石缝里长满青草,缀满枝头的秋海棠绽开笑脸,像一个藏族娇娘,露出迷人的微笑,将人间与天堂的神秘,飞扬在一树海棠枝头。

"有人吗?"明知房子的人听不懂汉话,我们仍在大声呼喊。

刚走近民房,突然一只藏獒一声长嗥,凌空跃了出来,如一阵闷雷回响天空,惊魂远村,吓得我们闻声而逃,钻入车中,心脏禁不住一阵狂跳。

"往里边开吧,到村里问人去。"我说。

汽车往土路纡徐而行,拐过弯后,见一个背花篓的年轻女子沿山丘的小路走了下来,看见汽车,她便自然避道在一条小路口上。

车从她面前而过,我从玻璃窗前凝眸一看,惊讶地发现了一个天大的秘密:那个藏族女子居然长了一张外国女人的脸,高挺的大鼻子,长长的脸庞嵌着一双碧眼,嘴唇大而性感,虽然肤色被太阳晒成了古铜色,黑头发绾成髻,绾在了一顶"文革"年代的绿色军帽里边,额头上横着云南女性背东西时的背带,但仍掩饰不住一张西方女人的脸,我连忙推了推申煊:"你瞧,这个藏族女子像谁?"

"像谁?"申煊开始没有反应过来。

"像不像一张西方女人的脸?"

申煊击节而叹:"真的很像啊!"

欧阳也在一旁附和,说像。

汽车从她面前擦身而过,沿着一条乡间土路朝山里缓慢而行,一直找不到可以倒车的宽敞之处,望着车窗两边的村舍田野飘着一缕云雾,太阳从云罅里筛下一片光亮,如娇娘的一只金色酥手,抚摸着山冈。

我还在想象刚才那位酷似西方女人的西藏娇娘。也许就在一轮明月刚刚爬上山冈的夜晚,做完了晚祷的法国神父,步出教堂,沿着一条下山的斜径,在一片藏獒的犬吠声中,一步步地走近这个藏族女子的祖奶奶或者祖外婆家的矮墙前,摘下一片叶子,吹起叶笛,那便是约会的信号。像今天见过的藏族女子一样年轻的娇娘,匆匆下楼,朝着神父羞涩一笑,然后牵手钻进教堂背后的山林,演绎一曲风花雪月的浪漫。

抑或一个秋天的血色黄昏,青山残阳落照,教堂晚祷的钟声已经响过了,信徒们纷纷走出教堂的大门,那个娇娘般美丽的年轻女子伫立着不走,神父过来了,说,你有什么需要我帮忙的。那女子眼睛像跃了一条澜沧江的鱼,一下子让沉溺在平静中的法国神父怦然心动,就在耶稣的神像之下,在一片红烛冉冉的暮色中,神性与魔性对峙、碰撞、撕咬,蛇钻了出来,诱惑着,天堂的纯净与凡间烟火被蛇的欲望缠绕在了一起。

于是,便有了这个藏族女子的爷爷或奶奶,或者外婆。

三代过后,便有了一种生命的返祖现象,欧罗巴人种的轮廓呈现在这个藏族女子脸庞上。

"你就疯狂地飞扬作家想象吧!"申煊听了我复原当年的风月故事,在一旁窃笑。

我仍然沉浸在复原一段岁月、一部历史的黄昏里,一个是法国传教士,一位是藏族娇娘;一边是孤独清冷的天堂,一边是炊烟袅袅的村庄;沉静的,野蛮的,欲望的,纯情的,神性的,魔性的,都在晚祷钟声中化作了教堂上空的一片云雨,并伴有雷声的轰鸣和野狼的尖啸……

雨云飘过去了。汽车终于在山脚下找到一个倒车的地方,掉过头,沿路返回来,路过一座桥时,太阳刚好照在清溪之上,小溪两边的一株株绿树还滴着雨水,翠绿青葱,如玉一样温润,清泉撞碎在石头上,余下珍珠落玉盘的碎响。

"停车!拍一拍这条清溪。"斜阳树间照,清泉石上流,这才是真正王摩诘的禅境。司机将车子退回路边便停了下来,我们扛着设备在桥头架起了机子,镜头对准清溪,湍流如教堂的钟声,流在石上,敲在心上,敲得苍翠的山野一片圣钟淙淙。

两位摄影家在拍片,一下子吸引了许多村民,男女老少围在我们四周,憨厚地笑着,说的全是藏语。孙诺茨林当起了翻译,我问教堂在哪儿,他们朝东南那个山包指了指,说教堂就在山上。

"每周都到教堂里做礼拜吗?"

"每礼拜天都去。"

"你们用藏语唱诗,还是法语唱?"

"当然是法语喽!"

我惊愕了,说:"用法语唱几句我听听。"

他们真的毫无顾忌地唱了起来,脸上挂着几分庄稼人的羞涩。

太奇妙了,一个大字不识的藏族人,居然会用法语唱诗。我惊讶之极。

或许在这片灵山灵地,总会有神秘和奇迹接踵而至。

汽车重又返回刚才停留过的地方,孙诺茨林终于找回方向感,朝着一条羊肠小道攀越而上。小道是从岩石缝穿凿出来的,石径不知被多少苍生的脚板磨过,被雨点滴穿过,斑驳点点,铺满了岁月的青苔。当我们身体逐渐升高的瞬间,看到了天主教堂上的十字架时,我似乎记起了大卫·妮尔那个早晨走出教区,转身向乌夫拉尔神父最后一瞥的神色。

沿着一个龙脊的山坡缓缓而上,从一户藏边人家空旷的牛栏前走过,走过一段长满青苔的历史,我们也走进了紧贴着宗教和天国门槛的原始和纯净。

仅仅在百米之间,茨姑教堂便毕现在我们的视野中,除了那道正门上方高嵌着十字架,仍然折射着对主和上帝的虔诚和敬畏之外,我并不觉得它与自己进入过的天主教堂有什么异样。可惜今日不礼拜,教堂大门紧闭着,我坐在教堂的门槛上,让两位摄影家给我拍了拍照片,仰起头来,看到了一个车轱辘的铁圈做的教堂的圣钟悬挂在上方,我举手敲了敲,清脆、悠扬,震荡着山野,震荡着山里每个教民的心房,我仿佛听到了茨姑教堂的第一声晚祷的钟响,第一次向上帝的祷告之声。

应该是大清帝国同治年间的事情了。教皇格里高利十六世下诏，授命法国人罗勒拿为中国西藏教区的牧首。罗勒拿从家乡曼恩——卢瓦尔省出发，登上了驶向中国的邮船，漂洋过海，万里迢迢，在香港下船后，辗转广东、广西，进入云南丽江府，找到了茶马古道上的大马锅头，说，请将我带进建塘吧。

大马锅头挥了挥手，一个瘦小仆人牵过一匹枣红藏马，将缰绳递给了法国主教。神父伸手抚摸了马背，那匹枣红马打着响鼻，朝新主人眄视，目光陌生。主教说这是一匹好马，远行千里也不会趴下。神父便踩着马镫，跃身跨上马背，将黑色的长袍往蔚蓝的天幕一抛，落在马鞍上，策马朝着长江第一湾嘚嘚而行。罗勒拿成了进入云南藏区的第一位天主教神父。

罗勒拿主教就是在火烧云当空的傍晚，打马走上茨姑村的，他已在建塘境内转悠数月了，中甸城里有宫殿般的松赞林寺，由达赖喇嘛派人做住持，雄镇西南，建一座天主教堂无法与之分庭抗礼。官驿大道上的奔子栏是个热闹之所，可西边的山头上已被东竹寺占了一席之地，唯有去偏僻蛮荒之所，点化芸芸众生了。

骑在马背上往前远眺，看到两条清溪环茨姑而下，几座古老木头藏房坐落在半山坡上，牛羊还在山坡上俯首吃草，暮霭沉沉，几缕炊烟飘浮在天空，罗勒拿牧首惊呼：仙境，仙境，主该在这里救赎众生。

罗勒拿在茨姑住了下来。开始藏民们躲着这个金发碧眼，手臂上长满金色毫毛的鬼佬。过了许多时日，当村里人有个头痛脑热，跳神驱鬼仍无法缓解时，便吃了神父从小瓶子里倒出的几片白药片，很快药到病除。于是村民便觉得这个鬼佬有杏林回春之术，值得信赖。有一天，神父拿出白花花的银子，找到一位和姓的人家，说要买下他家的山地建一座教堂时，再无人反对了。

同治五年(一八六六年)，云南藏区内第一座天主大教堂像一艘诺亚方舟，驶入了神秘的北纬三十度，矗立在了茨姑的山野里，坐东向西，雄伟而洁白。在高原太阳的抚摩下，远远看去，俨然是大明帝国时代的江南牌坊。黑色的边陵从顶尖轻灵泻下，十字架嵌在圣殿正面的白墙上，透出一股压抑的气氛。依山势而建三台楼阁，东楼房五间，全系西洋钟楼建筑，西楼房三间，北楼房七间，上边还有平房三间，形成了一个规模宏大的教区。竣工庆典那日，善男信女如山涧两条清溪一样，纷纷涌来，齐跪在地上，亲吻着西藏教区的牧首罗勒拿神父的手。

早祷钟声突然响了起来，罗勒拿神父仰望天空，晨曦中灵山初现，祥云缭绕，紫霭蒸腾，见所未见，似乎灵山之上的彩云都在向这座西方的天堂致意呢。

但是天主教堂自挤进藏区那天起，就注定命运多舛。虽有清王朝的庇护，但是挟政权与神权的喇嘛庙的高僧活佛，往往振臂一呼，佛指一点，便能将洋人的教堂击成齑粉。

第一场教案发生在光绪三十年(一九〇四年)，清王朝已日薄西山，江山既倒，就剩下圆明园那几根残缺的石柱，无力支撑边地危局。驻藏帮办大臣凤全本该沿官驿大道，入拉萨就职，可是到了巴塘，却被那片美丽的草原迷醉了，迟滞不前，强行改土归流，在康巴大地引发了一场血腥杀戮。最后凤全丧命，西藏的活佛高僧又在这场兵燹中添加酥油，荒火越燃越大，最终酿成了川滇藏区的一场教会血案。德钦、东竹林、红坡三寺的喇嘛登高一呼，响应者竟有万余人之多，矛头直指官府和西方教堂。阿墩子天主教堂先被付之一炬，神父顾德尔被逐出境。

平静的茨姑天主教堂,也在一夜之间失去了平静。那个大雨滂沱的夏夜,巴黎外方教会神父浦德元从巴塘匆匆逃了出来,敲开了茨姑教堂余伯南神父的大门。烛光幽影,见浦德元蓬头垢面,神情枯槁,余伯南大惊,说:"浦德元神父,为何如此失魂落魄?"

"先给一杯葡萄酒,压压惊。"

余伯南倒了一杯,递了过来。

浦德元神父品了一口,身上开始暖和了,未语泪先流,说:"巴塘教堂化作灰烬,阿墩子耶稣神像也葬身火海,顾德尔神父生死未卜,茨姑的末日也不远了,我们快收拾行囊,逃到山里避避风头吧。"

余伯南神父摇了摇头说:"不必。我们在茨姑教堂办学行医,深受教民拥戴,不会有人为难的。"

"天真啊,阿墩子带头放火之人,可是德钦寺的堪布、土千总汪堆、土把总三德啊,全系土司僧侣所为。"

"茨姑不会!"

余伯南神父似乎言之过早了。

翌日,太阳刚一露头,便被阴云包裹了。一场万劫不复之灾,随着土千总和喇嘛的马蹄声,踏碎了茨姑清晨的寂静。

云南总督丁振泽奏报朝廷,云南维西厅属僧夷因巴(塘)匪勾煽,焚毁教堂,戕害教士,现派大员统兵剿办。

雪雨,血雨,飘飘洒洒落在澜沧江畔,山洪暴发了,血流成河。一场血雨过后,茨姑教堂被烧毁成一堆冷灰,沉落在冷雨里。

该走了。沿着石板路走到一个池塘前,两棵核桃树相对而立,长成巨伞,荫庇着众生。当两位摄影家欲登车时,我说稍等。

"又有什么事？"申煊问我。

"去找到那个酷似欧洲女人的藏族女孩，问问她的家世和故事。"

孙诺茨林跨出车门，说："我陪着你去找，那个女子好像上山地里去了。"

沿着她刚走下来的山坡缓缓而上，路边的玉米地背后，隐匿着一幢藏边人家，二层小木楼孤独地望着灵山。院子里空无一人，一只狗在汪汪地叫。

孙诺茨林用藏语大声呼叫。

一个老头出来了，咧着嘴呵呵地笑，茨林问了几句，我也在一旁比画，竟然一问三不知，老头仍在傻笑。

是个痴呆！

我悻然走出藏家小院，为刚才未及时停车而后悔不迭，以为无缘见到那个藏族娇娘了，欲转身离去，孙诺茨林朝东一指，说："那个女孩回来了。"

我问："在哪？"

"背着东西过来的就是啊。"

我定睛一看，只见一个女子低着头，额头上勒着一根背带，背上的花篓装满了刚摘的苞谷，朝我们越走越近。是她，就是她。

申煊和欧阳拿着相机过来，围着这个背苞谷的姑娘频频拍照，姑娘脸颊上顿时泛起一团羞涩的红云，我问她："你叫什么名字？"

"卢菲娅。"

"是藏族名字？"

卢菲娅摇了摇头。

"村里小孩出生后都是在教堂里洗礼后，由神父取名吗？"

卢菲娅点了点头。

"今年多大了？"

"二十五岁。"

"结婚了吗？"

卢菲娅露出了温柔一笑。

"你的奶奶，你的外婆给你讲过牧师与你们家的特殊渊源吗？还有，你的身世是不是与别人不一样？"

卢菲娅愣了一下，不懂我问的问题，然后背着东西匆匆地离去了。我多少有些失落，自言自语道，看来有关她的身世只能靠想象来复原了。

归化众生之寺

走向灵山的朝圣之路，是一种轮回，卡瓦格博大转经的轮回，金沙江至澜沧江、澜沧江再至怒江天路逶迤的轮回，更是芸芸众生虔诚转经朝山的轮回，一个个生死相依的魂灵前世今生的轮回。

我们从茨姑教堂走出来后，便沿着澜沧江畔，顺流而下，晚上下榻的地点是维西县城。此时已是下午四点多钟，越往西行，澜沧江的江面越宽阔，险峰峻岭也渐渐地矮下去了。斜阳从厚厚的云层里钻了出来，晚霞映在江上，映在澜沧江两边的绿丛林。云低江阔，断鸿声里，江风徐徐，沿江的村子从江雾中一一浮了出来，紫气从村子各个巷道血管里流淌出来。

黄昏行将逝去。沿江公路上，对头车越来越少了，却有一群群马帮悠然而来。蹄声踏碎了残霞，冥想之中，我看到大明洪武十五年(一三八二年)，明朝帝国军队平定云南，纳西族首领阿得率众归降，被明朝赐以木氏土司封地，从此木氏土司随明朝远征的铁骑逐步坐大，经过四代土司，一百一十年的征讨，康区的得荣、乡城、稻城、理塘和巴塘，终于皆臣服于木氏老爷的麾下，并得到大明帝国皇帝的默认。

木氏土司的版图扩大了，覆盖了滇藏三江源和洱海地区。木氏老爷一声令下，云南极边的纳西族人谨遵王令，纷纷东迁，迁至金沙江、澜沧江流域，有的远至西藏的擦瓦绒(盐井)、擦瓦岗(左贡)等地，偌大一块土地上的男人、女人和牛羊都属于木氏土司。土司权杖一指，众生皆成奴仆。

赢得了天下，未必能赢民心；征服了土地，未必就征服了苍生。木氏王爷凭借皇恩优渥，将滇藏大片的领土和黎民握在自己手中，然而赋税之重、战争之苦，导致木家土司王朝得到王土，却没有赢得民心。因此，木王爷在亦兵亦威的同时，更需伸出或文或恩的软的一手，于是请出与木家有渊源的西藏噶玛巴(白教)，被明朝皇帝赐名"大宝法王"的噶玛巴首领黑帽活佛，来到中甸、维西、德钦一带，遍洒甘露，化干戈为玉帛。

黑帽系活佛是藏传佛教噶举派(白教)的支派噶玛噶举派活佛系统之一，由印度寺院密传而来，喇嘛因穿白衣，被赋予"白教"之名，主寺在西藏昌都类乌齐县的类乌齐噶玛丹萨寺，可它的势力远及西藏的山南、珞隅、堆垄和康区的内类乌齐、玉树、木雅、巴塘等地。二世活佛噶玛拔希曾于一二五六年受到元朝蒙哥召见，从此得宠，被赐予一顶金边黑色僧帽及一枚金印，"黑帽喇嘛"由此得名。一四〇七年，明成祖朱棣封黑帽系五世活佛德行协巴为"万行具足十方最胜圆觉妙智慧善普应佑国演教如来大宝法王西天大善自在佛"，简称

"大宝法王"，此封号遂成为历世噶玛噶举派黑帽系活佛的专用称号。

一五一六年，八世黑帽活佛弥觉多杰受木王爷之邀，走出类乌齐寺，穿越灵山灵地，到了木氏土司的首府姜地（丽江），搭帐篷住下。翌日天刚刚亮，土司木定便率万名兵丁相迎，而他的叔叔和弟弟各骑一头巨象而来。后边尾随长长的马队，执举佛伞、幡、幢等供品簇拥而来，行至法王的帐前纷纷下马磕头，两头大象也跪在地下呜呜高鸣。法王惊叹，问大象为谁而鸣，驯象官当即回答，法王莅临，象悦而鸣。话音刚落，天空中突然飞起了甘露，东边日出，西边彩雨，一片祥和之气。谲奇的灵异之象，令木王爷大为惊诧，第二天将八世黑帽活佛迎入木王府，许诺："自此十三年内不发兵西藏，每年选送五百童子入藏为僧，且在自己的管辖之地建一百座寺庙。"

黑帽喇嘛从此在精神上一统木氏王国。

但是木家土司王朝还缺一部镇国之宝。那是一部藏地的经典《甘珠尔》，于是，木王爷将噶玛噶举派六世红帽活佛昂吾确吉旺秋，迎到了建塘的木王宫，指导刻版《甘珠尔》。刻版杀青之时，木王爷请大师前来开光典礼，并迎奉到康司寺，供奉起来。

《甘珠尔》巍然成了木氏王国的另一座精神灵山，令滇藏之地的芸芸众生高山仰止，更令卫藏、安多一带的格鲁教派黄教寺院集团和蒙古王爷不断觊觎。明崇祯十二年（一六三九年），安多蒙古王爷固始汗，欲率兵南下饮马康区的马尔康、甘孜一带，时已经通过固始汗爷与皇太极牵上关系的五世达赖喇嘛阿旺罗桑嘉措，在固始汗爷远征之前面授机宜，说："王爷远行，我有一句忠告。"

固始汗说："敢问您有何神谕？"

五世达赖喇嘛说："神谕不敢，但是我想问王爷，你是要得川滇藏的土地和百姓，还是要一部镇国之宝？"

固始汗仰天长笑，说："汉地的贤人说，鱼与熊掌不能兼得，可是本王爷却要二者皆得。"

五世达赖淡然一笑说："凭着王爷的蒙古铁骑，康区和木氏土司领地的百姓和牛羊非你莫属，但是有部镇国之宝，未必是王爷的。"

"哦？此话怎么讲，这镇国之宝究竟是什么奇珍？"固始汗突然来了兴致。

"价值连城的西藏瑰宝《甘珠尔》。"

"价值连城，这是何等圣物？"

"一部西藏的权威著作啊，十四世纪由蔡巴贡噶多吉在蔡贡塘组织人编撰而成，在此后的二百年间，红帽四世活佛、黑帽六世、八世活佛等诸多学者都参与了修订。最后却被木氏土司木增获得这部西藏宝典。谁拥有了这部镇藏之宝，谁就可以征服西藏天下和民心。"五世达赖说。

"我明白了。"固始汗说，"当蒙古铁骑踏平木氏王府之日，便是我将《甘珠尔》迎回藏地之时。"

固始汗爷与木氏土司的战争于崇祯十四年（一六四一年）落下了帷幕，失去了大明天子支撑的木氏土司军队只好退出巴塘、擦瓦岗、擦瓦绒一带，大踏步地后撤，回撤入滇，支撑岌岌可危的局势。但是固始汗王爷，却未得到这部镇藏之宝。

得到顺治皇帝封赐的五世达赖喇嘛终于一统西藏政教，格鲁教派在西藏如日中天。康熙三十七年（一六九八年），固始汗之孙青海和硕特蒙古部落首领达尔杰博硕可图汗挥兵入滇，彻底覆灭了木氏土司王朝，将木家康司寺的巨著《甘珠尔》掳走，用千百匹骡马，驮到了理塘寺存藏。

黄教终于拥有了川滇圣地的一座巍峨灵山《甘珠尔》，得以在宗教上一统大藏区。可是香巴拉王国的藏民未必真正心悦诚服，五世达赖喇嘛佛眼穿越苍茫，落到了中甸城北十五里的瑞兆土山上，冥想之中，一座金碧辉煌的喇嘛庙屹然而起，映着东边的紫气、西边的祥云。他将哲蚌寺、色拉寺、甘丹寺的三大堪布找来，说："拣选高僧，到建塘（中甸）寻一胜地，建造庙宇。"

"是！"三大寺的堪布退了出来，立即派高僧骑马进入三江并流之地的建塘草原，找到五世达赖描述的祥云紫霭笼罩的瑞兆山，祈天祭山，择良辰吉日，于康熙十八年（一六七九年）大兴土木，建造一座皇皇寺院。万千民工参与了背土挑石，历时两载，金庙终于落成。奏报拉萨布达拉的五世达赖和北京城里的康熙皇帝，五世达赖喇嘛阿旺罗桑嘉措赐名：噶丹松赞林，意为天神游戏的地方，并赐予金释迦牟尼铜像一尊，五彩金汁精画佛像唐卡十六轴等。康熙皇帝却高五世达赖一筹，挥动御笔，写下"归化寺"三个字，意为归化野蛮之地的芸芸众生之寺。

六世达赖仓央嘉措也将法眼投向了松赞林寺，在他一缕魂灵化作白羽的仙鹤飞入理塘之前，曾经神牵梦绕归化寺，他曾站在布达拉的红宫天台上赋诗一首："中甸娥美之湖，倘能涉渡一次，即使红缎变色，也是心有情愿。"

仓央嘉措梦想涉渡中甸，饮尽人间烟火，而我们一直沿三江并流的灵山转经涉渡。

在维西县城住了一夜，次日早晨便匆匆上路，绕过澜沧江，穿过一座座晨雾缠绕的傈僳族藏寨，驶过一座飞架南北的神川大桥，重返建塘坝子，已是落日时分。斜阳正朝着雪山缓缓坠落，我们站在纳帕海的山冈上，心灵尽情地享受着这阳光灿烂的雪白与蔚蓝，祥云飞渡的黄昏，不急不慢走来的沉静。

夕阳欲坠，悄然落入雪山的怀抱。我们徜徉在中甸城北青稞架林立的黄昏里，将照相机的取景器对准青稞架下悠然吃草的牦牛，清冷的雪风在我们身旁流动，西天变幻着色彩，空中好像一个番茄酱瓶打翻了，从中淌出殷红的液汁，泅红海水般的天幕。

此刻，远处松赞林寺沉浸在碎片一样的夕照里。离开青稞地，我们驱车前往那座皇皇金庙。朝圣的路上，我突然想到了那乘白羽仙鹤魂飞理塘的仓央嘉措，他心存幻想地想从神川涉渡，盘旋在香巴拉王国，降落在归化寺的金顶之上。

仓央嘉措在布达拉上写的都是西藏的六字短歌，一位汉地诗人将他一首朝圣的情诗，改写成了女性的叙述视角：那一月，我摇动所有的经筒，不为超度，只为触摸你的指尖；那一年，磕长头匍匐在山路，不为觐见，只为贴着你的温暖；那一世，转山转水转塔，不为修来世，只为途中与你相见。

我一路转山走来，在三江并流的驿地轮回了一圈，梦中的香巴拉王国在哪里？！

香巴拉就隐匿于松赞林寺吗？我悄然叩问自己，也叩问从雪山吹来的祥风。前方，归化众生之寺，无论从地域和方位描述上，并不像詹姆斯·希尔顿写的香格里拉寺，却威震西南一隅，因了我早已神游过的西藏饮誉天下的喇嘛庙，松赞林寺并未祥云飞渡入梦来，我便倚在座背上小憩，一会儿便进入了梦乡，乡井不在，却有一座精神的灵山若隐若现。

是雪风在吹吗？吹开片片白云，露出了圣水洗濯过的天幕，湛蓝，蓝得有点令人目眩，祥云裂开了一个天井似的云罅，站在天阙俯瞰人间。下边有一座皇皇的金庙，白色的经塔林立，坐落在神山的脊梁之上，凛然向天。金顶佛光熠熠，人面金翅的神鸟，飞拱斗角屋檐下，一只只金凤凰，颈上挂着一个个风铃，凤翥而舞，摇曳着岁月的辽远，清风细语般地祷告天神祛灾禳福。一个个巨大的经幢，昂然向上，默默地连接着天与地之间的符咒和超度。

车子戛然停下了，已经到了中甸城北的瑞兆山上。我睁眼一看，松赞林寺已经巍然于前，而刚才一梦，恰好是布达拉宫东大殿"有寂圆满殿"的壁画一幕。

可是此前梦中屹立的并不是布达拉宫，而是滇边藏区的松赞林寺——它与布达拉宫一样辉煌。苍山夕阳，落日映在了金顶之上，如一簇簇祥云飞绕。在晚霞红灿金顶的景图中，我们的现代商务车穿过金庙的门槛，往东往西盘旋而上，车窗两边，尽是金庙下边的雪村，残垣断壁比比皆是。遥想当年，多少信众将自己的子弟送入了松赞林寺，一家人便围着瑞兆山盖起了可挡风雪的小屋，供养自己儿子学经，一学便是一生一世，拿到格西学位之际，便是一位高贵僧侣傲然于世之时。于是，高贵与卑微，富有与贫穷，贵族与贫民，富豪与乞丐的鸿沟便在一夜之间坍塌填平了。上世本为牛马的下层百姓，因为家里出了一个学富五车的高僧，一家人便荣升成高高在上的僧侣贵族。这就是藏传佛教与普世的宗教截然不同之处。

绕过一幢幢雪村，我们所乘的车子终于从东边的阴影中转经到西门，西天云霞如荼。我跨下车，仰首一看，一群神鸦低巡于半空，聒聒地在鸣叫。为谁而鸣？为谁超度救赎？为虔诚而来的我们？抑或为天下苦苦膜拜的黎民百姓？还是我那将一生的祈求献给了佛陀的老母亲？

十五年前，我转经去了黑帽活佛的白教寺庙类乌齐寺，诚心诚意地拾回三块镂刻白度母的玛尼石，运进蓉城，又从天府之国空运回昆明，送给我生命历程中最重要的三个老母亲。讵料一年后我再返昆明时，却发现，她们已经将这些千年之久的玛尼石送进了我故乡的唐朝古刹龙泉寺，以保佑我和家人平安，以保佑我事业辉煌。

终于，否极泰来，我一洗二十世纪八十年代最后一个冷秋的晦气，从此进藏一次顺过一次，十六年间，越去越顺，于是便有了苦苦采访和写作了十五年之久的《麦克马洪线》，有了二十载等一回的《东方哈达》，还会有酝酿了三十载之久的《摄政王之死》。

简而言之，西藏赐予我的，远远比我回报她的多得多，而云南藏区香巴拉王国的飞来寺，松赞林寺，只是我西藏情结之链上的一个铜环。我被这个宿命之环牵引着，站到了松赞林寺强巴殿的大门前，那金庙嵯峨、高巍，朝着我压了下来，其泱泱大度，尽显王者气象，堪与布达拉宫、扎什伦布寺媲美、比肩。

落日楼头，神鸦声中，走进，一层一层地走进，走进神殿。踏着木阶拾级而上，上到二层，上至三层，上到了金顶之上，被斜阳染红的丹霞像达赖远行拉姆拉错的经幡，红如啼血的杜鹃，一片片，一团团，一簇簇，在我们的头顶上瑞祥而飞、而舞，在西天的弥尔山上快乐地奔跑，跑出阴晴圆缺，跑出吉祥如意。

我伫立在金瓦神鸟鸣凤前方，合掌祈福，祈求香巴拉王国赐我神性神思神往。

那群吉祥的神鸦仍然在天际飞翔，尽染着霞光，一片片如垂天之云，惊碎了晚霞，也惊扰了黄昏的沉寂。我相信那悲鸣般的尖啸，是为要来建塘的仓央嘉措叫魂的。

我听到了翅膀搅动云水的沙沙响声，听到了神鸦盘旋在金顶中翅膀逆风的尖啸。那声音是从遥远的香巴拉王国传来的诵经的天籁，神奇神秘，从佛陀的兰花指尖传递过来，接通我的灵魂，我便有一种宠辱皆忘的宁静，有一种淡然于心的沉静，有一种气沉丹田的纯粹。

天幕四合，佛光黯淡下去了，长明灯如河，照亮了迷失的众生。只有一缕缕雪风吹过，吹得风铃悠悠，那一群神鸦在风铃声中俯冲下来，双翼粗犷而神秘，划过三江并流之处的高原的莽荡。我透过玻璃天井里最后一缕暮霭，看到了强巴佛神秘威严的脸庞上有一缕佛光照耀，照亮了我前世今生，照亮了我的瘦马西风，更照亮了我划过白帝城门的灵魂之船。

天终于黑下来了。我们踏着木制的天梯走回了人间。申煊在登车后说道，那年四月我们来香巴拉之时，拜谒归化寺前，是一个晓天霜角的早晨，而今晚却是祥云缥缈的黄昏，日出日落，朝祈晚祷，祈求着一世一生的安康和禳福。

归去，乡关不远，我该归去了。从松赞林寺走出来，沿着茶马古道那磨到光滑的石板路，聆听驼铃声声的马帮进了中甸城，一段被雪尘淹没的历史和人物又复活了。我复原了他们的躯体，可是沾了灵山的众生却复活了我的灵魂。

佛陀说，解脱四谛，便可悟出真经，也许在追寻我的灵魂涅槃的苦旅之上，我找到了属于自己的宗教。

有了它，便有了西藏岁月的坚守。

香巴拉并不遥远

那天晚上，我睡在香巴拉王国的中心地带，中甸城藏式建筑的宾馆里。夜半不眠，披衣倚在床前，翻阅中甸旅行社总经理潘建生先生借给我的十几斤重的《中甸县志》，远至清朝年间编撰，近至民国，信手翻来，滇边藏地的香巴拉离我越来越近了。

迷迷瞪瞪中，我似睡非睡，似醒非醒。此时已经活到九十八岁高龄的大卫·妮尔突然褪去西藏疯老婆子的藏装，身着巴黎丽人的裙服，袂带飘飘，神情恬静地朝我走来，说，我的义子庸登已经走了三十多年了，我活到这般年龄了，也该去滇藏之地的香巴拉王国觐见了。我可以死的地方很多，但是我还是想死在怒江莽林中，我和庸登看到的那个消失了的村庄，那个消失的城堡，待它惊世之时，便是我归天之日了。

我看到大卫·妮尔拿过蘸了墨水的钢笔，写下了自己最后的遗言："我应该死在理塘，死在西藏的大湖畔和羌塘草原上，那样死去该多么美啊，境界该多高啊！"这是她为自己留下的最后一句墓志铭。三年后，一百零一岁的大卫·妮尔仙逝于巴黎家中。她想将自己的骨灰撒在三江并流之地，可是当时中国正沉醉在"文革"动乱年代宗教般的狂热里，无暇顾及一个怀有强烈中国情结的巴黎丽人的最后请求。大卫·妮尔长叹了一声，说既然天葬不了喜马拉雅山，回不到香巴拉王国，那就让我魂归恒河，再饮一掬雅鲁藏布江之水吧。

远眺着大卫·妮尔的身影在我的视野中渐行渐远，化成蓝月亮峡谷的一缕轻烟，一片雾霭，一弯银月。我扪心自问，天下苍生转山绕湖，寻找的梦中的香巴拉王国，到底在哪里？听着飞来寺的梵钟骤然敲响，听着卡瓦格博的雪风入耳，听着布达拉上的驴皮暮鼓、大吕黄钟敲在我的心间，我终于醍醐灌顶，幡然开悟，其实香巴拉王国并不遥远，灵山并不遥远，只要心存虔诚，心存执着，何须从三江并流之地走过，何须掐算着良辰吉日来转灵山，何必风尘仆仆寻找似梦非梦亦真亦幻的香巴拉王国？其实每个人心中都有一座灵山，每个人心中都有一个香格里拉，它隐没在你灵魂的城隅，一旦被唤醒，你便会慧目顿开，看到烟雨中的幻城，日照金山的香巴拉王国。

中甸城里的阳光真好，天蓝得炫目，白云垂得很低，挂在老街的屋檐上。我漫步在一条条留过马帮蹄印的老街里，走过闾巷，一个藏族女子刚洗过头，披泻着湿漉漉的秀发，步出绣楼，走到长满了荒草的院墙上，坐在墙上晒着头发，晒着心情，晒着自己悠闲的日子，举手梳理飘飘长发，引来一群拍摄者围观拍照。我伫立一边，仿佛置身于一片被高原的太阳褪尽了色彩的默片记忆之中。走过昨天，走过历史，走过灵山，竟然走入乡井的温情之中。仰首看到香格里拉中间最高处那座巨大的经筒，映照着太阳的光束，悠然转动，突然想起不知在什么地方读过达赖的一句话："乃至有虚空，以及众生住，愿吾住世间，尽除众生苦。"

普度与救赎。普度之桥有佛陀引领，救赎之旅则要自己登舟。

该回去了。那天傍晚，太阳西斜，晚霞横卧在建塘献坝子，坠落在松赞林寺的金顶上，我们尽情地享受着中甸城郭阳光明媚、彩云飞渡的湛蓝，等待着不急不缓地走来的救赎。

司机孙诺茨林驾着他的"现代"铁骑，送我去香格里拉机场。相处四天，已经很熟了，在驶出中甸城的路上，他说，我每天都送客人去灵山，高官巨富，佳人帅哥，见得多了，一个字：假！满口仁义道德，其实是一肚子男盗女娼。甚至有个广东富婆一眼就看上我了，在中甸城里徘徊了二十多天，一心要跟我，几十万的支票都递过来了，说要借种，当我什么人啦。你们别笑，这事情在中甸城多了，见怪不怪，不止广东少妇，就连欧美的白领丽人都来啊，说我们康巴男人是世界上最优秀的种，我统统不屑一顾啊。相反，你们三个却是我接待过的客人中，最儒雅最有修养的文化人，真实，坦荡，玩得高雅，懂得尊敬人，这么爱我们这里的一山一水一草一木，我敬重你们。临别之前，我还有一个故事想说给你们听听。

我愕然，说："什么故事？"

孙诺茨林给我们讲了这个故事：

那一年冬天，我在旅行社开考斯特中巴车，元旦刚过，雪大好个冬，从中甸城到飞来寺，白茫茫的大雪，来了一个泰国残疾人，双腿没有了，坐在轮椅上，非要去朝拜灵山卡瓦格博。当时去德钦的路上没有一台车，天空连神鸦都绝迹了。大雪将山岭与公路连成一片白茫，根本看不清哪是山哪是路哪是江。问遍中甸城，没有一个司机敢去，那个残疾人竟然要滚着轮椅去，我被这种执着、这种坚韧感动了：什么叫宗教？这个残疾人本身就是一种宗教啊！我站了出来，说我送你去。真是一个神话啊，大道上结了冰，到处是雪，二百公里的路，我们走了七个多小时，居然没有滑到山谷里去。到了飞来寺，居然看到了天开卡瓦格博，茫茫大雪山啊。那个残疾人惊呼着，从轮椅上滚了下去，五体投地膜拜不已。我当时站在旁边，心一热，眼泪便出来了。

朝山回到中甸城，那个泰国残疾人倾其囊中所有，将五千美金送给我。我摇头谢绝了，分文不取。

他茫然不解，说："先生，你为什么要拒绝？"

我说："你已经给了我啦。"

他说："先生，我没有啊！"

我说："你给了，在朝山的路上，你给了我一种精神，一种坚韧，一种宗教，让我今生今世受益无穷啊。朋友，你是一个真正的朝山之人。"

那泰国人一下子愣了,与我紧紧地拥抱在一起……

这故事好令人感动,我击节而叹,说:"谢谢孙诺茨林,你的故事给我们的灵山之旅画上了一个圆满的句号。"

从车中取出行李,挥手分别的一瞬间,祥云紫光落在了我们身上,孙诺茨林突然冒出了一句,说:"你们也是真正的转山之人。"

我们笑了!

登机返回昆明,淅淅沥沥下了十天的春城秋雨终于停歇了,又见天边日出,又见日落西山睡美人,又见故乡大板桥石板路上的东边日出西边雨,我的心情突然透亮了。儿时走过古老驿道的脚步和憧憬,又在我心中升腾,跃然成一座灵山,一座精神的幻城。

那幻城浮现于七彩云南,我走下舷梯时,远眺昆明城郭的万家灯火,心中突然掠过一个念头,原来遥远的香巴拉离我并不遥远,它埋藏在民间间巷里,隐没在炊烟袅袅的乡井中。走入乡关,我的步履又变得从容起来,因为在香巴拉王国,我寻找到了人类丢失已久的一种纯洁,一种纯净,一种纯粹。

凭着这种纯洁、纯净、纯粹,在茫茫人海中行走,我们不会迷失。

卷二

大转

灵地

木雅土司的领地

车上折多山,川地的温婉在身后渐行渐远,墨绿成一个个模糊的点。迤逦西去,车至神山垭口,戛然停下,唯有经幡在雪风中狂舞,风如祈语,前方可有茶壶?一缕炊烟袅袅,从毡房里飘了出来,化入黯然的远天,我已经嗅到了酥油茶的芳香。总在路上,总在雪域,总在执着地寻找皈依,抑或它就是镂刻于玛尼石上的六字真言,昂然在风马旗上的经文,虔诚为三步一个长头的朝圣天路。

一片如意高原在我的视野中渐次放大,一块诡奇的灵地在心中巍然成神山。从折多山西行,便踏上藏地的边缘了!"木雅草原,这就是我的家乡!"同行的藏族姑娘仁真志玛一跃而起,站在大巴的挡风玻璃后边,指着车窗两边。牧场上牦牛悠然自得,青稞地尽头,一条小溪如哈达蜿蜒,飘逸在藏寨褐色藏房下,犹如一幅宁静的油画赫然出现在眼前。

"从木雅到新都桥,被称为摄影家的天堂!我从小就在这里长大。"志玛长一张国字脸,皮肤白皙,两个金黄麻花状的耳环挂在耳垂上,身着夏季藏装,绰约多姿。她的曾祖父巴登曾经是有名的木雅土司,曾几何时,这片土地以及土地上的牛羊和男人、女人,都是她家的。可是沧海桑田,巴登家族的命运随着转经筒的旋转轮回,沦落了,沉寂了。志玛自小在底层长大,自有平民的善良和悲悯,既温婉大方,又善解人意。一路走来,这个小妹妹处处照顾我们这群从汉地来的大哥。

也许因为踏上了家乡的土地,志玛渐渐亢奋起来。经不起重庆作协李钢的"忽悠",自告奋勇当了大巴上的主持人,点名让大家唱歌。一直默默无语的西藏作协主席扎西达娃突然提议，既来情歌故乡，就唱情歌。

"同意！"大家随声应和。中国名作家康定情歌故乡行，自然从康定的溜溜调拉开序幕。于是，一路情歌如瀑、如河，激昂车中，卷起一阵阵浪花和高潮。我坐在车的后部，远望雪山，半山坡上有一片白色经幡在舞动，志玛说那是祭祀亡灵的地方，是灵魂飞升天堂的入口。不知不觉中，车已驶过新都桥，将出康定县界。前边有一个岔道，向北沿318国道，过雅江，进入理塘，是七世达赖格桑嘉措和十世达赖楚臣嘉措的故乡，向南沿317国道，进入道孚，则是七世达赖住过的莲花宝地惠远寺和十一世达赖克珠嘉措的老家漫切村。

起风了，风中飘来喇嘛庙呜呜的长号声响。冥冥上苍，茫茫芜野，幻化成一片混沌和苍茫。前方，一座座灵山兀然而立，在视野中漫漶成金山，是藏族人心中的亚拉神山、贡嘎雪山，还是卡瓦格博、南迦巴瓦？我不得而知。其实每个朝圣者的心中，都矗立着一座神山。在这块灵异之域，总伴随格萨尔王一样的英雄史诗和传奇，从一七〇八年至一八三八年的一百三十年间，康巴大地，居然奇迹般出现四个达赖的转世灵童。四个达赖转世共一片灵地，岂不让人拍案称奇？

"徐剑，轮到你唱了！"凝视这片灵地，我陷入冥想，似乎已屏蔽了周遭的歌声，志玛直呼我的名字，才令我顿醒。"好！"我本来五音不全，或许是尘缘未尽的六世达赖为我壮了胆，便说："不过志玛，你得与我一起唱，用藏语唱仓央嘉措最后一首写理塘的诗《洁白的仙鹤》！"志玛愕然，没想到我居然熟悉仓央嘉措写理塘的诗，说："我不太熟悉藏语唱法，容我想想。"

她用藏语小声哼了起来："洁白的仙鹤，你的双翅借给我吧，我不飞往远处，只到理塘就要折回的。"

歌声悠扬。是拉萨八廓街黄房子里的娇娘仁增旺姆在唱，还是理塘草原挥着牧鞭的次央卓玛在唱？抑或是木雅土司曾孙女仁真志玛在唱？我分辨不清，只觉得一缕祥风从拉萨吹来，一群野鹤从理塘飞来，一片灵旗在莲花宝地上飘扬，迷茫成一阵历史的雪风……

其实并非只是一个错觉，我听到的吟唱，应该是数十年前民国女特使刘曼卿天籁般的歌声，划过康藏大地。

情殇 —— 刘曼卿

没错，思量再三，我，刘曼卿，该发声了，向这座令我遭遇情殇的金陵古都，长歌当哭。

也许诸君会问，踏雪寻梅，谁摘取一枝，赠君，赠伊？我无梅枝可赠，卿为谁而歌而哭？唉！为我伤不起的爱情而哭啊。人生最大的痛楚，莫过于被我爱的亲人所伤。彼时，我已万箭穿心，唯有离去，离开江南古都，离开我的祖国首都，让那浩浩的长江之水，淹没我的金陵春梦。因为那场风花雪月之梦，已经碎裂，化作了扬子江一缕烟雨，消散于雨后的彩虹中。真的好心痛啊！我所爱的人格桑泽仁居然在我们洞房花烛夜前夕，爱上我一胞所生的妹妹刘曼云，这是多残酷之事啊。也许汉地的老人会笑话，说这是典型的姐妹易嫁，然，我对汉家的礼仪还是了解的，所谓姐妹易嫁，按照汉地几千年的规矩，应该是姐姐殁了之后，妹妹再嫁，为的是抚育姐姐的儿女。可是我妹妹居然夺人所爱，夺我所爱。而我所爱的恋人格桑泽仁，不顾我们两人早在北平时就相识的往事，更不恋在南京时的再见并陡生爱慕之情的山盟海誓，而感情出轨。

我是不是太小气了？可这毕竟是感情啊。与格君相识的往事，我至今也忘不了。那是一九二八年，蒋介石委员长要接见十三世达赖喇嘛土登嘉措派往南京的驻京办事处主任贡觉仲尼，需要找一位精通藏语和汉文的翻译，彼时，我已经从北平南下，在行政院文官处任一等书记官。环顾金陵，能担当此任者，寥若晨星，而我就是那几颗稀疏的星星之一。为何我敢这样骄傲地说，那与我的出身背景有关。我的父亲刘华轩是当年清王朝驻藏大臣的书记官，他的血脉之中，流淌着回族和汉族的基因。清朝末年，他跟着驻藏大臣联豫从北京而来，在拉萨城里，与我的阿妈拉相遇，娶了这位西藏拉萨城里的土著，于是有了我。我的出生地便是拉萨，少年牙牙学语，便是一口双语，汉语和藏语。九岁那年，清帝国江山倾倒，在西藏的清军成了乌合之众，无家可归，结果被藏军赶了出来。没有了帝国军队的护卫，倾巢之下，岂有完卵，我们汉藏家庭失去了安全的屏障。父亲带着我们一家，先去了嘎伦堡，我在那里上小学，学的是英语。十一岁时，我回到了北平城里，读小学，十五岁考入了通州师范学校。因为父亲是旧式家庭出身，父母的媒妁之约，让我嫁了一个姓萧的男人，他好抽大烟，我们没有多少感情，很快便离婚了。然后，我重入北平一家医校，学了护士。在一次与在北京的藏族同胞聚会之中，第一次见到了格桑泽仁，虽然没有留下太深的印象，但是我们的初识却是在北平城里。

再见却是在南京，那天，蒋公要接见贡觉仲尼，令九世班禅行辕堪布罗桑巴桑先生当翻译，罗桑怕自己词不达意，便特意带我去做翻译。

那天，身为蒙藏委员会委员的格桑泽仁也在场，他被我的翻译深深吸引，也就在那一刻，我们四目交投，互生情愫。也许因为我精通汉、藏、英语的缘故吧，我在藏汉语之间纵横，游刃有余。我颇得蒋公欢心，遂留在民国政府行政院文官处，当了一名书记官。彼时我二十二岁，成天无所事事，仰望金陵的紫霭云气。有一天，当毗卢寺的梵钟响起时，如布达拉的长号、驴皮鼓，勾起了我心中无边的乡愁。

俗话说得好，哪个少女不怀春，孤身在南京工作，我与比自己长两岁的格桑泽仁坠入了爱河。那时，格桑泽仁虽然贵为蒙藏委员会的委员，却未娶妻，南京重逢，让我们倍感亲近，心里的距离在一步步拉近。工作之余，我们两人游夫子庙，在秦淮河上荡舟，一来两往，彼此之间有了好感，开始了一个春天的促膝长谈。许多人看好我们这对才子佳人，亲朋好友知道后，也都纷纷祝福。可是，半路却杀出个程咬金——竟然是我的亲妹妹刘曼云。

在一次郊游中，初次与格桑泽仁见面的刘曼云，居然对他一见钟情，并生出要嫁给他的念头。在我宣布要与格桑泽仁君结婚时，一件令我特别尴尬的事情发生了：我们举行婚礼那天，我的妹妹，与我"唯唯诺诺、纠葛不清"的丈夫，在众目睽睽下，在写有"格桑泽仁先生、刘曼卿女士结婚志庆"字样的红纸上，居然挥毫添补了"刘曼云女士"的名字。

红纸黑字，一经题下，众人哗然。

其实读者诸君若知藏地风俗，也许不会奇怪：按藏区婚俗，兄弟共妻子、姐妹共丈夫都可，即一妻多夫或一夫多妻，为的是不分财产。可是我生于拉萨，学成在北京城里，血脉里流淌的是汉地的文化缘流，怎可能接受一夫多妻的事实？

唉！真正的爱情是专一的，也是自私的，爱情的领域是非常狭小的，它狭小到只能容下两个人生存；如果同时爱上几个人，那便不能称作爱情，它只是感情上的游戏。婚礼结束了，我决定从这场三角恋爱中退出来，将幸福留给妹妹曼云和格桑泽仁。

我的痛苦像录音机刻盘一样，在心灵里留痕。那个新婚之夜，我在日记中写下了这样一段话："一个女人，倘若心灵空虚的话，总想努力抓住些什么，然而环顾四周，除了寂寞的空气，剩下的只是虚空一片。"

我的灵魂漂泊在一片虚空之中，唯有寻找一块净土去疗伤。我决定成全曼云妹妹和格桑君，我退出那一刻，便有一种情殇的感觉，觉得我的爱，在那一刻被天葬了。因此，我决定回我出生的故乡西藏去，去寻找我那已经飘落在藏地的情魂。

那天，我产生了去西藏考察的想法，并很快向行政院递交了赴藏考察的申请。或许，北纬三十度线上的蓝天白云，能荡涤我内心的痛苦，也许，错综复杂的边疆地缘政治，能填补爱情的空虚。

文官处长官古应芬读完我的申请书，从椅子上跃然而起，喜出望外，在办公室踱了几个来回后，拍案叫好，说二十三岁的刘曼卿担当此赴藏综合考察大任，是再合适不过的人选。

其实，我的想法很简单，我回西藏，就是当一回中华民国政府宣慰使，以便让国家了解一下藏地黎民百姓的心所归皈，听听西藏上层贵族僧侣，对"中央政府"的真实想法。蒙藏委员长一听大加赞同，称派一位懂得西藏历史的宣慰使入藏，绝对是一件大好事。

就在那一时刻，注定了我今生与西藏再也不会分开，注定了在我们国家的边疆史上，会留下浓墨重彩的一笔。

民国政府批了五千元作为我入藏的盘缠。远行藏地，山高路远，何时才是归期！我得先回北平城省亲，看望母亲。父亲在成都班禅行辕做事之后，便将母亲留在了北平城里。她生于拉萨，在燕京举目无亲，听说我要入其生于斯长于斯的故土时，母亲本该高兴啊，却未语泪先流。我咽泪装欢，强打笑颜，本是一场高兴的话别，成了哭哭啼啼的送别。见母亲泣不成声，我也只能相对饮泣而已。顷刻，我对母亲说，自己是国家的人，食国禄，当做国事，若不从国命，大祸将临焉。可是知女者莫如母，也许是我那两场不幸夭折的婚姻，陡增了老母舐犊之情。还有姐妹易嫁的往事，勾起了母亲无尽的伤痛。她泪流满面，我也陪着母亲流了许多泪，不知是高兴的眼泪，还是痛苦的眼泪，那啜泣，令我觉得母亲绝不仅仅是担心我羸弱之躯，支撑不过万里入藏之旅而命殒雪山。

末了，母亲拭去泪水，言及我幼小随家离开藏地，许多藏俗和见面之礼不懂，一一教我，并帮我购置哈达、茶碗、绸缎等一批与拉萨权贵相见的礼物。

该走了，我听到了那片藏地雪国遥远的呼唤。

喇嘛王朝死了，理塘却活着

该走了。

康熙大帝的圣旨已经宣过。京城来的护军统命席柱和一队蒙古铁骑，横戈在拉萨城外的拉鲁嘎彩。六世达赖仓央嘉措倚窗俯看，战马喷着响鼻，铁蹄刨着黑土，蒙古亲兵早已等得不耐烦了。摄政王桑结嘉措与蒙古王爷拉藏汗叫板，结果身首异处，并祸及年轻的仓央嘉措。康熙爷的谕旨"诏执谳京师",字字重如昆仑,朝着年轻达赖压了下来。霎时,仓央嘉措觉得自己从珠穆朗玛的巅峰坠落,坠到冰罅里了。

"尊者,该上路了!"贴身仆人又来催了。一道御旨路八千,走就走吧。仓央嘉措期冀跨入紫禁城的金銮殿,亲觐康熙皇帝,说个清楚,自己没有政治野心。只是芜野茫茫,瘴气肆虐,汉地潮湿,又多生天花,此去内地凶多吉少啊。自己的躯壳一旦跨出拉鲁嘎彩的门槛,灵魂就会随娘热山上白色的经幡飞升。转瞬之间,一群白羽野鹤从拉萨高天盘旋而下,徐徐落在拉鲁嘎彩的池塘里,成双成对,追逐嬉戏,交颈而欢。仓央嘉措艳羡的目光收回屋里,环顾弥散着玛吉阿米笑语和体香的逍遥宫,忽然有一种江山美人尽失的感伤。他挥手对身后随从说,笔墨伺候!随从躬身,拿来了狼毫和长窄条的黄色宣纸,说:"您是想给雪域众生留下最后遗言吗?"仓央嘉措神秘一笑说:"这一走,恐怕今生再难见到玛吉阿米了。给她留最后一首诗吧,她若有悟性,来世还可以找到我。"

随着经卷样的黄纸铺开,仓央嘉措俯视了一眼池中的白鹤,然后目光投向了万里苍茫,挥毫而就:"洁白的仙鹤,你的双翅借给我吧,我不飞往远处,只到理塘就要折回的。"（仓央嘉措《洁白的仙鹤》一诗,被认为是诗人的预言,后来七世达赖喇嘛生于理塘,被认为是仓央嘉措预言的应验。见《仓央嘉措诗精编》,第59页,长江文艺出版社2014年版。——编者注）

写毕交给布达拉宫的堪布,堪布一看,神情先是愕然,继而肃然,继而憯然。仓央嘉措头也不回,踏着木梯下楼,走出拉鲁嘎彩。仰首眺望拉萨的天边,祥云朵朵,绕缠着布达拉山。多美的莲花之地啊!此别,也许不会再回来。池中的白鹤还在缠绵、交媾,这片雪域、这里的一切还会记得我吗?!仓央嘉措在问天、问拉萨城郭,亦问自己。今生注定法体进不了红宫经塔，灵魂却随风而逝，像野鹤的一片白羽，遗落于遥远的地方。踏着仆人的背，跃身上马，在蒙古铁骑的拥簇下，策马前行。远处，布达拉神殿的驴皮鼓已经擂响，风铃摇曳，经筒飞旋，三大寺诵经如潮，满城皆哭。仓央蓦然回首，最后一瞥娘热山下的拉鲁嘎彩，独怆然泪下。

雪风吹了过来。风声、蹄声、哭声、诵经之声、梵钟之声，如潮，淹没了一座城池，一个喇嘛王朝。

喇嘛王朝死了，理塘却活着。

活在仙鹤的翅膀上，活在康巴汉子的马背上，活在康巴女人银腰带的绿松石上，活在云上的日子里，更活在一首情诗之中。一城之隅，一座城郭，一个村落，一旦活在了一首诗里，就会长生不老。

我自然是从仓央嘉措的情诗中认识理塘的，不仅仅因为这首绝笔在死亡将至的时候，仍然折射出一种从容和浪漫，而且埋隐着一个秘密，一个生死轮回的巨大秘密，一个云谲波诡的情歌魔咒，一个神秘莫测的来世预告，一块唯有高僧活佛的法眼才能洞穿的灵地。于是，苍穹下的理塘，在我的心中，便神性魔幻成一个诗的符号，一张精神的地图，一座日漫金山之城，像弥漫在这片边地上的藏传佛教一样长生了。从此，我开始走近它。

第一回亲近，是来自法国的一位东方学家带给我的震撼。二十世纪二十年代初，大卫·妮尔，这位巴黎丽人，为横穿理塘，走进康藏大地，居然在情歌之城打箭炉的小木楼上等了六载。日出日落，每天推开木窗，俯视流经城南的折多河水，雪浪冲天，如格萨尔王的战马一样，从白雪皑皑的巅峰一跃而下，涌进小城，从城中夺路而去，惊涛拍打卵石堤岸，年复一年，不绝于耳。大卫·妮尔年近五旬,却心静若止水,或养花种草,或读书写作,或穿行于苯教、宁玛、噶举、萨迦、格鲁五大教派的三十余座经堂之中,诵经悟道,学会了一口流利的藏语,精通了藏文。静静地等了六年,似乎在等一个前尘约定的情人,却等不到西藏噶厦政府颁发的穿越北纬三十度秘境的护照。但是她已经走到了藏区的边缘,对西藏经卷阅读愈多,了解愈深,对这块曾经轮回转世了四位达赖灵童的灵地,愈发产生了好奇和憧憬。终于有一天,大卫·妮尔患了病,欲去美国传教士在巴塘的教会医院求治,雇了马匹和仆人,翻过折多山,往木雅、新都桥和雅江方向打马而行。当乘坐牛皮船渡过雅砻江,走进理塘高城镇,俯看空阔无边的毛垭坝草原时,这个病入膏肓的巴黎女人,俯在马上用藏巴话惊呼:"勒通!"仆人愕然,这个高鼻子鬼佬居然会说地道的康巴话啊。在康巴语系中,"勒"为铜镜,"通"为草坝。铜镜般的草坝美轮美奂地在法国丽人的眼里展露无余。大卫·妮尔让仆人扶下马背,跪倒在草地上,亲吻着野花小草,掬一捧小溪里的清泉,操着汉语说:"天上草原,天上草原!"她在康定城中苦等了六年,梦幻了六载,如一个苦苦等待的情人,终于盼到了与理塘情郎相会的一天。

梦圆之时,大卫·妮尔手舞足蹈地挤进跳锅庄的队伍。可是她也许高兴得太早了,哨卡的藏军军官过来了,以证照不全为由,阻止大卫·妮尔穿越藏区,并让她原路返回。

"我必须到巴塘去,那里有救我命的美国医生。"

大卫·妮尔神情凄切。藏军军官表示爱莫能助。大卫·妮尔怒气填膺,无意中碰到鹿皮帽,眼睛遽然一亮,摘了下来说:"这是九世班禅喇嘛母亲送我的,每年都寄一顶到巴黎。"

藏军军官不以为然,说:"夫人,这又能说明什么?班禅大师只管后藏一个很小的地方,再说他失势了,就住在玉树。"

"那我就从这里去玉树吧。"

谈判了数日,藏军军官终于作罢,同意她横穿理塘毛垭坝草原,从新龙、白玉、德格前往玉树。

天赐良缘,大卫·妮尔得以幸运地穿越铜镜子一样的理塘,穿越康巴腹地。远处雪山嵯峨,绿茵如毡,湖泊倒映着彩云诡异的造型,野花簇拥着一个个热浪氤氲的温泉,仿佛连成一个贝壳项链,挂在铜镜草坝的颈项上,等着赛马节上夺冠的英雄和美女下马共浴。那天,她恰好遇上赛马节,万座白色帐篷点缀在山坡和弯曲的小溪边,如雪莲般怒放。黄昏悄然降临,太阳天灯点亮了帐篷,斜阳透射出来,像白度母神凌空撒落的红莲朵朵。魁伟壮健的康巴男人牵着战马悠然朝他的情人走来,跃入野草热泉中。刹那间,大卫·妮尔为之倾倒,击节感叹:这是一个雄浑浪漫的马背民族。

从此,大卫·妮尔的香魂系在理塘藏马的缰绳上,康巴男人马背上的英姿总在马啸啸风瑟瑟中朝她奔来,令她魂牵梦萦。到了玉树,她酝酿了一件惊天动地的大事,她招来义子——尼泊尔喇嘛庸登,决定徒步穿越藏地,朝圣拉萨。为防止被藏军哨卡挡回,大卫·妮尔洗尽铅华,抓了一把锅底烟灰,往自己白皙的脸庞、长颈、胳膊上一抹,穿上向女乞丐换来的藏袍,成了一个藏族疯老婆子。大卫·妮尔跟着义子庸登从云南丽江开始了遥远行旅,沿着茶马古道,穿越大香格里拉地带,瞒天过海,历时八个月,最终抵达圣城拉萨。回到巴黎后,大卫·妮尔将传奇之旅写成奇文公之于世。西藏惊愕,中国讶异,世界震撼,从此奠定了她在西方学界的一代东方学、汉学和藏学大师的历史地位。一九六六年十月二十四日,大卫·妮尔九十八岁生日,活到了成仙得道的耄耋之年,但她仍然痴情地惦念着康巴大地，眷恋着理塘。

而又一次令人震撼和感动的，仍是关于理塘和一个女人的故事。就在大卫·妮尔走过理塘十年之后，民国女特使刘曼卿跃身上马，朝着理塘方向按辔徐行。

民国宣慰使进藏

告别母亲以后，我在北平城前门登上开往上海的火车，回到了南京，与行政院文官处的同僚们告别；再从下关码头上船，溯长江而上，过鄱阳湖，入洞庭，穿巫峡，在重庆朝天门码头下船，再转道成都，由新津入藏。

元朝以降，这里便是入藏驿道之一。我从龙泉驿入锦官城，先去成都班禅行辕，拜见父亲大人。父亲是我第一次婚姻的包办者，父母之命，媒妁之言，不能不从，可是从命的结果是我一点也不幸福，从此我与父亲之间便产生了深深的裂痕。然到了暑袜街的班禅行辕见到父亲之时却是悲喜杂来。无暇问及起居，投怀诉衷情，父抚余发，问儿何时能归，我则无语，唯有默默流泪。别过父亲，我们还看了一场川戏，看过了变脸。我是一个京戏票友，能在入藏之前，看一场川戏变脸，真乃幸福啊。后入杜甫草堂，出左侧门，便是浣花夫人之祠。在成都耽搁数日，四川省政府主席刘文辉接见了我。见我一矮小赢弱的女子，竟懂得汉、藏、蒙、日、英、印、拉丁多种语言，刘长官感叹不已，说："前路茫茫，盗匪遍地，我省里的县长有军队护卫，尚不敢上任，而你一个小女子，只有两个巴塘人孔党江村等相随，竟然万里入藏地，虽不知乡关何处，不知何时荣归故里，却要做当代女张骞，真是一位奇女。"

我微笑道："只是衔命而来，不负国家之使命而已。"

"巾帼不让须眉。"刘文辉长官感叹道，"你一个小女子，让我等七尺男儿自惭形秽，相形见绌啊。"

"刘长官过奖，小女子哪敢与一代封疆大吏相比啊！"

"曼卿君，你的壮举真的令我辈汗颜，令人感动啊。"刘长官说，"我虽无力派一支护卫队送你入藏地，但是理塘、巴安毕竟是西康辖地，我给打箭炉的马啸旅长写一封书信，令他派卫队送你至藏边。"

"谢谢刘长官。"

"不谢。过二郎山，至打箭炉这一段，由我的卫队送你进去。"

"刘长官的相助之恩，小女子刘曼卿感激不尽。"

"呵呵，一笔写不出两个刘字来，我为有你这样的家门而自豪。"

果然，刘长官不食言，特意派兵护送我过二郎山，入打箭炉。

辞别成都南行，老父和班禅行辕之人皆来相送。忍泪登程，过双流，入新津渡，乃入康藏之驿前大道。听说秋水退了，河分三流，可架桥过。入邛崃，感受了一番卓文君故里。至天全，过金鸡关，往雨城雅安而行。雅安是当年诸葛孔明七擒孟获之地，有唐节度使李有德之楼。在那里喝了一碗碗"三炮台"之后，我又带着孔党江村等重新上路。至黄泥铺，爬过终年积雪之大相岭，进入清溪县下榻于汉源街，即当年三国马岱之守处，通建昌大道，往西康境内的康定县迤逦而行。过长三十九丈、宽九尺的铁索桥，进入泸定县城。泸定不过是沿桥百余户人家，县无城郭，立"五月渡泸处"巨碑一块，气候温润，土地肥沃，可惜大多土地都归天主教堂所有。我沿大渡河西行，道路狭仄，左为悬崖，右为深潭，稍不留意就可能失足掉入碧水深溪之中，一命呜呼。也许因为有佛陀保佑，我顺利过了头道水二道水三道水，于落日时分，入康定县城。康定县城因打箭炉而得名，打箭炉为旧土司名，其实也是西康的古音古义。康定乃是川、康、藏三地之交通枢纽，治康巴人的最高行政长官即坐镇于此，其津要之险可窥一斑。康人本不服西藏的噶厦政府，心向中央，可是清朝灭亡之后，北洋政府积贫积弱，没有能力在此驻有强大的边军，结果藏军一度进犯，二十余城失守，令康人对时任军政长官陈遐岭颇多微词。打箭炉位居康地中心，当时在西康的最高政务委员是龙邦俊，为刘文辉所派遣，在巴塘则驻有一旅之兵，旅长叫马庶凡。刘文辉在成都时曾经写信令其派兵护送我入昌都的正是此君。我在康定住了数日。据说此前有一位叫大卫·妮尔的藏学家、东方学家在此住了六年，欲从理塘穿巴塘，从北线入昌都，可是最终未能如愿。她到了理塘，横穿玉树，到了类乌齐，还被藏军堵了回来，只好带着她的义子尼泊尔喇嘛庸登从丽江、中甸，穿越北香巴拉王国进藏。也许是因为她抹了一脸锅烟子，装扮成了一位黑老太婆乞丐，才终于瞒天过海，抵达了拉萨。

在康定，我们一边看跑马，一边饮茶，一边听康定"溜溜调"情歌。这也让我想到了与格桑泽仁相爱的日子，我们在紫金山下踏雪寻梅、赏梅，那是多么浪漫的事啊。可是往事终成空，令我心恸久矣。在康定的日子，我流连于最著名的四十八锅庄里，享尽当地风情。

康定是一处多宗教之地，不仅有汉传，还有藏传，更有吐蕃最原始的苯教，还有伊斯兰教、天主教。每天在雪水淙淙的河边漫步时，可以一个个寺院和教堂地去拜佛、拜安拉真主、拜天主，那种和谐之风，在一个兵匪横行的年代，确是一方风景啊。

到了康定之后，刘文辉先生派兵保护我只能到此了。那天我策马而行，过了折多山，便是木雅土司的领地。我的外祖母也是康地人，妈妈告诉我过了折多山便是外婆的桑梓之地啊，我特意去故里拜访，寻根访祖。真的没有想到，一入祖宅，居然看到了令我为之一喜的一幕：外祖母拄着拐杖，伫立于庭中，当我叫了阿妈拉的名字时，她愣怔了，呆呆地盯着我的脸庞，然后老泪纵横，喃喃道，这闺女真与我的女儿是一个模子里刻出来的。我立即跪到外婆跟前，磕了三个长头，说我就是您老人家亲亲的外孙女啊。

外祖母的耳朵已经失聪，眼睛尚好，说你的小影尚在，真的是我外孙女，然后将我摸了一个遍，哭道，见外孙女如见我囡，你妈妈可好呀？

"外婆，妈妈住在北平城里，好着呢。"我答道。未曾看出我是咽泪装欢，外祖母释怀了。

此时我方知，外祖母已年至九旬。外祖母问我，迢迢万里而来，要去何方。我大声喊道，外孙女是民国特使，持节入拉萨。听到拉萨二字，外婆笑了，说好啊，我外孙女去圣城朝圣啊。

与外婆待了几天，终有一别。我在外婆膝前，磕了三个长头，外婆黯然道，活到这把岁数，我也老不死，拖累家人。外婆怕我路上遇冬季，将家里的藏装皮袄都让我带上了，还有糌粑、酥油，一样也不少。

告别外婆，便入明正土司之领地了，其实此地都为德格土司所辖。明正土司本姓果，有说是清果亲王之后裔，乃皇室血统，入康地而居，再没有回到汉地，是果字的封号，非姓也。这里多为西藏红教的属地，难木寺、大吉扎寺，都是家庙啊。那天我入寺，见大批僧侣在吃饭，我当时想粮食是如何运进来的，只好趁机访问康地巨商德主郎吉，知道了这个领地的供运。

打马上了折多山，两边山色呈褐黄色和绿色。因为苦寒，我听从孔党江村的建议，在汉装外边加了皮袄，这是藏式的大氅。走下折多山，便是新都桥了，木雅土司的领地，那可是最美之景啊，河流、杨树、藏居、青稞地，真的是美不胜收啊，让我有一种入天上宫阙之感了。

然而，万里悲秋常作客。骑于马上，远处乃一片肃杀之景了。雪风吹来，勒马远望，泪流不止。过了雅江，翻了十四日的大山，终于抵达崇喜土司的官寨咱马拉洞。当时我便入官寨晋见，崇喜土司年约四十，其羞涩之状，如新娘一般。他坐在一块略高之处，四周皆有仆人相侍，谈话时，连头都不敢抬着看我一眼。坐在一旁的孔党江村先讲给通司（翻译），通司再译成康话给崇喜土司听，崇喜土司点头，然后再由通司翻译给孔党江村，再翻译给我，三道传译，甚是有趣。我后来知道，崇喜土司羞见女性，对女人有一种天然的畏惧感。可是在雅江一带，纵使横行之匪盗，也对崇喜土司畏惧三分。于是我提出来，从雅江过理塘、毛垭坝大草原，至巴塘沿途，请崇喜土司派家丁保护，崇喜土司低着头，没有一分犹豫，便答应了。我心中的一块石头遂落了地，有了崇喜土司保驾护航，沿途便不会再有盗匪敢惊扰了。

折多山的经幡

那天早晨，我与扎西达娃、陈世旭、谭谈、范稳、刘兆林等几个省的作协主席，从康定城里攀爬折多山而去。九曲十八弯，终于登顶，风马旗在山顶激荡。我站在经幡之前，留下了一张照片，登高望远，心中一片怅然。然后再度登车，往新都桥疾驰而去。此时正值九月秋黄，美景毕现：刚刚割了青稞的大地一片淡黄，两边的藏居人家，蛰伏于青稞地之中，在上午的阳光下熠熠生辉。尤其是那河边的白杨树，叶子渐黄，一片黄金色迎风而响，让人有了一种如临仙境之感。真是摄影家的天堂。

此时，我想到了大卫·妮尔打马过了折多山，跃马下山，往新都桥驰骋而去，她在康定城里已经待了六年，终于可以向理塘草原打马而去了。大卫·妮尔过新都桥，渡雅江渡口，往理塘的大金寺策马而行。山一程水一程，一路风尘，终于过了崇喜土司的官寨，到了毛垭坝大草原，然而却被藏兵堵住了，藏兵不让她横穿康巴大地、入昌都、翻越东大山，往穷八站、富八站逶迤而行。万般无奈之际，可能因为此时天气太冷，她又患了感冒，只好入理塘的一间教会医院治疗；病好之后，策马毛垭坝，穿越理塘大草原，终于向玉树之地驰骋而去。

大卫·妮尔走过之后，再一个横穿毛垭坝大草原的奇女子，自然是刘曼卿了。

许多年后，我在阅读《康藏轺征》之时，看到刘曼卿身后跟着崇喜土司，头戴狐狸帽，身穿藏式大氅，扛着枪和崇喜土司家的旗帜，大摇大摆地走过理塘草原。

然而，当志玛说她是木雅土司之后时，我便飞扬想象的翅膀了：志玛、刘曼卿、明正土司、崇喜土司，还有志玛的爷爷木雅土司——冥冥之中，我仿佛看见刘曼卿打马翻过折多山之后，往志玛爷爷木雅土司巴登的官寨策马而行。

木雅一词，出自羌语，为"不疾不徐，地面虽有高有低，但起伏不大"的意思。亦有人解释说，木雅即汉旄牛国地，"旄牛"即木雅之别称。据在康区考察多年，精通藏语的法国学者纯仁考证，公元前一〇〇年，旄牛国脱离沈黎部，别名木雅，汉乃废郡，为旄牛县。

在康区，唯一可以与德格土司比肩的便是木雅土司了，其土司辖地为从大渡河至打箭炉再至抵塔公、雅江等一片广阔的河谷和高原，虽地势起伏不平，然而总体并无大的纵谷与沟壑。汉时，司马相如出使西南夷，至沫水、若水，沫水便是今日的大渡河，若水即雅砻江。诸葛孔明七擒孟获，也在这一带，木雅等部落酋长"皆请为内臣了"。

大唐帝国时代，木雅一带为吐蕃所占，沦为吐蕃属地。元朝时，忽必烈率三路大军进攻大理国时，木雅酋长投降，元朝设长河西、鱼通、宁远、碉门、黎、雅六安抚司，隶属设于甘肃河州的宣慰司都元帅府。川滇藏区土司制度正式建立，大渡河以西至打箭炉、塔公、雅江一带，成为乌斯藏宣慰司都元帅府辖地。到了明清两朝，土司制度"明因元制""清因明制"，在称号上没有多大变化，"长河西"一直沿用下来。长河西意指大渡河以西直至打箭炉、木雅、塔公，皆由大渡河以东的冷边土司官寨统辖。而到了明末，蒙古王固始汗占领了康区，冷边土司辖地西番四十八寨、三十六堡为强夷所吞并；而固始汗恰好是在清朝未入关之前，将五世达赖与清廷拉上关系的重要人物。顺治九年(一六五二年)，土司阿撒投诚，交明信印，谕令回边待命，其子扮乞丐入番，作间谍，结锅庄木雅诸番响应清军，以功复授予世职，被封为冷边土司。康熙四十年(一七〇一年)，清军攻占了打箭炉之后，锅庄木雅万二千户众归属，于是皇帝龙颜大悦，正式承认明朝所设的长河西鱼通宁远宣慰司一职，命已故土司之妻继承，并将宁远土司故地的河西部分属地划给了明正土司，废除了河东察道，岩州长官司以及地属冷边土司，甚至连宁远土司的咱里头亦因有功升为千户。

然而清代的官方文书中，常把打箭炉土司称为"明正土司"或"明正宣慰司"。但清廷颁给该土司的大印，其印文却是"四川长河西鱼通宁远军民宣慰使司印"，并无明正土司之印信，而康区各土司皆以地为名称，如理塘、巴塘、德格、打箭炉之土司，如前文所述，应为元、明时的长河西土司。为何不称长河西土司，或长河西鱼通宁远宣慰司，而简称为明正土司呢？前人多未详其义，"或谓前土司恭顺，为川督奏请奖以'明正'，故以明正称"，表示该土司"明义守正"。

明正土司的称谓，最早出现在康熙三十九年（一七〇〇年）川陕总督席尔达向皇帝的奏折中，称"明正长河西土官蛇蜡喳吧被喇嘛营官第巴昌侧集烈打死，应下敕第巴琴解"。昌侧集烈是固始汗派到打箭炉格鲁派的喇嘛僧官，清帝派兵进剿。

打箭炉之役，清军平定西炉之后，明正土司所辖的打箭炉一带，男丁多亡，"彼处仅存女子，丁壮殆尽"。清廷故以土司蛇蜡喳吧之妻工喀袭明正土司一职，女土司便在这个时候出现了。可是寡妇当政，毕竟势单力薄，又恐藏军报复，急需找强有力的靠山。而此时，木坪土司的声望和势力都超过了其他土司，于是明正与木坪联姻，工喀之女桑结嫁木坪土司雍中七力，生有一子，可是后来雍中七力随清军征讨宁番卫三渡水阵亡，其子坚桑达吉尚幼，暂由桑结摄政。雍正三年（一七二五年）打箭炉发生一场大地震，桑结也被压死了。坚桑达吉长成亲政，外婆女土司工喀也死了，清廷便让坚桑达吉袭母职，并兼管明正事务。当时清廷之所以敢将两大土司合为一体，在于经过打箭炉之战，清帝国对于康区的控制愈加巩固，官员坐镇其中，土司世家也很听招呼，不敢轻举妄动。后来木坪明正土司家族借皇上浓荫，渐次坐大，子嗣满堂。到了雍正年间，木坪和明正土司家的两个幼主长成，长子囊康立，继木坪土司，幼子德昌立，袭明正土司。

乾隆四十八年（一七八三年），大小金川之战，明正土司德昌率队伍参战立下赫赫战功，被授予"佳穆伯屯巴"勇号，授二品顶戴花翎，其子甲木参诺尔布因随征廓尔喀有功，被赏顶戴花翎，绘像紫光阁，可谓功高至伟。

到了宣统三年（一九一一年），四川总督赵尔丰统领边川事务，在康区进行了改土归流，木坪土司很识时务，交了土司印信，而明正土司则听信喇嘛曲比打卦之语，与通司扎绍勾结，煽动道孚鱼科土司叛乱，终于被剥去土司之职，沦为庶人。

我不知道志玛的爷爷木雅巴登后来的命运如何。

其实，赵尔丰的那场改土归流，虽血流满地，但祸起驻藏大臣帮办凤全在巴塘被杀，令早已对土司制度萌生弃意的赵尔丰愤怒至极。在任边川大臣时，赵尔丰就想结束自元朝以来推行的羁縻之策。然，此时已是清王朝的末世，作为支撑帝国的最后几块骨头，川督赵尔丰血与火的改土归流之策，随着帝国的轰然倒下，又重归旧制。赵尔丰被杀，被废黜的土司卷土重来，尽管交出了土司印信和铁券文书，然而土地还是他家的，农奴和牧场也依旧是他家的，并一直延续到了二十世纪五十年代末期的民主改革。

志玛的爷爷木雅土司巴登，是否参与了那场武装叛乱，我不得而知。这场起于康巴大地"四水六岗"的卫教军之乱，许多土司头人都被卷了进去，清者寥寥无几，从志玛小时候所经历的苦难判断，其爷爷无疑是专政对象，卷入其中是再自然不过的事情了。

然而，当我阅读刘曼卿边疆学皇皇大著《康藏轺征》时，其对木雅土司的描述着墨不多，反倒是那个见了女人便害羞的崇喜土司，给了她巨大的帮助。

理塘县太爷，无兵无权

前方就是毛垭坝大草原了。

此时已经进入冬季，漫天飞雪，极目大草原，皑皑一片。行旅途中，无康巴人家时，我便在芫野之中搭帐篷，极目大荒，一顶帐篷，一簇灯火也是一景啊。

那天晚上，我伏于马灯前写日记时，发现自己的钢笔掉了。回忆起来，应该是掉在崇喜土司辖地的一位头人家里，那是我写日记的自来水笔。好在仍行进在崇喜土司的领地上，我让随从骑马跑了回去，可是那支钢笔却被崇喜土司的管家拿走了。我让去取笔的人对管家说，那支钢笔已经墨水枯干，写不了多少字了，可是管家还是不想还钢笔，只好用了五元金，才将那一支笔赎回来。

有了钢笔，我就可以记日记了，要留下康藏之旅每一天的所见所闻和所感。第二天，进入理化县（今理塘），理化县县长王绥之，祖籍湖南，是当地的土吏。其夫人乃西康土著，人随风入俗，故王绥之也完全土著化了。他将我们一行迎迓于官舍，可是外间无住处，当日我与其妻和二儿子共拍了一张照片，以作留念。斯时我问起理化民情，得知此地不驻汉地一兵一卒，所谓的理化县长，也就是一个汉人的光杆司令而已。其实，过去理化县治也驻有军队，多强驻在理塘寺里，挟喇嘛寺以令百姓，所有乌拉差和税收，皆出于寺院。

稍为不听，就扬言要烧寺院，屠杀大活佛；然而在整个藏区，老百姓心中最敬重与信赖之人，便是喇嘛了。久而久之，那些兵痞吸大烟，欺压百姓，终至积怨一朝爆发，从清末便驻防的边军被从理塘赶了出去，独留下县长王君一人，支撑着所谓的一个县府。

入理塘县府所在地，县长王君陪我去参观、拜谒理塘大喇嘛寺。理塘寺寺院连郭成城，蔚为大观，堪为雅江、理塘乃至巴安一带黄教寺院的领袖。寺中有喇嘛二千多人众，不仅经济宽裕，枪械也很齐全，其僧侣都是武装僧人，颇有点恃强使横之势。有金灯盛酥油，硕大无比，足足能盛下三四十斤，而小的酥油灯则不计其数，金炉氤氲，甚为壮观。理塘寺的名声在康区影响很大，可以说从明代土司以来，这里几乎都是雅江、理塘和巴安一带的黄教重镇。

我在理塘寺踯躅了两天，原来王县长夫人要送我的，可是那天晚上请我夜宴时，突然被沸水烫了，竟不能行走，次日陪同我走行的承诺便泡汤了。我跃身上马，从理塘大草原的边缘而入，策马行了十几里，便在草原上遇到一处温泉，已经好些日子没有洗澡了，我想趁机沐浴修整几日。恰好崇喜土司家丁要送洋教士去巴安，等他们折返回来后，我才敢横穿毛垭坝大草原。百里无人区，中间藏着许多响马，若没有崇喜土司这个风标，我是无法穿越毛垭坝草原的。下榻温泉，有几间房子可供栖息，那草原之中的温泉不仅可沐，还可以饮，不少康人打马而来，取水而饮，背水而去。

落日时分，毛垭坝大草原边缘天如穹盖，星星从夜的腹地里钻了出来，离我们很近，有点像岭·格萨尔王金鞍上镶的宝石，熠熠发光。夜黑如墨，待在屋里无事可做，然而寂寞的夜晚，土著人却用他们载歌载舞的形式来度过漫漫长夜。

我坐在屋子里边，突然听到歌声四起，唱的居然是歌颂五世达赖阿旺罗桑嘉措以及七世和十世达赖喇嘛，后两位尊者都出生于同一片空阔的理塘草原。歌词的大意是说，理塘是一片盗贼出入之野，却也是产生达赖的圣地。四个达赖喇嘛同一个故乡，除了七世和十世达赖之外，九世达赖的转世灵童出生于金沙江以东的邓柯，十一世达赖的转世灵童出生在打箭炉协德坝子的漫切村。就是在这一片理塘草原，有两位达赖喇嘛的转世灵童降生，一代代高僧活佛多出于康地。

那天晚上，最令我陶醉的藏歌是六世达赖喇嘛仓央嘉措写的《洁白的仙鹤》，这是一首带有预言色彩的短歌："洁白的仙鹤，你的一双翅膀借给我吧，我不飞往远处，只到理塘就要折回的。"

我知道那是一个遥远的预言。六世达赖喇嘛仓央嘉措被清兵解往京城，消失在青海湖的风雪之中。四年之后，达赖经师却在理塘找到了七世达赖喇嘛，以后先后有三位达赖转世于康巴大地，只是他们都没有活到坐床亲政的年龄，过早地夭折了。然而这点不能掩饰，康巴大地确实是出圣人之域。盗匪与尊者同在，杀戮与救赎掺糅，野蛮与坦荡交织，便是我走进理塘时最初的感觉。

一曲歌罢，我问那些歌者，如何横穿毛垭坝大草原。知情者说，凡商人经过此地，须有喇嘛武装紧随其后，或者崇喜土司的家丁持枪跟随，不离左右，盗匪见状才不敢骚扰。

我问横穿毛垭坝大草原要几天时间。

当地的康人告诉我，少则十天半月，若遇风雪，三四十天也过不去啊，须作最充分的准备。

那天晚上，我却无眠，想着在毛垭坝草原边缘上的束手无策，辗转至晓风月白之时，我也不曾入眠。

到了第二天早晨，屋子前边突然来了二十名卫士，崇喜土司没有食言,这是他派来保护我过理塘大草原的卫队。他们个个头上缠着大狐皮,身着羊皮袄,里层是羔羊毛,外表则是獐子皮,袄襟缀饰六寸金绒,人高体魁,皆为西康军士最贵之装束,每个人背上背着带刺刀的毛瑟枪。我敢说,任何响马见状,都会忌惮三分呢。

可是我的心中,一种不安之绪隐约而起。我看那二十名崇喜土司家丁,虽然戎装光鲜,威风凛然,却无大威武金刚之怒,神色颓然,举止懒懒散散,更无凶猛之状,仅荷枪肩上,毫无防备之状,这岂可以保护我这个女辈横穿毛垭坝?我问孔党江村先生,如途中遇匪,靠这二十名懒懒散散的崇喜土司家丁,没有胜算啊,我等该如何是好啊?

孔党江村呵呵大笑,说刘小姐多虑了。崇喜土司可是打箭炉至巴安一代的枭雄啊,人多势众,威名远扬。横行于毛垭坝草原上的盗贼,谁不对他忌惮三分?再说,崇喜土司对付匪首自有一套办法,他敢派这二十名兵丁护刘特使出行,意在恫吓,并非真要与土匪们打一仗啊。

孔君啊,入川之后,说起出使之旅,你曾经说过,康定以东令人畏惧,康定以西无所畏,现在看恰恰相反了,康定以东,过雅安,翻二郎山,入泸定,越大渡河,一路有川军保护,性命无忧啊;而康定以西,本无所惧,可是如今盗匪横行,反倒令我视为一条畏途了。

抱歉啊,刘特使,孔党江村面露窘色,说对不起啊刘特使,少小离家,二十载不归,我没有想到康区之匪盗已经如此猖獗了。

跃身上马,我问走在我马前马后的崇喜土司的兵丁,康区的土匪是一个什么状况。

刘小姐,匪分两类啊。崇喜土司家丁说,一类是历代兵痞留下来的无赖之徒,以马匪为业,专以抢劫为生;另一类则是当地土著,以越货为副业。他们所掠之处甚多,却遵守一个规则:兔子不吃窝边草,打劫之地不在本乡本土,而在他乡。但是盗匪出发地仍然有蛛丝马迹可寻。凡盗匪经过地,皆以三个石头垒成火塘,三石为灶,燃木取暖,煨茶烧饭;走时,掀去其中一石。来者一看便知,刚有一拨盗匪在此歇息过,拨开余烬,若余温尚在,便知道未曾走远,便可寻马粪、马尿或者残留的马匪信息,追踪到所在,将盗匪擒拿归案。而其他盗匪,摸下余烬的热度,便可知道这群盗匪的远近。

无妨!无妨!三四十天的行程,听孔堂江村和崇喜土司的兵丁一说,我一颗孤悬于嗓子眼上的心,终于略为放下了。

空阔无边的毛垭坝

那天早晨,我的马后紧随崇喜土司的几个家丁。作为清王朝驻藏大臣秘书与一个藏族女人所生的女儿,我身上流着两个民族的血液。帝国崩塌时,我跟着父母流浪到了印度大吉岭,颠簸经年,辗转回到了北平。如今,又自告奋勇,出任宣慰使,韬征康藏,欲将十三世达赖与中央政府的关系重新纽接起来。

有人说是我的百媚千娇惊艳了雪域,有人说是我的豪迈壮烈叹服了土司,众人纷纷派民团和家丁为我保驾护航。走进理塘,此处早已不是大卫·妮尔十年前走过的理塘了,理化县长王绥之手中无一兵一卒,团防兵勇全系红衣喇嘛,由寺庙堪布率领,自然不会护送我过大草原了。大卫·妮尔化装为女乞丐穿越康地之后,曾写过一部《贵族—土匪地区》的书,尽述康区美丽与恶魔同在,响马暴戾成性，可见我的韬征之旅多么凶险。

危难之时，还是崇喜土司出手相援。这个不敢举头与我对视的康巴男人，派来二十名彪形大汉，头缠大狐皮，着羊裘，以獐子皮缀其上，边镶六寸金绒，大摇大摆地护卫前后，吓得那些劫匪纷纷避道而逃。后来我把这段故事写入了《康藏韬征》："十月十九至二十五日，完全踟蹰于毛垭坝中，此坝广袤计一百余里，野营天成，实难得也。沿途并无居民，未逢人往来，仅我辈孤苦伶仃十数人塞趼前进，大有黄埃散漫风萧索之感。而昏暮时分，天色忽暗，状如深愁，将欲滴泪，继大风拂过，块垒乃消，一团笑脸月，自东方缓缓升上，予斯时苦无櫜橐，不然纵情吟诗，当不亚于曹氏之临滚滚大江。"然而这只是理塘神性的一面，次日便凸现了魔性的淫威。续昨天日记我又写下了以下这些文字："次日阴霾四布，继之以雪片、寒气侵入，有如严冬，帐幕独帏当风，竟被吹折，卧衾服裳均遭濡没，战战栗栗，伏蹲一隅。仆辈急扶正之，始得暂安。"

……

这就是神性与魔性的理塘，西方与东方，两个女性的传奇，正好诠释这片灵地的魔幻与灵性、残暴与温婉、美丽与死亡，成了我叩响理塘之门的门环和钥匙。从二十世纪八十年代初读仓央嘉措的情歌起，我便被理塘迷住了，魂牵梦绕地等了二十载。几次走过川藏路，到了昌都之后，便有出川的北路和南路，我却几次都走了南路，从江达过德格，入甘孜，进炉霍，走道孚，与理塘擦肩而过。可是梦里几回，理塘巍峨成一座不沉的幻城，一片如意的灵地。

有一天我终于踏进理塘，像一个朝圣的香客，匍匐在她的脚下。冥冥苍穹，藏歌天唱，从远处飘来，仍然是仓央嘉措的那首《洁白的仙鹤》，如天籁飞掣而入。法号吹响了，六世达赖仓央嘉措和康区出生的七世达赖格桑嘉措、九世达赖隆朵嘉措、十世达赖楚臣嘉措、十一世达赖克珠嘉措，走出布达拉宫的日光殿，走下七级浮屠，在一片诵经声中，或淡定、或凄楚、或黯淡、或凝重、或痛苦、或雄逸，从理塘莽原上飘逸而过，朝我款款而来。还有香消玉殒的大卫·妮尔和民国女特使刘曼卿，也乘着白羽仙鹤从天阙徐徐而下。男人的理塘、女人的理塘，究竟要给我怎样的前尘谕示？灵童的理塘、达赖的故里，究竟在这片灵地留下怎样的秘咒？我从膜拜中缓缓抬起头来，斜阳从云罅中筛下柔和的光晕，晚霞好似一面面经幡，在我的头顶上猎猎飘拂；撒落在毛垭坝里的千万顶白色帐篷，犹如万千朵白色莲花在绿波中浮游。然而心灵却享受不了这纯净无瑕、祥云飞渡的暮霭，似乎在等待不疾不徐走来的孽缘超度，等待不紧不慢走来的千年劫难或祈盼。渐渐地，幻城惊现了，大卫·妮尔和刘曼卿见过的灵域横空出世，西海观音之身从血潮中渐渐隆起，与夕阳融为一体，轻歌曼舞，酥手纤指通红，魔幻成千手观音的神手，往草地轻轻一点，撒下一条光河，点点、簇簇。霎时，所有帐篷里的长明灯全都亮了起来，点化成千万朵红莲绽放。暮归的牦牛从草地悠然走过，惊起一群野鹤，胸脯碰碎蓝玻璃的湖面，鹖然于空，盘旋在暮霭之中，好似涅槃的神鸟飞向天堂，遗下几片白羽，降落在了理塘！

步履艰难地前进于理塘毛垭坝的大草原，白天是漫漫的长旅，晚上则伏于一星酥油灯下。火苗如豆，映着我的脸庞。风掠过，不时将酥油灯吹灭；然，吹不灭的却是无尽的往事和白天所经历的一幕幕情景，挥着失而复得的钢笔，我把这些都记于笔记本上：

"十月十九日入毛垭坝之缘,斯时,汉地正值中秋,一年节令中最美的季节,金黄方块为大地铺陈。可是川地康区,横断山高,雪山苍苍,已经提前进入冬季了。打马入毛垭坝大草原,辽阔百里,旷野无边,人策马行于其间,犹如一只只蚂蚁徐纡爬过苍茫。人生如蜉蝣,在阔空的天穹和草原之上,人类如此渺小。曾记幼童之时,跟父亲在拉萨牙牙学汉语,背《敕勒歌》时,诵到'天似穹庐,笼盖四野。天苍苍,野茫茫……'。"

以前我对这首中国古老民歌描画之意,止于想象,而今日踯躅毛垭坝大草原之上,对那首家喻户晓的《敕勒歌》的意向、指向才有了最真切的感受。

一脚跨了进去,我觉得仿佛步入一个诡奇的雪国。且不说盗匪多如牛毛,单凭那一幕幕奇遇,足以让人瞠目结舌。

第一天便遇风雪苍茫,风吹在人脸上,犹如刀割一般。雪风呼哨般尖啸掠过草原,给人一种黄尘散漫、遮天蔽日之感。而到了日暮时分,天色倏地黯淡下来,乌云滚滚,如大海的波涛,黑云将偌大的草原压得很低很矮,状如深愁,欲将落泪一样。天还未黑下来,突然阴风四起,狂飙般地吹过芜野,那紧锁草原金帐的黑云铁城,全都被吹散了。夜天如江水洗濯过一般,月亮露出白白的观音笑脸,从东方的地平线上缓缓升起。徐步走出帐篷,入康巴大地经历的苦楚在月色如水中,稀释了,苦不再是苦,而是欢乐,令人只想吟诗抒怀。站在毛垭坝大草原的边缘上,绝不亚于当年曹孟德东临碣石,以观沧海。

第二天早晨继续行程,抵达了毛垭坝土司界,那是一个白帐篷、黑帐篷的世界,星星点点,列成一个土司王国,而中间有几座金帐,巍峙庞大,丰硕可观,乃毛垭土司官寨之帐了。在通司引领下,我入帐内觐见。令我讶异的是，土司年仅二十，面目洁白，若不是戴着狐狸毛的貂皮高冠，穿着褐色羊皮袄，与内地汉族精英毫无差别。毛垭土司虽住帐篷之中，却冷眼观九州，说话低调，频频询问康藏之人在内地的人数和现状、内地政局以及国民党的追求和志向。我告诉毛垭土司，在北平故都，藏人寥寥无几，只有几家人而已，但是在首都金陵，却是人数众多；而康人在定都南京之前则无一人，自格桑先生入都之后，带去了不少康地的青年才俊，已经有四五十人了。

毛垭土司听说之后频频点头。

我进而告诉毛垭土司，中央对极边之地并不歧视，举国上下皆服膺先总理之主张，五族共和，内求五族平等，外求国际平等，不久的将来，中国自有开明的一天。

毛垭土司那天晚上将所有毛垭界的头人，都召至帐中与我相见。土司门下这些头人，都对他忠贞不贰，真心称臣。晚上又摆了丰盛的筵席，令我深感其盛情。

进餐过后，又进了十里路，入住娅玛德珠之家。其父八十有几，仍然牧马、牛几十匹，每日早上将马、牛赶至水草丰盛处。其家用节俭，可是所睡的卡垫之下，却银钱无数。德珠告诉我，毛垭土司帐下分为七八部，本部名叫哈须染娃，由一位土酋所领，凡有牧场纠纷，皆由酋长定夺决断。牧人赶牲畜逐水草，并非随意为之，而是有一定的方向，且从春牧场至夏牧场，每次迁徙，须呈报土司，核准手续亦非常繁冗。

在毛垭坝草原上，我发现一个秘密，每个奴隶和牧人的项下，都挂着一个小袋。起初我以为是护身符之类的东西，很是好奇，指着颈下之物，问此为何物，回答却令我大感意外，原来这是与护身符一样重要的东西——食盐。因为此地不产盐，食盐需要人从千百里之外的西藏盐井，赶着羊或牦牛驮队驮运而来，或者背夫从川地贩运而来，比康人服饰上缀的蜜蜡、宝石还要珍贵。每次饮用酥油茶时，只放少许于碗中，药引一般地珍视。此时，我才真正领略了"食、色、性也"的古语。

入室之后，见康人用牛粪作燃料，在其上烤饼。初见时觉得好脏，然而牦牛食青草，所遗粪便并无恶臭气，但是仅仅那么一观，从此之后，再不敢以牛羊肉入口，因那是牛粪之上烤成。可是越往康藏腹地走越发现，以牛粪为燃料，实是再寻常不过的事情，因为除了牛粪，别无他物可以取代啊。

一顶帐篷，赶着牦牛逐水而居。除了牛马之外，最忠诚的卫士便是一只巨犬了。此犬即藏獒，高三尺有余，硕健无比，且口阔眼大。满头长毛，乍看遮住双眼，实则红眼如炬，项上系一红缨，白天坐镇于帐幕之外，夜晚则巡逻于四周，尽管康地盗匪横行，却也不敢靠近帐篷半步。此犬遇上生人，便扑上来撕咬，或至重伤。故新至者，若无主人在一旁看护，绝不敢轻易踏足帐篷半步。

康区人看似很穷，其实藏富于怀。无论男女老幼，都穿着一件皮袄，此皮袄兼具衣服、被褥之功能，白天为衣，行于旷野之上，夜晚为床，铺于穹顶之下，无论何处何地都可安息。但往往于破衣中，会偶然露出贵重的佩饰，其物非金非玉，乃一种摩尼珠宝，康人称之为"斯"，石质，或长或方或圆或扁，上端有孔，自一至九，以九孔者为最上，价值百千元不等，是为天神所造之物，据说在世界上仅有十斗，决无增减，佩之可避灾祸。

年轻的毛垭土司有感于民国特使入藏，小女子过芫野。满天冰雪，男人都视为畏途，何况女人？当我还在毛垭土司的界内踯躅的那天下午，毛垭土司派人送了一只小羔，以作为敬送之礼，并向我询问民国政府的地址，说，他明天要作书一封，请我转以敬呈。目睹此景，我深感自己一个小女人，屐痕划过康巴大地，每入一家土司官寨，其实是代国家宣慰和睦之情、五族共同之心。

翌日，天刚拂晓，就被寒意冻醒了。走出帐篷，天清气朗，残雪犹在。一个长夜的霜雪洗染，积草冰叶玉滴一般，一片银色世界。晨曦在水雾和光晕中，渐次放大，从东边的旷野地平线上冉冉浮起。穿上皮袄，仍然觉得奇寒难忍，虽然出了太阳，却比昨天还要寒冷。在帐篷吃过酥油茶之后，我以为今日可遵喇嘛之意，登程向前。可是那几十名崇喜土司的卫兵却没有要走的意思。他们请人占卦，说需要再过二三日才能启程。孔党江村告诉我此地实则是他们的故土，多月从戎在外，不得归家，几位军爷其实是想多逗留数日。而我听了之后，则有一种度日如年之感，越待在草原边上，越发心浮气躁，郁郁寡欢。晚上，躺在榻上辗转反侧，长夜难眠。

到了第三天，终于可以跃身上马，纵辔驰骋了。孔党江村发现，数日阴晦的天空晴了，我亦心花怒放。行十几里，便可以走出这个天生的大坝，前方便是西康的辖地巴塘了。

神秘的北纬三十度线，可谓万水千山，一路迤逦走来。那天晚上太阳落山之后，天色渐次由火红变成骨灰白，到了一个叫吟仁拉兹的地方，有几间可以栖身的帐篷，我们一行便随意留宿了。这里并非驿道上的固定站口，一觉睡至次日清晨，醒来时，明月还在山冈之上。爬起来出帐篷准备牵马就鞍时，忽然被告之有数匹驮马和骑马夜里跑了。于是，孔党江村和仆役都分头寻马去了，仅留下我一人守着四匹骡子。其中一匹伤蹄长嘶，凄厉之声划破长空，令我一阵战栗。真担心骡啸之声惊动雪豹或老虎，若是循声而来，我和四匹骡子，便成为它们的口中美食了。想到入理塘草原之时，县长夫人曾经说过，此地匪患之外便是虎豹出没，如果山林兽王循声而来，小命休矣，千万要小心。愈想愈加惊恐。幸好拂晓时分，牙马德主骑马赶过来了，先帮我赶着四匹骡子到了一个宽敞之地，等待天明。

夜之幔在草原上渐次褪尽。天亮之后，孔党江村和仆人卫兵找回了马。我刚要策马而行，突然有一个妇人来访，说她有一个孩子说话不明，声音喑哑，不知是何故。我在北平城里是护士出身，对于生理、病理略知一二，称可能是喉部生理有异常，喑哑是发音功能不健全所致。那个女人顿时惊诧不已，觉得此中原女士真是奇人啊，未见其子，便知其事。后来叫出一个女孩，请我猜猜她多大了。康藏之地的女人经日风吹雨打，太阳暴晒，皮肤粗糙，看上去往往比实际年龄大。我漫然答道，十七八岁吧。那妇人膜拜不已，喃喃自语。随即请我看一位老人，称是其母，常年患哮喘，一到冬季便不能出门，拥于榻上。我交代她必须注意饮食，用具更要干净，并将自己带的治疗哮喘之药，倾数赠予。这位康巴女人感动不已，送了我好多礼品。

离开吟仁拉兹八十里，前方护卫突然报有匪警。队伍之中先是一片惊悸，继而平静下来。二十名护卫，相对于几个马匪，力量已经不算单薄，只要严阵以待，指挥得法，歼灭匪首应该不在话下。然，过了一会儿，消息传来，邂逅之人不是匪，仅仅是几个牛贩子而已，虚惊一场。那群牛贩子与我相遇时，问道，君便是从南京来的女使吧，是不是要去巴塘啊？我点头道，是啊，你们怎么知道？

我们出巴塘时，途中已见八九人在等你们了，说有一位是民国特使呢。

我点头称谢，这时才发现，巴塘离自己越来越近了，连忙急遣阿当驰马而去，作为打前站的先锋，告诉我的亲友，自己一路平安，相见之时指日可待了。

一路风雪走来。晚上到了合目纳，九位相迎之人果然如期而至，相见如亲人。宾至如归，羁旅的愁容顿时减了不少。随后，他们摆开酒宴，所推佳肴皆为我的亲戚所带。我命令分给随从、仆人和警卫的兵丁相食，以慰旅途辛劳。酒酣之时，快乐的康巴汉子击节放歌，豪情天纵，并告诉我说，巴塘城里的亲戚和家眷都到了一个叫热水塘的温泉，搭了帐篷，等着我呢，明天便可以见面了。我和随从听了，欢呼雀跃。

次日早晨，又是一个大晴天，行旅途中，陡然多了九个人，队伍壮大了，倍觉热闹。旧军在前，新军殿后，我自己坐在中军骑上，前呼后拥，俨然一位女帅。尽管前方便是错木阿利拉雪山了，但驿道两侧原始森林遮天蔽日，在山林里穿行，前后不得相见，若此时这支小小的队伍遭受盗匪伏击，也是凶多吉少。于是，我行使了一回女帅的职权，令队伍马匹首尾相接，做长蛇之阵，一匹紧挨一匹，首尾相顾，以防万一。

错木阿利拉是横亘在理塘与巴塘之间的一座大山，上山下山有一百二十里。那天晚上，队伍只好择一片山麓的平缓之地安营了。伫立于山坡之上，放眼雪山，唯余苍莽，寒林冷泉，仍有昏鸦掠过，我心中突兀而来一句："未知飘零苦，随处是我家。"然而最终还是没有吟出口来，怕影响大家的情绪，强咽于心中。

第二天又遇一场大雪，薄衾不御寒，重将皮袄穿上，弹衣整冠，跃身上马，与错木阿利拉依依惜别。康巴大地的雪山，一天四季，仅仅行了二十里路，雪霁风静，太阳出来了。我重又脱下皮袄，改为轻装简行，策马而至一个有屋舍十多间、名为小巴冲的地方。半个多月帐篷为家，今天终于见到可以栖息之地，然而行李箱仍在后边，只能暂时驻足以待。

闻民国特使千里迢迢而来，又在雅江和巴塘当地有亲戚，主人殷勤款待。情不可却，我也只好客随主便，慨然入席。酒过三巡，便有康巴锅庄之乐四起。众人肃立，男女各站一排，载舞和歌，一唱一和，且为集体和声。席间一位胖子豪饮过后，醉成烂泥，纵声大笑，令我一阵捧腹。

篝火锅庄，载歌载舞，不醉不归。直至子夜时分，我方回栖息之室。也许因为巴塘在即，亲人可见，我却耿耿难眠，梦魂萦绕，只迷迷糊糊地睡了一会儿。天未至拂晓，鸡既叫，村中也有犬吠之声传来，众仆人皆离榻准备早点，不要我亲自下厨准备。其实在康藏之俗行旅之中，无贵贱长幼之分，皆可以拾薪背水。队伍刚刚动身，雪又飘然而下，可是人心有所归时，已经不似前行那么苦了。

仅仅行了十余里路，便到了巴塘的温泉。巴塘的官员和亲戚站于道旁，妇人竟然达九十多人。人还未下鞍，已经有众人争着前来挽缰；站于排头的姑娘，端着切玛，手执哈达。沿途欢迎者不断。我纵身下马，被拥入一顶帐篷，里边的茶几上摆满了果品、青稞酒和羊肉、牛肉。主人先敬人参果，然后再敬黄油菜一盂，细面盈盅。相见视毕，辞别主人，一家家走过，都是盛情以待。直到蒙藏委员、我之旧识格桑先生家门口。格宅整洁大气，雄镇一方，在康人之中鲜有这样的豪宅大院。

清《驿站纪程》有云："自打箭炉至里塘共八站，计程六百八十五里，自里塘至巴塘六站，计程五百四十五里。"如今我出雅安，翻越二郎山，从打箭炉至巴塘共十四站，一千二百三十里，其间翻越了四座海拔四千五百米的大雪山，终于抵达巴塘。

驻藏大臣之死

我对巴安有一种说不出的迷恋，滞留二十二天，未曾向西藏界前行。不仅仅因为这里有我不少亲戚朋友，血缘所系。我想，它吸引我的，应该是中国近代史上的一些重大事件发轫于此。清帝国边疆股肱之臣赵尔丰，当年何以在此向土司制度动刀，喋血推进改土归流？我想借此破译中央政府治理康藏的成败得失的密码。

巴安的亲友说，若想揭开改土归流的面纱，先去踏访鹦鹉嘴和丁林寺遗址吧。

鹦鹉嘴是进入巴安的襟要之地，在巴塘的日子里，我几度策马而去，看了当时凤全殉节之地，感慨良多。虽然，此时离"巴塘事变"已二十余载，可是往事未远，兵燹未成冷灰，它在巴塘乃至整个康区人民心中划出了一道历史伤痕，至今未曾结痂。

站在此地，犹闻当年鬼魂长歌当哭。祭酒、燃香，我仿佛看到了帝国一位封疆大吏的身影溘然倒下，脸上一片血污，埋于土中。凤全出身满族镶黄旗，以举人入仕，做过大足县知县，一直在四川为官，辗转于大足、泸州和嘉定（今峨眉山）之间，治水、剿匪，遏制通匪土豪。彼性格刚强，做派强势，不擅于通融，或许这注定了其性格悲剧，却受川都岑春煊的赏识，被保举为副都统，迁至成都，任绵龙茂道。

光绪三十年（一九〇四年），凤全出使西藏，任驻藏帮办大臣。清廷命他在察木多(今昌都)经略藏边，兼管川滇藏区事务。凤全行经康区巴塘时，觉得此地气候温润适宜，可供开垦种植作为支撑经营西藏的大后方，便停于此地。听到土司侵犯百姓利益，寺院喇嘛骄横无度，肆意妄为，凤全便暂时不去驻藏帮办大臣应去的察木多，而在巴塘停留，招募土勇二百名，交给自己带去的五十名警察编练。同时向清廷请奏，祭出当年陕甘总督年羹尧对于寺院喇嘛人数的限制定额，大的寺院不能超过三百人，未等皇帝批准，便开始实施了；并要求寺庙停止剃度，令十三岁以下的喇嘛回家去；同时极力拓展垦荒，甚至干涉土司的行政，最终触及贵族僧侣集团利益。以丁林寺为首的喇嘛振臂一呼，欲赶走大清钦差。

丁林寺坐落于巴塘城中，是黄教在此的最大寺院，也是拉萨三大寺的子院，时有喇嘛一千五百人，并辖有四乡小寺院十六座。凤全未到之前，丁林寺喇嘛因反对垦荒屯田与清廷派于此的官员发生了冲突；凤全抵达之后，治康政策操之过急，失之于粗，引起了丁林寺喇嘛骚乱。可是他不以为然，仍一味弹压，结果适得其反。彼时，丁林寺堪布八格喇嘛登高一呼，说凤全带来的警察，戴大盖帽、佩洋枪，与以往的清军着装迥异，并称凤全"并非皇帝所派钦差，为洋人所派，将没收我土地畜牧财产，傀送洋人"。于是，民众大哗，响应者众，群情鼎沸。铁棍僧纷纷拿起武器，倾巢而去，将钦差行辕围了一个水泄不通。

然，此时凤全仍未感到大祸临头，喇嘛和民众涌到钦差衙门时，都司吴以忠带弁兵于行辕前弹压，被众人指勾结洋奸，并当众打死。此时凤全方幡然猛醒，觉得处境岌岌可危。他所下榻的钦差行辕，称为喇嘛城，凤全觉得此地已经不安全，遂搬入正土司罗进宝官寨，而招募来的二百名土勇已作鸟兽散，只有从汉地带来的五十名警察作为警卫。不过,土司官寨墙高壁厚,又有卫兵持新式快枪把守,且正副土司皆同住官寨之中,外边的喇嘛、群众虽然团团围住,仅放枪示威,并未进攻。凤全给打箭炉刘廷恕发函,要求"即刻选派熟练夷务能事哨弁,并留于打箭炉的卫队勇丁五十人,驰赴巴塘,以壮声威而资震慑"。

劫难将至,凤全还未意识到头上已经悬了一把剑,仅要求派五十名卫队来保护自己。

然"巴塘宣抚司罗进宝与副土司郭宗札保预谋乱,久欲逐凤全。遂力劝凤全亟返炉关,兴兵重来剿逆定乱。又恐吓凤:'不亟出巴塘,番众喇嘛必至扼险守隘,焚烧汉民,延及土寨,我辈受殃,大臣愈危矣!'"凤全惊惶之中,无奈只得听从两土司建议,决定三月一日动身返回打箭炉。粮员吴锡珍此时住在头人阿登之家,闻讯赶来劝阻,请求钦差大臣留下坚守,以待援兵。但凤全不听,执意要走。

三月一日清晨,当凤全一行五十余人行至离巴塘二里的鹦鹉嘴红亭子时,早已埋伏在此的喇嘛和民众一涌而起,将凤全一行团团围住,凤全及其随员全部被乱枪打死。

此前,匿于副土司官寨的法司铎牧守仁等二人,见土司不可信,乘夜翻墙出逃,途中被杀。

时粮员吴锡珍劝钦差未果,因行前被马踢伤,未随凤全回打箭炉,却逃过一劫。因其在巴塘经营多载,与当地上层关系甚好,故留在城中,毫发未损。闻知凤全被杀消息后,吴锡珍赶紧请房主业巴阿登转请正副土司传集头人,设法遣散群众,将凤全尸骸运回城内,赶做棺木装殓,暂停昭忠祠内;都司吴以忠、委员秦宗藩等尸身,抬至城隍庙内,招雇木工陆续做棺装殓;其卫队戈什哈五十余人,分埋数处。

钦差大臣遇难，不啻晴天霹雳，川藏为之震动。清政府立即令提督马维骐率标兵五营进剿，又命建昌道赵尔丰为善后督办率两营续进。同时命驻藏大臣有泰"审度事机，妥为安抚"，"晓谕藏番毋听谣煽"。马维骐于四月平定泰宁后，当即率部向巴塘进发。抵巴塘境后，侦知"前数日有巴塘派来喇嘛头人于此调聚百姓，垒卡防守，暨见大兵前来，皆不愿应战，于前夜自行解散"。马维骐并未像所具公禀那样"甘愿先将地方人民尽行诛灭，鸡犬寸草不留"。马军沿途只遭遇几次轻微抵抗。六月二十六日，马军顺利地进入巴塘城，"擒两土司而诛之"。以八阁堪布为首的倡乱喇嘛据守丁林寺，马军攻不进，以炮轰击，大殿中弹起火，全寺焚毁。八阁喇嘛等被擒，余众逃往七村沟。马维骐派军"分剿七村，斩首亦不少"。赵尔丰于八月初到达巴塘时，马维骐"已火焚丁林，马踏七村"。赵驻巴后，"麻多哇等七村以愚悍听番僧驱使"，继续顽抗。赵派兵三路进剿，血洗七村沟。巴塘事变始平。

凤全的继室李佳氏留成都，彼乃大家闺秀，擅长丹青，写得一手好字。遽然闻变，率子忠顺驰入打箭炉，辨认丈夫遗骸，扶棺归锦官城。清政府以凤全"死事惨烈，深堪悯恻"，仿傅清、拉卜敦之例，于成都北郊建"昭忠祠"以祀，并赐谥"威愍"，在成都北门外，与昭觉寺相望。有人说，此墓系衣冠冢，因凤全死后遗骸，已不可复觅。但是有吴锡珍相识，应该不至无法收殓。祠既成，李佳氏四处写"蛮白"，即今天的大字报，张贴于市，四处告状，诉打箭炉道刘廷恕见死不救，终于使刘被削官为民。兹后，从川都府台衙门到乃觞将军、总督以下官员及文武士绅，皆告灵安主。李佳氏慨然曰："我可以见先夫于地下矣！"事毕，当夜投荷池而死，获在凤全墓旁合葬，供祀奠。李佳氏贞良死节，令人扼腕长叹，嘘唏不已。

凤全既死，康区土司制度也寿终正寝，康人因创伤痛剧，群归咎于丁林喇嘛，至今犹常骂声不绝，说喇嘛生事。

之后，赵尔丰开始清户口、查地亩、规定粮税、废除土司；委吴锡珍代理地方一切事宜；委候补知县王会同为盐井委员，前往招安兼征盐税。

赵尔丰铁血推进改土归流之时，威服全康，然而他并非一介武夫。赵极为重视教育，在巴塘设立了西康学务局，优厚礼遇聘川省一代硕彦吴蜀尤（指吴嘉谟）先生主其教事，就近设普通男女学校及喇嘛职业学校若干所，又在理塘（今四川理塘县）、乡城、盐井（今西藏芒康县纳西民族乡附近）、江卡（今西藏芒康县）、武成（今西藏贡觉县和四川白玉县交界处，原名三岩，赵尔丰改流后改为武成）、义敦（原属四川巴塘县和理塘县交界处，原名三坝）各地设立官话学校及小学，巴塘男校分高初两等、甲乙丙丁四班，女校同；强迫青年喇嘛入职业校，教以土木工程，使养成技术人才，计学生人数，男子共四百余人；又设幼稚园，以纳幼童，可谓盛极一时。

对于兴教育，赵尔丰有一种超越那个时代的眼光，除巴塘本地外，又有由理塘、盐井等处升送者。凡在校一切食宿、校服等，皆由公家支给。待遇如此优渥，一般百姓人家踊跃送子弟入学。讵料，那些土司头人世家，反倒踟蹰不前，甚至有人出资雇请贫人以为代替。赵尔丰以为防范规避计，遂严查户籍，清点人口，有隐匿不报者，重惩不赦；而对一般人家子弟入学，则给予免征赋税和免服乌拉差的优待。有一次，一士兵乘马撞乱学生行列，赵竟处该军人以重罚。

巴塘的男女学生当时皆着汉装，女子且梳留发辫，着短衣长裙；男则西装革履，西康青年渐与汉人同化。不幸的是，赵尔丰事功初见成效，四川保路事起，巴蜀大地受到扰动。赵尔丰在成都被尹昌衡所杀，一代封疆大吏骤然倒下，西康建设事业，也从此一败涂地，令人哀婉。赵尔丰也成了康区毁誉参半的人物。

川滇边务大臣衙门今何在？

一炬兵燹过后，冷灰落尽，仅留下一片时代的残痕。

那天，我特意去了两个地方，川滇边务大臣衙门旧址和丁林寺。清廷在赵尔丰改土归流的同时设立川滇边务大臣，以加强对康区的治理，建衙门于巴塘。如今衙门已变为一片废墟，然，残垣断壁犹在。它坐落于巴塘西门，鸟瞰巴楚河，依山傍水，与丁林大喇嘛寺比肩相辉映，当年堪称胜地，风水犹好。时光如白驹过隙，仅仅三十载时光，人去楼空，物是人非。原来分为前后两个院落，前院被破坏殆尽，后院屋架仅存，门窗户牖被人盗窃一空，鼷鼠横于梁上，蛛丝结门。雪风掠过，我立于枯黄蒿草之中，万千感叹，涌上心头。岁月如此无情，一场历史大戏匆匆落幕，人亡政息，皆成灰尘落雪。

丁林寺与川滇边务大臣衙门在同一条经纬之上，游毕废墟，我顺道去拜谒纳哈呼图克图。该寺被赵氏付之一炬后，经过各地信众踊跃捐助，在原址上重建，得以恢复一二，但已无旧时模样，宏阔不在。虽也筑有金色之顶，经幢高耸，麟羊相向飞奔，但与过去相差甚远，不由得让人感慨：寺庙若介入政争，终伤自己骨髓。

入二楼见活佛，由一位年轻的喇嘛领我从左门而入。地板系木制，光亮如镜。呼图克图学养深厚，风度儒致，对人彬彬有礼。敬完哈达之后，侍者敬上一碗酥油茶，他坐于卡垫之上，一袭褐色喇嘛服。问及南京政府情形颇详尽，我一一告之：此时的南京政府，多为学者治国，政治渐向清明，与清朝末世完全是两码事。呼图克图频频点头称是，最后还留我一起吃了午餐。我次日以先总理中山先生遗像相赠，意在令其知道除了达赖活佛，国家还有最高的领袖。

在巴安住了二十多天，我特别注意到洋人势力在此地的扩张。早在晚清时代，传教士从云南维西、德钦方向一步步侵入巴安，扩大影响。当时美国医生史蒂文用几百块钱，买了很大一块地，将小巴河上游的水引入浇灌，在那片园地里，盖了华西医院、修了洋人学校，里里外外三层，还有十几间康式楼房，以供西人及教会人员居住。外围花园、草坪、菜圃、运动场、树林、池沼、养畜园等一应俱全，简直就是一个小社会。

巴安毕竟受藏传佛教浸淫太深，西方的洋教对于此地撼动不大。美国人在巴塘借办学办医院以传教，在城中设有礼拜堂，礼拜日鸣金聚众，并散发各种宗教画片与书籍，有时亦用音乐歌舞以兹号召。但是无奈康巴人生性固执，不易引诱，且藏传佛教思想深入骨髓，很难易帜从教。因此，真正本地人而受基督教洗礼者，寥寥无几，至多是一些人服务于外人，或求学于华西学校者，然亦不过依违两可，敷衍场面而已。

但是凤全事件时，丁林寺喇嘛将法国传教士扔在巴楚河里致死事件，由德国出面交涉，清廷赔偿了事。以后政府对教会加以保护，康人也不再敢骚扰洋人。

我以为，洋人入康巴大地，对此不能一概抹杀。如今巴塘出了一大批青年才俊，年轻的知识分子活跃于西康、打箭炉甚至西藏，皆与受过洋人的教育有关。故我觉得，不能将外国人在文化教育上的贡献一笔抹杀。至于对于洋人绘制各种地图，寻找各种物种标本、矿山等探报回国，是否为将来侵略做准备，那就难说了。

在巴安的日子，我一直住在民国政府蒙藏委员格桑先生的家中，与他的小妹厮混在一起，教她们梳短发，穿汉装。巴安的温泉最是诱人，我很想沐浴一番。可都是露天浴塘，苦于男女混浴，浴众杂乱，怕被偷窥，不敢遽然而往，却步于浴场。格桑君小妹一直鼓励我，并招来数名女仆为我站岗放哨，划出一条警戒线，终于如愿以偿得此一浴。巴人妇女见状，呵呵大笑，笑我在男女情事上过于保守小气。

该出发了，在巴安收到了南京行政院文官处信函后，我觉得受到了极大的鼓励，数月的沮丧之情，远离故土的思念之怀，顿时风轻云淡。我决定策马前行藏区。与格桑君的父母和妹妹告别时，我禁不住流泪了。没有走出巴安多远，策马上古拉山时，竟然第一次遇上了绿林响马。然而他们早已经听闻我乃中央政府的宣慰使，不敢贸然抢劫，让出一道，送我几十枚核桃，令我困倦之时咀嚼。此前，崇喜土司的卫队到了巴安后，已被我遣回，此时遇匪，令我有些紧张。当晚宿水毛沟，第二天早晨起来，纳哈活佛已经派来了寺庙武装，护送我前进，入藏境之前，就不再怕盗匪骚扰了。

沿金沙江而下，行了八十里，一路山重水复，抵达了一个叫竹笆笼的渡口。一路走来，两岸绝壁，无古渡可觅，唯有此地可横渡过江。所用舟楫是一个长方形牦牛皮筏，在康藏之地比比皆是。其实，自水毛沟以来，本可用皮船漂流而下，可是水势湍急，乱石穿空，险滩迭起，只能望江兴叹，谁也不敢水中一试身手。将渡江时，见数十位全副武装的藏人与我一道登船，代我搬移行李，甚是谦卑。后来我才知道，这也是一群杀人越货的盗匪啊，只是那天没有向我们一行下手。可能慑于丁林寺武装相护，他们不敢贸然动手。真可谓"知人知面不知心"啊。

过了江西之后，江边紧倚一个村子，地名叫回抓哇，与对岸渡口边的竹笆笼相峙而望，我被引入一幢楼房下榻，唯有一家人守着渡口。见家中之人，其籍贯和穿戴非常离奇，似藏非藏，似汉非汉，可是个个以汉人自居。服装仅存一点点汉式余韵，腰尚狭，而长仅及膝，犹如四川劳工的汗衫。家内更供有灶神土地，过年亦贴春联，此正是他们自称汉人的证据。但居然无人会说汉语，仅仅能知"坐""我"等数语。听说以前有七八家人在一起，等过年时分写春联，写者不会一一编撰，只记得"一门天赐平安福，四海人同富贵春"两句，于是，依次填之，为二门、三门、五海、六海云云。对岸竹笆笼村民凶悍狡猾，敲诈过往商贾，而入回抓哇，则有宾至如归之感。

那天晚上宿于回抓哇，真是热闹非凡，附近十二个村的村长，闻中央有代表前来，以为是钦差而至，纷纷以盛情美酒款待于我。一位七八十岁的老者致辞道，刘宣慰使，青春年少啊，一个青年女子为青年的中国奔走，请转告国家，不要遗忘我等老弱之人，也更希望国家不要忘记我们这个老弱病残的康巴之地啊。

我听到此话，不由得哽咽饮泣。他们都是七十多岁的老翁了，有的将至耄耋之年，仍然不忘怀于国家，能不令人感动吗？席间，男孩女孩皆来献歌，载歌载舞，多为藏地庆典之作，高亢悠远。这些孩子多为长官祝寿入衙门唱过，舞姿和表情，与我在内地见过的无异。笙歌丝竹，彻夜不绝，以至凌晨时分方散。到了拂晓，随从一再催我，才起床洗漱。此时征骑已经备好，与下榻处的汉人后裔告别，重又踏上了驿道。

踏晓风残月西行，翻过了一座小山，不知何故，孔党先生突然喊要喝酒。队伍只得停了下来，酒足饭饱，再度上路。行四十里路，到了一处叫噶顶的地方，有四十户人家，由一小头人管理，专门为驿站支乌拉差。这些人家，自清以降，便在这驿道服务了几百年，充当茶役，小心翼翼地侍候过路官吏军爷。纵使土匪掠过，也要忍气吞声，给吃给喝，不然便会遭拳打脚踢，受尽凌辱。

晚间，他们又是载歌载舞，令我度过了愉快的一夜。翌日早晨起来，过吟扎，入巴木塘，此乃巴安边界。在古代驿程之上，巴木塘乃三莽里之一，叫上三莽里。晚上住在头人顶忍家，我向他探询前方情况，当时我不想暴露身份。顶忍私下对我说，特使情况兰敦（今芒康县境内）的藏军早已经知道了，隐瞒身份反倒弄巧成拙，增加危险，再说如果无沿途保护与招待，藏军就会认你是班禅奸细，有口莫辩。况且十三世达赖喇嘛土登嘉措亦有与中央修好之心，明白表示不反对国民政府，中央使臣来，达赖喇嘛绝不会拒之门外啊。

我听后感触良多，这个营官虽处山野之远，却胸有韬略，说的句句是大实话，便默认了他的提议。以后入藏途中，再不提班禅两字。因为十三世达赖喇嘛与九世班禅之间猜忌甚多，形同水火，在达赖治下的土地上提班禅大师的话题，自然要多几分谨慎。

翌日早晨，天亮了，我便向众人宣布，民国政府宣慰使刘曼卿入藏了。后来我问头人，我从南京而来，行程非常保密，你怎么知道的？他说，这是公开的秘密了，特使刚出首都，藏方就知道了，刚抵成都，探子已经报到了达赖的帐下。而透露消息者乃驻北平某使馆的人员啊。外国人对于中央政府与西藏关系敏感着呢，居心叵测。

一听到我民国特使的身份，当地百姓甚为兴奋，说十余年未见汉官入藏了，今一睹丽人靓影，真令人不胜依恋啊，让我再住数日。我说，带的东西太多，长路漫漫，从者过多，在此久留会增加众人负担。看留不住我，头人便献上了最上等的荞粑粑，涂上一层蜂蜜，说是只给最尊崇的客人的礼物。

莽里为巴安最富庶之区，街市延绵数里，是我入巴安见过的最大的集镇。然近来，总遭乡人抢劫，不仅财物被掠，神像也被以枪击毁，乃所供之神存在教派之争之故。时乡人多强梁，以抢劫为生，被蹂躏者众。当地人没有办法，只好自己组建团练，发展自卫队。我出发时，莽里人自动参与护送者九人，并喇嘛而十余人，一路念经祈祷，祝福声不绝于耳。边民诚挚，令我好生感动，可是仍有焦灼之情溢于言表，担心此番入藏境，前途难卜。

过了莽里山，巴塘丁林寺纳哈呼图克图的卫兵要与我们告别了。领头的说，刘特使，送君百里，终有一别，这是藏界，过了那道门阙，我们便不能前行了，一路多珍重。

我领首，泪水哗地涌了出来。入康区之后，一直是崇喜土司和纳哈活佛家丁一路护送，让一个弱女子和随从少了世上最强悍盗匪之扰。可是卫队一撤，环顾左右，唯剩我与孔君及两个仆人，茕独孤苦，相依为命了。山上有十几户人家，再近者则是藏军守卫之所，但是并非城堡，仅一高大门楼而已。骑马过官署时，一位藏兵喝令下马而行。我唯有跃身而下，踽踽独行于街市之上，奈何人地生疏，茫茫然无所适从。

我一个穿藏袍的女人，携带仆人走过小街，引来观者无数，人人瞠目结舌，偶尔有人低头窃窃私语。如此下去，恐生遽变，被拦回康区，我连忙操起拉萨官话，向一位藏军老兵问询。老兵一听我说的是纯正拉萨话，顿生敬意，神情也变得温和起来，问我去往何处。我说新从内地来，去拉萨，给藏人带着中央政府的福音。他与众人一听，欣喜若狂，先领我们一行到旅舍下榻，然后又引我们与藏军长官见面。

那藏军长官可是官小压死人,如本(藏语,营长)而已,却高高在上,神情倨然。他令我坐在一个窄小的短榻之上,咄咄逼人,问我是不是受九世班禅旨意入藏。

我摇头道,自己并未见过班禅,何来旨意。

然,此本布(藏语,长官)似乎挺了解我的背景,语气甚冷,说你曾经说过你是班禅的侄女,这是事实吧。我颔首,算是吧。他进而追问道,哪有叔侄之间不曾相见之事。

看他越来越胡搅蛮缠,我不得不端出实情,说明身份,直言相告,我乃奉中央政府之命,抚慰西藏而来,我带有信件和使函。如此气势,始令彼忌惮三分,深信不疑,变得前倨后恭起来。说他们一直在想着与内地重新复合关系之事,并答应明天以快马向冷卡营官报告,作为我的前导。

我与守卡长谈话之时,旁边坐有一个书记官,在用一种竹笔记录,竹笔写字的板子,藏语称"昌渣",以木板数方,用髹漆涂之,使其表面光滑。行文时,扑黏性粉质东西于其上,竹笔走划,粉去而露板,成字。藏人在作文前,每以为草稿,机密文件即直书其上,不复誊录,危急之时也便于抹去和销毁。

天邦达,地邦达

从哨卡出来后,返回寓所,竟然与西藏一代富商邦达仓四子相遇,此君是孔先生的旧识,在内地有很多生意。在西藏,素有"天邦达，地邦达"之说，可见邦达仓家族富可敌国。

这个故事流传已久，起源于邦达仓家的一个下人。当年他跟着马锅头，牵着骡子走进了印度噶伦堡的大街，突然想小解，又找不到地方，便在噶伦堡街道旁解手。这在印度，本来是司空见惯之事，却遭到路人斥责。下人有点愤愤不平，答道："大地是邦达仓的，天空是邦达仓的，如果我不在这儿解手那我该去哪儿呢？"这就是"地邦达，天邦达"的最初版本，没有人怀疑其真实性。

可为什么叫邦达仓呢，仓字作何解？原来邦达家在四水六岗之一的芒康岗，为十八土司王。萨迦王朝时代，邦达家族与萨迦世家的一位千金通婚，势力渐大，就加上了后缀"仓"，"邦达仓"即"邦达家住所"。

然而，邦达仓起初不过是商道上的一个大马锅头，后来却成为西藏乃至整个藏区的一代巨贾，这与十三世达赖喇嘛土登嘉措的一次逃亡有关。

二十世纪初的清王朝已处在一片风雨飘摇之中，支撑帝国的擎天柱即将坍塌。历史规律注定了内地乱，西藏必危；中央弱，极边之野必各自为政。当时，驻藏大臣联豫与达赖的关系紧张到了极点。联豫请求朝廷调川军钟颖部入藏，达赖曾想派藏兵于恩达、洛隆一带阻挠，得知连川滇边务大臣赵尔丰都进至昌都时，藏兵只作了一些袭扰。抵达工布之后，川军平息了波密野番对工布地区人民的袭击抢劫，进展顺利。然而到了一九一一年十月，革命党人起事，次年初，清帝逊位，帝国倒下了。朝廷已亡，驻藏川军无家可归，一片混乱。他们中有抵近拉萨的，有带兵出走的。闻钟颖部进至拉萨，无人可节制，十三世达赖喇嘛土登嘉措带着几名亲信，往江孜、亚东方向匆匆逃窜。清兵追至拉萨曲水河边，达赖跳上牛皮船摆渡，其座下一个近侍喇嘛达桑占堆持枪阻挡清兵追击，达赖得以幸运逃脱。走到亚东时，恰巧与邦达仓列江商队二三百名护队团丁相遇。商队多为康巴人，剽悍勇猛，遂一路为达赖喇嘛警卫。

数月之后，土登嘉措从亚东回来，开始清除异己，封赏保护自己的有功之臣。此前，与清驻藏大臣关系密切的噶伦擦绒父子，被三大寺的铁棒喇嘛活活打死。噶伦擦绒的罪名是，十三世达赖出走后，负责谈判和主持西藏事务损害了藏民的利益。而保其逃命的两位干将达桑占堆和邦达仓列江成了功臣，站在莲花座下。十三世达赖，然后问邦达仓列江，你想当什么官？邦达仓列江回答，我是商人，不懂政治，我不想做官，只需要得到政府的特许经营权。

噶厦政府的羊毛生意就交给邦达仓家族经营了。

噶伦问邦达仓列江，如果将噶厦政府的一百万生意让你经营，明年能够获得多少？二百万！邦达仓列江聪明地回答。好！成交，西藏所有羊毛经营权归你。噶厦内阁的官员说，作为噶厦的商务代表，你只要半价收购，别人必须在你购买后才能购买。运输价也是半价，只有你运完了，别的商人才能运输。

邦达仓家族就这样一步步地发展起来了。

那天早晨，我和孔党江村策马从空子顶山藏军的哨卡走出来后，山势渐次高拔起来，气候亦渐寒。二十三日出兰敦，由巴送行之两个护卫，又于今日舍我们而去，双骑遥征，清冷何如。约行三十里，邦达仓豪宅已遥遥可望，先令阿当一骑绝尘前去报信，我与孔君殿后而来。抵达之时，邦达主人和仆人排成长队，立候于门，端着切玛，穿着盛装，迎迓我们于客厅。邦达仓家陈设之富丽豪华，我入康藏之后，还是第一次见到。厅堂之上多摆有古玩，挂着字画，房屋虽为康式，可是玻窗纱橱等，则汉洋兼具，是为一道风景。

邦达家虽有四个儿子，却只有两个儿媳，是西藏典型的兄弟共妻制度。邦家四个男人，有三个分别在拉萨、印度噶伦堡和内地经商，唯将小弟老四放于家中，守着祖宅和两个夫人。我问及共妻理由，几乎是异口同声，为合家过日，家产聚而不散。寻常人家如此，大户人家也一样。

我告诉他们，此种婚俗在内地颇多恶评，邦达家老四笑着嘲讽道，西藏多夫与内地多妻有什么异同呢，一样啊。况且妇人多嫉妒，纳二女于一室，便不能相安无事，男子反而坦坦荡荡啊。

我笑着说，内地男子也未必能坦坦荡荡，大房、二房，弄得鸡犬不宁。

言及此，邦达仓笑了，说藏地还有多男共妻的。此话勾起我无限的伤感，我就是因为不能与妹妹曼云共享格桑泽仁，才一气之下远走西藏，用国家之任来治愈伤痛。然，西藏的兄弟共妻关系却非常和谐，妻子在某种意义上还兼具母亲、姐姐和情人的角色。我虽有藏人血脉，可是汉式的文化教育和伦理纲常，却使我无法做到对此心平气和。然而在这种毫无边际的漫谈之中，邦达仓之理，似乎也适用于中原之多妻制了。

相谈甚欢。邦达仓指着坐于卡垫上的美妇人说，她以前曾一度断发为尼姑，出家之念头，乃一时所激发。这位美女曾经有一位旧时所欢，时时系恋，不时约会，以致为家里所不容，只好出家为尼。足见藏人对妇女贞操的重视，与内地之处女情结一样强烈。

吃过中餐后，我和孔君策马要走，没有答应邦达仓先生留宿的请求。但是他曾两度驰马追来，送给我藏鞋，且是在夜里，行数十里，真是不辞劳苦啊。最后一次，邦达竟然向我索要照片和手电筒，我都一一满足了他，还将中国各地风景巨册赠予他阅。他不知者，则略为之解释,翻检数小时之后,方才绝尘而去。

前边便是古雪与普那间之大山,唯见野雉成群,有数千只之多,栖息树林之间,一声声长啸,一句句啁啾,鸣叫哀婉,犹如一个百鸟王国。我问为何无人打猎。答曰,达赖有禁令,军民不敢伤及百禽鸟兽,有杀鸟兽者,与杀人同罪。此前有人射获小豹一只,被察觉后,除追索代价外,被施以数百鞭的极刑,几乎要了这个人的命。

可是我还是感到困惑,山高皇帝远,拉萨政令竟能如此畅通。随行的官员称,藏民本柔顺,易于治理,如最近禁吸鼻烟、纸烟,人民都奉命谨慎行事,不敢违逆也,再加上此乃宗教忌讳,又系达赖所言,违者更少。

横断山,路难行

抵达江卡宗(今芒康县),下榻于一户人家,却被带进烧饭间。藏人待客,除了自备有特殊客房可供休息外,所有人活动之所都在烹调室,因那里边比较暖和,献上食物亦为便捷。事前,他们拂去灰尘,拉上一张幕布,客人看了也较舒服。驻守当地的藏军如本名叫希夏文,下辖排长八名,兵五百余,另有营官(等于内地之县长,与巴塘称土司为营官者不同)一名。那天晚上因羁旅疲劳,急于就睡,未能一一走访。

次日早晨,有一位加本(一作甲本,甲琫)女眷,手执哈达和礼物来拜谒。加本者,百长之意,间于内地连排长之间,其态度诚恳,一定要请我先至其家。盥洗过后,我携孔君一起造访,同时,还有二位加本鹄候于庭前,各上哈达,并赠以藏钱四枚以为寿。我略述自己的来意，旋即又被引导去见了如本。如本年三十以里，头戴缨冠，为清制凉帽，边檐加阔，中隆起成高峰，尖端树以松石，以黄金护之，意即清式之顶戴。旁立两侍者，不动不语，呆如木鸡。如本起身让座，询问我的年龄籍贯，非常详尽，那阵势有点像考学时的口试。交谈之时，仍然有人记录，并复阅兰敦呈文，核对无讹之后，便交给快马，于六日之内，驰报昌都总管府的萨汪晴布。萨汪晴布，即总管或司令官之意，为藏军驻康地最高军政长官，其一言可以决定我的前进行止。

后来，我询问他们可否让我等随呈文一起前行，以免荒废时日。然而回答却大出我意料，说因我的身份太特殊，任务太重要，必须每日快马驰报。我也不想为难他们，任其行事吧，毕竟军令难违啊，若不批准，外人是不许前进的，而且从来境外之人进入西藏都十分困难，洋人甚至以生命相许，也未必能入拉萨圣境。纵使允许入境者，也都在一个个驿站前等候批复。我等多进一程，已算是幸事了。但我还是告知他们，我等乃为通知西藏派员出席首都西藏会议而来，今时间已促，恐缓去，则西藏将弃出席权。他们仍坚持不可，称有昌都命令方可前进，我已无奈何，唯有在驿馆等候了。

随后，营官夫人请我用餐，伊当年曾与邦达仓太太一起削发为尼，今被寻回，仍过着养尊处优的生活。见我亦短发齐肩，大为惊诧，询问何故。我说，内地近年来，妇女多为社会服务，不能因为螺髻香鬟妨碍其事，故剪之，使梳洗整理更容易。倘若如西藏妇女这样头部臃肿，真发假鬏，每次梳理都要仆人帮忙，多耽误事情啊，就是从经济角度衡量，也亟待改良。她却不认同我的说法，微笑无语。而我一时愤怒不已，说落伍于新潮，与时代格格不入啊。她问我为何愤怒，我说坐地观天，以为天纳一颗小小星星，以致不相容啊。

这时，我才觉得藏人只宜于多夫，不宜于多妻。邦达太太之言是非常有道理的。我撩拨起营官夫人头侧长垂之假发，问这些青丝从何而来，答曰川地旧时有人贩卖而来，如今则越来越少了，这都是内地女子盛行短发所致。

在江卡停留十四五日，无事时则与各官亲眷借藏族奇装异服来照相，我也给她们拍照片，相互取乐。一日，营官夫人再次到馆舍造访，见我所携什物，觉得件件新奇可爱，遂一一摩挲询问，不忍释手。后见我所携镀金手表，强欲取走一枚。我告诉她，此物的真正拥有者并非我，它转辗而来，真正的物主是一位美国传教士。我偶然寻得，可惜环带已经遗失了，且表盘玻璃片亦破碎，即取下来给她看。她见其制作玲珑，知道此乃非常之物，一心想夺人所爱。我说辗转得此表，不宜转送他人，她反以为我有意婉拒，顿生不快。最后我还是让她任选一物而去。后来经过印度，我问了一下钟表店，云此物可值九十卢比，略当国币一百三十元弱。

滞留江卡的日子漫长而无聊，屁股大一点的地方，往东走不了几步，便是村头，往西行，则是山之峡谷。处时，我听藏军兵营里总有音乐响起，十分好奇，便贸然而入，见营中有音乐师，教练声律乐器，名麻价，状略如笙，后有树胶囊挟之腋下，口吹而臂抑之，作复音，哀婉可听。音乐老师居然是一个印度人，此乐器也非西藏所有。余者则鸣笳击铮，都是仿照英国人的，可见西藏西化之深。

十六日那天，营官请我去赴会，我特意穿了汉装前往，居住久了，人亦不以为意。见到营官时，他自称是后藏人，对班禅大师特别留意，再三垂问班禅在巴安、玉树的境遇，十分殷切。我担心其为反间计，挖一个陷阱让我跳，遂告诉他，自己并不知实情。营官听罢，黯然失神，说，日月相持，老百姓便遭殃了。西藏信众认为达赖、班禅,犹如天上的日月。因为他们同在,日落月出,月暗日亮,阴阳四时才可以成,绝不能背道而驰也。临别时,他私下叮嘱我,以后凡见藏人前,切切不可再提班禅半个字,否则祸起不可测。这时我方知,这位营官果乃班禅大师的信徒。

闲暇之时,我踱步入月色寺,问庙中喇嘛,江卡老百姓的日子过得怎么样。红衣喇嘛看我穿藏装,说一口拉萨官话,故实话实说:不足与外人说,藏地官吏与百姓地位悬殊,利害不一,压榨百姓无不贪得无厌。纳税支乌拉差者已经一贫如洗,处于水深火热之中,抱怨无用。官吏欺压百姓,行为暴躁,催租时动辄鞭打,已经没有度了。人民深受涂炭,呻吟、哀号没有人会听的。这个时候,人们还是怀念旧时之汉地官吏的怀柔施治。前年,在江卡的营官欺压百姓,大家忍无可忍,告到达赖那里,最终获诉,驱走了那个营官。可是天下乌鸦一般黑,哪里的官吏不黑不贪?新来的一样暴戾。唯一让老百姓有一点希望的是,达赖允许百姓告官于他处,算是一线福音了啊。

在江卡等待昌都总管批文的日子,我发现了一位姓钟的前清遗老,是我寄寓之屋的邻居。每天早晨天将拂晓,便有木鱼声四起,此老开始诵经,年年如斯,天天如此。街坊邻居都会被他的诵经之声和木鱼点点惊醒,因为此为藏传佛教之地,人们已经习惯了他的木鱼和诵经之声,并敬佩他持之以恒的修持之心。我想接近他,通过随从说明此意。不日之后的一天早晨,他竟然匍匐而来,三步一个长头,连声喊道:"大人,大人……"令我惊诧不已。笑着引他于上座,他却谦卑不就,连道"死罪,死罪",后退十余步远。我在北平之时,见过这样的前清遗老,礼仪甚繁,态度恭谦,一口之乎者也,知他决计是不会坐于上座的,便也罢了,遂站着与他说话。他显得局促不安，话语也断断续续，吞吞吐吐。原来他久不与人汉语交流，语言表达已有障碍。我仔细询问，方知这位钟姓老人是一位地道的汉人，原为驻藏某官员的师爷，后来汉军失利，武将或战死，或匆匆出逃，留下这些文吏师爷无人照看，只好流落藏地民间。而藏政府的官员又暴戾无度，对历史之厌恨抛于这些弱者身上，虐待有加，轻者痛骂不已，重者鞭挞施刑。这些文吏大多沦为乞丐和奴隶，钟姓老翁愤而出家，游走四方，为云游僧人，已经有二十多年了。可是四海为家，家却不知隐于何处，故地不可望兮，唯有黯然泪下。他问我朝廷还有没有能力来治理康藏之边地，说前些日子，他去阿墩子云游，听人说内地已经没有了皇帝，现在由某王摄政。我哈哈大笑，告诉他清朝早于二十多年前便覆灭了，如今是共和，年号不再是宣统，而是民国，汉满蒙回藏五族共和国。既无帝亦无王，治理边疆亦引起当局重视，虽然暂时强力不可及，但是感各民族团结自愿，而我此行宣慰，便是为藏地探路而来。语言相慰，彼虽死水微澜，可是呢喃汉地音，说的故乡事，却使得他心情激荡，老泪纵横，毕竟已经数十年不曾听到汉语了。

相约六天的期限已到，可是西藏昌都总管府批文回复还没有消息，我去向营官交涉，他却耍滑头，叫我少安毋躁，说藏地官吏办事拖沓，不日会有消息传来。回到下榻之所，我惶惶不可终日，与孔党江村商议，如果通藏驿道不让过，我们便退回莽里，避开藏军哨卡，选小路入藏。

"特使不可！"孔君摇头，小路尽是大雪山，高耸入云天，攀爬并不容易，且行人一旦失足，便会被雪崩活埋，就是当地人也不敢冒险走小道啊。

营官夫人见我有点魂不守舍，便邀我去观藏刑处罚罪犯。衙门里有一个刑庭,庭前有一个广场,行刑之前供人观看,以儆效尤。那天,有一囚徒缚立于广场之中,审者坐于楼上临窗审讯,大声叱问。也不过是寥寥数语,便召两个刽子手执长牛皮条左右抽打,一个人绕着打了数十鞭,再缓缓解开,然后第二个上去,动作如前,可是举动甚缓,下手更重,一个小时不过五六十鞭,但已经浑身青肿渗血,呼号之惨,生不如死,跟前之人听到无不泣不成声。

营官夫人观此酷刑多矣,波澜不惊,且当看戏,毫无一点悲悯之意。她频频向我解说西藏的酷刑,传闻有挖胸、戴石帽之说,后来觉得酷烈,且因此处是佛国之地,于是将这两种酷刑废止了。但是我后来得知,接待我的藏军副司令龙夏在十三世达赖圆寂之后,便遭此酷刑,说明废止之说是靠不住的,基本是因人而异,因人施刑。

终于可以走了,十二月三日,昌都总管府的回文到了,我次日即可成行。

仓央嘉措圆寂于青海湖边

仓央嘉措沿着唐蕃古驿道走远了,红色袈裟裂开雪幕,孤魂冷山我独行,走过万里羌塘,却无归处。翻过唐蕃古界日月山后,烟波浩渺,青海湖尽收眼底,一座海市蜃楼浮于湖面之上。

"仙境,汉家宫阙!"仓央嘉措惊呼道,"我该在这里圆寂!"

一语成谶。数日后,仓央嘉措患了肺病,殁于青海湖边,冥冥之中注定要将自己的法体留在汉藏接壤之地,为唐蕃十数万名杀戮喋血的孤魂野鬼超度。圆寂之时,佛手却指向东北方向,唯见一群白羽的野鹤，朝着遥远的理塘啁啁而去。盘旋于藏地的白鹤，为谁而鸣？！

有一个叫格桑嘉措的少年，开始为仓央嘉措招魂了。

仓央嘉措圆寂后，理塘草原上陡然浮现诡异之象，在一对叫索朗达吉和洛桑曲措的牧民夫妇的毡房里，一个灵异的孩童，刚牙牙学语，便说自己是六世达赖仓央嘉措的转世之身，布达拉宫大喇嘛的宝座，应该是他的。他全部的祈愿就是回到拉萨，收拾残局，重整河山。童言无忌，却一语惊人，众生愕然，草原亦骇然。

六世达赖喇嘛转世在理塘，消息不胫而走，传遍整个西藏。拉萨城里的僧侣们也希冀他回去，再登宝座。

"这是阴谋！"拉藏汗王爷从镶着雪狮皮的卡垫上一跃而起，将茶几上的酥油茶杯摔成一地碎片，说："这意在为仓央嘉措叫魂，六世达赖灵童转世于理塘，置阿旺益西嘉措于何地？"

仓央嘉措被废黜后，拉藏汗王爷成了西藏之主，一手遮天，未按达赖轮回转世的旧规旧制寻找灵童，而是指定一个年轻喇嘛阿旺益西嘉措为五世达赖的转世灵童，迎至布达拉宫坐床，却不为僧侣们接纳。拉藏汗王爷早已心中不悦，眼下理塘又冒出一个六世达赖的转世灵童，成心与汗王作对，他心里岂能舒坦。

军帐里鸦雀无声。拉藏汗举起银碗，咕噜噜喝了一碗马奶酒，说："理塘的传闻风靡拉萨，是在蛊惑人心啊，诸位有何良策？"

见王爷怒气稍减，一位将军挺身而出，说："王爷，我带一支卫队到康区走一趟，瞧个究竟，辨个真假。"

拉藏汗点头道："也好，叫几位高僧随你而去，要确认这个灵童是不是真的达赖活佛转世。"

"是！"将军携着拉藏汗几个心腹喇嘛，带着一支卫队朝藏东千山而行。马踏风尘,蒙古铁骑虽然踏破青藏,但他们的精神疆域却被喇嘛长号划破了,在诵经祷告声中膜拜,长跪不起。蒙古将军驰马数月,入藏北羌塘草原,穿比如、索县、巴青、丁青、类乌齐,然后昌都,踯躅在莽荡的横断山中,一路朝东,进入理塘,找到了那个叫格桑嘉措的少年。按转世灵童的程序严格验证,少年灵异过人,非同凡响,让蒙古将军颇为惊诧。他是一个信佛之人,担心拉藏汗的支持者会危害少年,便公开放话,这个孩子是不是转世灵童,都无意义,皇上有旨,前世达赖仓央嘉措本是一个假的。可是到了晚上,却悄悄潜入毡房之中,对灵童的父亲索朗达吉说:"快走,我放你们一条生路,举家搬离理塘,躲到一个安全的地方去,越远越好。"

"谢将军!"格桑嘉措的父亲向蒙古将军深鞠一躬,于风高夜黑之时,跃身上马,抱着灵童,举家往理塘北方的德格疾驰而去,草原上留下一串嘚嘚马蹄声。那里的蒙古部落对达赖的转世灵童深信不疑,悄然将七世达赖一家接到青海境内。

达赖转世灵童的消息传到紫禁城,康熙皇帝从京城派一位大臣前来巡视,找到格桑嘉措一家,将其接到塔尔寺学经。

拉藏汗心情刚平静下来,一场喋血杀戮已在喀喇昆仑孕育成暴风雪。准噶尔部落假借公主与拉藏汗王子联姻,意欲吞并西藏。王子迎娶公主的车辇还在路上,准噶尔铁骑便越过喀喇昆仑,从藏北扑了下来,将拉萨城围了个水泄不通。拉藏汗王爷派小儿子苏尔雅突围去青海调救兵,可是为时太晚,苏尔雅被俘。援兵无望,拉藏汗唯有一战,突出重围。他从布达拉宫冲了下来,护卫的蒙古勇士一个个倒在了石阶上,战斗到最后,只剩下一身血污的王爷。在连杀十一名敌人后,拉藏汗被砍倒了,蓝瞳望着拉萨的天边,祥云还在头上飘荡,如一朵莲花盛开,引领着王爷魂飞天堂,在"唵嘛呢叭咪吽"声中飙升，如一只野鹤啸天，似蒙古战刀的光带划过蔚蓝。他眼帘中的血流出来了，最后一瞥中，王爷血染的明眸看到了自己的宿命，也看到松赞干布、文成公主，还有赤松德赞、金城公主站在宫阙门前，正在为他招魂。可是抛尸红宫七级浮屠之下的亡魂，永远没有故乡，故乡只在朝圣路上，形单影只地漂泊。

康熙皇帝听到了拉藏汗亡魂在紫禁城风铃中的哭诉。看过驻藏大臣的奏章，一代英主龙颜大怒，拍着龙案，将远征的令牌扔给八旗将军阿兰泰，向准噶尔部开战。王师穿过柴达木盆地，上昆仑山，横戈可可西里而来，待翻越唐古拉山，抵达黑河（今那曲），便是一场恶仗。然而远征之旅却不堪一击，被以逸待劳的准噶尔军队包围了，整整拼杀了三天三夜，旌旗血溅太阳，清兵全军覆灭。

康熙垂垂老矣，第一次受挫。唯一的慰藉是，达赖转世灵童格桑嘉措已在塔尔寺学经多年了。他派一位钦差大臣远涉青海，赐给格桑嘉措一枚金印，用满、蒙、藏文镂刻了"达赖七世之印"几个字，巧妙地避开了真假达赖之争的尴尬。并下了一份诏书："朕乐见达赖已被认定，尔乃真转世也，芸芸众生皆要敬仰，达赖喇嘛日出西方，无所不照，佛光惠泽黎民黔首，青海和硕特蒙古王部，达赖喇嘛有教化之功，听命臣服于大清皇帝，朕也确信尔等不敢不从命。准噶尔部兵起芄野，杀戮众生，朕必派王师围剿之。钦此。"

随后，康熙大帝在他的晚年发起最后一次远征，命他最赏识的十四阿哥允禵讨伐准噶尔部，护送七世达赖格桑嘉措回拉萨。允禵挥师西去，与准噶尔部决一死战，但是真正打垮准噶尔的却是乾隆皇帝。允禵从玉树送七世达赖至金沙江边，方挥手辞别，余下行程则由麾下大将延信和蒙古王爷才旺、罗桑丹津王和顿珠王一同陪伴前往拉萨，收拾残局。

雪域苍生终于盼到七世达赖正式坐床，也许从进入塔尔寺那天起，格桑嘉措就只专注于宗教的纯粹，而对一言九鼎、政教合一的达赖宝座，毫无兴趣，把权柄赋予曾在理塘放牧的父亲索朗达吉。一夜之间被封为西藏贵族的康巴汉子，并不知道政治的险恶，竟在不知不觉中，搅进了噶厦三位噶伦阿尔布巴、隆布鼐、扎尔鼐与首席噶伦康济鼐的政争。索朗达吉倾向三大臣，于是藏王颇章（藏语"宫殿"）尔虞我诈，十面埋伏，刀光剑影，冲突终于在雍正皇帝派大臣禁止西藏另一教派宁玛教派之时爆发了。康济鼐自然听命于朝廷新主，三大臣在七世达赖之父力挺之下，发动政变，于藏历火羊年六月十八日在大昭寺开会，血刃首席噶伦一家，并派兵到后藏追杀康济鼐的心腹颇罗鼐。颇罗鼐振臂一呼，响应者众，一支新军挥戈拉萨，三大臣落荒而逃，躲进了布达拉宫，藏在达赖袈裟之下，以图安全。

胜者为王，权力永远朝着胜利者一方媚笑。颇罗鼐成为新一代藏王后，要达赖交出三乱臣，与达赖一时僵持不下。最终颇罗鼐同意达赖的要求，将三个叛臣囚于家中，等待朝廷钦差来后庭审定罪。结果，三个叛臣被处剐刑，被一刀一刀割成了碎片，惨叫之声震动拉萨城郭。消灭了政敌，颇罗鼐立即奏报雍正皇帝，七世达赖的父亲索朗达吉卷入西藏政坛的内讧，难辞其咎，应将达赖父子一起放逐。

雍正七年（一七二九年），奉天承运的诏书传来，准奏：在离理塘不远的道孚泰宁城，修一座金寺，让七世达赖格桑嘉措在那里学经思过吧！

格桑嘉措走出日光殿，走下布达拉宫高处不胜寒的天梯，又一次远离了拉萨的政治旋涡。他回望红宫神殿，心里如释重负，终于走出这块荣辱沉浮的是非之地，朝着自己的故乡理塘，朝着前尘漫漫的苦旅惠远寺驰马而去。

昌都总管府在望

我终于可以走向前藏重镇察木多(今昌都)了。

次日早晨，营官派了一位加本，率两个卫兵护送我们去昌都，如本名叫加彬坚我，说其夫人也正好一起去昌都，路上有一个女流之辈照顾，倒也方便。但是，我看了其护照上的回复，仅仅注明由江卡沿途护送，并给乌拉差云云，绝无一字涉及送拉萨之事，反倒让我有些担忧了，会不会止步于昌都，而不得入拉萨呢？知我者谓我心忧，其实，我越往西藏走，越发觉得，进入西藏其实是一件十分困难之事，西方许多东方学家和藏学家大多止步于西藏周遭，如甘青一带的拉卜楞寺、玉树或云南之阿墩子，能入拉萨者寥寥无几。我知道刚从打箭炉离去不久的法国人类学家大卫·妮尔在此空耗了五年时光不得入，最终因病而入理塘，想去巴安教会医院，最终未能像我一样幸运，踏上驰往拉萨的驿道啊。不过此时前路漫漫，我亦是走一步看一步了，以不变应万变。

翻身上马，此去前方，一路上坡。一如当年唐代诗人岑参所吟，"山回路转不见君，此地空余马行处"。上坡之路，一点不像在理塘和毛垭坝大草原里，一日千里，极目远天了。我于上坡下坡、一颠一仰之间前行。如做腰部运动，两腿夹持马鞍，不敢稍懈，晚上浑身疼痛不已，坐卧不安。

第三天晚上，宿宜牙公帚，我抬头一看，觉得可能是汉藏译法有误吧，我揣摩半天，公帚二字，应该是公馆之音误，因此地是旧时汉官往来之站口，驿馆原为公家所设。至今，犹有木床方桌，略具汉风，可惜很久没有人居住了。我成了驿馆第一位驿客。

然，连日受骑马之苦，令我好生尴尬。特向阿当请益骑术，他说："刘特使，上坡宜前俯，下坡宜后仰，腰肢勿动，脚尖各插镫，腿笔直，这样才会舒服，一天下来不累。"并告诉我骑马的规矩，"下山无论何人，都得弃乘，牵马而行。藏地谚语有此种说法，'上山你不乘我，不算马；下山我不牵你，不算人'"。引得我捧腹大笑。

此去行旅，横穿横断山脉，坡愈发陡峭。因此坐骑于马背之上，一颠一仰，甚是难受，好在我等因公过道，途中又有官家乌拉差替护，一天能行百余里路。而商人至多行半天，休息半天，以让骡马休息，而到了水草肥美之地，则干脆住下。牧马于草场，并加面汤、黄油之类，与人一样待遇了，可见驮马在入藏行程之中扮演着极为重要的角色。通过这些事情，我方知，漫漫长旅，有一匹好马，与其建立感情，方为正道。

翌日早晨，我正在洗漱时，突然听到外边甚是喧闹，棒击声、呼救声不绝于耳，我连忙扔下手中的毛巾过去查看，只见一位护送的藏兵正用木棍杖击厨师，打得对方哇哇乱叫。询问情况，原来是所做的羊肉不熟，藏兵便恼羞成怒，持棍打人。我大声喝令其住手，并痛斥其以后不许这样欺压百姓，见我一副横眉冷对、河东狮子大吼之状，那藏兵生性惧官，垂手听令，惶惶然了。欺下怕上，可见藏军纪律松弛，横征暴掠，不得人心到处可见。

藏军所派卫士，名为护送，实则监视。因此凡有乡民来见我，藏兵必怒目视之，使对方不敢吭声。我深知其中奥秘，便微服私访，问百姓有何疾苦，老百姓多摇头不语，敢怒而不敢言。整个康巴地区，百姓对于藏军驻防与统治大多生性反感。这也是康巴之民在发生康藏冲突之时，多与达赖藏政府心存芥蒂而想与中央走近的缘故。其实唯有内地，才是康藏百姓的最终支撑。这与信奉喇嘛教无关。

终于入札雅之境了。过了阿崔山，前方处处高山峻峭，且山巅多怪石嶙峋，时而巨石横亘，时而峭壁凌空，然后便是大雪纷纷，不仅无路可辨，且上面结冰太滑。卫兵召村民立即扫雪开路，村民闻言皆惊惶失措，称万难从命。卫士大声斥责，鞭子挥过，也没有人敢冒死前去，只能令其做向导。我犹豫再三，也得前进啊，亦大声鼓励前行。此时听说另有一条大道，但是绕道多走六站，遂嘱孔先生督乌拉尝试探路，我辈也随他而行。半求其捷径，半是好奇冲动。

渡雅水之时，幸好冬季水浅，可以骑马过河。藏兵说，夏季冰雪融化，江水涨水时，水势甚激，往往连人带马一并被水冲走。所行之道，山路迤逦，上倚绝壁，下临深潭，过时须牵刺攀葛，贴身石上，蹑手蹑脚而行。举手投足之间，脚稍不慎，一旦踩滑，便会落入万丈悬崖，令人胆战心惊。行时若偶得立足处，则相互牵扯，手拉手，暂时喘息片刻，以为自己安全了，可是往前迈几步，又涉足险途之中。

我曾失足跌下好几回，坠崖之时，自感没活路了，万里雪域来送死，真的有几分悲怆之感。可是吉人自有天相，幸好有一枝树丫挡住，仆人惊恐失措，吓得面如土色，跑过来扶我，终于脱险。同行加本太太忍受不了行旅之苦，滚下一串串热泪，我看了也唏嘘不已。打开行囊，凡有好的东西，都赠予她了。出险境之后，人突然松弛下来，顿时觉得背热脚痛，行走了六十里，换了乌拉五次，傍晚时分到了如米。

住了一夜，第二天早晨从如米出发，行山腰中，上逼下悬，如悬于空中，也是绝境。不过其驿道宽处尚可驻足喘一口气，甚至得石凳休息片刻，较昨日之苦，大减了几分。但是雪山巍然，穿山越岭，唯一迢迢长路就是一条羊肠鸟道，缠绕于山涧，竟然有一百里之遥。空谷幽兰，跫震深壑，仿佛与魈妖为伍，我想起了过去读过的一句古诗"鸟无声兮山寂寂"，古人游历久矣，深知这种境地。

晌午时分，终于抵达烟袋塘（今西藏察雅县烟多），为札雅呼图克图的住所。呼图克图乃清朝皇帝所授高级大活佛的爵位，蒙古语称"有寿之人"，有长生不老之意。西康有四大呼图克图，此为其一。本地人口众多，海拔较低，地势平缓，非常适于人类居住，堪称札雅之中心地带。清末，藏汉两军冲突，此处多次沦为征战之地。汉兵退却时，纵火焚烧民房数十家，兵燹过后数十载废墟之上又起新屋。当年，闻战衅初开，当地原住民与喇嘛皆助汉军，时彭日昇统领被困昌都，而麾下之营长曹某竟然叛变，挟大炮以降藏军，反水攻城。时昌都陷落，而彭统领被擒，此乃民国七年（1918年）的旧事了。但是，后曹某由藏人护送至云南，辗转四川，被川军某部捕杀，藏人不以为惜。今藏人谈此事，犹津津乐道，仿佛以战胜者自居。

那天在烟袋，加彬坚我对我说："刘特使，连日穿山越岭，提心吊胆，旅途劳顿，人乏马困，请休息一日吧，札雅在望，已经不远了。"我点头答应。

稍事休息一天后，十三日动身，行三十里至札雅，乃从昌都流经的两水合流之处，江水呈深绿色。碧流如绿松玉一般，镶在河湾之中，有一渡口，由四户人家管理，船为牦牛皮革所制。制作之初，以生牛皮张大之，截作长方，缀成盒状，以漆涂其缝，前后两人将板披水如桨。过渡者入舟，皆成蹲踞之势，摆渡者责令不许晃动，否则便有覆船灭顶之灾。一舟之中，仅能容六个人，而携身用品皆不能带上去，我们分四次摆渡过江。抵彼岸，便有峻岭横亘于前，山虽不大，却陡峭可畏。在绝壁上行三里，一路皆为鸟道羊肠，峰回路转，危峰林林，仿佛就在脑后，不敢回首。登顶之后，道路渐平，又迂回行二三十里，方抵达木通所住地，下榻一老翁家。翁无子而有一女，为女择两婿。一女共两夫，在康地屡见不鲜，不足为奇。而在当地却是殷实人家，阖家欢腾。

老翁住驿道之上，久不见汉地来人，便问汉人是否还如过去一样灵巧，样样活都能干吗？我点头称是。随后，他又请我占卦，我说并不会这种巫术。他摇头道，区区一个小女子，万里雪域，千难万险，居然敢策马而来，必有神灵佐佑。我说自己只是一介凡胎俗骨，然而老翁却一腔热情，不为所动。我勉为其难，只好发挥自己学医所长，令其为男婴洗涤。因康人出生之后，不入水便用酥油擦身，放火上烤干，颇不卫生，而产妇饮食也不洁。听我这么一说，晚间，老翁竟做盛宴，盛于瓷碗之中，并用象牙筷子款待我等，豪奢之极。落座之后，我问一女入赘两婿之事，老翁说，小女娇柔，不胜繁重之家务，而入赘两婿，内外主事，一婿若外出，则另一婿代其女儿主政家务。询问赘婿方式，答曰，与娶媳一样，只是不带妆奁细软之物，而以刀剑枪弹作陪嫁。我听了大笑。老翁说，内地人一定称为咄咄怪事吧。我点头笑道，一女入赘两婿，在内地实在闻所未闻。

翌日早晨再次上路，孔党江村君因行路不慎，滑跌入岩下，差点丢了性命，幸好被树枝所挡，拾回一命。然而，却将同行之人吓坏了，大家共约，怀揣一包土，若道上湿滑，不能立足之时，便撒泥土止滑。

是日进至披从，已经入昌都地界，当晚宿阿运，是为昌都第一站。护送的藏军如日说，第二天中午，便可以抵察木多。

察木多，就是当今之昌都，为藏地重镇，亦是兵家必争之地。清朝年间，汉军政务官多守康定，而军事长官则住在昌都，扼守入藏咽喉要津之地；民国之后，汉藏之争，昌都几度易手。昌都城在昂曲扎曲之间，两水汇合处，便是澜沧江之源头。达瓦拉山之下那块台地叫四川坝，昌都总管驻地则在云南坝，概因入藏马帮从滇藏驿道或川藏驿道纷至沓来而得名。昌都寺庙宇雄伟，高出民房数倍，共有六处，规模宏阔，雄镇一方。

我驰马渡桥之时，观者云集，听说汉地女使来了，都来一睹余之芳容。众人横道，马不能进，我只好叫两人牵马，一人前行分开路人，始能前进。我坐在高头大马上，四周围着一片窃窃私语者，有说剪了短发，与尼姑有何区别；有说我乘藏马，穿藏装，是他们一族人了；还有的说，自古就没有女钦差，独此一人，想必是观世音的化身啊。虽然他们说的是藏语，我却听得一清二楚，只是目不斜视，从容淡定，昂然走过昌都小街，以示我汉官之威仪。那沿街的百姓和下人，皆伸出自己的舌头，避让于侧，表示谦卑之意。我往云南坝方向走过时，房顶上、小窗前都是看热闹的人群，我不时微笑点头，从人海之中穿行而过。

到了驿馆，西藏噶厦政府昌都总管萨汪晴布派的接待员某知本先期抵达，过了一会儿，总管府的秘书和交际官联袂而至，派十六个人抬来了食物、米油之类，问我够否。我说足矣，如果今后不够，再请送来。送礼之人都穿着新式制服，想必是昌都总管要在民国特使面前一展新西藏之精神吧。

昌都镇上有汉人数十家，平时是不出乌拉差役的，但是听说民国特使从内地而来，负责接待的排长一声令下，纷纷送来了汉式桌椅板凳和他们种的蔬菜。知我从汉地而来，有一种"君自故乡来，应知故乡事"的温馨，更有一种久违家乡人之感，故也乐于接待。

下榻之所，甚为舒适。我一路走来，皆藏居藏餐，令我多有不适。而此所布置，皆仿内地式样，有宾至如归之感。

第二天早晨，我以洋绉丝贿交际官，说明欲见昌都总管之意。他受人所贿，连声说，马上报告总管，安排会晤之事。

西藏昌都总管，多为噶厦政府的噶伦轮流担任。萨汪晴布便是其中一位要员。午后一刻，交际官来报，说已经安排了会晤之事，令我马上去见昌都总管。昌都总管府在一座喇嘛寺的左侧，地势较高，门前伫立着两个卫兵。我抵达之时，已经有数名官吏迎迓于门前，引我而入。一群恶犬遽然而起，汪汪乱咬，那凶恶之状，令我有几分惊惶失措，不知官署里边何以养如此众多之藏犬，是防盗还是吓人？惊惶初定，我入一休息室小憩，侍者先致歉意，然后道，总管足有疾，不能行，见面时不能起立迎候特使，还请见谅，切勿怪罪。

我虽为汉使，却非小格局之人。果然，进入屋里，昌都总管萨汪晴布由两位仆人搀扶着，欠半身致礼，其痛苦之状毕现。他请我坐一个椅子之上，与其对面而坐，这是接见高级官吏之礼，我也不谦让，欣然落座。随后，他提出来要看看我之印信委任状之类，然后再谈他事。如不能确认我的资格，断不会与我谈内地与西藏之间的问题。我立即从文件包中拿出国民政府文官处之委任状以及国民政府致十三世达赖喇嘛之函。由一位叫牟继三的汉族通司翻译给他。牟君，乃家父之旧识，我初到之时，他已经来拜访过了，后我知道他近来被任命为昌都总管府汉文秘书，萨汪之一切性情，多是由他告诉我的。

萨汪身为噶伦，是见过大世面之人，年轻时与清帝国驻藏衙门打过交道。他一见我的委任状，惊呼特使是否有假，当年大清国的皇帝诏书，可是硕大无比啊，有数尺之盈，那可是皇家气派。

我掩口笑道，此一时，彼一时也，如今已经改朝换代了，现在是中华民国，已非当年的清王朝了。一切从简，方便为上，不再讲究所谓的皇家气派，当年所有的繁文缛节，统统都被废弃了。萨汪点了点头，将信将疑。验过信印之后，缓缓道：曼卿女士乃藏人之后，若此时回归故里，想必请命而来，负命出使。你现在既衔国家使命而来，事关重大，能否顺利抵达拉萨，也非我辈能做得了主。况且你踏冰立雪，夜宿大荒，山野之远，冰天雪地，一位大家闺秀，令我等男儿汗颜啊，勇气可嘉，勇气可嘉。不过呢，我从心里还是不愿你再往前艰难冒险啊。我听出萨汪话中有话，意在劝阻我前行，便答道，你身为昌都总管，有转递应接之权，可否担当起全权向达赖喇嘛土登嘉措转达之责。

回想起来，我所经过的三处藏地，三位藏政府官员，无论官职大小，皆异口一词，皆以山道逶迤，万里冰川为由，阻我前行。这都是预料之中的事情。前两处，既然已过，今昌都总管岂能阻滞？我动之以情，晓之以理，说内地与西藏乃兄弟姊妹。以前兄弟姐妹相失，各号泣寻找，今天得以相见相亲，彼此还有什么可以狐疑的？况且中央政府已经在国际上争得平等，在国内倡导五族平等，得到多数人民的支持，在可以想见的未来，中国必成为一个世界强国。西藏作为祖国大家庭的一分子，怎可不尽一份天职？现在国民政府不是不可以出台强有力的制边之策，而是这样做会造成兄弟之间的不和，因此没有实行，反而派员进藏，与西藏通好，以使知中央政府之德政。君为西藏噶厦政府之重臣，经历、智慧和知识都非他人可媲美，即使达赖喇嘛不允，君也应该力争，怎么可以从中作梗？如果汉藏亲善失败，你身为办事之臣，也难辞其咎啊！

我之一席话，堪称有理有节有利。昌都总管听了表示容他深思熟虑再作打算。我冥冥之中感到，萨汪总管已经被我说动了。

三个达赖喇嘛同一个故乡

我们也朝惠远寺方向驱车而来。

空调快巴离开迷人的塔公小镇，塔公寺后边的一百零八座塔林，在雪风中挥舞着风马旗，送客远行。极目远望，塔林中的东方白塔、南方黄塔、西方红塔、北方绿塔巍峨于蓝天与雪峰之间，渐渐地，缩小凝固成萨迦派高僧白黄红绿的几颗舍利子。从塔林缝隙中，我看到自己的宿命，仿佛也看到七世达赖的马队正从惠远寺驰骋而来，马踏青草，踏醒一片芳魂。塔林北坡之上，一个巨大的白幡林迎风激荡，一片白幡一个灵魂，仿佛是一场灵魂之舞，伴有白鹤长啸，招魂着前世今生，超度着罪孽亡魂。百年之后，我们的灵魂也会归宿此地吗？我悄然叩问，白塔沉默，雪风无语。

汽车拐过一个弯，被称为菩萨喜欢的地方塔公草原在前方浮起。一座皇皇金庙横亘其上，仍旧是汉式建筑，顶上镶嵌着金箔，龙凤飞檐斗角，挂着一个个经筒。太阳普照，金庙佛光耀如一座金山，熠熠闪亮。一排白色经塔昂然向天，纯净了湛蓝天幕，与远处的亚拉神山如冠的白雪融为一体。朝圣的香客纷纷跪倒在跟前，顶礼膜拜。

仁真志玛和康珠一直在催促我们赶快上车，说前方还有绝地风光，前方的藏房还有酥油茶的飘香。我晓得从这里往南行数十里，亚拉神山下有一道刻满了六字真言的玛尼石长城，长约一二里地。那道虔诚的老墙膜拜神山，已在荒原的漠风中伫立千年，默默地守望千年的劫数，也许只是在等待我们这群匆匆过客。我扭头问志玛，还去拜谒玛尼石墙吗？志玛莞尔一笑，说，往亚拉神山前行，已经没有路了，到达那道玛尼石墙前，须骑马进去，要走三四个小时呢，这次行程里没有安排。我听后略有几分失望，真想牵过金庙前的三匹藏马，携着志玛和康珠两个美女，驰马朝玛尼石墙飞奔，寻找一块格萨尔王刻过的六字真言，带回京城，供奉在自己书房的条案上，让英雄之魂永远穿行在我的古方块字兵阵，纵横捭阖之中。抑或心中总有剪不断理还乱的尘嚣烦恼丝，今生心中注定唯有一个血魂的奔突，却难有灵魂涅槃过后的禅定和超然。

身为男儿，谁不渴望江山美人，可是雄魂已经远去。康巴汉子的豪迈与刚烈，已跪倒化入佛陀的大象无形。二十载西藏情结，我悄然地追寻和诘问，莲花生宗喀巴何等法力，竟让一个堪与日耳曼民族媲美的康巴民族，收敛了暴戾杀戮，偃息了鼓角争鸣，疏远了铁马征衣，十万个长头跪拜在朝圣的诵经声中，十万人转经在神山圣湖之间，找不到诠释，也许诠释的旁注就在路上。

前方就是极地之景，会寻找到破译的密码吗？离开塔公草原，中巴继续南行，亚拉神山在身后渐行渐远，路是当年的入藏驿道，却是一步一景，一景一步，一步一虔诚，三步一长跪。我看到天路上的朝圣客，看到了风尘过后，格桑嘉措的马队正朝八美草原而来，当年泰宁县协德坝子，藏族心中的莲花宝地在前方隆起。祈盼之中，我突然迷盹了一会儿，梦中，官驿大道上，万千苍生从涂成白色、褐色、红色的藏式小楼走了出来，或夹道于两旁，或在原野中搭成帐篷，等待七世达赖格桑嘉措降临摩顶。"徐剑，快看右边，有一座金庙，建在雪山之上，好风景啊！"坐在前排的江西省作家协会主席陈世旭突然惊呼。梦惊雪尘，我定睛远眺，果然宛如仙境：一片田畴，荒草萋萋，野茅在风中摇曳，正前方崛起一座金字塔样的神山，山巅屹立一座金庙，正午的阳光穿过云罅，筛下一片亮光，映染在金瓦之上。金庙的背后，海水一样的天边反衬着一座座雪山，上苍神工鬼斧般地构成一幅宁静的油画。"哇！天下绝景，佛陀胜地。"我惊叹着举起相机，正想按下快门时，中巴突然拐了一个弯，将镜头中的画面晃动撕碎了。我有些沮丧，志玛站在前边安慰我说："别急啊，这座金山的后边，就是泰宁城的惠远寺，美丽的协德坝子，我们一会儿要路过。"

汽车左转右拐，掠过道孚县的八美佛塔群，驶往八美镇。我一直因刚才与神山金庙匆匆擦肩而喟然叹息。深谙摄影之术的世旭兄建议，一会儿坐甘孜州宣传部长的牛头吉普原路返回，就选刚才的角度拍摄。车队在八美镇一家川菜馆前停下。我下车恳请司机，沿原路返回。藏族司机多少有点不乐意，经不住我的恳请，脸色肃穆地钻进了丰田越野车，载我返了回去，寻找我心中的极地绝景。车子戛然停下。我跨出车门，纵身朝荒草地里跑去，举起相机，将神山金庙的雄浑与宁静聚焦取景画面之中。此刻，旷野无风，天地苍茫，除了我按下快门时的咔嚓响动，了无声息，刚跳下车门时的那一阵冷风，已悄然远逝。奔走在荒原中，气喘吁吁地拍完几张照片，我居然远眺着前边神山金庙发起了呆。千古寂静，以一种罕至的静谧，飞掣入我的灵魂。雪山、金庙，究竟要给我什么样的暗示和惊奇？冥冥之中，我的眸子里遽然闯进了一支马队，马蹄声碎，长号声惊裂天穹，七世达赖格桑嘉措的车辇和驮队，此时就与我走在同一片灵地上，站在同一条历史隧道前，连风也停止了脚步。

雍正七年（一七二九年），皇帝朱笔一批，拨库银四十万两，派遣大批工匠入康区，在四周群山如莲花相拥的泰宁城，选地五百余亩，完全按照汉式皇家金庙格局，建造宫殿千余间，平房四百余间，为达赖建习经之所。竣工之时，雍正钦定寺名，亲赐匾额：惠远寺，藏名"嘎达向巴林"，意为解脱。次年，雍正皇帝派一千八百名清军绿营分三层护卫，将七世达赖格桑嘉措和其父迎迓于此，学经念佛，以解脱那场西藏宫廷之变的喋血和罪孽。理塘就在北方，相去不到一天的驿程，登楼远眺，极目可望家乡，可嗅到毛垭坝草原上的酥油奶香。年轻的达赖似乎断绝了尘缘，潜心学经，洗心面壁，在莲花宝地的纯净、纯粹中升华了佛家之境，一住就是七载。日出日落，长号呜呜，诵经如潮如雨，幻化成一片蔚然纯净的精神疆域。一块炊烟袅袅的凡尘之所，就这样被点化氤氲为悲悯大地。

我正一步一步走向灵地，一片梦中早已亲近过、二十年间一直神游于此的灵地。在八美镇上吃过午饭，时钟盘旋转到了下午三时，太阳渐渐西斜，中巴车从八美镇岔路口分道，从白塔群擦过，往南驶去。穿过一片白杨树掩蔽的藏居村落，刚才我在国道上拍照的神山金庙巍然于前，仰首之间，犹如一位金甲天神，手托神庙，站守于天堂入口处，威风凛凛，雄镇东方。汽车过一座桥，绕过金刚之山，天门洞开，协德坝子惊现眼前，疑是误入汉地文人梦想中的武陵仙境。一群黑牦牛悠然草地之上，凝望过客匆匆，星星点点，错落有致，在太阳下晒着自己的心情，似乎已经晒了好几个世纪。往西远眺，一块平坝草甸如绿色宝石镶嵌其中，纵横十多里地，南北西东雪山相拥，山脊浑圆，皱褶成叠嶂的叶片，远远望去，好像四瓣荷叶悠然张开，而坝子中间金光闪烁，便是占地五百余亩的惠远寺了。惠远寺如雨荷花蕾悄然绽放，四层楼的宫殿顶，系金箔打制，飞檐斗拱，龙凤斗角上挂着一串巨大的藏式风铃，中间两只吉祥之羊相向而立，口衔法轮，人鸟伫立两侧。神殿巍峨，琼楼成阁，宝鼎生辉，并有外城墙相连，四个城楼各向东西南北洞开，拉地曼河绕城而过，气宇轩然，在雪域独树一格，一派皇家气派。而在西南一隅的漫切村，则是十一世达赖克珠嘉措的老家，南倚雪山，半山坡上雪山杜鹃、白桦树林葱茏，村前一条小河从雪山峡谷淌出，浪花卷成一条绸带，飘逸乡间。村中兀立一座金色的"甲洼绒群"，意为达赖小宫殿。宫殿后边一株古柏参天，胸径有六十厘米，古柏下有一口古井，甘洌清凉，被称为神水。更奇异的是一块浑然天成的六字真言玛尼石，藏语称"麻理绒兄"，耸立于侧，是上苍之手镂刻，还是佛陀禅心写就，谁也解码不了，成为这块灵地又一无法破解之谜。

莲花灵地，风尘风雪之下，究竟掩埋和冷冻了一段怎样的历史？

察木多的等待好寂寞

在昌都滞留了一个多月，我一直未能前行，这多少令我有点始料未及。

其间，我拜谒西藏噶厦政府昌都总管萨汪不下二十次了，他有点闪烁其词，不过我却可以近距离地观察他进食，此公大快朵颐，真有点饕餮之状。每天，唯见堂下击锣鸣金打鼓吹螺号，重复三次之后，方可进食，名曰三吹三打，取自清朝之旧规旧制。也印证了古人所说的侑食之遗意也。我入藏之后，见西藏贵妇人穿着的龙袍凤冠，乃明朝的旧制；官僚所戴的冠缨，则为清制，明清两代服饰混淆一起，可谓光怪陆离。而总管萨汪之所，为长方形，两边都置有泥佛多尊，佛前供有银底金边灯，注满酥油，灯火煌煌。

腊月将尽了，昌都总管呈送达赖的公文方派驿使驰马而去，料春后四五日才会复命。终日无事，加本太太乃善良之辈，怕我寂寞，邀我去昌都寺礼佛磕头。我虽不像母亲一样吃斋信佛，祈求佛陀保佑，却也当是消磨时光的一个好方法。我们信步而去，进了昌都寺，加本太太合掌低头，神情极为虔诚，而我则左右环顾，玩味壁上佛龛之中奇异的菩萨之像，犹如一个村妇进了城市，目不暇接，处处新奇。加本太太见我对佛不敬，小声说道，曼卿姐，你如此鬼鬼祟祟，四处打望，会被喇嘛当作贼呢，如此对佛不敬，会遭天罚的。我强忍答应她，但看她虔敬之状，忍俊不禁，几度笑而失声。她又轻轻抚我，说，莫顽皮，莫顽皮，好好磕头。竟然将我视为孩子一般。

进至强巴佛前，只见加本太太突然双手高举，合掌从头顶之上划下，划过胸前，然后双手朝前，飘然贴地，如秋风吹落叶一般，全身伏地。此为藏人敬佛之最高规格，即汉语所说的顶礼膜拜。我站着对佛三鞠躬，而寺院喇嘛见状哈哈大笑，见我与加本太太一伏一立，此起彼伏，参差不齐，皆围上来询问，说内地对佛亦行跪拜，可为何公之仪式，竟然树立如木鸡啊。我答这是新朝代的新仪轨，与过去的旧规旧制迥然不同啊。

第二天早晨起来，下了一场小雪，加本夫人前来告辞，说要回江卡了。其实她这一次是来探视母亲的，母亲已经往生，唯有归去陪伴丈夫。这一路走来，山重水复，峰回路转，旅途艰难，多亏了加本太太一路相伴，有一位女眷照顾，羁旅才不致寂寞，她对我照拂太多，令我于心难安。于是我以一袭丝绸里衣、一条丝带相赠。她非常喜欢，说特使你真是好人啦，没有一点官架子，像我们姐妹。我点头笑道，我们本来就是姐妹么。我安慰其失母之痛，并问藏人往生之后丧葬风俗。她说母亲往生之前，请大喇嘛为其诵经，意为开路经，担心其人死后不知去向，语多为劝勉开导之意。果然人有灵魂，诵过经之后，便省悟一二，随后气绝而亡。随后扶之卡垫之上，梳洗头发，淋浴，然后将尸体头尾相向，躬屈相拥，成婴儿出生状，由最亲之人，背至天葬台，高僧大德纵火焚之，谓之火葬。或芸芸众生多放于天葬石上，唤老鹰食，与佛陀舍身饲虎同，乃天葬。而加本夫人之母乃用后者，是为天葬。

回想这一路走来，加本夫人虽然人已经发福，身体臃肿，行动不便，一路旅途劳顿，人乏马困，但是从不失态，反对我照顾入微，我与其情同姐妹，如今离别真是有些不舍啊。

送走加本夫人，第二天，便是西藏著名的燃灯节，燃灯节是纪念藏传黄教开山鼻祖宗喀巴大师圆寂的日子。斯时，每家必点八十盏灯以上，富庶之家，多为金属制灯，而贫者则以萝卜挖空盛酥油点灯，置于檐前窗台之上，皆要放满为止，入夜唯见灯火万点，街市之上人声鼎沸，与内地大都会之国庆节无异。而各大喇嘛寺则不断击鼓吹长号，奏乐不绝，四处僧众则食普那面粒，人畜皆共啜之。

宗喀巴是青海塔尔寺人，相传入藏时与四位喇嘛一起而来，因天资太拙，常流鼻涕，同行之僧皆厌恶之；可是他愈发刻苦学经，终成一代大师，震惊尘寰。康藏安多之人皆佩服其志向，可见彼之成名，乃虔诚苦学所得。那天自昌都总管以下，皆来参加燃灯会，共入大喇嘛寺，上油礼佛。其实，昌都总管也是敬佛之人，只是病未愈，不能行，我原想偷拍一张燃灯节照片，最终未能如愿，但是却由招待排长与我一起纵马上山，拍得昌都全景归。

在昌都滞留的日子，最难忘之事，是去本地红教领袖帕谷家用餐。帕谷为宁玛派，年约二十岁，有妻小，家庭颇富裕。多修密宗，不忌风月之事，故显得年龄稚弱，有孩子气质。我入其家时，他拿出一个不倒翁，在桌子上玩耍，说是一名汉商所赠，尤其珍视，问我此物不倒之理由。我答此物上轻下重，故抑而复立。他说，欲得一个与人等身大者，与之为伴，多少钱都不管。见我所携的照片中有少女像，洋服革履，玉树临风，他阅之甚嘉，欲攫去，哀恳多时，爱不释手，我遂赠予他了。又询问到了内地，可以见到这些亭亭少女否？其好色之状，溢于言表，令我无言以对。

席间，帕谷说，他对内地向来友好，凡有汉人来昌都，无不竭诚迎迓于室，盛情招待；公前日至，碍于闲言不便前往，现在特来补过。他询内地饮食男女，甚羡之，令我没有一点距离之感。

随后，为一亲戚之事走访其妹。我叫孔先生和侍从排长与我一起前往。入门见室内布置极为精雅，有汉地之风，心神为之一振。知其过去曾经嫁给一个汉官，待汉军败走，其兄送夫东返成都，八年没有一点音信，现在只好削发为尼。西康像这类人有很多，有的见汉夫未归，选择另嫁；有的则守贞不嫁，出家为尼。可见藏族女子亦有贞操观念，嫁鸡随鸡，从一而终，在感情婚姻的问题上并非我们汉地想象的那么随便。

以后的日子，也许是怕我在昌都待得寂寞，萨汪总管令其麾下的官佐轮流请我吃饭。一队藏军枯守荒城，小城来回复返不过一里，几步便可以出城。彼等在此都有一种年华似流水之感，人生苦短，唯有夜宴，可度岁寒。藏俗之宴往往三日前便将请柬送到，而请我赴宴，请谏则是一天前送达，自然有失礼之嫌，故使者一再向我致歉。然，此时我听说达赖的复示已经送抵昌都，入拉萨已经不成问题，心中一阵暗喜，也不再计较。宴席设在曷竹公馆，此公也是当时仅次于萨汪的一代权贵。我携孔君和接待排长前往，面点献上。主人前来致辞道，刘特使少时离藏，时间久矣，藏地喝酒风俗也许早已经遗忘，我如今强调一下，主人劝酒，客人是不能推辞的，宴请不醉，视为余欢未尽啊。今天我们不醉不归。

入藏地之后，我对藏族豪饮早已经苦不堪言，忍受不了。今日，不知曷竹要灌我如何，我毕竟是中央政府特使，有新汉官之威仪，何况男不与女斗酒，此也是藏俗啊。于是，我入席之后，便称今日滴酒不沾，且态度坚决，弄得整个宴席郁郁寡欢。然，孔君替我，几碗青稞酒下肚，早已经烂醉如泥，偶然清醒之时，却云我能唱评剧，于是全堂大哗，皆要女使高歌一曲，一试歌喉，不然便要我喝酒。歌添酒性，此时我不能再推辞了，毕竟生于藏地，血脉中还流淌着康巴人之血，与他们同欢共乐乃人之常情。于是我为众人歌《坐宫》一阕，一口京韵，婉转天唱，丽声如莺，竟然一时赢得满堂喝彩，掌声雷动。曷竹公说，刘君之声，与留声机里边的一模一样，惊叹我多能。然而，却不知我蛰居北平城久矣，童年入京都，便与那些票友学唱京戏和评剧，也算是得天独厚吧。

曲终人散，我幸于逃脱酩酊大醉之态，藏人之俗：一杯为自喝，二杯为劝喝，三杯四杯为强喝，而我被邀而未醉，人皆说这是非常罕见的。

其实，此时我心已驰往拉萨，我知道十三世达赖喇嘛复函已经到了，可是萨汪总管却迟迟不见动静。我问及达赖喇嘛复信之事，他称尚未拆阅，说第二天再作答复，语气间透出欲代达赖转达之意，令人有点不敢置信。我以为他有贪功之嫌，我的态度亦强硬起来，说若达赖喇嘛果然不想让我进拉萨，请昌都总管给我一个书面理由，我好带回南京复命，并示意明天便不辞而去，取道印度而回汉地。回到寓所我即着仆人秣马，煎饼，打点行囊，准备路上干粮，做出一副即将离开之状。暗地监视者将偷窥之情报告给了萨汪。他的秘书驰马而来，一再挽留道，刘女使，不要急于一时呀。其实是担心我负气而去，西藏噶厦政府会得罪中央，最终怪罪到达赖头上。还告诉我达赖所示，并未明确让我从昌都前行，秘书称将与总管负起违忤达赖旨意之责，让我前行拉萨，一切祸福由他们承担，问我何时能够上路。我说，已经备马就鞍，收拾好了行囊，只要放行，随时都可以出发。

总管府秘书听后，点点头道，明天为你刘使饯行，并备乌拉差。听过之后，我悬在心头的一颗石头终于落地了。那天晚上，终于好好地睡了一觉，数十日昌都的焦虑之感，终于释然。

翌日早晨，我开始与相识之人告别，有官吏，有豪族，亦有汉家女儿。过去的日子惴惴不可终日，我没有认真看过昌都镇里的街市，今日心情放松了，挨家走过时，方发现街市不甚繁荣，但酒肆比比皆是，且旅馆歌台与妓院一体。饮者兴起，可召女孩和歌，但此非营业之类的，召与不召，邀与被邀，皆因客人和性情所致，不可以代价相酬。

最后一次拜访萨汪，感谢其成人之美，他说因为足疾，早想辞职回拉萨当寓公了，三度请辞，可是达赖不恩准，只好作罢。我柔语相慰，叮咛他将来有机会去内地治疗，西医治这类痛风之病，已经很有办法了。

穷八站富八站

终于可以打马出昌都城了。最后一瞥之中，策马于云南坝的路口时，驿卒摇铎而至。我问送行人，皆称，驿站之卒，分为两类，一为步邮，一为骑邮，步邮至前一个驿站，便回返；骑邮则易乘，途中三十里为一站，至工布江达、过东达山，则有前八站、后八站与穷八站、富八站之说。骑邮每至一站，抵达之前，则大振其铃，使站守闻之，好为其备食整辔，吃过之后，再复驰而去，即使最高官吏也不可阻挡。从昌都至拉萨，五昼夜便可以抵达，步邮则须七日。每个驿卒手持铁标，尖端置利刃，谓盗匪响马则可以制伏之，碍行程者，且得锥刺无以为罪。这条驿道完全仿照英国驿道之规，其神速令人十分惊异。

离开昌都之后二十里至俄洛桥，支乌拉差的娃子给我讲故事时说，民国七年（一九一八年），藏军击川军，屠杀甚烈，砍了五百颗头排列于道，好让长官路过之时，褒其英勇。本来这些俘虏是要押解拉萨，经过此桥时，藏军视其为威胁，便开始屠戮，事后合葬于桥下，并诵经其实诅咒之，使汉军永世不再来。

我入藏之后，一直在了解彭日昇当年所辖四川边军与藏军在昌都之战。彭与当年赵尔丰、尹昌衡真不能同日而语，当时聂帮统有主和之心，彭疑其有叛变之嫌，将其枪杀。后来事败，帮助他的松朋、诺那两位喇嘛皆被俘，彭日昇亦成了战俘，而他麾下的张营长却坚决不降，自杀以殉国，而士兵则投枪械于河中。藏军本来是攻不下昌都城的，因彭麾下的另一个姓曹的营长投敌，将不少大炮掉过头来，直轰昌都城门，而远在康定的陈遐龄又拥兵康东不救，致使彭军孤立无援，最终城破。边军家眷备受凌辱，妇女被剥光衣服遭鞭笞，受尽污辱，产业被掠，降兵五百被屠于俄洛桥，至今冤魂不散。昌都既失守，康北数十县遂不可守，因此，康区大部落入藏军之手。藏军势力一度直驱理塘，与打箭炉遥遥相望。

从昌都到拉萨,清之"六百里加急",共需七十二个时辰,即六天六夜。可是驿卒却对我说,骑邮五昼夜可达。感觉有误,"六百里加急"再想加快速度,恐怕没有那么容易。步邮七昼夜,比较正常。

自那达起,沿途均有石制小屋,犹如内地之土地庙,屋中树石牌,上标里数以志路程。行三日,翻宜阻腊山(即纳贡山,藏名安初拉山),意为六上六下,是康藏之间最长的山路。策马踏溪而过,河面都结冰了,还覆盖着一层雪,马行常左右侧滑,如狐步之舞。乘者有时身斜至八九十度,心危力疲,苦不堪言。

等上岸登山,大风迎面灌来,呼吸为之窒息。稍后,拿出干饼火酒以飨随从。有一个乌拉娃大口吞咽,说近二十年来,未得醉饱。可能是狂饮过量,居然昏睡不知,横陈于一石块之上,状如死尸。众人将要弃他而去,我颇为不忍,拿出醒酒药,让他吞下,再用水洒其面,慢慢走等他醒来。晚间,果然追踪而至,向我叩头谢恩,大声疾呼,恩人啊!那一天,我们走了一百八十里,费时十九个小时,疲惫不堪。

前边便是夷达拉山。第二天翻了一个上午,下午三时抵达协耶桥,为藏中官吏设卡收税之地。税制甚奇,人一头马一头各抽藏钱一枚,真是人畜平等啊,天下岂有这样的税法,可见藏式乌拉差和人头税、牲畜税之繁。香客、担夫皆如是,没一个人物例外。若无钱,便以携带之物当其数,有无力纳税者,则徘徊于桥头而不敢过,或终日屈卧岩穴中以筹此币,令人悲悯不已。我等因属政府官吏,特予减免,商贾之流多有求为临时当我辈的仆役,以避税官,各取箱笼担荷而过,落尾者卒被查出,数倍罚之。虽由我多加美言,也没有什么用。中国古人说,苛政猛于虎,于西藏噶厦政府一点也不为过。

当天晚上提早住下了，次日过洛宗(今洛隆县)，一个宗即为内地一个县，仅有一百多户人家。宗本为后藏人，时正好入拉萨述职，未见上面。代行职务者系两位年轻人，倒也虔敬，赠给我们牛肉和黄油，晚上煮米饭，炒内地菜，入口香喷喷，都舍不得一口咽下去，我已经有数月未闻此味，垂涎三尺啊。

两天之后，进入班色，此地有硕板多之称，是一座县城(今硕多县)。见汉人数十户，自云是被藏军强迫乌拉差至此，社会地位低下。见到我，大声惊呼，皇帝钦差救我，泣不成声。此情此景，我亦顿生恻隐之心，可又无能为力，后第二天出发之时，数十人攀辔尾随送行，分别时却是无尽的眷恋。

过了八宿拉兹，便是著名的大雪山夏贡拉了。夏贡拉也叫丹达山，山脚下有寺院，据称此乃西藏之门户，此佛即司阍，人出入必祈求佛保佑。我不以为意，而孔党江村君和一群仆役虔诚万状，一一磕长头祈祷。

丹达山之高，直插云霄，上下各九十里，计途长一百八九十里。山中无人居住，必朝发而夕逾之，峰峤如利刃，有擎天柱之称。康地有民歌以纪之，略谓："我非不欲至拉萨圣地，奈天柱横亘，不能插翅飞过"，其险峻可知。而我们行至此山时，大雪铺道，苍莽一片，先派五人开路扑去积雪，有时刚刚扫尽，落雪又飞旋而下，纷纷扬扬，后来者仍不辨途径。驿道两旁，皆为深壑纵谷，绝壁深渊，跌入谷底者，断无幸存的希望。我曾两度陷落于雪中，一仅及胫，一已及腹，每次都胆落魄失。

至半山大风骤起，护送排长风帽被刮去，徒步追之，失足倒地，滑下数丈。我揭风帽观之，风帽也随风而去，大家急为我逐捉风帽，状甚可笑。所谓风帽，为四川人制，帽顶阔尾，有两耳可系之腮下，我在东南的行政院当文员时也未见过，不识将作何名。风帽犹如傀儡戏的假面具，棉制，眼鼻口留小孔，画眉做微笑状，但吹气成冰，孔为之塞，让人"视而不见"。

越过丹达山的山垭，俯首之时，唯见冻死之人和牲畜无数，皆半没于雪中。斯时，大风过耳，犹如虎啸龙吟，雪花击面，不啻针刺刀割。开路者皆转过身来，反向而行，大家哀恳上苍，希望明日雪霁，愿多出人员扫雪辟路，劝我们再度返回。可是我想登丹达山行程已经过半，而且也不指望翌日天空放晴，于是我乃诓众人说道，我们为国事而来，如若雪山有神，必将保佑我们，再进无害。

我以为重赏之下，必有勇夫，于是将囊中之物尽赏于众人。孔君听说之后，面露难色，我用汉语斥责他，说不得涣散军心啊，孔君默然无言。吃的东西给了众人之后，众人提议，以长长的绳子系在我的腰上，两人在前边拽，两人在后边推，一分一寸地前移，终于到了山顶。但我的足与腰如被袭击过一样，不能转动，到了悬崖峭壁之上，再不能下。于是有人脱下皮衣，铺陈于地上，嘱我坐在毛丛中，用四方结拴上绳子后，提而牵之，顺势而下。

晚上住在那借曷，主人问我行程，我告诉他之后，对方低头吐舌感叹，说前有好几位商人来过这里，听说前行有失事者，于是裹足不敢往行，刘大人贵人也，竟然敢冒如此危难。于是我说道，过山时，常见顶上砌了石堆山，似是得到什么宝物保佑了。我觉得行人祷山神，捡石供之，远胜布印经幡可佑我顺利。

那天晚上，下榻于主人家。主人儿子放牛归来，拾得一只山鸡，藏名叫贡加，我不知道汉语译作何名，其羽毛甚美，想来肉亦可口。但是藏族视之为神鸟，敬爱有加，不敢当作食物。我用藏钱一枚买得，想就火烹炙，藏人惊呼，不可以杀生啊。个个都责怪我为了饕餮之欲而不敬神鸟。我解释道，杀鸟者不在我，食它亦无罪啊。彼等说，前见汉人行为诡谲异常，为青草取了一个名字，然后就吃了；说过去见过汉人，做饭之时，必取蔬菜烹调，他们认为这才是大奇事。

过了穷八站，就是富八站了，我计算还有半个月的路程就可以抵达拉萨了。此去，行旅迢迢，可是入藏之驿道渐渐平缓，令我心中略感安慰。在那借曷住了一个晚上，过阿拉夹哥，进农退拉（或作怒贡拉、鲁贡拉，丹达山一部分）雪山。此时正值冬季，山上的积雪有五六尺厚，侥幸未遭遇飓风，是以经过时，不如从前吃那么多苦了，一连好几天，每天的行程可以逾百里。

道上朝圣的香客渐渐地多了起来。来去匆匆，熙熙攘攘，途中已不觉得像以前一样寂寞。康巴人以到拉萨朝圣为毕生的大幸，纵使冤家仇人一起相随去圣地，仇恨和厌恶之感也冰释了。到了哥哩，达赖喇嘛早已派人来探听消息，一伺获得回报，即早早准备迎迓国民特使的仪式。

驿道之上，有一个驿卒的女儿，时常徒步行于山中，默默与我们相随，一路呢喃细语。问我为何乘骏马，穿羊羔服，而她则穿一麻织之衣，踽踽独行于道，当信使走卒。我听过之后，顿觉汗颜，对她说，我自内地而来，日行百里，道出雪山，步行不了，骑于马上，体温不易保持，故穿羊羔皮衣，不奢望比你优越多少。她听说内地两个字，顿时欣然色喜，说你居住多少时间，我若为你当使女仆人，能否携我一起去内地？我戏谑道，你可以与我一起前往，我亦让你骑上骏马，穿漂亮的衣裳。到了内地后，不但可以住高楼大厦，食有鱼肉，还可以帮你选择一位温柔的郎君相嫁。

这姑娘一听，喜极而泣，过了一会儿，便忧心忡忡，最终泪如雨下。说她的父母去世得早，只剩下祖孙两人，祖母年八十，体弱多病，且家徒四壁，而政府支乌拉差和税赋又重，她若跟我而去，祖母就不能生活，而徭役之催逼，会逼死老人的。我见她如此孝顺纯朴，越发喜欢她，安慰道，你这样善良，终会获得善报，人生本来贵贱无常，我的命运，与你的命运有一天会彼此交融的。现在快疾速前行吧，再聊下去就会耽误你的事情。她听说后，惊恐而去，赤着足跑了。

我为此事问随从，他们告诉我，藏人到了八十岁仍然要纳税，支乌拉差，尤其是平民，出生之后，便有乌拉差之义务，从小到老都不免啊。一家三口，二口支差，纵使家中只有一人，那就一人支差，遇到急事和私事，必雇人为之支差啊，而且不分男女。故凡生子女便是乌拉娃啊。支乌拉差和纳税，一个为寺庙，一个则是为藏政府，税赋重达百分之十至百分之五十。虽然达赖闻之也有令禁止，但是山高皇帝远，小官吏对百姓作威作福，盘剥日重，且变本加厉。比如一个代本，所居帐篷、帷幕、坐垫、卧褥，一律要崭新，稍不如意，则对当地百姓横施重罚。故官吏一过，如蝗虫一般，扰民甚大，藏地的小老百姓，非常可怜。

已经是二月天了，终于抵达了拉热，此地的语言已经完全不同于康地。土著出行疾步匆匆，而呢喃之语，我竟然听不懂了。妇人的服装亦堪称奇装异服，戴氆氇小帽，仅覆头尖，反檐，而于右边留破口，另以长针锁于发上，使不易坠。着长背心，梳双辫下垂至胫，过去我以为藏人之服饰不美观，而到了康巴大地，看到康藏本地服饰语言，也是一个地方一个样子。唯此地所制之刀，锋利无比，康人每乐购之。出产有线毡，花纹色素咸称精美，贵族妇女常用以拦腰作为围裙。复有特马呢，细致一如哔叽，藏地纯为手工制作，堪称精美绝伦。

次日将要远行，一位女乌拉姗姗来迟，谢欧拉（侍从排长）见时，初还施礼，后来竟然挥鞭子抽她，我立即呵斥制止，并以藏钱一枚安慰她，她破涕为笑了。此后，藏中人民都盛传我非常仁慈，每至一处，无不热烈迎候。我觉得百姓也是人啊，应少加责罚，多些抚慰。较之那些对百姓作威作福的藏官，我真的是好出很多倍。二月六日我抵达了米拉山口，此为入拉萨最后一山，过此山，便是拉萨河谷了。路上皆有驿站邮差房，每次可容三人住宿，过路人常借地炊茶，但是须略付一些钱。藏政府对于邮差，有特别的待遇，每人年薪，可得青稞面四十钵之津贴。一钵当内地半斤，即人得二十斤数，虽微末，较普通乌拉娃被蹂躏的命运且毫无报酬，则是霄壤之别啊。

穿过米拉山口，风光美景，历历在目，与我去过的成都之龙泉驿近似。到莫竹宫曷（即墨竹工卡），藏政府已沿途派人侦候，探我等何时到达，何时离去，组织缜密。莫竹为一个宗本治所所在地，街市上已有洋货，听说是从拉萨转运而来。春天将至，当地气候越来越暖和，概因入盆地之故。村落亦渐多，十余里即有数家，不似康地，行数日不见人烟。可惜土地不甚肥沃，故茫茫大野，鲜见农耕人家。

那天晚上，我住在拉莫一个贵族家里，将连日衣服洗涤干净，干完活儿虽然有些累，可是心中却舒坦无比，毕竟万里天路，就要落幕了，马上就要抵达我生于斯的拉萨圣城了。

过了德紧，达赖堪厅喇嘛和虾素代本已经前来迎接，说今年早已经有神人告诉达赖，有一女子从遥远的东方而来，造福于藏人，果然应验了。我知道此乃达赖身边的跳神乃穷（占卜之神）所示，占卦问鬼之事，有专人司之，穿特殊的衣帽，胸戴护心，神来之时人至昏昏然不知所措，坐在高处侃侃而谈，问者皆即匍匐而前，以头触法神者之护心，敬询前尘，乃穷之神必一一告之，旁有记室将所语尽录入简册。

若所卜者为国事，必印刷成文字，广而宣之，令民众皆悉数知晓。我来去奇突，所以占卦跳神乃穷，竟然以诡说附丽而问了。

虾素代本先走了，我与喇嘛同行，过了拉萨河，与圣城仅有一水之隔，我家旧友亲朋，纷纷来探望。然，少小离家老大还，且身为国民政府特使，亲朋故友不敢与我相认，皆伫立一旁，窃窃私语。我招之于前，问及旧故之人，或往生，或走散，多已经不在人世了，令我无不多生感慨，生命无常，人生苦短啊。

惠远寺何以安兮，唯有静修

七世达赖格桑嘉措在惠远寺静修七载了。

那天傍晚，闭寺的法号呜呜吹响，风铎悠扬，将暮霭紫霞震落了。格桑嘉措盘腿端坐在法座上静悟密宗。格桑嘉措虽为格鲁派，却对密宗情有独钟，心系神秘之境。突然，一阵马蹄声踏碎了泰宁城东门前的黄昏积雪，也踏破了惠远寺门前的寂静。

命运之神叩门来了。年轻的格桑嘉措睁开法眼，时任理藩院主事的果亲王允礼滚身下马，三步一长跪地磕了进来，跪倒在强巴佛前，仰视道，尊者，您否极泰来，大清皇帝下了谕旨，让您返回拉萨。

格桑嘉措神色淡定，似乎早已不以物喜不以己悲，说，我等了七年了，知道天朝的文殊皇帝会给我这一天的，虽然姗姗来迟，也不晚啊。

果亲王说，尊者果然先知先觉，能预知前世今生啊。

格桑嘉措淡淡地说，我转世在理塘，悟道于莲花宝地，算是沾了点灵气吧。

此话一出，果亲王冷汗淋漓。

第二天便是元旦了，果亲王宴请七世达赖喇嘛和弟子，还有康区的明正土司、孔萨土司、德格土司、崇喜土司。大碗御酒下肚，略有几分微醺，果亲王赋诗一首："曙色欢欣动列屯，西南蜀国共朝暾。滴酥熬芋充供佛，宣德还称乐自樽。"诗写得极臭，却表达了肉身跪倒在佛前，酒肉穿肠过的唯我独尊。这本是一首不及格的官场打油诗，却被善拍马屁的雅州知府张桂敬勒石于惠远寺中，留下了一个历史的见证。

春天来了，驮在白鹤的翅膀上，降临在泰宁城下的草甸里。七世达赖该起程去拉萨了。他留下了一名堪布，七十余名喇嘛、扎巴，守着惠远寺，为信众诵经祈福。自己则踩着寺门旁边的上马石跃然上马，向协德草坝子、向莲花神山投去最后一瞥，然后马踏野花，朝道孚方向疾驰而去。此行不会再回故乡，可格桑嘉措却有预感，不知何年何夕，这片灵地还会有达赖灵童转世。

格桑嘉措回到了圣城，颇图鼐虽然五体投地向他祈福，达赖也伸手为藏王摩顶，消灾祈福，祈祷平安，但是两人的心结却无法化解。达赖的至尊之位，并未交还给格桑嘉措，格桑嘉措看到颇图鼐是一位精明正直的行政长官，西藏在他和驻藏大臣的治理下，一片盛世盛景，从此疏问政事，潜心学经念佛。可是他的贴身侍卫喇嘛，却不甘心，不时与藏王叫板，颇图鼐毫不手软，闹事一个抓一个。

有一天达赖喇嘛的一名心腹被藏王逮捕了，达赖多次催促，颇图鼐仍不肯放人，恰好藏王的一位远亲多喀夏仲觐见达赖，格桑嘉措诉苦道，颇图鼐不是在处罚那个侍从，简直就是与我过不去啊！多喀连忙赶到藏王府邸，将达赖的话传给了颇图鼐。颇图鼐不屑地说，达赖喇嘛养尊处优，在布达拉宫专心念经静坐，还不满足！话传到了达赖耳里，达赖摇头，说如果我退回哲蚌寺或者住到茅棚里，颇图鼐大概就会高兴了。

两人的恩怨过节终于在乾隆十二年（一七四七年），随着颇图鼐项上长恶疮不治而亡画上了句号。但是权力之柄仍落到颇图鼐精心培植的幼子珠尔墨特手里，七世达赖仍然无法撼动其地位，从此心灰意冷，懒得再问政事，专心佛事。他留给西藏政坛唯有两件事可圈可点，一则斥重金修建罗布林卡，一则为噶厦政府设立了首席噶伦与四大噶伦制度。

理塘降生的七世达赖格桑嘉措于乾隆二十二年（一七五七年）圆寂，享年五十岁。坐化之时，佛手指向了后藏。

七世达赖会转世何处？在格桑嘉措圆寂之后，摄政王便带上高僧活佛，往山南的圣湖拉姆拉错远观湖象，希望从诡谲多姿的湖象寻找到灵异之兆。摄政王骑着牦牛上山后，在塑有班丹拉姆女神神像的圣湖小庙跪拜，领神谕赐教，此乃达赖喇嘛的保护神，凡人轻易踏入，便有灭顶之灾，因此在西藏唯有达赖喇嘛方可步入。传说摄政王祭拜过神庙后，诚心观湖，一会儿便有奇观惊现，祥云渐次显影，灵童转世的村庄地貌和房子造型特征，甚至父母姓名，一一幻象湖面、远山和云中，如梦如幻，神秘悠远。有此异象暗示，摄政王便可派人按图索骥，到后藏四处寻访。七世达赖去世后的第二年，转世灵童降白嘉措在后藏之地托布加被寻访到了。似乎注定了要接续前世达赖的未了佛缘，八世达赖对政治毫无兴趣，活了四十六岁，经历了清帝国击败尼泊尔廓尔喀战争，见到了乾隆时期的名将福康安，而在政治上却了无建树。

一八〇四年，八世达赖喇嘛携着满腹经纶圆寂了。三年后，寻访到了两位转世灵童，一位转世于康区德格土司辖地邓柯，一位则在安多(青海)降生。谁是真正的达赖转世灵童？西藏僧侣贵族和上层发生了激烈的争执。摄政王派人将两个灵童接到拉萨，将八世达赖用过的佛珠、银碗真假混淆，让两个灵童辨认，结果邓柯旦曲科儿灵童伸手就紧紧抓到前世达赖用过的银碗、佛珠，而安多灵童却无灵慧，认不出来。于是康区邓柯寻访的灵童被确认为九世达赖。此前，清朝皇帝专门制作了一个金瓶送到拉萨，将几个灵童的名字放入其中，作为金瓶掣签之用。可是已确定康区邓柯灵童为达赖转世，取名隆朵嘉措，这是康巴大地上第二个达赖转世灵童。

菩提再现康巴灵地，究竟是喜是悲，福兮祸兮，却难以预料。一个纯洁无瑕的少年，未谙世事，一夜之间成了苍生主宰，未必是幸事。一旦卷入政治旋涡，便会被黑暗和凶险吞没。因为他们生于底层，来自遥远的康区，父辈或是一介平民，或是奴隶下人，并无政治靠山，而摄政王和噶伦个个政治老到，沉浮宦海，冷血无情，谁也不愿轻易交出权柄，被人鱼肉。于是就凸现出西藏历史上的诡秘一幕——达赖灵童频频少年夭折。隆朵嘉措三岁坐床后，只活到十岁，便不幸夭折。随后，他的转世灵童又一次乘白羽之鹤，再度转世于理塘，斯为十世达赖喇嘛，取名楚臣嘉措。尽管他的躯体里流淌着康巴男人的强悍血液，可是一登上布达拉宫，就渐渐地变成一个病弱少年，刚坐床亲政不久，就花季凋零了，只活了短短二十年。四年后，奇迹又显灵康巴大地，协德草坝泰宁城附近漫切村达赖灵童再度转世，赐名十一世达赖喇嘛克珠嘉措，战战兢兢地活到十八岁，尚未坐床亲政，又神秘死去了。

随后在山南寻访到十二世达赖成烈嘉措，也难逃此厄运，仅活到十九岁便匆匆谢世。

六十年一个甲子，竟有四世达赖转世灵童不幸早逝。西藏震惊了，清帝国皇帝也颇觉迷惑，开始破解其中的隐秘。

历史之谜往往在谎言光环的掩盖下，隐去了血腥阴谋和毒杀的一幕。有人说四个少年达赖未到成年之时，便去拉姆拉错观湖象，擅入湖边神庙，祈望班丹拉姆女神保佑和庇护，可是庙中供奉的是相貌极为丑陋的观世音菩萨的化身，凶神恶煞，少年达赖法力尚浅，镇不住恶咒，内伤自己，故少年夭折。此为托词。更多信众则相信四个少年达赖是被权力欲极强的摄政王下了慢性毒药，毒发身亡。十三世达赖土登嘉措亲政后的"妖鞋"事件，便使这些年幼达赖神秘之死揭露于世。

土登嘉措十九岁那年，摄政王德莫将要退休了。哲蚌寺乃穷护法神跳神时两次预言，神圣的达赖喇嘛有性命之虞，达赖遂将乃穷召进日光殿，跳神作法问道。时已陷入昏迷的乃穷护法神坦承：前摄政王德莫的仆人曾送给达赖近侍索甲喇嘛一双鞋子。找索甲一询问，果然如此：撕开一看，里边竟然藏有秘咒和达赖的出生年月，目的是使妖术诅咒达赖早日死去。索甲供称一旦穿上这双鞋子便会流鼻血。前摄政王和其亲戚被捕了，承认想用咒术谋杀神圣的达赖喇嘛，重掌权力。

四个少年达赖的死亡之谜，似乎也有了答案。

十三世达赖喇嘛破例为我摩顶

达赖喇嘛知道我轻装简从，历经半年风雪，夜宿芫野，早已衣衫褴褛，肮脏无比；骑的马也非高头大马，乃是一匹云南矮马，甚至多少有点丑陋，便吩咐下人，待我渡过拉萨河后，请将那些穿了半年的旧衣服全部换了。然而，我想到路遇邮差女孩时的那一席话，如此待遇，让我觉得太过分了，便婉言谢过达赖喇嘛的盛情。然，我知道此时自己在藏中名声有多大，担心多人来看，徒增烦扰，所以决定以轻骑急行先抵拉萨，提早回避。

拉萨将近，这可是我儿时生活之地啊，我在考虑入拉萨城时，穿什么服饰最为合适。穿藏式衣服，显然不能彰显中央政府官员的汉官威仪，亦无特使之风。但是苦于国民政府对于女性官员的服饰毫无规定，只好穿着长袍革履。那天站在河边迎候者可以说人流如河，擦肩接踵。但是我听说这仅仅是临时组织之辈，迎候者昨日就来拉萨河边等候了，可是不能久待，即一一散去了。过了拉萨河，便是接官厅，噶厦政府的官员，多率众站在河边，迎迓使者，我本想下马一一还礼，并脱去外套，可是这毕竟是藏地的二月天啊，寒风萧萧，风如刀剑一般割人，一会儿便将人冻僵了，令人难以忍受，只好跃身上马，疾驰而行，借以温暖一些。那些离我较远的围观者因不能一睹民国女使的风采而叹嗟四起。

终于抵达拉萨河边了。划牛皮船者急于分开众人，为我摆渡，可是守候者太多了，过渡者亦多，将我团团围住了，百米之路，半天也难以走开。引路人只好说他受藏王之命，来迎接中央政府特使，让我先上船。这种牛皮船造型奇特，长方形，船头雕刻着鹿头，刀法甚精，过渡者皆以哈达敬献于上，意在保佑渡河平安。这无异于水神啊。

过了河，见岸上有一个白色的帐篷。有噶厦政府的兵卒持枪把守，大凡旅客过去，都一一搜查之。情势甚为紧张。这都是因为近日藏地与尼泊尔发生了龃龉之事，彼此误会，尼泊尔有进兵西藏之意，故戒严甚紧，以防尼兵登陆。

时围观民国特使的百姓群聚起来，堵塞了道路，卫士持鞭击之，那些人见缝隙便像兔子一样逃窜。而迎接我的人共六骑，电闪而过，穿柳林，渐近拉萨城。时当深冬之季，古柳翠色不再，如一个个枯干卫兵，作萧索之状，行于道侧。倘若春末夏初，枝条吐鹅黄，两岸垂柳，一片茂密之时，藏中一般贵介平民，各携家眷幼童，共赏章台。想斯时景物，丝毫不让江南半分，且在工布江达一带，更是千里桃花、李花怒放河谷，何处有此胜境啊。而拉萨城郭的柳林所占地亩甚宽，纵望无垠，春夏之交，熏风动绿叶，当浩渺如烟海矣。

我从拉萨城东南方向而入，行至清真寺一带，见汉人与回教徒陡然多了起来，皆操四川土话，奔走相告，大声喊道"嗄刘家的姑娘呀"，我蓦然回首，循声而去，唯见说话之人早已隐入人群之中，不知喊我之人是谁。

拉萨周围无城郭，两面临河，一面倚山，唯一隅有少许堡垒，略如城门。进至寓所，为达赖先期预备的崔过代本（团长）的公馆，因崔君被派往西康任职，家眷都随其而去，宅内甚清静整洁。藏方招待官虾素代本久候于内，我刚翻身下马，彼已经笑靥出迎，略略寒暄几句，便引我至二楼，说这是我的居室，外有套间，内划小屋，供我安寝。一切皆安排妥帖。刚住定，门外吼声大起，虾素急驰前往观看，原来是尼泊尔领事馆的仆人强欲入内，被警卫阻挡了。警卫关闭大门，以拒其仆。但那个仆人大发淫威，举石撞门，有几户人家之门被其石头击穿，纠纷之中，幸得虾素出面，大声叱责，喝退了他们。

尼泊尔人在藏地经商者甚多，数十年前，尼泊尔即在拉萨设有领事馆，别的国家都没有此厚遇。可是，彼辈多横悍，喜与人殴斗，所雇藏仆亦纷纷效仿之，平民百姓常被其欺压。小小王国之仆人，竟然如此刁蛮，非常可恨。原因是尼泊尔人居藏，多娶藏妻，居家过日子，可是藏政府以其妻仍为藏籍，命其纳人头税如例。尼泊尔人认为出嫁即出籍，坚不纳税，纠葛多以此而引发。如今两地几次兵戎相见，此亦原因之一吧。

三月五日为藏历正月初六，藏地过新年，早市喧声大起，来往行人急如穿梭，趁热闹者正逐队而去。我拥暖衾于床上，可已经心神不安，侍者忽报虾素遣人送信至，我召入室内。说虾素夫人请我共度新春，我不好推辞，这些交往还是必需的，遂披衣前往。道旁观众排立如墙，虾素护兵拨开一隙，我等得以坐于前排。

这时只见达赖卫队乘马而过，衣饰奇异，绣彩缀金，五色杂陈，久久始过完。继之者即外宾，有廓尔喀使臣、英人联典，及蒙古王公代表、哲孟雄代表等。除蒙古代表戴红顶花翎外，余均着藏人本官阶的制服，最后是噶厦政府的四大噶伦，皆着黄缎包袱一具，戴红色的四方形帽子，闻为达赖印节。众所乘马，多购自英国，故辔饰一为洋制。

最后出场的是达赖喇嘛乘舆，如清朝的八人大轿，但周遭皆为黄缎所蒙，微有异耳。一般大小喇嘛，衣冠庄严，徒步随驾。乘舆四周紧闭，犹如旧式新娘子所乘之大花轿，然，内外不能互睹，虽有女子与小孩沿途歌舞以娱佛，达赖未必能看见也。道之左右，各有喇嘛多人，手持长棍，以维系秩序，有铁棒喇嘛之称，类似内地的童子军。

十一日，蒙古代表在拉萨三大寺诵经，全藏为之震动，规模之大可知。至其消耗之巨，更不待言，首先须送达赖异样物品一千种，送藏王（指司伦，时达赖之侄任之）三百种；各地主要喇嘛及三大寺全体喇嘛计二万余人，每人施藏钱六枚；诵经时敬油茶、点神亮尚在外；另馈达赖缎子五十匹，赤金五两为寿，其阔绰可见一斑。时人盛传我等将继之，我窃笑不已。后仅为蒋主席个人做了一个小小的祷告会，算是入乡随俗也。

微行数步，入觉匡，意云"佛庙"，就是汉人通称的大昭寺。整个寺庙如一座坛城，大殿内设有唐文成公主祠堂。依例，入藏者初至拉萨，喘息未定，即往谒佛。相传，此佛为释迦牟尼十二岁等身像，为文成公主自内地携来，特著灵异，有求必应。入内见殿宇宏伟，可容万余人，而汉文匾额，亦缀满栋椽间，可惜皆被香火烟尘熏黑，已多不可辨识。八廓街巷道亦甚幽暗，壁牖且凹凸不等，人徒过众，拥挤特甚，每年常有断胫折胫者，藏人皆谓此为泊洒之咎。唐贞观中，藏王松树噶木（即松赞干布）共娶两妻，一为尼泊尔王女，一即唐公主。藏语汉妇称甲洒，尼妇称泊洒。相传大昭为文成亲自设计，尼妇妒其完备，稍稍涂改之，故有此种缺陷。

殿左供有小绵羊一只，云建筑时曾驮土为助。复有女神貌甚美丽，轻颦浅笑，塑刻特工，身上常见银灰小鼠结队而走，香火僧指为神之虮虱。

文成轶事，至今藏中尚传有数则。相传，文成公主抵藏时，尼泊尔尺尊公主已先嫁藏王。尺尊嫉文成之美，郊迎时，私下谓文成说王直无鼻，甚可厌。后又转谓王说，公主狐臭，请王掩鼻。故初见，即互相猜忌，感情几至破裂。而藏中有多妻制，亦此为创例云。

斯时，大昭寺正遇传昭大法会，市中庙内全见锐头红衫之辈，盖自正月初五至同月十五（指传昭大会，实际时间长于十天），三大寺喇嘛均须入城，住大昭寺念经，以求岁丰民乐，并由达赖喇嘛亲自主考格西此十日内，藏政府职权几被停止，皆由僧侣把握一切。所有军警均须闭门息影，不得与喇嘛杂陈，盖恐发生冲突，而官府无力镇压也。闻平时僧徒入城，往往受警兵干涉，怀仇欲图报。而教徒对于政界亦有不满者，故蓄意刁难之事，往往有之。

喇嘛中也有所谓的疯僧之辈，自恃武勇，好生事端，其秃头前留左右鬓毛，宽寸许，长盈尺，垂于耳际，示任人于拳击时攀扭之。脸涂锅烟墨，穿短裙，腰缠皮带，上系长钥匙，殴斗即举以击刺。按例，僧徒裙裾之长短，即自示其儒雅与强横，故可以一见而知。

我至拉萨已经逾月，却因有奸人作祟，始终未见十三世达赖喇嘛土登嘉措。某君献策，可求达赖麾下的一位近臣，在达赖喇嘛面前力争之。可是我自思量道，自己是中华民国堂堂正正的特使，专为西藏而来，对于蝇营狗苟之事，实在不屑一顾。遂向世人抛出豪言壮语，如果达赖不召见，三月底便返回内地复命，中央与西藏之间的离与聚，恩与怨，俟达赖喇嘛和噶厦政府自决之。此计果然有用，过了数日，接待官虾素来告，说，达赖对你来藏之意和进藏路上所受的千辛万苦，尽皆知悉。接谈特使没有问题，只是近来他研习梵经未了，而君风尘仆仆，万里踏雪而来，也需要调养身体，请少安毋躁，再等数日，达赖当会与君见面的。

数日之后，达赖的宠臣、藏军副司令龙夏也托人给我捎来话。此公有出使国外经历，曾经带四位西藏少年留学英国，有国际视野，对中央政府与西藏恢复关系乐见其成。他传话道，幸哉，君未作小丈夫，君之一身系着中央与西藏关系之分合去留与安危，望君稍稍静心思之。英国得知特使前来，与亲英派人士多次密谋，话已经说出来，纵使不能阻止达赖喇嘛见你，也要阻止西藏重新回到中国怀抱。龙夏之言如醍醐灌顶，我一下子清醒了。我想，亲英派欲陷我于危险之中唯有两种途径，一是劫杀，二是软禁。然自入藏以来，身经百患，皆无所畏惧，故如今亦能镇定以对。

然，就在居停之中，等待与达赖喇嘛见面之时，西藏与尼泊尔战事一触即发。噶厦政府已经下了战争总动员令，限驻军一月内聚集，更有留藏汉籍青年，也被编入军队，他们纷纷暗自来见我，诉说之时声泪俱下，嘱我要向达赖力争，不能让汉家子弟参战。然我此时也未见达赖喇嘛啊，岂能谈国之大事。其实我闻尼藏战因，乃噶厦政府禁吸纸烟，而尼商不明，当街大抽，被藏警往拘，入尼领署，卒捕杀之。于是责难频来，以致兴戎。

方惊疑间，内侍消息过来了，达赖当日要赐见，时三月二十八日。我听说后，真是有点喜忧交杂，临时晋见，我有点仓皇无措，急于整装备乘，忙乱两小时方有点头绪。这时接待官虾素驰马而来，对我说，须自带木杯，因达赖赐茶时，不能以自己用器为盛。见我着革履，嘱我速换下，因为罗布林卡宫内最忌讳橐橐脚步声。而我既已安乘，怠于上下马起落，坚持不换，毫无顾虑。所持茶具亦非木碗，而仅为一较小瓷盅，用手巾封裹之，提挈而行。从者皆恐惧不已，唯恐破损，那达赖就会认为不祥，将恼怒不已。我去见达赖也，四名仆人辟门，五匹骏马同征，前此欲见我而未偿愿者，均在道旁鹄候，自城直至罗布林卡宫，沿途均零落有人。

城与夏宫相去约三里，道路宽广平直，具马路之雏形。宫门巍峨耸峙，略与北平故宫的宫阙相似，而内殿则是完全藏式，门顶复有金结，为达赖住处之标识。罗布林卡者，前二字意为"珍宝"，后二字意为"柳林"，盖取华贵而幽雅之意。

入内即见一条长长甬道，直通格桑德吉殿，意为"永远平安"。达赖在此接见，我有点不解，思来想去，宫中除此殿外，尚有平措札喜殿，意云"快乐宫"等八处，达赖时时转徙其中，不专居一室。召对时，若登大殿踞宝座，表面虽若郑重，实则见者仅能叩头，被摩顶问辛苦，外此不得多出一言，居私室则可以隔几倾谈。

先到副官长竹英晴布住处，其位于宫之左侧，然后再被导引踏甬道而前，投足极轻，唯恐因为履声而增其厌恶。见道边各植矮树，整齐美丽，尤可爱者，则径尺之溪清漪潺潺下流，沟底可见，且又纵横穿插，四处俱有。

而达赖所藏的各种异鸟，又嘤嘤其鸣，犹如快乐天堂。早就听说十三世达赖爱畜，如鸟如马如狗，均珍若拱璧。尤可异者，马分黄白黑诸队，狗有大如小驴者，项下戴小铃，兀坐殿堂门为守卫。初见之，浑不识为何物，知后复又大骇。副官长及侍从均知我意，以身护之。实则它们昂首不动，岸然道貌，尚未注意及我等。

至后门，门侍宣语道，达赖请从正门入，这是一种极高的礼仪，我即退出，改道而进。此间尤有奇异景致，即铺地者均以小砾石嵌作花纹，石光泽如玉，殊可爱。入大院，正北雄殿当前，阶敷花褥，皎洁无微尘。我等行步时态度极沉静，虽呼吸声亦可闻。门前立有着黄缎喇嘛袍四人，身材高大，状甚狞恶，我深惧达赖为一有奇癖之人。

由左入，拾木阶十级，进入罗布林卡的达赖下榻之宫，远远望去，土登嘉措北面而坐一短榻之上，榻高约三尺，垫以厚褥，褥边镶黄色缎。所居四周俱挂佛像，东首陈一桌，置茶具数把；念经的摇筒，搁于小几，旁边间有念珠横其上。当时除小侍外，有侍从长官一人立于侧，其人名宫毕腊（即宫培拉，土登贡培），为达赖最为赏识之人。

时达赖服喇嘛装，笑容可掬，而牛角须已不如照片之弯，貌又最慈善。我献哈达毕，因我有西藏籍之关系，母亲为藏人，以私人资格对其三叩头，虽此前经虾素接待官等数日教练，谓必行五体投地礼，但最终还是没有行此大礼，毕竟我是民国特使啊。且我在向虾素习礼时总哑然失笑，恐再蹈覆辙，故仅屈胫俯首而已。膝既触地，始觉茶杯无放处，悄置身旁，礼毕复持之，如小儿不舍玩具。承赐坐，与佛对面向，仅隔一小几，近侍酌茶半盏，似甚宝贵，唯茶因熬煮太浓，味现涩苦，食之几不能下喉，而藏人则极嗜之，人之嗜好不同如是。

达赖先问能说藏话吗，须翻译否，我告诉他无须代劳。后问途中受辛苦否，随即，受其抚顶，达赖原不以手触女人，此为我破，故全藏苍生闻之，莫不以我为荣。后又问我通藏文否？我答以对于文法殊欠研究。他要我写几个数字让他看看，我遵嘱手写数字呈视，当写祝身体康健一语以进。见他笑得很开心。对我交代，说以后有信可以直写给他。他见我服长袍而足大盈尺，惊诧问道，十余年不到内地了，什么事情已更易如此。我说在西宁时，见女人短服裹小足，颠跛行道，似群鸭趋走，甚可怜悯。

盘膝坐久，两腿酸麻，渐渐向外伸出，达赖说，若不惯坐可即起立，故复起整襟重就座。复又琐琐问起居饮食适意否，答甚安适。接着又聊起了我的身世，我告诉他，先人原为汉籍，后入藏落户，父名刘荣光，曾为驻藏大臣秘书，往返北京拉萨间数次。后因藏汉两军冲突，住处被毁，故迁居印度，时我年仅九龄。在印留三年即转道北京，民国十七年（一九二八年）入新都（指南京）为国府书吏，至半年前始被遣来。达赖听我说果然生于藏地，面露喜色，问在内地读书若干事，我答目前内地藏籍学生尚有若干数，曾住小学三年，师范学校四年，现内地藏籍不多，学生自少，闻政府最近将专办学校以让藏族世家子弟去读书。

我郑重地告诉达赖喇嘛，我之所以能担当民国特使，皆因北伐成功，国民党已由军阀手中夺回政权，重新在南京组织国民政府。所有措施，一依先总理三民主义建国大纲进行，积极努力于五族真正之共和。主持大政者乃素以先总理忠实信徒自诩的蒋介石先生，蒋先生除致力于内地建设之外，对于边事亦特注意。问蒋先生现在年龄若干，遂将总理遗像及蒋主席近影呈上。达赖均一一细玩之，交侍从长官立即悬于室中。

我向达赖转达蒋先生之意，莫不痛惜于中国分崩离析，西藏受英人挟制，不能让其久立于国家整体之外，甚愿得一机会，使大家互相了解，仍为兄弟，和好如初。吾之此来，出万死一生，就是因为我有汉藏人两族血统，从中可以引线贯穿，尚望达赖喇嘛顾念大局，体惜愚忱，赐我一个明白的答复。土登嘉措此时已经对英国人觊觎西藏厌烦了，对我道，我的感想与你正同，唯此时时不我许，容后当再详细见告，至于你万里奔驰，一片苦心孤诣，途中常说为西藏利益而来之善意，我均一一默认，并嘉许之，决不负你此行。达赖喇嘛一语既出，我此时大为骇然：藏人侦察之精密，途中一言一动，均被探悉无遗。

余言未尽，侍从官宫培拉，以托盘送点心进来，我欲将取食，忽然见他拿回去，顿觉莫名其妙，突感失仪，两颊微赤。达赖见状亦微笑，后，返寓所时，乃见我的仆人从囊中取出，始恍悟当时仅请我过目，乃送归分散群僚者，非面赐即面食也。我当时见侍从官初立于我近地，两面传语，后渐渐离去，乃想起来是呈食或即催客，如汉地官场之端茶碗故。我故请辞而别。

从罗布林卡回到寓所，我的亲戚朋友端来切玛，撒上糌粑，并插纸花于上，以示庆祝，请我急食。戚属分得了达赖所赐糖果，欢声震室，举杯庆汉藏和好成功。辛劳经年，得此一分效果，欣慰自不待言。

见过达赖，我依次拜访噶厦政府的四大噶伦，第一个造访的自然是擦绒(即擦绒达桑占堆)。他当年是十三世达赖喇嘛麾下的一个铁棒僧，因为达赖与驻藏大臣联豫的关系闹僵，清兵追击之时，在曲水渡，他持枪阻击了清兵骑兵，救了土登嘉措一命，故深得达赖宠爱。达赖回到拉萨之后，老擦绒与其子皆因通汉，而被三大寺铁棒喇嘛所害。与藏政府相比，"只少一条牛腿"的擦绒家，驻地千里，庄园无数，却独缺一位男丁。于是，擦绒作为入赘女婿，将老擦绒一家的女人，儿媳和女儿，全收为妻子和妾。因了此公甚狡黠，擅长谈辩，态度难以捉摸，故在未至擦绒府上时，我便在胸中揣摩如何措辞应对。抵其宅，见建筑的外表仍为藏式，唯入门升楼，则见石梯阔绰，并渐带欧风。进迎接室，则小桌沙发，居然洋派十足，仆人献茶、咖啡及牛乳，小匙拨方糖。我自忖此公乃乡间农奴之后出身，何以如此西化？

擦绒果然聪明之人，一眼洞穿我的疑惑，他笑着对我说，世人皆说我为亲英派，君坐欧式客厅、喝欧洲红茶，有什么样的感触吗？我漫应之说，内地的中国人，居住和食品，也多洋化啊，君如此，亦不足为奇。我们对于日用品，选择的标准就在方便与不方便之间，故西化不西化，关键在内心。

妙语啊！擦绒慨然感叹道，还是刘特使说得好啊。

我微笑以对。

擦绒继而喟然长叹：环顾藏地，谁能像你一样这样认为啊。藏人思想多顽固，偶然看见一下新生事物，便大惊小怪，奔走相告，认为是逆天叛圣。唉，中国贤者说，君子坦荡荡，小人长戚戚。我唯有不与他们计较。学西洋，又能取其长，可是竟然有人说，鄙人有卖藏卖中国之嫌啊。我不是这样之人。

既然如此，我希望擦绒噶伦，能够信守此诺言，始终不渝，爱藏爱国，此乃西藏苍生之福啊。

后来，又谈及内地。擦绒说，欣闻内地初有革新，气象蓬勃，我恨不得长上翅膀，到内地一睹盛状，将内地的治国办法取经回来，用于西藏的治理，也使西藏生机勃勃。

我问及藏中青年的思想状态，擦绒告诉我，曾在江孜办学。后由龙夏带队，派一批学生至英国，但学生生活艰苦，被遣派者多为贵族子弟，骄奢淫逸，吃不了苦，最终无功而返，未必能改造社会了。

谈及在内地的藏人棍却仲尼君，棍却氏与擦绒为同门师兄弟，故感情甚挚，来时即下榻于擦绒之家，鲜少出行。我观其貌，人品诚笃。他说当年在北平雍和宫时，常见我挟书包忽忽行于道中，故认识我，但我却与他不相识。并说我们同做一家事，当做一家人，此后，遇有什么变故，可随时与他商量。但是我先前却闻谣言，于是当众质问他，你不知道我为谁人所派遣吧？答唯唯，临行时曾遇古文长官，嘱为照拂。

听了这句话，我便释然了，原来棍却氏也是受古长官之托啊。

倾谈一会儿，我们先叙抵拉萨之艰难，我方知他也是受政府之命，与我先后抵藏，执行的是同一个使命。说话久了，擦绒呼出其内眷，我知皆擦绒之妻女和儿媳，淡抹浓妆，处处彰显贵族风范，而每个人身上更时时发出上乘香料特有的异香。她们邀我参观擦绒家各处房舍及寝室，见厅际悬蒋主席像，旁衬以英国国王之合照。始想起我今日送主席小影，请过目时，擦绒熟视甚久，似若旧识。沿廊只见数间寝室，都置铁床及大穿衣镜等，俨然欧人寝间，唯棍却仲尼君所居则完全是藏式。听说擦绒这些家私什物，都是与英国人联系，购自英国或英缅印度，一具动辄便值千百金，故藏人均称擦绒家为藏中第一宇宅。

见过噶厦政府四大噶伦之后，我最想见之人便是藏军副司令龙夏了。此君深得十三世达赖的宠信，噶厦政府呈达赖的文件，大多由他批阅，因其颇有国际视野。在与英国打交道多年之后，龙夏发现，西藏若投入英国的怀抱，以区区雪域之地，占不了多少便宜，不如恢复历史旧规旧制，与中央政府重修于好，这才是雪域正道。龙夏这些看法，自然潜移默化地影响了曾经一度与英国人打得火热的十三世达赖喇嘛土登嘉措。

达赖喇嘛宠臣——龙夏

然而，登龙夏府第的愿望第一次未成行，他恰好生病了。我不得不改期，望拉鲁湿地而不可涉兮。其实，在此之前，我已私下会晤过龙夏先生，其在情人拉鲁夫人的府邸招待过我，不过那是私宴，且为私人交际，而非正式接洽，故只叙友情，不谈国事。是日，龙夏派了两名卫士和走卒，到我下榻之处，邀我携仆从等四人赴约。地点仍在其情人拉鲁夫人的寓所，娘热山之下的拉鲁湿地。龙夏本已有一妻，后因其成为达赖亲信，又被赐一妾，此妇乃西藏司伦夏扎家的小千金，名叫次央次仁。次央次仁一度出家当了尼姑，后因尘缘未尽，与达赖之侄朗顿传出绯闻，还俗回家，被达赖赐婚，嫁于前几世达赖氏家至亲（即拉鲁），可是拉鲁家子嗣不旺，拉鲁英年早逝,便又奉达赖之命,拉鲁夫人成了龙夏之妾。拉鲁皆为前世达赖至亲,故今日达赖仍以亲属待之,拉鲁夫人夏日且寄居其处,故园内有达赖宫两所,各有宝座,富丽无比。

骏马响鼻打过,我跃身上马,跃过八廓街,转出大昭寺,往布达拉方向驰马而去,绕过龙王塘公园,直驱娘热山下。我刚入门,龙夏之妾拉鲁夫人已经候于庭前,握手言欢,一见如故。其所居室小巧玲珑,煞费匠心。过了一会儿,龙夏的大太太翩然而至,对我亦非常客气。妻妾相见,尚称雍睦。大太太比妾小十岁,极美丽,亦为英国留学生,曾经赠我一张数年前在英国的玉照,袒胸垂鬟,丝毫不逊于西方美人。当时龙夏夫妇至英伦时,英国人羁縻其夫妇,关怀备至,并要求其等签字,认英国为宗主国。可是龙夏始终予以拒绝,亦未与英国人亲近,后龙大太太以产子先归,龙夏则继续率几位西藏学子,在英国留学多年。

拉鲁府邸建在水中央,颇有点内地水榭楼台之韵。南园有小湖,有游船,湖中有湖心岛。登舟入西园,所雇乐师见我等已至,则奏乐示迎,其旋律悠扬铿锵,各尽其致。傍晚时分,则满园燃汽油灯,光亮同于白日,乐止方入座,酒肴之盛,得未曾有。座中间尝以英吉利语插科打诨,相互笑谑,我偶尔应和之,众人皆诧异万状,纷纷出手卷,恳请我为书写行文,辞不走笔。龙夏即以小条书"我想至中国"一语,略示欢迎意,于此,佐证了我亦能操英语写作之意。

龙夏家的家宴渐至高潮。最后,竟然由龙夏抚琴奏乐,二妻和唱,声音幽婉,如泣如诉,我几近为之怆然涕下。要求其转奏汉乐,为我再高歌一曲,众人皆称好。龙夏侍婢等见我身躯短小,私下唆使龙妻问我,我发卷曲如欧人,纤纤素手,细不盈握,高不逾四尺,面及肤色俱莹洁可爱,问我芳龄几许,欲向我学美容之术。我听过后，颇为懊恼，且惭其逼视，只好解释道，我幼年之时，憨顽如男孩，年龄稍长，却要志在四方，内心仅有浮躁气，以为服装打扮皆为男子玩物，这方面一点也不敏感，且连年勤劳国事，早已经忘了今夕何夕，今年何年，虚度年华了啊。彼等已知我不欲唠唠叨叨尽述琐碎儿女事，皆嗟叹，内地气候温暖，适宜于养生，故能有如此美丽。当晚至夜深终席散归。

过了两天，我听龙夏身体痊愈了，便去其正式的办公地拜望，而龙夏办公署距拉萨城有三里地，是一个叫雪村的地方，其实是他的祖屋，其以私邸借作公用了。屋临大街，坐窗内可以鸟瞰。再见时，龙夏着中国清代礼服，戴大凉帽，加貂尾，右耳穿孔，垂沙金，左耳着小环，此乃藏中高级官吏的官服也。他拱手立门，侧身迎我而入，直行中国旧礼。

室里铺有氆氇的小床，龙夏请我上首坐，我听说藏礼旧规，主人见客，必自踞高位，从不与客人谦让，此让或亦学得中国客套。这时，龙夏正式问我为谁人造派，来函于蒋主席之下，何以签古应芬代行，真有像津梁吏卒审税票啊。我捧腹而笑，答时蒋主席方北上，政务委人代署，我为文官处职员，故由古先生具名。他见我色厉，乃称近来有人指我为冒充，欲问其详，以便反诘谣言者，可见其对内地中央政府要员之一片苦心也。我自述旧时曾向我父学音乐，以谊为世家，遇可为力之处，竭尽其力，不免有些驽钝，但请不必怀疑。

言谈之间，我方知破坏我等者，亦是自内地而来。他出印度，我绕西康，闻我将至，五日行十日程，密告达赖内地内乱又起(斯时，阎锡山拘冯玉祥于太原)，说我刘某人来历不明，请拒见之，达赖差点被他们说动了。此番如果不是民间极其热烈欢迎我的到来，我此行恐怕要受阻大荒之中了。

龙夏心向内地，说中央政府远在一方，不因为西藏偏僻落后而弃，反赍以书牍于达赖与龙夏，知遇之恩，当有相报。我趁势勉励，希望在达赖前多进言，速速转向中央，派出全权代表，与中央接洽，表达诚意，政府无不大度包容。

龙夏颇有国际视野，对于内地所实行之主义，莫不清清楚楚。又虑及内地信教之不自由，异教之相反对。我知道藏人心病即在此，痛论中国不主一教，故宗教不渗入政治，政治不干预宗教，故法律有信教自由的明文，执政者兼各教而有之，并无因教排擅之事，但我此时已觉得中央治藏方针之不能背让。

我与龙夏宏论天下之时，街民纷纷伫立于楼下，仰望窗隙，竞指上座者即女官，大如布人（藏孩之玩具）云云，喧声及于我耳。龙夏暗示，叫其仆人和下属驱散，我自省自己的个子亦非最矮，何以令人诧异，或因为衣物无蓬松之致，以藏人看来，显得太瘦小了？辞行时，我屡屡嘱托龙夏，利用其在达赖面前的影响力，复示达赖喇嘛，给我一个正式的答复，以便早日返回内地复命。

在等待达赖喇嘛的最后回复之时，我游历了三大寺，了解了西藏社会的形色百态之后，已经是初夏时节的五月天了。

再晤十三世达赖喇嘛土登嘉措

五月五日，午后一刻，虾素匆匆而来，说，仍往罗布林卡宫去候见达赖，言毕匆匆而去。我小憩于竹英晴布室，聊了几句，忽然有口谕传来，仍在上次旧晤处接谈。落座之后，达赖便问我行期定否。我答道，不敢自定行期，还待尊者指示，但是已经客居拉萨逾期三个多月了，备受优待，令我无限感慨。尊者一片向好之心，唯向中央复命，亦不可违，如果久留，则荒废职务，将受重惩，希望早日归去。土登嘉措道，你的好意，我早已经领略了，我不敢违背中央，更不想与内地交恶，上次已经向你表达了，请代转国民政府蒋委员长。劳累你久待于拉萨之因，实则是因为你迢迢万里而来，身体疲惫，应该稍加休养，方可以言归，丝毫没有留难之意啊。今天我已经将书牍写好了，凡付诸笔墨所不能尽者，就口头告诉君吧，烦请你直陈于蒋主席，望你归寓所之后记于书册，以免遗忘了。达赖语气缓和，喟然长叹道："过去内地皆漠视西藏，弃如石田。现在新政府初立，即派你来致意，我实在是钦佩蒋主席与各执政者之精明，能顾全大局，尚望始终如一，继续不断，更进而为实际之互助。我所最希求者，即中国之真正和平统一，前些天，偶闻某某先后叛变，我日诵经持咒，以祝其平复。你等此次亦在三大寺念经礼佛，于中国不无益处。至于西康事件，请转告政府，勿遣暴力军人重苦我们的人民，可派一清廉文官接收，我随时可以撤回防军，都是中国领土，何分你我？倘武力相持，藏军素彪悍，我决无法制止其冲突，兄弟阋墙，甚为不值。尼泊尔原为我国旧属，何以年来并不入贡，政府理应察明究办。我对尼国至今仍称为'廓尔喀王'，不书新爵，这个名字乃为中国所赉，我誓不承认它的独立啊。你说尼商务长官的话非常得体。"（达赖此话是因我曾经告诉尼泊尔驻拉萨领事馆员，内地与西藏原为一家，倘无故侵藏，内地断不能坐视云云而来，达赖说他非常嘉许。）又言及印度人民近来因反对英国，受极度之压迫，有难言之苦，中国应在扶助弱小民族之立场上，予以切实之帮助。

十三世达赖此番话,与过去他与晚清官员龃龉之际,与内地渐行渐远之态度,可谓是一个一百八十度的转弯。说明在其晚年已经认识到,紧随英印政府,走"独立之路",非常不现实。四处碰壁之后,达赖已经幡然醒悟,言及英国人,态度异常沉痛,不愿印度受英人之压榨,谅自己亦无入瓮之念。

接着又言及他与九世班禅之争,道:他与班禅原有师兄弟之谊,绝无任何意见,闻九世班禅近日旅居蒙古,想亦有不适之苦,至以为念。

对于我和内地最为关心的达赖与英国人的交往问题,土登嘉措谈道,英国人对我确有诱惑之念,但我知道主权不可失,性质习惯不两容,故彼来之时,均虚与周旋,未尝与之分以任何权力。中国只需内部巩固,有个强势的政府,康藏问题不难定于樽俎。至于派遣代表,因西藏本以教治地,人民对于政治颇为冷淡,对于中原情形尤为隔膜,恐去亦难有贡献。唯既承谆嘱,当竭力选派青年数人赴会,彼等虽无甚智识,而头脑敏活,可以在中央领受教诲,遇事则直达于我以求决示。等到挑选齐了再命其陆续登程吧。至于全权代表,一时尚难有人选。我对中央政府所求不大,能于最近给西藏一些织布机、制革器,派各种工人来,足矣。

我连忙答道,若您所示能获准,不光是工人,即各科实业家及技师,我看都未尝不可啊。末了,又略问中央政府部门领导的履历,我一一如悉奉告。并问是否都属于总理信徒,我答道当然。他又复问到中国近代名人,何以多出广东,我告诉他广东为先总理家乡,平时受先总理精神感化甚多,且粤人富有创造精神,故能成大业。希望藏人亦常常接受孙先生之学说,则人民思想自有进步。

归去来兮

到该告别的时候了，十三世达赖喇嘛说，我已经给你选了一个出行的良辰吉日，阴历三月二十九（阳历五月二十七日）为上好吉期，可于此时回京。我起身受命告辞。达赖再馈赠哈达，并以红丝络一联，亲为我置之肩上。我俯首退出时，已经是入夜时分，我与十三世达赖相晤了四五个小时之久。

依照西藏礼节、习俗，我行前，一一向噶厦政府各大臣告辞。初到造访，临去辞行，同样重要。我以为亦可借此查看一下这些要人对内地之感情是否一致。初见擦绒，再会其他三位噶伦，皆神情冷冷，仍作客套之语，甚者有说谢国梁君由京致电，嘱我勿回。后知谢为蒙藏会所派，亦无留我之说。他们多方牵挽，不知何故。

过虾素家时，他刚刚升官，大设家宴以贺。彼原为秘书，现以实缺代本任用，说这都是因为接待我有功带来的吉庆，当众申谢。起初，虾素已经做到了代本，因剪发学英人，又私下谋划，被达赖所觉，斥责之后，革去官职，当场褫其衣冠靴袜，以尽毁辱。虾素大病一场，几不能起，此为藏中近年大政变之一。被黜者，现已渐渐重新起用。

再去谢龙夏二夫人，她坚决不授我哈达，说是为了不让我走。可是所馈赠的东西实在太丰厚了，比达赖送我的二十倍还多。有氆氇二匹，坐垫一具，缎料一方，不过贵重者，亦仅仅是戒指耳环而已。但是龙夏却说，三月二十九出行之日，虽为达赖所定，但于数为奇，于日为残，请四月初一行，最为良辰。我告诉他，我等本无所谓吉期，但是既然达赖殷嘱咐，我不想违拂其意也。他预定远送我三四程，可是因为来不及筹备，未果。二夫人又请求送我至印度，我亦婉谢了。

这时，忽又传达赖召见，急驰往，乃坚色总堪布奉命转语，谓时间来不及，待达赖喇嘛赐见已经无望了。但是达赖喇嘛交代，敬赠金佛一尊，及药末一包，都是达赖喇嘛亲持咒者，带着此物上路，舟车之乘，可免危险。我领谢之后，入暮返寓，这时，路过邻居达过竹帕先生家。达过原为藏政府的大司伦，现在已经老病退休，可是余威犹在，元老声望不坠啊。达过有二女，皆青春美貌。大女儿素有西藏美人之称，旧时曾嫁过人，可是丈夫像一个白痴，遂大归。她所居楼高我住的一层，当我临窗行文时，她动辄倚栏之上，持望远镜偷窥，开初令我深恶她的为人，可是后来数次请求见我，乃接待她入室。发现其对于藏文藏乐精习入微，造诣甚深，教我调筝，可是我久久不会，只好放弃。听我说将归去，她垂涕如雨。有一天深夜匆匆而来，请求我携她悄然远走高飞。我大为惊诧，问她何来此奇思怪想，我是为国事而来，正感藏人有内向之念，现在如果挟一女而去，人将质疑此乃何为。况且内地生活亦非常艰苦，若无一技之长，赤手空拳，怎么能养活自己？她举起手上饰物递了过来，说这些珍宝，可够数年盘缠了。我笑着安慰道，君有孺子气，凡事不宜如此草草，倘后有缘，当竭力助成之，并以脂粉等物赠她。

临行前，我还去拜访了龙夏，随从皆不与我同往，恐怕被其殷留，盛意难却。我说以骑装相见，虽然他想挽留，也不能强人所难了。初谒，他徐告最后请托，请我祈告中央，藏政府并非不想奉行三民主义，但是藏人思想保守，愚钝未开，不要操之过急，以徒增纷扰啊。后言及外交，藏人决以中央之行动为行动，断不会单独有所表示。再者，内地军备听说远不及列强，请加意准备，唯有中央强了，内足以镇变护边，外足以御侮持平为要。并嘱我继续为藏努力，对中原人士亦应鼓吹，让他们关注西藏边事，并希望有二度重来，他将尽力保护。我一一颔之，略受其饯饮，于午后时离拉萨而行。老百姓多知我取道印度，同声祝福我不为海神所吞没，我挥手谢之……

芜野苍茫，我最后眺望了一眼大昭寺，遥望布达拉宫，向自己生于斯之地，投去深情一瞥，打马而去。

漫切村，那神奇平静的灵童故乡

我仰视这片灵地。

多少年过去了，灵魂仍然像雪风一样掠过藏地，朝圣于苍茫青藏。轮回的异象令我错愕，转世的咒语叫我骇然，魂灵的超度使我战栗，杀戮的救赎让我喟叹，自然的法力让我畏惧，祈祷的经幡却使我宁静下来。万里寒山，莽苍灵地，究竟要向我谕示什么？每次走过神山圣湖，望着转山转湖的朝圣客，觉得神山圣湖离尘嚣如此之远，又如此之近。一旦贴近了它，便可以寻回我们丢失已久的一种精神、一种境界、一种价值、一种信仰、一种执着、一种虔诚、一种真诚。一旦亲近过它，神山圣湖就注定会成为你的前世今生，今生来世！

那天，我徜徉在协德坝子漫切村，凝视着金色的达赖小宫殿，抚摸着大自然的法力镌刻的"唵嘛呢叭咪吽"六字真言，禁不住扼腕长叹：灵地灵童，轮回转世，其实就是在兑现前世今生的奇迹和梦想。牧场上的一个毡房,青稞地里的一户人家,一个背水的使女,一个放牧的男仆,一旦自己的孩子被认定是达赖转世灵童,便时来运转,一步登天。贫寒低贱之家一下子跃升为皇族贵胄,饥寒交迫之人一夜之间变为钟鸣鼎食之族。孩子被送进寺庙接受最好的教育,跻身贵族僧侣之列。卑贱与高贵的边界从此坍塌,贫穷与富有的鸿沟由此夷平。而一旦灵童坐床问政,则将天下苍生的命运握在了手中,一个纯洁的少年便再没有了纯洁,沦落于阴冷寒宫里,高居法位之上,融入长明灯煌煌灯火里,艳羡人间的酥油茶香,却得不到世俗的亲情、友情和爱情,每天直面政坛的黑暗、罪恶、凶险、阴谋、背叛、杀戮、流血乃至死亡,心肠渐渐变得冷漠和坚硬,万劫不复却难以救赎,悲天悯人竟无法皈依。直至圆寂之日,佛手指向何方,又是一次新的轮回与转世……

还有那位走过青藏之地的名叫刘曼卿的女人,最终为了无法释怀的情殇,虽然有十三世达赖喇嘛给她摩过顶,可她还是未走出自己的情感世界,在第二次走过从丽江入香巴拉直至阿墩子之地后,她往生于一个凄风苦雨的晚上,没有亲人和同事相伴,赤条条而生,默默而走,也许她已经沿着灵山灵地灵湖,往生于藏地而最终步入天堂。

……

今夕何夕。该回到我生活的大都市去了。离开的时候,我的灵魂之翼已经被洗濯和梳理,从藏地走进蓉城,已是暮霭沉沉。车灯炫目成一条彩河,一条灵魂彩河,一条欲望彩河,熙来攘往,夜暗如水一样将我淹没。伫立廊桥之上,俯瞰府河上泛起的霓虹,我开始迷路了,迷失在万家灯火的闾巷里,迷失在温柔之乡的笙歌中,蓦然觉得,这座自己所熟悉的城池,竟如此陌生。

卷三

小转

灵湖

摄政王出山

天真蓝。

我站在恰拉山垭口,俯瞰盘多方向,黄尘滚滚,似乎有一支马队卷起风尘,朝恰拉山奔驰而来。年轻的五世热振活佛骑在枣红马上,一脸春风得意,扬鞭打马而行,恨不得早一点见到圣城拉萨。

马蹄声碎。天空中,一群灰头雁掠过天际,唧唧相鸣,我听到了历史深处的回响……

江水有声,断崖千尺。云海茫茫无归处,谁听灰头雁啼鸣?谁听蒿草遍地、断垣废壁里的晨钟暮鼓……

可是我却看到了,看到那马蹄声碎处,热振寺屋顶上的佛灯点燃了,点点,簇簇,犹如一片煌煌天火,一条流向拉萨城的祈福之河,燃亮了念青唐古拉星空。在热振藏布的雪风中,火苗飘来飘去,嬗递着过去未来,前世今生……

强巴佛下摆满了供养,二十岁刚出头的五世热振坐在法座之上,带众喇嘛高诵佛经,长号呜呜,为圆寂的十三世达赖土登嘉措念经超度。

达赖喇嘛坐化了。消息在热振寺的堪布中传开了,说是神圣的达赖喇嘛坐化之前,便将西藏政教的摄政大权托付给热振大师。因为当年他来热振寺时,便有将摄政王之位托于五世热振之意,并有珍藏的物品相赠。

木狗年的春节过后,热振果真去拉萨当摄政王了。

热振的幸与不幸,皆因他在这个飘雪的冬季,错误地走上了摄政王之位。已蛰伏在千年柏树林中的欲望之鸟,突然凌空骞翮,飙升为一片权力的魔咒。

巫符般的魔咒,皆离不开色戒与权谋。前者温婉如水,后者坚硬如冰。热振在雪域众生中威望骤升,皆是从寻找达赖转世灵童开始。

十三世达赖喇嘛圆寂四载后,摄政四年的热振活佛走出摄政王颇章(指活佛公馆),乘牛皮船渡拉萨河,过雅鲁藏布,驰马去了山南。在泽当搭帐篷小住了数日,然后溯雅鲁藏布江而下,至曲松,翻越布丹拉大雪山,整整走了一周的行程,终于抵达加查宗。然后,溯崔曲而上,又是一百多里的驿程,终于在暮霭沉沉之时,抵达琼果杰寺。琼果杰寺为二世达赖所建,后又经三世达赖扩建,是达赖夏天来观看拉姆拉错圣湖湖象的宫殿,离神湖有二十一公里的路程,骑马要走一个上午。

热振在琼果杰寺作法念经三天,拜谒班丹拉姆女神,不然她将错伤年幼的灵童。

那天早晨,太阳冉冉升起,望着陡峻的山坡,热振摄政王喝了几碗酥油茶,浑身发热,踩着仆人的背,跃身上马,朝拉姆拉错策马而行。

拉姆拉错——观前世今生来世

我对拉姆拉错神往已久。

那些年在圣地神游时,拉姆拉错总是惊现在我的眼前,我相信自己的魂儿早已经留在那里,相晤只是时间早晚问题。

"拉姆拉错"在藏语里意为"吉祥天姆湖"。对于藏传佛教来说,它是宗教地位最高的神圣之湖，而对于尘世凡缘而言，又称三世湖，传说可看到自己的前世今生和来世。我已经不止一次梦游到那里了。

二〇一一年八月二十五日，我在西藏的采访结束，离出藏还有四天时间，可以去神往已久的天上仙女之湖一游了，幻影浮现，看看自己的前世今生。

第二天早晨，拉萨城郭阳光灿烂，万里无云。我们驱车出拉萨城，去谒见、膜拜拉姆拉错。然而，寻找天上仙女之路却坎坷不平。

出曲松县城后，便是一条土路，从半山腰上穿岩而过，下边是万丈深渊，连防护的马路牙都没有，不时惊出我一身冷汗。

更险的路还在前方，一座高入云端的大雪山布丹拉横亘于前。布丹拉海拔四千九百一十米，上山三十五公里，下山三十五公里，九九八十一道弯，可与我当年走过的横断山脉里昌都城后的达瓦拉山比肩。上山的时候，手心攥了一把汗。所幸强巴师傅的技术着实精湛，虽然途中有两三公里泥泞之道，被大车轧出了一个个大坑，走不好就会刮了底盘，可是他精准避让，与坎坷不平的路面巧妙周旋，终于安全通过。登上布丹拉山巅时，我长舒了一口气。强巴师傅也感叹地说，如果早来三天，路上洼陷积水，车过不了的。

下布丹拉大雪山的路仍旧峰回路转，可我已经领略过强巴师傅高超的驾驶技术，一颗悬于空中的心也终于落地。神如电掣，心追高天流云，一道飞虹已横架于心与神湖之间。

我们朝着加查县雅鲁藏布河谷驶去，两点半驶进县城。强巴师傅说，吃过午饭，三点钟正式上山。我们从一座雅鲁藏布的吊桥上驶过，环江而行，然后转过一道弯，朝着崔久村溯源而上。离雅江最近的藏族村落叫崔久一村，村庄周围长了一片千年野核桃树，树干数人环抱，树枝擎天如伞。车子驶过村舍，一直向上，太阳照着我们前行，几乎碰不到对头车驶来。路边崔曲的雪山之水如一条哈达飘荡，雪水潺潺，流泉淙淙，十万句的祷语，流向雅鲁藏布，默默地祝福我们走向神山圣湖。

转眼间，车子已行驶了两小时，下午五时七分，我们终于抵达拉姆拉错山脊下的停车场。虽然已近傍晚，但是阳光正好，一轮夕阳西下，普照神山圣湖。我仰首远眺，此时斜阳余晖正浓，从西边斜照下来，泻在经幡之上，五光十色，吉祥之极。

未入拉姆拉错前，我曾做过功课。网上云：沿石阶而上，需半个小时。停车场的海拔已逾五千米，而抵达湖边的山脊，则到五千三百多米。环顾此处的停车场，就我们一辆牛头吉普车而已。

于是，强巴师傅在前，如脚下生风，我和朋友一家居中，紧随其后，索多断后，收罗掉队之人。上到三分之一的路程，我便大口喘气，走几步便开始"拉风箱"了。登第二段台阶时，我第一次坐在石阶上休息了片刻，然后站起身来，接着往上攀登。背上的摄影包越来越沉了。以后每升高一百米，我便会坐下来歇息一会儿。

经过四五次的歇息，终于离经幡越来越近了。最后一程，我抓住扶栏，一级一级往上爬，而强巴师傅高高的身影已消失在经幡里边。

天空晴朗，苍穹之上没有一翳云彩。可是，冥冥之中，我却看到了一代摄政王五世热振骑着牦牛从云间踽踽而来……

热振驰马走了一个上午，空山盘旋，踏草而行，几乎没有路可走，随行跟了一个马队，终于到了神湖所在的山脚下。跃身下马，仰望天空，一朵朵祥云飘落在湛蓝色天幕上。热振感叹，天赐吉兆啊！

噶厦政府的噶伦池门·罗琼旺杰挥了挥手，一名仆人牵着一头白牦牛走来，牦牛身上铺着镶金边的氆氇。仆人说，请摄政王骑着牦牛上山。

仆人伫立于白色的牦牛旁边,见摄政王走了过来,在牛背下躬身而跪,将自己的脊背当成一方上马石。

热振踩着仆人的脊背,一跃而上,骑在了白色牦牛的背上,朝海拔五千四百米的拉姆拉错湖的北山爬去。

也许因牦牛相驮,平时徒步要大半天的路程,摄政王于晌午时分便登上拉姆拉错湖的山巅。腰子形湖面尽收眼底,四周都被城郭垛堞般的山脊包裹,湖的尽头,雪山倒映其中,因了阳光的折射,呈现出诡谲多姿的景象。

寻访灵童的队伍在翻越山脊后,旋即在半山坡搭起一个临时帐篷,跟随摄政王而来的布达拉和三大寺的活佛高僧们向着神山念经祈祷,与祥云相接。

经声如潮涌,沉浸其中的热振抬起头来,远眺拉姆拉错,但见一面绿松石魔镜一样的湖泊镶嵌在雪山群峰之中。

寻找灵童的过程,一般要在诵经膜拜神湖之后,来回往返,看三次湖象幻境。摄政王热振跃身跳下牦牛背,环顾南坡,煨香之炉梵烟袅袅,经幡迎风飘荡,将六字真言的祈祷送上天穹。

热振朝圣湖躬身一拜,祈求班丹拉姆女神保佑。她若发怒,就会伤及灵童,甚至自己。眼前的湖光山色,如梦如幻,正午的阳光倒映于碧波上。由此北坡往山下走,约莫有六七千米,也得要一两个小时的行程。他挥了挥手,对噶伦池门说,我们先到湖边走一趟吧。

仆人跑了过去,又一次弯下腰,让年轻的摄政王踩着自己的脊背,再次跃上白牦牛。他呵斥着牦牛,摇着缰绳,一步一步地朝着圣湖迤逦而行。

山坡好陡。牦牛每走一步,摄政王都有点儿摇摇欲坠的感觉,但他毕竟练过密宗,可以防止坠牛的事情发生。

一步一滑坡,摄政王蓦然回首,只见从噶伦池门·罗琼旺杰开始,每个跟随自己而来的僧俗官员和大活佛,都像梭坡一样,滑了下去。

海拔渐次降低,头颅的疼痛渐渐减轻了。越往低走,湖面的圣境越呈现出诡奇的风景。有一座藏族村落浮在湖上,浮浮冉冉,然后便是一家人的房舍,后边则是一道山的屏障,宛如一条蟠龙横亘其上。

摄政王看到转世灵童家的方位和房舍,然而跟在他身后的僧俗官员却没有那一双慧眼,无法看到那圣湖上的绝景。

到了湖边,摄政王朝着南方的圣山,五体投地磕了一个长头,向那座与喜马拉雅一样圣洁的神山顶礼膜拜。

重又回到了神山之上,静静地远眺湖象。然后在山顶上扎篷过夜,等到翌日拂晓时分,由摄政王一个人单独下山,看透转世灵童的诞生方位。

那天深夜,星空璀璨,摄政王盘腿打坐,静听神谕,好辨出转世灵童的出生方位。冥冥之中,北斗星牵着半叶月亮帆船,在蔚蓝的天穹中,穿越万重山,一路朝北。当摄政王欲在天空捕捉流星坠落的方位时,突然一阵雪风掠过,**雾霭漫天遍野**,将星空遮住,使热振无法看清楚那流星究竟陨落于北方的什么地方。

热振一声长叹说,天不助我,只待明天了。

第二天曙色初露,太阳尚未从东边山冈上升起。湖面上空乱云飞渡,千奇百怪的造型飘浮湖面之上。诡秘的湖象预示着什么?摄政王执意要一个人走一趟,与风中的神山对晤,破译圣湖展示的冥意。

喝着仆人送来的酥油茶,吃过糌粑,身体里渐渐有了暖意。热振将红色袈裟往肩上一抛,决然出门。此时噶伦池门·罗琼旺杰也带着僧俗官员站成一排,准备与热振再度下山。

热振摇了摇头说,神谕不可违忤啊,不是每个人都能够领悟得到的,诸位就留在帐篷里坐等吧,我单独走一趟,也许神秘的班丹拉姆女神会显灵。

摄政王就这样一个人朝着圣湖前的山坡走去。雪风吹过,吹皱一池湖水。往下走的过程中,太阳不知何时钻出了云罅,将一抹霞光泻在湖面之上。

祥云冉冉,神秘巫符浮现在云谲波诡的湖光山色之中。

湖面渐次开阔,太阳升起来了,一抹晨曦洒在了魔幻般的湖面之上。热振由西北角往南行,离湖越来越近了。远眺着祥瑞的云彩,热振在圣湖拉姆拉错湖面清楚地看到了三个藏文字母:A、Ka 及 Ma,他对这一奇境惊叹不已。接着便出现一系列影像:一幢三层楼的寺庙,有绿蓝色与金色相间的屋顶,寺庙前边则是一条到山间的小径,连着一户半山坡式的藏民房舍。最后,他看到一间有怪异造型导水槽的小房子。此时他并不懂这里边的含义是什么,可是圣湖之景却让他高兴不已,灵童将生于此地!他频频向圣湖磕着一个个长头,并将身上的所有贵重物品及佩饰,全都投进了圣湖里。他确信 A 字母暗示安多(Amdo,青海)。

既得神秘湖象谕示,则天机不可泄露。他默默地藏记于心,不向任何人透露,只待回到拉萨再找高僧破译。

重又回到神山之上时,噶伦池门·罗琼旺杰和所有的官员都拥过来问,活佛,你独自走到圣湖边,是否看到了达赖转生的灵光,以让佛门重见佛光啊。

摄政王淡然一笑,说,天机不可泄露。那一夜热振睡得安稳,因为他已经了却一桩心事,找到灵童所在的提示文字了,只待回到拉萨,征询甘丹寺、色拉寺和哲蚌寺绝代高僧的意见。第三天起来的时候,热振法座还想再看一次湖象。他要看看自己的前世今生。世俗之人来谒拉姆拉错,通常要连看三年圣湖之象,因此拉姆拉错也称三世湖,第一年看自己的前世,第二年看今生,第三年看来世。

可是,此刻的天空里没有一丝云彩。一阵雪风吹来,只有神湖之巅的经幡在舞动。

五世热振的身影悄然远去了,不曾在我周遭留下一点历史的信息。

登顶了,我看了看表,走了五十分钟,却被一片经幡挡在外边,神湖不见。

"强巴师傅,你在哪里?我该从哪里进来?"我钻到一个煨香炉前,被一条条经幡拦住了。

"从左边过来。"强巴师傅替我抬起了经幡条,我钻了过去,山谷里的神湖奔来眼底。

天哪!我神情愕然。神山天佑,湖面晴朗,天上一朵云翳也没有,长长的拉姆拉错,犹如一面椭圆形的魔镜展现出来了。

我们站在城垣般的墙头上,找了一个地方坐下来。强巴师傅说,我们不要说话,各自看各自的。一个小时之后再走。

我选了一个没有经幡的平台坐了下来。掏出照相机一边装镜头,一边开始看自己的前世。波澜不惊的湖面上,突然浮现出一个巨大的水牛头,两只牛角弧线优美,从东岸往西岸,水牛泶水而来。

我大为惊诧,这就是我的前世——一头耕地的水牛,一头驮牛。俯首甘为孺子牛,前世也许就是一种耕耘之命。牛在湖中,往西岸越近，幻影渐次隐去。突然东南岸又出一景，一只狗站于岸边，水波渐渐放大，那只狗的显影也越来越清晰，仿佛在汪汪地叫唤。

一切都得到了印证，我的前世为牛，而今生属狗。牛与狗皆印证了我的前世今生。

那么来世呢，我的来世会变成什么呢？

一边举起手中的相机拍照，一边等着水上再变幻境。果然，一会儿水中的牛和狗消失得无影无踪。突然，水中央出现了海市蜃楼，一座桃花岛，有树有房舍，俨然一处世外桃源，唯听狗吠鸡鸣。

也许只是三两分钟，抑或更短，桃花岛不再，东岸靠中间的边缘上突然幻化出一个身影，一名女性婀娜多姿，头戴一顶太阳帽，性感无边，颇像西方女郎。

我不由得大惊失色，来世我会成为一名女性吗？

紧接着，女性的身姿在岸边不断幻化，最后一位吸烟斗男士的头像幻化出来。

这是我的来世吗？我默默叩问。按说一个凡夫俗子，要连续而来三载，才能看全自己的前世今生和来世，可是我却有神湖之缘、西藏之缘、佛法之缘，只一次，便将自己的前世今生和来世，全看到了。

那当年的热振大师呢，他看到自己的前世今生了吗？

数日之后，我从恰拉山巅下至盘多，沿热振藏布迤逦而行，经过田畴藏居村落，一片油菜花映衬着一座盘龙般的神山，前方千年柏树森森，衰败的热振寺浮现其中。

站在热振寺前的大平台俯看，村郭依稀，阡陌之间，金灿灿的油菜花开至尾声，江中枯树丛丛，神鸦盘旋，河谷一溪绿水绕村郭和热振寺前而过。太阳西斜，诡秘佛光从云罅里泻了下来，点点簇簇,洒在东边的山冈上,落在热振藏布,在热振寺周遭的千年柏树之上。

此寺风光甚美,风水绝佳。热振寺正前方,两山犹如两条盘龙,翩然而飞,而热振寺背后,却是一片古柏树林,左右青龙白虎盘踞于此,伸向远方。站在寺庙的天台之上,可看晨曦浮冉,可拂落日霞光,如此风水之地,百年之间曾经出现过两代西藏摄政王,可是他们都没有善终。

年轻的五世热振摄政后,与内地修好,向往祖国。可是后来,因为乃穷护法神预见他三十四五岁之间有一场人生的灾难,因了其密宗的双修,因了登顶巅峰的迷失,可能会祸及灵童和他本人,于是热振决定暂时离开政坛四年,避过一劫,便将权力交给他的副经师大札。大札其貌不扬,行事低调,乍看迂阔,政治上不会有多大作为,可是却工于心计,是一位彻头彻尾的分裂主义者。大札执政后与中央政府交恶,渐行渐远。四年之后,热振欲收回权力时,遭到了大札的残酷清算,最终惨死于布达拉下的雪村监狱。而经过一场枪炮洗劫之后的热振寺,从此凋零了。

站在热振寺一隅,远眺祥云从西山冉冉而起,萦绕经筒、法轮和金鹿之上。寺院的广场上,一座塔孤独而立,历经千年风雨,煨香的香炉,燃烧的卷地柏梵烟袅袅,与从天穹泻下的斜阳纠结在一起,交织成一道道吉祥之光。

这佛光还会普惠苍生吗?

就在祥云和佛光之下,河谷对岸的山野里,一条银线,巨龙般地穿越在热振藏布……

波澜不惊,湖静莲花生。不能不步步惊心,不能不心生虔敬。不知不觉间,我们在神湖的山巅坐了一个多小时。太阳渐次西斜,待我们站起来拍照时，神湖犹如一块魔镜，骤然合上，波平如镜。同行的朋友喊照相，声音大了一点儿，一只灰头雁从头顶掠过，几声啁啾，如哨声一样尖啸，穿破天空。湛蓝的天幕上，此时并没有一缕云彩，可神鸟一叫，便落下几片瑞雪。

"太神奇啦！"同行的朋友朝天惊呼道。

该说告别了，我们纷纷合掌祈祷，留下一张张与神湖融为一体的照片，然后下山。

随行朋友路上一再询问我看到了什么。我嘘了一声，说："这是秘密，不能随便说的。"

"说嘛！"朋友急不可耐，说自己看到了前世原来是一只小兔子，后来变成了个吸烟斗的男士。说着便往下走。这位朋友在我后边，突然一声惊叫，意外地跌倒了。脚脖崴肿了，不能动弹。我们连忙回头把他扶了起来，架着走。朋友惊呼，我泄露天机，遭了天谴，被神湖惩罚了……引得大家一阵哄笑。

下山之时，斜阳正浓，暮霭四起，雪风徐来。强巴师傅依然是第一个下到了停车场，他惊呼道，你们过来看呀，过来了一群盘羊啦。

我循声而去，放眼眺望，只见一百多只盘羊流连于停车场前后不散，白白的屁股，与荒坡上的石头相近，隐蔽性甚好。有两只盘羊站在一块巨石上，离我们不到十米远，徘徊良久，不愿离去。

吉兆啊！我感叹道，刚膜拜了天上仙女湖，看到了自己三世，又见盘羊开泰。莲生因果，我们不仅看到了自己的前世今生，也看到了雪域高原的今生来世……

到不了的地方叫西藏

我只记得那一年是藏历羊年。

汽车从山南泽当镇拐了出来，倒车镜里的城郭藏居次第缩小为一个黑点。西藏第一座宫殿雍布拉康，文成公主为藏王松赞干布做饭的昌珠寺，还有她孤魂徜徉的雅砻河谷，皆在身后渐渐远去。

无语对冷山。蓦然回首，向那片祥云缠绵的神山、河谷，向大唐帝国的公主魂归之域投去最后一瞥，心中泛起一种莫名的空落。文成公主、吐蕃汉妃，第一次近距离地走近你，少时积淀于心的仰望与骄傲跌落了，跌入冰谷。我终于明白在一场皇皇大婚背后，掩饰不住一个帝国公主的美丽与悲怆。在汉地同胞自尊自大的后边，谁曾知晓，一个金枝玉叶椎心泣血的心痛和凄凉。这一点，在即要远离之时，我终于读懂了你。这种读懂，说与谁人听？

出泽当镇，前边，一条梦中的大江——雅鲁藏布，就在吉普车挡风玻璃视窗中浮现。

马年转山，羊年转湖。辽远的芜野，属马的神山乃青海阿尼玛卿山，而属羊的湖则是青海湖了。可是此时，我却在世界屋脊之上，近晤着这条大江，江面很宽，水有点儿浑浊。伫立于江边，江风徐来，倒映于江心的祥云朵朵，犹如浮在水面之上的一朵朵巨大莲花绽放，挟着夏日雪水涌来的江流，浩浩荡荡，更像一条淡黄的哈达，疑是从天上飘落，却是从雪峰流下。断崖千尺，江流有声，江岸冷山依旧是灼目的枯黄。

已经是夏季了，雪风吹拂，千山皆寂，竟不见一点绿意和暖色，只有山巅覆盖着一层白雪，像一个白色的鸡蛋壳将那片焦灼的枯黄包裹起来，遥远成一片湛蓝，那一种令人迷醉的蓝啊，将天国与人间连缀在一起。而在这片寒山绝地里坚守，心里唯一的支撑和拯救，便是宗教的执着和虔诚了。

溯江而上，公路两旁，擦肩而过的是一道道天路上的风景，一个个朝圣客，或一袭红衣飘逸的喇嘛，或刚跃下马背的牧人，或刚打完酥油灯的村妇，胸前挂着一张牦牛皮制作的围裙，手上各执一块木屐式的木板，向前走三步，然后躬身朝下，嚓的一声，两手先着地，胸脯、小腹和大腿依次落下，最后额头着地，五体投地朝着前方。朝着神山，朝着圣湖，朝着神殿顶礼膜拜而去。漫漫的朝圣之路，从春天出发，磕过夏秋，磕进了冬季。牦牛皮的围裙磕破了，手执木板屐磨成了木片，换了一副又一副；膝盖周遭的裤子磨破了，露出了血肉模糊的膝盖，但是只要不倒下、没有在风雪弥漫的天路上被冻成一个冰雕，就会义无反顾磕着长头走下去。磕到神山的风雪垭口上，磕到圣湖边上，将身上戴的价值连城的天珠宝石，统统取下来，竭尽最后一点力气，纷纷投入圣湖之中，将一生的富足和豪阔，将一生的虔敬与期盼，皆沉落于清澈的湖水之下。此时，纵使气绝身亡，也会含笑九泉，因为已抵达了彼岸，寻找到了灵魂的皈依和救赎，修得今生来世。如果还能站起身来，便旋转经筒，一遍又一遍地默念"唵嘛呢叭咪吽"六字真言，犹如输入天国的语言链条，诵经祈祷，念够十万遍，像祈祷天梯一样，搭往北香巴拉王国，求得来世转世成活佛，或成为一个骑在高高的骏马上傲世独立的贵族，后边跟着一群狂奔的奴仆，一骑绝尘而去。当然，芸芸众生也许没有那么高的期盼，他们最大的祈愿便是来世不要沦落进入十八层地狱，转世为厉鬼或牛马禽兽之类。

修行的善愿，无疑是这条天路上的终点。

起风了。吉普车沿着一道缓坡疾驶而上，车窗外有江风掠过，传来一阵尖啸的呼哨，犹如羌笛般低沉和呜咽。拐了一个大弯，山脊上的褐色和枯黄已完全被黄尘覆盖，将近一公里长的地段尽是黄沙，漫漶无边，肆无忌惮地向江边逼近。

穿越沙尘地带。车队淹没于一片遮天蔽日的风尘中，犹如一阵历史的飓风将我们吞没。风从天国刮来，风从老塘吹来，风起岁月深处，眼前一片迷茫。迷迷茫茫的天风，湛湛蓝蓝的天幕，令我有点眩晕。是黄沙吹进眼里了，揉了揉，磨得难受，眼帘盈泪。我仿佛看到，十三世达赖圆寂四载后，摄政王热振活佛带着寻访达赖转世灵童的马队，向我们迎面驰来，终点是山南加查县西藏宗教地位最高的观象圣湖拉姆拉错，欲从神秘的湖象显影中，破解转世灵童生于何处的密码与吉兆。

兰花指抚摸人间冷暖

热振活佛着一袭酱红的喇嘛服，骑在一匹白骏马上，那一年，他才二十八岁，红衣藏王，英姿勃发，威风凛凛。太阳从山脊上斜照下来，将他伟岸的身躯和马队的影子拉得长长的，投影在雅鲁藏布上，回望前尘往事，也领略到了人生位及至尊的荣耀。

前方，浮着一片黄尘，是摄政王警卫代本马队踏起的吧？迤逦驿道，警戒前锋已经跑出一公里多远了。驿道两旁的村庄，迎接摄政王的贵族、头人和百姓身着盛装，手持哈达，端着切玛，有的已扎好了帐篷，煮沸了黄铜茶炊，随时等待年轻的摄政王踩着仆人之背,翻身下马,好蜂拥而至,请求他摩顶禳福。

江风中挟着些许沙尘,一粒浮尘从混沌中飘了过来,清凛凛的凉,撞到摄政王的眼球上,有一点轻微的挫痛。热振下意识地揉了揉眼睛,搭在赤裸左臂上的红色袈裟也滑了下来。他朝自己的肩上抛了一下,左手又落到金鞍上。热振的金鞍堪与岭·格萨尔王的金鞍媲美,那一颗颗祖母绿,还有猫儿眼、天珠,红色的、蓝色的宝石,天下宝物皆镶嵌于其上了。就像夜空里星星被点亮成天灯一样,眨着诡秘的眼睛,闪烁着,折射出一种九五之尊的高贵与奢华。紧随其后的是达赖的经师、堪布、乃穷,十三世达赖喇嘛圆寂了,这些用过的东西、仆人,今天都该热振大活佛享用和驱使了。

人生如浮尘啊! 热振喟然感叹,他只是出生于一个普普通通藏族人家的寻常百姓,如今一朝被选为热振寺的五世转世,从此否极泰来,鸡犬升天。他不再是那个懵懂无知的少年,也不再是那个曾被达赖喇嘛赐予手抄占卜经文和骰子的热振寺的年轻活佛,而是可以一手遮天的藏王。一粒飘扬在雅鲁藏布上的浮尘,放大了,尘埃积淀,崛起成一座昆仑,一座喜马拉雅。一个生活于底层的寻常之家的儿子,尊为活佛转世,少时入寺庙学经,长大了,年仅二十四岁,便坐上西藏摄政王的宝座。喜耶悲耶,人生本无常,何必惹尘埃,本在一盏青灯前念经修行,却偶然登上摄政王之位,祸兮福兮,谁又能说得清。

不过,热振活佛似乎刚服下一剂权力的春药,血液沸腾了,胸中似有一群藏羚羊在奔突,容光焕发,神情亦亢奋起来了。蓦然回望间,头顶上遮风遮雨遮阳的黄色华盖,于风中旋转。他的坐骑后边,紧随着首席噶伦池门·罗琼旺杰、孜仲(僧官秘书长)大喇嘛然巴·图登贡钦、十三世达赖的参厦(高级侍读僧官)格乌昌活佛等二十多名高级僧俗官员的坐骑,每位俗官都穿着金色或红色的绸缎马褂,梳一个高髻，戴一顶黄色的圆盖官帽，装饰得雍容华丽，并按色彩分队布列。斜阳映照，每个随从都穿着红黄两色锦缎，格外鲜亮，就连胡子都修成清一色的八字胡。如此隆重的出行仪式，唯有当年达赖活着的时候，才会享此殊荣。离开拉萨时，文武百官皆到迎官亭前送行，祈祷之后再远行，然后乘牛皮船渡过拉萨河，朝北而行，再渡雅鲁藏布，朝着山南方向，踏雪尘而来。

过曲水宗，过贡嘎宗，路经村舍之时，所有的百姓皆迎奉于两侧的道旁，默默地等待，等待摄政王翻身下马，为众生摩顶，祈福禳灾。

贡嘎村到了。警卫代本勒过马头，向热振活佛行了军礼，说摄政王，今晚就在贡嘎村搭帐篷吧。

热振点了点头。将缰绳交给牵马的马夫，翻身下马。

此时，村舍两旁的头人和百姓仿佛在迎接达赖喇嘛一样，迎接年轻的摄政王。农奴吐舌避让于道，唯有前排的贵族、僧侣伫立着，向摄政王献上洁白的哈达，神情虔敬地挂到热振活佛的脖子上。一个美丽的贵族娇娘端过了切玛，朝着热振走了过来，朝摄政王莞尔一笑，那羞涩的笑靥，溢着纯真，更透着性感，俯首之间，一种淡淡的酥油香飘了过来，沁人心脾，令五世热振有点心旌荡漾。切玛是一个方形斗样的木盒，里边盛着青稞等五谷杂粮，热振伸出大拇指和食指，掐了几粒青稞、一撮糌粑面，朝着天空，轻轻一扬，露出了温婉的一笑。随后，先给贵族头人、高级僧侣摩顶，热振的睿眸朝前眺望，那些农夫牧人，纷纷跪在地下，带着虔诚的眼神，仰头期盼热振大活佛给众生摩顶。

佛手如兰花指，抚摸着人间冷暖。热振坐到了法座上。前方排成长队的下人走过来了，三步一个长跪，顶礼膜拜，跪在他的莲花座前；黧黑的脸庞，透着太阳的光泽，黝黑的头发，虔诚地战栗着。热振俯瞰众生，法眼穿透红尘，身上袈裟温热，佛手抚摸着黎民百姓的头顶。

仰望热振活佛，每个被摩顶的苍生心灵都为之一颤。无论贵族、头人，还是商人、仆人，都没有一丝的犹豫，将自己颈上、胸前和银腰带上所镶的红宝石、绿宝石、天珠摘了下来，手一点儿也不颤抖，放到热振活佛旁边的功德箱里。

五世热振不动声色，却禁不住内心的狂喜——当摄政王多好，不仅受万民拥戴，还有万利滚滚入囊。

天色渐晚了。排在后边摩顶的队伍还很长，警卫代本对着众人宣布，说，摄政王走了一天的路，累了，都回去吧。

众生一脸怅然。

也不知摸了多少苍生，摄政王的手真的肿了，抬不起来了。他朝村舍眺望，一抹炊烟，在画有释迦牟尼符号的帐篷上升腾，浮在村舍上空，如挥笔书写经文的狼毫，在水一样的天幕上，留下汪洋恣肆的手笔。黄铜茶炊已经煮沸了，酥油茶溢出的香味，突然引发了藏王饥肠辘辘的乡愁。到了打坐念经的时辰了，喝了一杯仆人递上来的酥油茶，用手拌和，捏了几口糌粑，填了填肚子，身子便暖和起来了，心里弥漫起一缕温馨的乡愁，升腾起一缕世俗的欲念，稍纵即逝。热振逐渐入禅定了，沉入密宗的至高之境。凡格鲁派的历代大活佛们，无论达赖、班禅，还是热振活佛等，皆修密宗。密宗源自噶举派黑帽喇嘛系，由莲花生大师从佛国传入。那可是佛学中的绝妙之境啊，如临天阙，内力灵异和悟性不足的活佛皆难以登临。为了修炼此种境界，大师们不得不借助双修，由威武金刚护法，却落入世俗眼光无法理喻的风月风情。

一道谕旨命翩跹

风声断若琴弦,却有一种罕至的穿透力,一种穿越历史帷幕的法力,依稀可闻。到了曲水古渡了,土登嘉措仓皇从马背上跃了下来,步履有点踉跄。江滩下,恰好摆了一条牛皮船,几位贴身近侍簇拥着他,匆匆跨进牛皮船,划入那片水流还算平静的江湾。

雅鲁藏布在呜咽,与下泻的拉萨河水缠绵在一起,雪风卷起千重浪,牛皮船颠簸于漩涡之中。此时,我从岁月云层里,听到的不是五世热振在呼唤他梦中的娇娘,而是十三世达赖喇嘛土登嘉措在呼唤他麾下的坚赛朗嘎(亲信侍卫)达桑占堆。

江水呜咽。一条牛皮船漂荡于惊涛骇澜之中,驶向何方?土登嘉措乘坐的牛皮船正向彼岸划去,划向他与大清帝国决绝的彼岸。

土登嘉措怅然回望,曲水古渡依旧野茅摇曳,芦荻悠悠,一抹晚照落在雪山顶上,倒映在雅鲁藏布里。帝国的铁骑沉落在藏历狗年的夕阳里,驻藏大臣的清兵骑马从拉萨紧追而来,蹄声隆隆,由远及近,嗡然成一阵雷鸣、一片惊涛。这可是帝国的黄昏啊,此时,离清帝逊位不到一年。清帝国的江山犹如这叶湍流之中沉浮的牦牛船,几近淹没,已自身难保。失去清帝的庇护,至尊的达赖喇嘛如一只孤独的雪域之狮,欲站在布达拉上仰天长嗥,声振卫藏,却与安班(驻藏大臣)失和了,一场兵燹殃及拉萨城池。土登嘉措只好辞别布达拉宫,仓皇出走,往曲水、羊卓雍错、浪卡子、江孜和亚东方向疾驰而去。他将整个拉萨乱局交给噶伦擦绒·旺秋杰布来支撑,而自己则带着首席噶伦夏扎和雪康、勒强等噶厦政府的文武大臣,还有达赖堪布的僧官们,匆匆出走印度的大吉岭,暂避一下风头。刚到曲水，清军骑兵已经追上来了，土登嘉措仰望曲水对岸的大雪山，斜阳抚摸着寒山，如清帝的朱笔划过江山，沉落在雅鲁藏布里，染成一片血色苍凉。

佛祖啊，雪域要经历一场喋血之劫啊。清兵百骑驰马赶到了曲水古渡边上，滚身下马，端起毛瑟枪向江边扫射，清脆的枪声在牛皮船的周遭落成雨点，划破了千古的沉寂。土登嘉措慈悲之眸变幻成一双龙瞳，寒光逼人，穿透苍山千重，越过苍生天空。他执意要破釜沉舟，与清帝国反目了。

"达桑占堆！"土登嘉措呼喊他的御前侍卫。

"小的在。"达桑占堆吐吐舌头，低头站到了十三世达赖的面前。

"叫上我的达克热、色克热（意即虎豹之士），给我堵住清军铁骑，我要看到的是从喜马拉雅山上冲下来的雪狮，而不是布达拉上滚下来的酥油砖。"土登嘉措说道。

"您放心。"达桑占堆骤然下跪，说，"我和达克热、色克热，纵然堵成一道人墙，也要让您毫发无损。"

"有达克热在，我性命无忧，能逃过此劫。"土登嘉措感叹道。

达桑占堆一跃而起，巍然的躯体如一道安全屏障，横在前边，似乎要用身体为至尊的达赖喇嘛挡住枪眼，然后挥手道："达克热，跟我上！"

达克热、色克热纷纷从牛皮船上跳了下去，冲过浅水区，溅起水花一片，蹚水冲过河湾，往曲水滩头跑过去，选择一个个掩体，端起链枪，洞洞枪口瞄准清军的铁骑。达桑占堆手往下劈了下去，大声喊道："放枪。"枪口喷火，一团团火光如天女散花撒向马队，一阵惨烈的马啸，清兵应声栽倒。

"好样的！达桑占堆。"不动声色的首席噶伦夏扎也不禁惊呼。

土登嘉措神色凝重，掠过一丝不易觉察的微笑。

那天，土登嘉措正在赶往京城的路上，他的一个堪布说："至尊的达赖喇嘛，我当年在哲蚌寺当堪布时，有个铁棒喇嘛，是个真正的勇士，想给您当贴身警卫。"

"哦！"达赖正在走向汉地的路上，环顾羌塘草原，空阔无边，人迹罕至，寒山独行之中突然有人加盟，当然是多多益善，于是说："叫过来我看看。"

"达桑占堆，过来。"堪布向自己昔日的弟子招了招手。

"是！"达桑占堆朝着达赖喇嘛跪下，五体投地磕了一个长头。

达赖伸出圣手，摸了摸达桑占堆的头顶，说："抬起头来。"

达桑占堆仰起头。

"是个聪明人，还有一双猎隼般的眼睛。"达赖感叹道。

"您过奖了！"达桑占堆听了土登嘉措的赞许，身体不由得颤抖起来。

"你是哪个溪卡(庄园)的娃子？"达赖问道。

达桑占堆吐了吐舌头，说："是彭波达桑觉普布觉寺拉章卡果尔溪卡柴巴的。"

"哦，是世代为奴了。"

达桑占堆低下头，不敢直面达赖喇嘛冷峻的目光，点了点头。

达赖喇嘛又问："怎么跑出来了？"

"徭役太重，家里的日子实在难过，我才和弟弟索朗逃离了卡果尔溪卡，到多德洛门溪卡当了牧童，帮人放羊。"达桑占堆据实禀报，没有丝毫隐瞒。

十三世达赖神情突然和蔼起来，问："后来为何又离开了？"

"狼群从山上扑了下来，我和弟弟力搏狼群，护着头羊，但最终还是被野狼衔走了两只羊，多德洛门溪卡的大管家知道后勃然大怒，将我和弟弟吊起来一阵毒打，还觉不解恨，又灌我们阴沟水啊。后来，我和弟弟伤愈后，逃到了拉萨，剃度出家，在堪布的经帐下当了一名喇嘛。堪布可是好人啊。"

土登嘉措的脸上泛起了一缕慈祥的笑容，说："孺子可教，是个聪明人，敢从头人的鞭下逃生，有勇有谋。留下来吧，终有成大器的一天。"

"谢达赖喇嘛！"达桑占堆给达赖喇嘛磕了一个长头，欢天喜地携弟而去，走进了十三世达赖到汉地拜谒清帝的队伍。

达桑占堆虽然投身十三世达赖麾下，但一开始并不是十三世达赖的贴身警卫。从汉地回来后，有一天在打扫东日光殿的佛堂时，一时失手，竟然将清帝赐予的一个乾隆年间的御制花瓶给打碎了。凝视着一地碎片，达桑占堆脊背上冒出了一层冷汗，浸湿了红色的喇嘛袍。他知道这回小命休矣。还是走为上策，跑了再说。已经跑过两次了，好事不出三，坏事也不出三，这是一位清军管带说过的箴言。于是当天黄昏，达桑占堆悄然溜下了布达拉宫的东日光殿，沿着一道道浮屠石阶，飘逸而下，红色喇嘛袍迎风飘荡。一个侍候十三世达赖的喇嘛因为做了错事，对他虔敬仰慕的主人不告而别。

好一个走字了得。走进八廓街，走到玛吉阿米的黄房子前喝了一杯甜茶，压了压惊，心中轻轻地哼过一曲六世达赖仓央嘉措的情歌，心里淡定了一点儿，便朝着堆龙德庆方向豕突而去。越走天越黑，雪域的夜冷飕飕的，因为跑得急，他连冬天的皮袄也没有带。夜空中飘雪了，达桑占堆融入了风雪迷蒙之中。武士的身躯有点儿僵了，前边有一点点灯火亮着，不知是座金庙还是村舍，想象着袅袅炊烟升起，达桑占堆才感觉到饥肠辘辘了。该化点缘，填填肚子，人饱了，身子才会暖和。他一家一家地乞讨，却没有人敢收留一个沦落的僧人。勉强得了一把糌粑面，狼吞虎咽地吞下，仍然不解饿。就这样饱一顿饥一顿地饿了一个多月，达桑占堆实在混不下去了，他决定还是投奔十三世达赖。谁都知道达赖宅心仁厚，会宽恕一个人的罪孽的。

逃亡了几个月后，达桑占堆还是回到拉萨，回到布达拉宫，是死是活全凭达赖处置了。

想到死，自己的心态反倒放松了。那天，达桑占堆跟着转经的队伍，摇着经筒，像河流里的一朵浪花一样，先是朝着圣山圣殿布达拉宫前顺时针方向而转，转过一圈后，又朝着布达拉宫的白宫，五体投地磕了一天的长头，这才沿着那如登浮屠的巨型石阶，一步一步，赎罪般地走到了十三世达赖的日光神殿之前，然后五体投地在那里磕头不起。

"上人，达桑占堆回来了！"达赖的侍卫官走进日光殿，向正在打坐念经的土登嘉措奏报道。

"哦！"达赖的慧眼睁开了，说，"达桑占堆真的回来了？"

"是！"侍卫官答道。

"好啊！"达赖喇嘛轻拍打坐的卡垫，说，"迷途羔羊，回头浪子，超度，蹚过了苦海，便是彼岸了，唤他进来。"

侍卫官掀开日光殿前的那道画着佛家"卍"字的门帘，唤道："神圣的达赖喇嘛召见达桑占堆。"

达桑占堆仰起头来，一脸惊愕，以为自己听错了。侍卫官朝他屁股上踢了一脚，说："达桑，你还愣着干什么，上人要召见你啊！"

达桑占堆浑身战栗，躬身走进了日光殿，看到达赖坐在卡垫上，拥着一袭红色袈裟，一片晚霞西斜进来，映照在达赖身上，如金身高僧在熠熠发光，便吐了吐舌头，扑通一声跪下，说："至高无上的达赖喇嘛，我犯了重罪，挖眼断手，任凭处罚。"

"呵呵！"平时很少展露笑容的达赖喇嘛突然笑了，说，"达桑，何罪之有啊？你只是一只迷途的羊羔，找到路回来了。回来就好，还是我的达克热。"

"谢不杀之恩，小的愿为您肝脑涂地。"达桑占堆信誓旦旦，语气之中不乏感恩戴德之意。

"好了，下去吧。"达赖挥了挥手。

达桑占堆退了出来。凝视着一个魁梧的身影走出日光殿，土登嘉措淡然一笑，觉得自己精心培养的一只雪豹长成了。

在达赖的调教之下，一个苦难的少年，终于长成了一根撑起西藏天空的擎天之柱。

达桑占堆果然有雪豹之勇。

土登嘉措看到，在达桑占堆等一群达克热、色克热的掩护之下，曲水河里牛皮船周遭的枪声越来越稀落了，只见一个个清骑兵从马背上栽了下来。有的则掉转马头，朝着拉萨方向逃之夭夭，而拼死追击的清军已寥寥无几。

达桑占堆回首一看，达赖乘坐的牛皮船已经抵达了对岸，到了清军毛瑟枪的射击范围之外，便大喊了一声："达克热、色克热，撤！"

闻讯的勇士蹚过河滩，纷纷跳上牛皮船，一边朝清军的马队放枪，一边急速地划往对岸。身边虽有零星的子弹嗖嗖掠过，但是危局已经解除。达桑占堆跃上彼岸，冥冥之中感到自己已经踏到荣耀和尊贵的土地上了。

生死，尊卑，似乎在一瞬之间逆转了。

达赖喇嘛成功出逃了。将拉萨的危局托付给世代为臣的古老贵族之后噶伦擦绒·旺秋杰布。

老擦绒环顾四周，达赖走了，噶厦颇章的首席噶伦夏扎和另外三个噶伦也走了，留下他来收拾山河。

收拾就收拾吧。一个民族危难之时，总得有男人站出来顶天立地或下地狱，我擦绒不下地狱，谁下？也许下地狱就是上天堂。天堂也好，地狱也好，终是一个热血男儿的最后归宿。

擦绒挥了挥手，大管家跑了进来，低头、吐舌头后问道："老爷，什么事情啊？"

老擦绒说："备马！"

"老爷，备马做甚，清军的官兵在拉萨城里放火杀戮了。您不能去啊！"管家道。

"去！我得去啊，为了布达拉，为了拉萨城里的百姓免遭涂炭，我得去驻藏安班（大臣）联豫的住锡之地，只有他们认可了，我们才可以相安无事。"

"遵命！擦绒老爷。"管家说。

老擦绒走下楼来，站在上马石上，一跃而上，威风凛凛，朝着驻藏大臣驻地驰骋而去。

抵达驻藏大臣驻地，踏着仆人的背，一跃下马，擦绒噶伦朝着驻藏大臣行辕走了进去。

清帝国最后一任驻藏大臣联豫走了出来，凝眸一看，是堪称老友的擦绒噶伦，说："我们孔圣人说过一句话，有朋自远方来，不亦乐乎。是哪场春风还是雪风，将擦绒大人吹来了？"

"呵呵！当然是从内地来的春风啊，送我上青云。"老擦绒答道。

"我担心血腥之风会祸及大人啊。"联豫不无忧虑地说,"西藏坊间在传大人与汉臣走得太近。"

"捕风捉影,何罪之有。再说,与驻藏大臣走得近,是亲近皇帝啊。如果能为拉萨乃至西藏的臣民赢得一时的安定,就是往生了,死又何足惜。"

联豫说:"好,有这样的气魄,才不愧当西藏的噶伦一场。"

老擦绒说:"既然安班说我有性格,那我就有性格一把了。"

联豫说:"好啊,擦绒大人有话直说吧!"

老擦绒说:"我向安班说一次不,请你管束自己的官兵,不要骚扰我居民,不要毁我佛堂。"

联豫说:"擦绒大人,我给你这个面子,你说的两条,我一定办到。"

第二天,从察木多窜至拉萨的清军官兵真的平静下来,不再扰民。

擦绒噶伦舒了一口气,而擦绒亦成了安班准许到噶厦办公的唯一噶伦。

但是,他与联豫达成口头协议过后不几天,拉萨城就开始流传六字节的短歌,讽刺擦绒出卖了藏人利益。

听到这首短歌后,老擦绒噶伦悚然一惊,他感觉自己的末日和宿命一天天逼近了。于是他派了一队快马,往自己的庄园奔驰而去,让大儿子快快赶来,当藏军副司令,以便保护自己和家人。

大儿子接到父亲的信函后,匆匆地赶回了拉萨城里,就任藏军副司令,但是这并不能保全擦绒家族的安康。

福兮祸所伏,悲剧便在匆忙之间发生了。那天早晨,老擦绒噶伦去大昭寺参加一个法会,他刚走进会场,便发现在铁棒喇嘛旁站着一群陌生的云游喇嘛，那眼神是最终要摊牌的冰冷之色。但他还是觉得自己为整个西藏办了好事，为匆匆逃往印度大吉岭的至高无上的达赖喇嘛收拾了残局，不致引起同胞们的唾弃。

坐在法座上的高僧念经了，站在下边的红衣喇嘛也众声高诵《甘珠尔》。这时突然有两个像康巴汉子一样的壮士从民众之中一跃而起，朝着自己走了过来。两个人将擦绒噶伦团团围住，就在人们将虔敬的目光投向僧侣的时候，一把长长的藏刀朝老擦绒的胸部、腹部捅了下去。

碧血冲天，碧血千秋。如朝圣的经幡一样的血色，从擦绒噶伦的胸部、腹部流了出来，如故乡的年楚河的洪波一样流淌，擦绒噶伦的脸色由红色变成蜡色，渐成苍白，他竭尽全身的最后一点力气，指着向他的背部捅了一刀的壮汉，吼道："你，你……"

老擦绒噶伦倒了，忧愤的黑瞳仰望着湛蓝的天穹。

父亲被惨烈杀害，擦绒的大儿子并不知晓，还坐在豪宅里与家人喝酥油茶。突然门庭前掠过一阵如雨如雷的马蹄声，震得他颤抖了一下，坐在旁边的夫人擦绒卓玛问夫君："孩子的阿爸拉（爸爸）你怎么了？"

藏军副司令说："我听到了阿爸拉的一声惨叫。"

擦绒卓玛说："夫君也许过于紧张了，阿爸拉不会有事的。"

大门被撞开了。荷枪实弹的藏军涌了进来，将擦绒噶伦的大儿子和五个妹妹团团围住，擦绒的大公子刚要拔枪，突然四个壮汉拥了上来，将他扑倒，双手反剪，捆了起来。

看着哥哥被捆了起来，五个妹妹一阵哭号。那哭喊如母雪狮长嗥一样。

"带走！"执行命令的藏军代本挥了挥手，擦绒噶伦的大公子便被五花大绑地押了出来,在妹妹们哭天抢地的悲号中被带到了布达拉下的杀场雪村。

藏军副司令被捆到一株大树之上,那个代本手一挥,枪口洞洞的链枪举了起来。

"阿爸!"年轻的擦绒大公子毕竟没有经历过杀场的阴森,在胆怯的尖叫和呼喊中,枪响了,伴随着一团团一簇簇火焰,子弹在这位贵族公子的身上开了花,整个胸腔和腹部布满了贯穿性的弹孔。

土登嘉措是在清帝国的江山坍塌后回到拉萨的,听到擦绒父子死亡的一瞬,觉得擦绒父子死得多少有点冤枉,顿生怜悯之情。这时,又听说擦绒家族只剩下一门女人,负债累累,他的脑际掠过一个念头:不能让西藏四大贵族之一的擦绒家从此衰败下去。当达桑占堆进来,为他倒酥油茶时,土登嘉措的恩赐之目突然落到了这个达克热身上。

当达桑占堆刚要离去时,土登嘉措蓦地仰起头说:"达桑留步。"

达桑占堆低头吐了吐舌头说:"您是在吩咐小的?"

达赖喇嘛说:"是的,我英雄的达克热,你想不想还俗,娶一房妻子,成为一个富甲雪域的贵族啊?"

达桑占堆以为土登嘉措在试他,说:"不!我的生命是您给的,好生侍候您,便是小的修得来世了。"

达赖喇嘛笑了,说:"达桑占堆,你小子的嘴越来越像昌都左贡树林中的鹦鹉了,巧舌如簧,我看言不由衷,其实你很想还俗。"

达桑占堆的心思被土登嘉措窥透了,连忙匍匐于地,磕了一个长头后,说:"我的心思真的瞒不了您。"

达赖说:"我的达克热啊,曲水一仗,你救了我的命,也救了整个雪域,可惜一直未重赏你。现在我给你补上,达桑占堆听令:我命令你还俗，封你为扎萨，从此就是西藏贵族了，有了这个名分，入赘到擦绒家里，娶擦绒女儿重振擦绒家族的辉煌！"

达桑占堆心花怒放，擦绒家的女人和女儿都属于自己，这是多么惬意的事情。他站起身来，向达赖磕了一个长头。

一个生于差巴（农奴）的儿子，一夜之间得道，随之整个家庭也鸡犬升天。西藏古老贵族的财产、庄园和女人都属于自己了。

然而一家贵族女人如何接纳一个仆人的儿子，其中苦衷，也许只有自己知道了。

……

遐想之中，车队已经驶过了曲水古渡，朝着日喀则方向行驶了十多分钟之后，便与当年十三世达赖逃亡之旅渐渐远离了，朝着海拔五千多米的岗巴拉盘旋而上，再次与西藏的三大圣湖之一的羊卓雍错湖亲近了。

那是曾经让我在西藏经历了一场生死之劫的圣湖，因为走近了它，崇敬了它，我的人生重又开始幸运起来了。

佛灯亮了，驴皮鼓响了

幸运与不幸的祥云在一个黄昏飘过来了。

那是一个傍晚，莲花状的白云悠然浮在布达拉之上，红宫是沉寂的，脚下的雪村也是寂静的，历世达赖的灵塔塔尖染上了几抹余晖，倒映在龙王潭的碧波里，整个八角街都沉浸在暮霭沉沉的一缕炊烟里。铜炊已经点燃，酥油茶的香味已飘出了一条条古巷，飘到了贵族的豪宅和仆人的土房子里。

突然，一阵达嘛鼓沉重的嗡响，划破了拉萨城郭的沉寂，传遍了这座日光之城的每个角隅，全城信众的心被重重一击，所有人虔敬的祈祷皆被达嘛鼓击成了齑粉。

"达赖喇嘛圆寂了！"一个跪在大昭寺前磕长头的朝圣客遽然大哭。随后，一座城池为之哭泣，随后，整个雪域为之哭泣。

布达拉宫每层的神像前都摆上了各种供养，喇嘛们坐在经幡下口念诵经。

随着一阵达嘛鼓响过，大昭寺、小昭寺的喇嘛将红色袈裟裙带往肩上一抛，戴上了黄帽，匆匆走到了神龛前，大声诵经。

嘎厦政府发布了第一个布告：三大寺（即甘丹寺、色拉寺、哲蚌寺），四大林（即功德林、喜德林、丹吉林、策默林）和西藏所有的贵族庄园三周之内一律在屋顶上燃点佛灯，贵族摘去耳环，女人不准头戴巴珠（三角形头饰），男女老少脱去华丽服装，均着黑色丧服祭奠，寺院、住宅、商店门头和屋角上的经幡和装饰，沿窗的窗布统统取下，以志哀悼。

佛灯燃亮了！烈焰漫漶成一条生命之河，载着十三世达赖的法体，飘向了佛陀之境。

热振寺屋顶上的佛灯点燃了，点点，簇簇，犹如一片煌煌天火，一条流向拉萨城的祈求之河，燃亮了念青唐古拉星空，火苗在雪风中飘来飘去，嬗递着过去未来，前世今生……

强巴佛下摆满了供养，二十刚出头的五世热振坐在法座之上，带众僧高诵佛经，为圆寂的十三世达赖喇嘛超度。

这时，管家匆匆跑进来了，也不顾诵经的仪式，在热振的耳边窃窃私语："布达拉的堪布来了。"

热振一愣："什么急事啊？让他跑这么远的路而来。"

管家诡谲一笑:"如果我没有猜错的话,法台你被选为摄政王了。"

五世热振将信将疑,旋即被一服权力的春药浸染得脸色红润。

热振拉章的强佐江阳格烈跪了下来,说:"听说活佛已经被选为摄政候选人,我们深感震惊。"

天真的热振并不懂政治的凶险,说:"这是好事情啊,我可以为西藏众生服务了。"

江阳格烈说:"我家活佛历来不适应出任摄政王。"

"什么意思?"热振问道。

拉章强佐江阳格烈说:"当然,风险大大的。"

"什么风险,说来让本法座听听。"五世热振说。

"法座您听说过第穆活佛的故事吗?"江阳格烈问。

"当然听说过。"五世热振说,"他是八世达赖亲政前的摄政王啊。"

"可是他却没有善终。"

"哦!"五世热振惊愕了。

"还有三世热振的故事您听说过吗?"

"那是我的前辈,岂能没有听过。"五世热振说,"他是一代西藏摄政王啊。"

"是的,可是您可听说他政治上失败后,几乎丧命,最后逃到了内地?"强佐忠告道。

"我知道啊,可是三世热振毕竟垂垂老矣,我刚年届二十,能对付得了噶厦颇章的那些鼻子没有擦干净的俗官和布达拉吸鼻烟的老朽们。"

"呵呵!"强佐江阳格烈仰天大笑说,"法座真的年轻,初生的雪豹不怕虎啊,却不知那些老朽一个个老谋深算,你在政治上不是他们的对手。"

热振说:"不会吧,一场决斗,笑到最后者是年轻人啊。"

"可是那是武场的决斗,在政治上的决斗却谁是老姜谁胜啊。"强佐说。

"我就不信那个邪。"五世热振说。

强佐江阳格烈说:"凭着法座这话,您如果真的当了西藏的摄政王,将不得善终。"

"乌鸦嘴里说出来的话,都不好听,你走吧!"心高气盛的五世热振挥了挥手。

强佐摇了摇头,说:"五世热振连孔雀和乌鸦都分不清,我无话可说了,汉地有一句话,'不听老人言,吃亏在眼前',我吃过的盐比你喝的水多,我走过的桥比你走过的路多,既然五世热振不听我的忠言,那就等着不得好死的那天吧。"

热振拉章强佐一语成谶,此乃后话。

热振摆了摆手,说:"热振拉章强佐,我念你老了,不惩戒你,你下去吧。"

强佐仰天长啸:"我真的是朽了,各位师兄,我们念经祈祷,切勿使法座被选。"

"拉章强佐不知我心啊,"热振感叹道,"我与达赖可是有前世之托啊。"

热振说的是,十三世达赖曾带着众多随从,驰马翻过多拉垭口,入盘多,沿热振藏布来到热振寺。达赖当着众僧之面,将一个女神画像赠予热振,并嘱他要好好学经。随后,热振陪着达赖走进一片古柏树林,达赖选了一棵柏树,说是要作为自己百年圆寂过后,处理法体之用,并做了一个记号。

十三世达赖走了。热振寺的堪布们便传开了,说是神圣的达赖喇嘛欲将自己圆寂后西藏政教大权托付给热振大师。

木狗年的春节过后，热振真的去拉萨当摄政王了。

热振的选择

热振的幸运与不幸，皆因在这个飘雪的冬季，错误地走上摄政王之位。已淡泊的欲望，突然浮出了冰面，飙升为权力的魔咒。

巫符般的魔咒，皆离不开色与权。前者温婉如水，后者坚硬如冰。

起初，登上布达拉摄政王宝座的五世热振，并没有赢得真正的权力，首席司伦朗顿公爵是十三世达赖的亲侄子，他虽然名义上辅佐摄政王——年轻的大活佛热振，但是他却没有将这个毛孩子放在眼里，财、权、物都不交给他，甚至连五世热振要刻一个热振摄政王的公章，他都不批一分钱。

五世热振有点愠怒，便在僧俗官员皆在的西藏大会上说："我要辞职回去了，回到热振寺当我的法台吧。"

色拉寺的僧官问道："法座凭什么归隐山林，西藏的苍生离不开你啊！"

"离不开，我看离不开朗顿公爵吧？！"

"此话当何讲啊？"色拉寺和甘丹寺的堪布问道。

"这摄政王还有何做头，我连刻一个热振摄政王玉玺的财权都没有啊！"

众僧官们一听，觉得朗顿公爵太过分了，当初因为他是十三世达赖的亲侄子，才慑于佛座神威让他三分，现在十三世达赖已经圆寂，他还欲独揽大权不放，实在有些过分。

可谓树倒猢狲散，向朗顿公爵夺兵权的运动开始了。

第一个回合，朗顿公爵输了。

那天早朝，朗顿司伦和池门·罗琼旺杰噶伦前来奏议，奏明去山南拉姆拉错观神湖之象的时间、人员，有池门·罗琼旺杰噶伦，还有经师格乌昌活佛等一行人。摄政王点点头说，这样好，拉萨城的事情，暂由朗顿司伦总理，有大事情速来禀报。

朗顿已经在第一个回合中被摄政王打了一闷棍了，不敢再有忤逆之意，说，请摄政王放心，拉萨的天空是明朗朗的，都是因为有了摄政王的英明统治，吾辈就是吃了雪狮胆，也不敢违背圣命啊。

摄政王点了点头说，好，我要的就是这片忠心。

早朝在酥油灯的星星点点中结束了，摄政王赐过早茶后，便散朝了。

拉姆拉错在山南加查宗查拉杰的神庙旁，那年一世达赖来到这里传播格鲁教义，受到了山南一带的信众欢迎。在盖这座金庙时，法王受佛陀指示，爬过一座六千多米的雪山，突然发现眼前有一个长长的湖泊，四周雪峰相拥，湖面上结了冰。雪风吹过，太阳照耀其中，冰化了，呈现出一片玻璃般的蔚蓝色，太阳的光束斜射下来，突然有一座莲花观音浮出湖面，还有一片片祥云坠入湖中，倒映出雪山的嵯峨和美轮美奂。

圣境！这是佛陀诞生的圣境，格鲁派的灵童转世，会在这里得到暗示和指引。

一世达赖圣言一出，以后，凡老达赖圆寂，寻找转世的灵童都要来这里观看湖象。

摄政王从拉萨城出发，渡过拉萨河，渡过曲水，朝着山南方向浩浩荡荡地来了。

劫数将尽，否极泰来

我来了。那是二十世纪九十年代的第一个夏天。

羊卓雍错就在上头。山道弯弯，拐过一道弯，再拐过一道弯，山峦在螺旋式升高，海拔也在十米、二十米、二百米地飙升。我的头开始有点沉了，胸部也闷了起来，这是一种缺氧的先兆。

我坐在副驾驶座上，越野吉普转向峡谷边上时，雅鲁藏布在身后渐行渐远，缩小成一条红色的脉管，连接着天国与尘世、汉地与西藏。

虽说此时已经是夏季了，但是窗外的雪风好冷，刮过玻璃车窗，啪啪地响，犹如白经幡红经幡掠过，掠过灵魂的域地，掠过心灵的殿堂。车里暖暖的，是司机在放暖气，我身子有点微微出汗了，背上腋下，汗珠浸了出来。

按了一下车窗玻璃，雪风很冷，虽然山峦苍翠，山巅却有白雪如冠。只好将玻璃窗关上了，在暖和的车上，有点困了，合上眼睛，梦入故里，梦入天堂，我发现自己掉进了命运的冥界，坠落进地狱了。好冷，四周一片黑暗，刚进入而立之年，注定会有这一劫，注定要来西藏的圣地，完成最后的救赎……

一缕阳光泻进了地界，好刺眼啊，如一条金色的命运之绳，让我拽紧它，一步一步地往上攀登。

穿过厚厚的云团,我浮出了命运的谷底,有一个圣湖一重青山一片绿草的山坡,毕露视野。

车子戛然停下了。我睁开眼睛,果然是一片神山圣湖圣水圣境。

这就是羊卓雍错?阴法唐老爷子喃喃说道:"西藏的三大圣湖之一啊。"

我跨下车门,如太空步悄然而下,踏在了圣湖之畔,踏在了天国的边缘。解开衣襟,让雪风吹过,临风而立的感觉真好。那雪风凉凉的,将刚才车里的那片温婉冰冻成一个雕像,如玛尼石一样矗立在神山垭口。

我注定要有生命的一劫,才能完成自己最后的救赎。解开薄薄的夹克拉链的一瞬间,让雪风将黑暗冥界阴晦吹走的同时,也掳走了我身上的阳气,汉地带来的阳气。

摄影家老张仅仅拍了几张照片,我恳请他为我留下一张。走了几步远,便觉得头重脚轻。从冰冷的雪风中回到车上,再将夹克拉链拉上的时候,我的魂魄好似已经被雪山女神掳走了,踽踽而行,从圣湖上空飘过,去了遥远的神庙底下,班禅大师的金庙扎什伦布寺的金顶之上。

可是我却不知。

走下五千零三十米的岗巴拉,环山而下,下至羊卓雍错的边上,这是由三个圣湖连接成的灵湖,连绵三十多公里,天上的白云倒映其中,山边青青的牧场倒映其中,远处的雪山倒映其中。雪风掠过,泛起一片片涟漪,湖中的画面碎了,可是我并没有看到自己的前世今生。人有点微微陶醉的感觉,犹如发烧般醉入梦中。

体内有些发热了,我有点晕,以为是海拔高的缘故。前边快到浪卡子了。湖面的天空变得一片昏暗,乌云翻滚着,挡风玻璃上雪粒敲得叮咚响,还有几公里便可以到县城了。阴法唐夫人李国柱指着前边的一座寺庙,说:"那就是女活佛多吉帕姆的家庙,她们崇拜什么你知道吗?"

我摇了摇头,说:"不知。只知道女活佛曾经在一九五九年叛乱时,被挟持去了印度,后来她悄然逃脱,回到了内地。"

"是的,这都是我们当年在江孜的时候,做她的工作打下来的底子。"李国柱感叹地说,"当时江孜成立了学习十七条协议的青年学习会,有时放电影,有时跳舞。我和一个女同志到了多吉帕姆的主寺,将她接出来,到江孜去看电影,与我们一起联欢,渐渐地,她也开始开化了。"

"据说,她还俗了,与一个卫兵结婚了。"

"你怎么知道的?"李国柱夫人悚然一惊,仿佛是因为我触动了西藏敏感的宗教神经。

"听别人说的,作家出版社有位总编叫秦文玉写过一部电影剧本《女活佛》,说的就是多吉帕姆的故事。"

李夫人点了点头,说:"是,可惜啊,多吉帕姆嫁了班禅的警卫,那个男人不怎么样。"

"哦!"我喟然感叹,不知说什么啊。

路越来越难走了。人生如此,婚姻爱情皆有许多岔道,我不知如何评价,多吉帕姆究竟走了一条什么路?

越野吉普开始跳舞,两三公里长的道路,我们一个坑一个洼地走,居然走了一个多小时,明知前方有铜炊,有炊烟袅袅,却不能一饱饥肠。

下午三点多钟,车子终于走进了浪卡县城。众人来接阴法唐老书记,准备了一桌丰盛的藏餐。面对奶渣蒸出的蛋糕,闻着漂满了酥油的人参果,还有那带着牦牛粪便清香的血肠,我却被熏得一阵头昏脑涨,勉强吃了几口手抓羊肉,便作罢了。

起身走出飘着浓烈羊膻味和酥油味的县政府小招待所,找到浪卡子邮局,在明信片上盖了章,寄给遥远的彩云之南的一个老同学,便匆匆登车而去,朝那条著名的冰川前行。照了几张照片,老李告诉我,当年他仅有几个月的女儿健白,就是从这条路,坐着驮马走出来的。还有一个同来的孩子,母亲跟着,却发起了高烧,如果不是卫生员带来强心针,那个孩子便没有命了。

我也开始发烧了,额头很烫,此时的雪山美景,对我不再有诱惑力,真盼望着早一点到江孜宾馆,好早点解除自己的病痛。

傍晚时分,到了江孜,这虽然只是一座小县城,却因二十世纪之初的抗英大战,而崛起为一座英雄之城。刚从年楚河迤逦而下,车近县城,便有一座兀立在山巅的白色城堡,融入苍山落照之中。我惊叹又是一座小布达拉宫,阴法唐老爷子笑了,说不是什么宗教神殿,而是江孜宗政府。当年抗英的藏军官兵与民众在这座宗山上坚持了一百多天,终因寡不敌众,全部壮烈牺牲,英军才打通了进入拉萨圣城的门户和通道。

我们次日坐车是盘旋而上宗山的,看了江孜宗政府的衙门、粮仓,还有关押犯人的地牢,应有尽有。站在残垣断壁前拍照时,突然鸟瞰到一座白塔寺的金庙,后边横亘着一道环形的长城般的垛堞围墙。"这是什么寺庙啊?"我不禁脱口问道。

"白居寺!"阴法唐将军说道。

仅仅是一山之隔,杀戮与成佛,竟然在飘升与坠落之间融合在一起了。

驱车转下宗山,徜徉在道路泥泞的小街上,嗅着那一阵阵藏族民居里特有的奶膻味，我一阵阵想呕，蛰伏于体内的感冒加重了，渐渐感染成了肺水肿。

我的体内已经危机四伏了。但是仍然跟着阴法唐老爷子去了他当年在江孜任地委书记时蹲点的江孜县乃尼村，在那个普通的藏民村，他与李国柱的蜜月香巢，就筑在一个女朗生（女奴）家里。走进至今依然一片黑暗的小屋，当时不到二十岁的女朗生，已变成了一个蓬头垢面的老妪，虽然时光已经过了四十多年，老太太一眼便认出了阴法唐夫妇，她低头吐舌的一瞬间，泪水便流出来了。

欣喜之泪，团聚之泪，竟然在四十二年后流淌。随后他们坐下来聊如烟往事。我坐在一边做谈话的记录。头痛欲裂，驱车返回江孜。翌日上午，又去了帕拉庄园，这是西藏四大古老贵族的豪宅。当年，帕拉一家追随叛乱队伍，其兄弟三人，都跟着达赖喇嘛匆匆逃走了，唯有嫁江孜宗本的帕拉小姐留了下来。时主事江孜民主改革的阴法唐，叫人保留下了帕拉庄园，让其成为解剖西藏农奴社会的一个活标本。当"文革"年代许多庄园纷纷毁于一旦，成了残垣断墙一片废墟时，阴法唐又叫人保护了帕拉庄园，所有的生活用具、刑具，都是当年那个时代的摆设。于是帕拉庄园，也便成了全藏区唯一留下来的历史遗物。

感叹过老人家的超凡胆识后，我们驱车往西北方向，去了他当年任江孜工委书记分管过的后藏重地日喀则，历代班禅大师驻锡之地，扎什伦布寺的日喀则地委。

那天晌午时分，我们的车队驶入了日喀则，远眺到了扎什伦布寺的经幡和金顶耸入云间，但是将近扎什伦布寺的强巴寺前，我已经昏昏欲睡了，蛰伏于肺内的恶魔终于跃了出来，冲破了我生命的防御系统。

到了傍晚,我觉得头痛欲裂。晚上日喀则地委书记和四大班子成员,请老爷子吃饭的时候,我一阵阵地恶心,不能去吃那膻味极浓的藏餐了。留下孤零零的我,一个人躺在又暗又黑的地委小招待所里,本可以住星级宾馆的,但节俭的老人家,非得住这个又黑又暗的地委小招待所。都走了,留下我独自一人,心中一片无垠的乡愁泛起。我渐入昏睡,混沌,坠入了冥界前的转门,灵魂飞升了,躯壳却在沉落。我看到了落入地狱的小鬼,也见到了升天坐在佛陀身边的达赖。

好冷啊!我的躯体一直在沉落,从一个星光稀疏的寒夜,往下坠落,飘荡,如藏地大草原上一朵紫色小花,在狂飙雪风中飘浮,穿越万仞冰峰耸立的峡谷,往一个黑暗的渊薮坠下,两岸的冰峰变成了金刚厉鬼恶煞凶神,有骑在野牦牛背上的怒目金刚、黑脸护法,还有那刚从女人的天宫里呱呱落地的婴儿……

雪风吹过深渊,法号呜呜。我听到了鬼哭狼嚎的尖叫和惨烈。

又是一阵海啸般的颤动,雪崩了,嗡然一阵巨响,喜马拉雅坍塌了,雅鲁藏布溢满了,我穿越峡谷的峰峦纷纷倒下,漫天的雪尘,滔滔的洪水,将这淹没了,吞噬了。我被卷进了冰谷之底,一片黑暗,周遭皆有小鬼的嬉戏,野狼的长嗥,雪狮的仰啸。

我浑身抖颤,不知自己魂飞何方,身处何地,有一种被埋没、被冷冻的窒息感,觉得胸前压着一座冰山。

黯然的天地突然惊现一缕光亮。

也不知过了多少时候,我已经处于昏厥之中。冥冥之中,有两个藏族的玛吉阿米站在身旁,站在了我的床前,脉管中有针扎的感觉,一泓生命的液汁输入我的躯体里边。

等待,等待命运之神重新垂青我,给我第二次的生命之光。

可是此时我却坠落在黑暗的地狱里。在地狱里沉落,在天堂里飘升,先有沉落,才会有雄起和飘升。

睡了多少天,我一点感觉也没有。那天夜里,我半梦半醒间仿佛听到叮咚的泉声,是天上流音,还是禅林清泉?

"徐剑,你醒了?"突然听到了一声蘸着山西老陈醋的声音,"我们有两个盆,一个洗脸,一个供你撒尿。"混沌之中,我被扶下了床,撒下一片驼铃声。不断地撒,撒到一个太阳升起的早晨时,我睁开了眼睛,看到了两个皮肤黝黑的藏族娇娘站在床前,风铃般的笑声传了过来:"徐秘书,你终于醒了。"

"我睡了几天?"

"三天三夜。"

"没有啊,"我说,"我觉得只睡过去一个时辰。"

两个藏族娇娘掩口一笑。

"你睡了三天三夜。"声音里带着山西陈醋味的老摄影家张巨成说道。

"我真的睡了三天三夜?"

"那还会有假?三天三夜的撒尿,都是我侍候你的。"

"谢老张。"我一个骨碌翻身下床,作了一个揖。

"别谢我,应该谢两个藏族医生和护士,卓玛和次央。"

"为何谢卓玛和次央?"

"是卓玛医生和次央护士救了你,你得了肺水肿,差点丢了小命,是她们日夜守在你身边,才救了你。"

我涅槃了,从此否极泰来。

"吐基其(藏语,谢谢)!"我用藏语向两个藏族医生和护士躬身相谢。

"不客气!"卓玛用标准的汉语说,"藏汉一家,再说,你是阴书记的秘书，如果抢救不过来你，我们无法向老人家交代啊。他是老十八军啊，我们敬重的老书记。"

我是托了阴书记的福了。

"他是你的贵人。"张巨成说。

"是的，"我点点头说，"如果没有老人家，我不会有今天的凤凰涅槃。"

走到阳光下，日喀则的天空一片湛蓝，一缕缕祥云在扎什伦布寺喇嘛庙上空飘荡。

祥云高照，照在了我命运的头顶之上。我要看班禅大师的金塔去。

"我们去过了，你自己去。"阴老爷子夫人李国柱对我说。

我点了点头，托达赖喇嘛和班禅大师的福，我才捡回来了一条小命。

顺着一条石板路而上，我朝着扎什伦布寺走去。进入的第一个大殿是强巴殿，只见长明灯如河，明明晃晃，如瀑布飞扬，驮着六字真言，飞向了遥远的天堂。

我五体投地，替汉地云南昆明大板桥的妈妈，也替自己浴火再生的命运，向班禅大师磕了一个长头。沾了大师的灵气，从日喀则回到拉萨，回到万家灯火的京畿之地，从此，我时来运转了。

龙夏之劫

藏王朗顿公爵将开杀戒的朝报呈到了摄政王的案前。

奏章称，当年十三世达赖的一个宠臣土登贡培，因不请藏医，乱给神圣的达赖喇嘛服药，结果让达赖圆寂了。罪加一等，放逐去了藏南的密林之中。

这事我知道。摄政王点了点头，虽不是在自己任上处置的，但他上任便耳闻达赖圆寂是贡培与达赖的另一个宠臣龙夏内讧的结果。

唇亡齿寒啊，贡培覆灭了，龙夏也岌岌可危，但龙夏毕竟见过大世面，在英国带过藏族留学生，吃过洋面包，喝过咖啡。龙夏欲作困兽之斗，以民众大会的名义，纠集七八十个青年才俊上书，要求修建十三世达赖的灵塔，寻访转世灵童，并历数主持噶厦政务的噶伦池门·罗琼旺杰的种种劣迹，企图发动政变。结果一起签字的噶雪巴在关键时刻将龙夏出卖了。

龙夏想造反。纠集年轻官员，对噶伦池门·罗琼旺杰说三道四，就是对摄政王不敬，犯上作乱。

那天龙夏被召至摄政王的侍卫处，当即被宣布脱去官服，撤职查办。摘除顶戴黄缎之时，他急中生智，从左边的藏靴里掏出一个纸团，吞了进去。可是逮捕他的藏兵还是从右边的藏靴里找出一个黄纸，被证实是诅咒噶伦池门·罗琼旺杰的咒语。

池门·罗琼旺杰勃然大怒，派人抄了龙夏的家，从他的家里搜出了他代达赖批的奏章。

望着那朱笔写在奏章页眉和地角的龙夏的字，池门噶伦找到了置龙夏于死地的借口。

"大胆的龙夏，竟敢冒天下之大不韪，假冒达赖喇嘛批奏章。"

龙夏昂着头颅，仍然不可一世。他从心里看不起池门·罗琼旺杰，觉得他只是一个庸才，一个见了美女便会瞪直眼睛的色鬼，唇枪舌剑地反诘道："你不知，那是达赖喇嘛为了减轻冗务，让我为他代劳的。"

"代劳？胡说！"坐在上位的伦钦朗顿说，"达赖喇嘛岂会让你代劳？"

"哈哈哈！"龙夏仰天大笑，根本没有将噶厦颇章、藏王和噶伦放在眼里，多少有点咆哮公堂，"难怪达赖喇嘛看不上你们，尔等只是一群会吸鼻烟的老朽，朽木不可雕也。"

"你！你！"池门气得发抖，"你会下地狱。"

"呵呵，我不下地狱谁下地狱？为使西藏成为一个民主的地方，我愿下地狱。"

"好！让他下地狱。"池门挥了挥手，说，"带他去夏钦角监狱。"

铁镣铮铮，龙夏黯然退堂。

审判在夏钦角监狱进行。堪仲·喀饶旺秋、藏军司令朗噶娃、孜仲旦巴江阳做了审判官。初审时，审判官指控龙夏聚众签名造反，龙夏矢口否认，等到他的心腹之一噶雪巴站出来对质时，龙夏才低下了头。

如何处置龙夏，噶厦颇章拿出了意见，要将龙夏打入布达拉宫的夏钦角监狱，并将他两个儿子的手砍了，再不能为官。

判决下来，就要执行时，龙夏说："我愿意为儿子顶罪，不能砍了他们的双手。"

池门说："不断你两个儿子的手，就挖你的双眼。"

"好！我愿意。"

"成全你。"朗顿公爵哈哈大笑。看来他才是笑到最后的人。

奏章放到了摄政王的藏式茶几前。

"挖龙夏双眼！"他愕然，说，"我是五世热振，活佛是不能杀生的，施酷刑，有违比丘戒律，这事我不能签署，由噶厦颇章摄政助理朗顿司伦定吧。"

摄政王在最后的时刻，并没有下旨赦免龙夏，却任由噶厦颇章决定，最终挖了龙夏的双眼。从此，拉鲁家族与摄政王有了过节。

行刑是在雪村监狱进行的，行刑前龙夏的儿子，遵达赖之命过继给龙夏的情妇拉鲁夫人当养子的拉鲁，想与弟弟一起劫狱，却被比拉鲁大二十多岁，后来成为他妻子的拉鲁夫人制止了。她说："不可轻举妄动，汉地的安班说过，留得青山在，不怕没柴烧。等待，现在你唯有等待，龙夏家族才有东山再起的一天。"

拉鲁只好远远眺望雪村监狱，像一只雪狮一样长嗥。

雪村监狱行刑的号令吹响了。

"随便吧！"龙夏已被吊在一个木桩上，脚下悬空，足上吊了重木头和盐袋，可是他却视死如归，一副硬汉形象。龙夏哈哈大笑说："目送达赖喇嘛灵魂回到菩提树下的时候，我的魂儿已随法座而去，一个躯壳留有何用，臭皮囊一个。砍头不过是脑袋上留一个树桩样的疤，肉身被神鹰叼去，二十年一轮回，我又是达赖喇嘛帐前的一个武士、一只藏獒。"

行刑官咬了咬牙，说："那好，就成全你吧。"

执法官摆了摆手，说："不要让他死得痛快了，要让他慢慢地死，痛不欲生，生不如死，看下世还能不能超度。"

行刑的屠夫端起银碗，畅然喝下一碗青稞酒，朝着龙夏走过来了，说："对不起了，龙夏，你就忍着点吧，别怪我心狠手辣。"

龙夏苦笑了一下："我得意之时，你只会在我面前吐舌头，别废话，求你手快一点。"

行刑官点了点头，开始行刑。

声震寰宇的惨叫不绝于耳，回旋在土司官寨的每个角落。

灵魂出窍了，龙夏肉身掉进了万丈黑洞。好冷啊，寒凝逼人，身体一直在坠落，飘浮般地坠落。身体被冰锥撕成了碎片，毁落在无边的黑暗里。冰峰坍塌了，雪崩将他掩埋了。寒凉，九万里的寒凉，世界一下子退到了史前白垩纪的冰冷。

龙夏被行酷刑之后，拉萨街上传出一首歌谣："都说龙夏是喇嘛，祈祷念经不停顿；都说他是智美更登，把眼睛布施给仇敌。"

摄政王并不知道龙夏会遭受这样的痛楚，也不知道自己日后会遭龙夏小公子的毒手，此时他是春风得意的摄政王啊。

驿道上风尘滚滚，雪风中一只百灵浮在空中嘤鸣。

班丹拉姆发怒

半个月过去了，摄政王终于来到了加查宗的一座叫查拉杰的寺庙前。摄政王踩着仆人的背，跃身下马，不远处一座金庙兀立眼前。

"那是什么庙？"

"摄政王，这是当年宗喀巴在山南建的格鲁派金庙查拉杰，又叫琼果杰寺，里边供奉着宗喀巴的手掌石印，还有达赖的保护之神班丹拉姆。"噶伦池门·罗琼旺杰答道。

"哦！进去拜拜！"

"摄政王可以进去，可拜宗喀巴的手印，却不能拜谒班丹拉姆女神。"池门·罗琼旺杰说。

"为何不能拜？"摄政王问道。

池门·罗琼旺杰跪了下来，说："摄政王，你倘或进了查拉杰的班丹拉姆神庙，法力镇不住丑恶的女神，便会有性命之忧。"

"有此等事？"热振摇了摇头说，"噶伦多虑了。不会的，我是五世热振，岂可被丑陋的女神克住。"

池门·罗琼旺杰摇了摇头，心里默默地说，摄政王真是初生牤牛不怕昆仑雪狮啊，我无话可说，等他哪天性命堪忧的时候，就知道我并非妄言了。

摄政王不顾池门·罗琼旺杰噶伦的劝说，径直往那座金庙走了过去。

跨入强巴殿，一双佛眼从高高的殿堂上俯看着苍生，也俯看着雪域万人之上的摄政王。

热振骤然下跪，跪拜格鲁派的一代高僧活佛。

酥油灯亮了。如一条生命的长河，漫无边际地燃烧，照亮了寒冷的雪域，映着摄政王黧黑的脸庞。一片诵经的祝祷之声在经堂里回响，冲穹顶而上，飘向了天边天国天堂。

摄政王站起身来，步出了强巴殿，朝班丹拉姆的神殿走了过去。

其实班丹拉姆庙是一个很小的殿堂，里边供着一个极丑的女神，肤色青蓝，面孔狰狞，怒目圆睁，咆哮如雷。

摄政王浑身颤抖，他多少有点后悔没有听池门·罗琼旺杰的忠告。一走进殿堂，一缕寒风从班丹拉姆神殿的黑暗之处刮了过来，掠过肌肤，有侵骨之寒，让体魄雄健的摄政王也不寒而栗了。

也许就在这一刻，命中注定，摄政王的法力不够，被班丹拉姆的凶煞之态扼住了，但是此时处于权力巅峰的热振并未感知。

"该去拉姆拉错了。"拜谒了加查宗的琼果杰神寺之后，摄政王如是说。

但是距离看到转世灵童湖象的神湖，还隔着半天的行程，隔着海拔五千多米的一座神山。

摄政王义无反顾地朝着灵山灵湖走去,去看拉姆拉错的幻景了。

最后一次,却成了第一次

我也要去观圣湖。

也许我是最后一次进西藏了。虽然不到羊年转湖的时辰,但是此行,也许是最后一趟西藏之旅了。一旦回到京城,或许再不会回来。八次入藏,除不通公路的墨脱和阿里之外,我几乎走遍了雪域大地,领略了芄野茫茫的风光无限,可是心中却埋了一个小小的遗憾,一个久久不泯的夙愿,那就是还有一个圣湖——纳木错还从未涉足。

最美的风景总是最后惊现的,于是,我对青藏铁路负责宣传的才凡副指挥长说,派辆车送我去纳木错吧,这也许是我最后一趟到西藏了,一直对这个圣湖念念不忘,既然是告别之旅,就向这个圣湖作最后的告别。

才凡点了点头,说没有问题,您到了拉萨,就给您安排。

那个日子,应该是秋高气爽的天气吧,我坐上了一辆4700牛头吉普,往当雄草原,往念青唐古拉之北的西藏三大神湖之一的纳木错疾驰而去。

车至当雄的大经幡前,已经是中午了。在经幡前拍了几张照片,到中铁五局的指挥部吃过中饭,我们便翻越念青唐古拉的纳根山口,朝被蒙古人誉为天上之湖的腾格里湖——纳木错疾驰而去。

山之南阴云密布，而过了海拔五千一百多米的念青唐古拉的纳根山口，往北，则是一片阳光灿烂。沿着雪线，下到了藏民村，整洁的村落，显然是由公家出资修建的。穿村落而过，朝南，环念青唐古拉的北线而行，天空中突然祥云飘绕，落在车窗的玻璃之上，落在每个有缘的朝湖的香客心中。

我仰望天空，对车中的两位女士说："看到了吧，天边有一缕润红的祥云飘过来了。"

"不红啊。"当过首长保健医生的西藏自治区人民医院内科主任对我说道。

"不对啊，我都看到了，你们为何没有看到？"我反诘道。

"那是因为你与西藏有缘，没有缘的人是看不到圣湖祥云的。"

我点了点头，默不作声。也许两位女士真的说对了。不是每个人都可以看到神山圣湖露出云谲波诡的神秘一角。

我就是冲着纳木错的神奇、神圣和神秘而来的。

车至湖边。也许因为"十一"长假刚刚过，游人稀少，湖边只有几个藏民，一头白色的牦牛站在老妪和少妇旁边，背上缀着藏饰的披挂，精美绝伦。我们徜徉湖边，任清澈的湖水冲击湖边，涛吞雪痕。

雪风掠过，与坐在湖边的一个藏族老妈妈交流过后，我朝着湖边的扎西岛走去，缓缓上坡，有点气喘吁吁，毕竟这已经是海拔四千七百多米的地方了，而巍然于前的扎西岛却有四五百米高，我想登上这座神山，一览圣湖风光。

走过两座巨石耸立的城门，转向北边，有一条长长的石梯嵌在扎西岛上。石梯蜿蜒，拾级而上，每登一步都大口地喘息。蓦然回首，北边的湖面，竟然惊现一片奇异的景光。湛蓝的湖面之上，雪风掠过，卷起一层层涟漪，那涟漪幻化成一个红衣喇嘛戴在头上的黄色僧帽，我惊呆了，大声喊道："快看，湖面上出现了一顶达赖喇嘛的喇嘛帽。"

"啊！"两个女士和陪我上山的青藏铁路拉萨指挥部的摄影光头也惊讶万分，说："真的是一顶喇嘛帽啊。"

我频频拍照。光头摄像也留下了这奇迹般的一幕。

继续往上攀登。雪风吹过的湖面卷起了一片微澜，喇嘛帽在放大，逐渐放大成一个巨大的经塔。我顾不得气喘，心快蹦到了嗓子眼上，大声喊道："快看啊，喇嘛帽放大了，成了一个巨大的经塔，横亘在水面上。"

一同上扎西岛的两个女人和一个男人大为惊愕，说："徐剑，你真的是与西藏有缘，圣湖里的诡奇风景，都让你最先看到了。"

我呵呵一笑，说："是啊，因为我在圣湖边上死过一回，所以灵魂与圣水打通了，佛陀将好运气赐予了我啊。"

拍下经塔，我静静地坐了下来。经塔在变幻，在湛蓝的天幕下，在纯净的阳光里，一点点地迷离融化，融成一片经幡。

也不知过了多少时间，喇嘛帽消失了，经塔被雪风吹散了。天空里有经幡飞扬，在雪风中飘荡，激情的抑或是平静的，将六字真言，将十万次的祈祷，送入天堂。

我循着风的脚步，紧随着哈达飘过的天空，站起身来，继续向上，一步一回头，一步一远眺汉地的故乡，想将无尽的乡愁和情思融入天边，与早已经飘入天国的伊人对话。祥风从天国飘来，拂在了经幡的经文之上，我读不懂经文，却听到了远天的呼唤。不知天上宫阙，今夕是何年，那只飞往天堂的灰头雁，重又现出了真身，在我头顶掠过。

远去的雁鸣，从风中传来。我想与她轻声对话，心灵感应般地私语。打开手机，仍然没有信号。

奈何复奈何，憾事何其多。天堂的空阔与苍茫，神界的诡谲与纯净，岂非我辈凡人可以触摸得到的，罢了，罢了。山下茶炊的酥油香，汉地人间烟火的温暖，总在吸引着我，让我无法脱俗，无法清心寡欲。

天人不应，伊人不应。随着灰头雁振翮高飞远去，我的内心无比落寞。

只有继续向上，穿过扎西岛上的那片经幡群。左拐是一段小径，沿着石级而下，到了一个看台上，倚在扶栏前，纳木错尽收眼底：左边是雪峰逶迤的念青唐古拉山，脚下是一个巨大的湖泊，如一颗镶在红宫经塔的蓝宝石，湖面波光粼粼。

俯看湖面，我突然想起了汉地，想起了汉地的父母妻女、兄弟姐妹、亲朋好友。

于是，我再度掏出手机，一道电波从佛陀的莲花座下飞掣而入，一曲天籁从彩云祥风中刮来。

"天啊！手机有信号了。"我愕然，不知信号从何处而来。环顾四周，雪山环抱，当雄草原的信号被一道屏障般的念青唐古拉山遮挡，难道是佛祖兰花指抚摩苍生时，轻轻掠过的一道蓝光？

有信号，该给谁报平安？我叩问自己，当然是妻子和女儿了。我拨了那个铭刻于心的号码，铃声响了起来，以为妻子此时应该在家里或者单位的办公室里，可是振铃声响了好半天，却迟迟不见接电话。

我喟然长叹了一声，妻子不在，红颜知己应该在啊。该打给谁呢，自然是杂志女皇了，于是，我拨通一部广州的手机——某家发行量最大的杂志总编的电话。

嘟嘟的铃声不断响起，一个节律一个节律的音乐，弥漫于耳间，可是最终传来了一个声音：您拨打的电话暂时无人接听。

对方的缄默，让我多少有点失望。谚语说，事不过三。已经打了两个电话了，振铃声响过依然没有人接，身边两个女士说："到了雪山顶上了，业务还这么繁忙。"

"这样的美景，应该与自己最亲近的人共享啊。"我气喘吁吁地说。已经打了两个电话，一个是我的妻子，一个是我最好的朋友广东的杂志女皇郑谦，她们的手机铃声响起了，却无人接听。现在我打第三个，《家庭》杂志编辑部主任李慧云，如果她也不接，我想立马将手机扔进纳木错，作为朝山转湖的虔诚之礼，敬大自然吧。

"别，别，别……"曾经为阴法唐老爷子入藏当过无数次保健医生的李大夫发话了。说现在是一个资讯时代，一旦丢了手机，便寸步难行。

"说的也是！"我默默地点了点头，这个时代离开了手机，真的就成了聋子，与世隔绝了。

抱着一线希望，我最后拨一次李慧云的电话。

电话在振铃，终于有人接电话了。我用云南话说："你猜我是谁？"

"这还用猜吗？"声音里有一种清脆，带着一点辣椒的湘味，说，"你是徐剑啊，现在又在哪里云游潇洒呢？"

"西藏纳木错啊，又叫腾格里湖，就是天上之湖，我现在就躺在雪地上，仰看天边天蓝，天地好静啊，远处的念青唐古拉雪峰如冠，脚下的纳木错就像一颗蓝宝石镶嵌在草原上，西边的圣地祥云飘绕，造型诡谲多姿，美不胜收。"我在雪风中边喘边说。

"你描述得这么美！"电话一侧感叹道，"我都想来了。"

"哈哈！"我一阵大笑，说，"如果有一天，我想离开这个世界的时候，就选在这里圆寂了。"

"你又不是活佛。"李慧云在电话中笑了，"你心里有那么多的凡尘俗念，还有那么多美眉惦记着你，哪会超凡脱俗，成为圆寂的活佛啊。"

"呵呵！只要心中栽着一棵菩提树，就可以立地成佛的啊。"我答道。

"这是徐剑语录吧？"李慧云反诘道。

"对！徐家之言。"我仰天长笑，只见一群灰头雁浮在我的头顶上，我又听到了那一声雁鸣，宛若从天堂传来的深情的呼唤。

通话完毕，我继续往纳木错的瀛台仙岛艰难地爬去，一步一喘，此时海拔已经飙升到五千一百多米了，每往上跋涉一步，都要付出沉重的体力。人生就是一个目标，活的是一口气，尽管每一步都艰难，我仍然执着往前爬。只要不趴下，就要向着那个朝圣的终极之地爬去。

一步一个台阶，一级一个境界，一境一方天地。二百米的距离，我整整爬了二十分钟。终于，会当凌绝顶，一览湖光山色，天上之湖纳木错尽收眼底：远处的念青唐古拉雪山，如一个骑着白马的赞普王子，披着白色的铠甲，朝着北方驰骋而去；而纳木错则像一个刚出浴的玛吉阿米，从蔚蓝色的水面飘逸而出，以西天的祥云为梯，袂袖荷裙，云带霓裳，朝着念青唐古拉的白马王子追逐而去。

我伫立在雪顶，远眺着湖面之上幻化而成的一个人间仙境。天阙佛界，我朝着西方圣地，合掌于胸前，举过头顶，磕下一个长头，磕在了雪地之上。就在那一瞬间，俗世的杂念和污秽被清空了，灵魂却纯洁纯粹了。

匍匐在雪地之上,我刚仰起头来,手机突然响了,掏出来打开一看,是杂志女皇回过来的,声音带着一丝慵懒:"徐剑,你又在哪里云游啊?"

"西藏!"

"呵呵,你又去西藏了,这是第几次?"

"第八次了。"

"在西藏什么地方?"

"你来过的圣湖啊。纳木错。"

"好地方,可惜那一回我们去,我出现高原反应,生不如死,匆匆地看了一眼,便匆匆地逃离了。"

"你与西藏无缘吧。"

"是的,唯你有缘。像一只不死鸟,无数次地飞过西藏的天空,乐此不疲。"

"再来吧,有佛缘的人是可以看到圣境仙界的。"

"你现在看到了?"

"看到了,我就在扎西岛上临风而立。"

"呵呵,就是纳木错北边的那座神山啊。"

"是的,我就站在雪山之巅。"

"羡慕你,有这样的心境和浪漫。"

"人生何处不浪漫。灵魂浪漫了,人生便飘逸了。"

我正站在圣湖的岛上寻找那一片心中的浪漫之时,妻子的电话打进来。

真是佛陀冥冥之中的安排,我拨过的电话竟按倒序回过来了。她说:"我刚才与倩在逛商场,里边声音太嘈杂,听不见。"

我说:"我就在圣湖纳木错的山顶上,风景太美了,如果有机会,一定带你和倩来。"

"真的带我们去？"妻子反问道。

"当然。"这是我最大的夙愿，好风景好时光，应该与自己最亲的人共赏共度。

圣湖预兆

从琼果杰寺到观看拉姆拉错圣湖湖象，仍有四个多小时的行程。

望着陡峻的山坡，热振摄政王体力充沛，踩着仆人的背，跃身下马，说："既然马爬不上去，那就徒步往山上攀登吧。"

池门·罗琼旺杰噶伦滚身下马，说："摄政王千万不可。"

"又是不可，我怎么做什么事情，你都说不啊？"

"不是，摄政王。"

"那是什么？"

"摄政王贵为法座，九五之尊，您的安康，乃是雪域众生之福祉。这陡峭的山坡就不该劳您筋骨。"池门·罗琼旺杰劝道。

"还是池门·罗琼旺杰噶伦会说话，"热振一笑，问道，"不劳我筋骨，那我如何上去？"

池门·罗琼旺杰挥了挥手，一头白牦牛被牵过来，上边铺着镶金边的氆氇。池门说，由这头牦牛驮摄政王上山。

"好！还是池门噶伦想得周到啊。"热振点了点头。

池门·罗琼旺杰低头道："我辈都是法座底下的一只雪豹、一头藏獒，自然要听主子的话，供主子使唤。"

热振多少有点不屑,说:"听话就好。"

一个仆人将自己的脊背当成一方上马石,躬身跪在摄政王跟前。

也许因为有了青藏之驮牦牛,平时徒步要走四个小时的路程,摄政王只走了三个小时便登上了拉姆拉错的山巅。

热振踩着仆人之背,跃身下了牦牛背,环顾周遭,经幡迎风飘荡,将六字真言十万次地送上天穹。

热振是高僧活佛,虽然年纪轻轻,但是其已经考过了格西学位,法术高深,可以看到自己的前世来生。不必像凡尘之人一样,一次只能看到自己的前世,要一而再,再而三地才能抵达六界轮回的境地。

下山的时候,热振骑上白牦牛,叫一个贴身随从紧随其后,朝着山下的圣湖迤逦而去。

诡秘的湖象又若隐若现。

热振看到了自己的前世,他本是热振寺一代高僧的转世灵童,可是却降生在然麦农区一个贫寒的家庭中,日子实在过不下去了,姐姐当了尼姑,弟弟成了庄园主家的朗生。然而少年时代他却显露灵异之态,聪明绝顶,最终被认定为五世热振。一朝被选入法座上,鸡犬也跟着升天,父亲成了贵族,被授予扎萨爵位,弟弟居然娶了夏扎老贵族家的漂亮女儿为妻。从此否极泰来,平步青云,从地狱之门,飙升到了朝天阙的石梯。一夜之间,高贵与低贱,富贵与贫寒的鸿沟便填平了。

本来,在热振寺里做一个活佛,不理朝政,潜心学法,将来便可以成为饮誉西藏的一代高僧,然而命运偏偏给他开了一个玩笑,让他走上了唯我独尊的摄政王之位。遗憾的是,那时他刚刚二十出头,毕竟政治经验不足,没有听从强巴经师的苦苦劝谏,踏进了拉萨这座权力神坛,高高的法台之上,获取了万众仰视的神威,却得不到真正的权柄。他要刻制一个摄政的印玺,司伦朗顿公爵都不予理睬,一分钱都舍不得出;还有追随自己而来的池门噶伦,这个只会吸鼻烟的老朽,也好不到哪里去,当面唯唯诺诺,背地里却另搞一套,给人的表象是对自己言听计从,其实是一只蛰伏于雪地的雪狮,瞅住机会就会扑上来咬自己一口。

等寻找达赖灵童的事情办完,就撤了这两个老朽的职。雪风刮过来了,骑在白牦牛之上的热振嘴角掠过一丝微笑。

前尘既然已经知晓,还是看看自己的来世吧。看看与自己的次央能天长地久吗?

"您瞧,湖面上是什么?"跟着自己的仆人惊叹道。

热振仰首远眺,刚掠过湖面的太阳被乌云遮住了,湖中的七彩光黯然失色。风生水起,雨雾渺渺,一缕黑色烟柱从湖面冲天而起,这可是黑煞星之兆啊,难道自己的来世,会是坠入地狱般的寒冷?

一种不祥之兆,掠过了热振脑际。随后他又淡然了,放眼雪域,如今谁主喇嘛王国的沉浮,谁是真正一代藏王,权倾布达拉,自然是非我热振莫属啊,谁能与我比肩?

藏靴袈裟雪地过,吉祥如意会接踵而来,热振深信不疑。

一条天路与一家人的西藏

那年"十一"长假,我在西藏作了最后一次游历,从纳木错回来了。以为前世之缘,前世今生,都从那片宗教的高地赎回来了,镶嵌进了我每天都在纵横捭阖其中的古老的方块字军阵里。

飘浮在心灵的杂念、杂质，被圣湖之水洗濯过后，沉淀了，呈现出一片蔚蓝色的纯净。

一座神山矗立心中，冥冥之中，风马旗昂扬成风，化魂。上半年走出鲁迅文学院中青年作家高研班的大门，四顾茫然，倏地萌生了中年作家的一种恐慌感，对自己过去一直敬畏、奉若神明的写作，突然有一种颠覆式的质疑，感觉再过十年、二十年、五十年，甚至百年之后，人们的书架也许不会再有自己写的书。倘若真的如此，写作又有何意义？！

是年十月二十日上午，天空蓝得有点炫目，一如西藏的蓝天。一抹晨曦穿过京畿之地的水泥森林，泻在我的书案之上。我洗了洗手，点燃了一炷从拉萨带回来的藏香，梵香袅袅，迷漫于室，心中蓦地复活了一种宗教般的敬畏。我重又坐到了笔记本电脑面前，敲下了关于青藏铁路的第一行字"第一张站台票，走进西藏"，那种久违的淡定又重新回到了我的体内，灵魂与躯壳仿佛刚从纳木错的圣水里出浴，血液和呼吸变得纯净起来。

写西藏的感觉真好，我像一个云游的红衣喇嘛，徜徉在天边的西藏圣地里，仿佛找到了自己精神的故乡和文学的丰饶之海。

冬季悄然而至，第一场大雪覆盖了燕岭。那天下午，人民大学邀我去作讲座，题为"西藏美丽的家园"。将近结束时，大学生展开了提问，说你已经去过八次西藏，还会去第九次吗？我摇了摇头说，不会了，因为除了阿里和墨脱之外，我已经走遍西藏大地，倘若再上青藏高原的话，除非陪我妻子和女儿去了。

我以为我不会去了。俯首案前，日出而作，气沉丹田地写了整整一年，这是我写作生涯中最艰难的一次跋涉。不仅仅因为前方是一片生命和文学禁地，每攀登一步都要付出极大的勇气和代价，还因为情绪总被那些外化的因素干扰着，如果不是因为我是一个信守承诺的人，不是浓郁的西藏情结支撑着我，也许我会漠然转过身，决然离去，不再有一点眷顾。

也许因为是一次文学朝圣，心存虔诚，执着地朝着文字的天路而行。当我画下最后一个句号时，已经是次年的九月下旬了。恰好一次军事演习之际，我去了柴达木盆地。谁持彩练当空舞，自然是倚天万里须长剑的官兵了。演习结束后，手执《东方哈达》书稿，到青藏铁路沿线征求指挥长们的意见，于是我先期抵达格尔木，九月三十日，妻子和女儿也从遥远的京城匆匆赶到昆仑山下。

试剑昆仑。

对一个十六岁穿上戎装的军旅作家来说，昆仑本是一座心中的雄性神山，其巍巍之姿，让每个军人都在仰望，觉得它有着天下名山皆无法望其项背的高度、分量和神圣。

问情昆仑。

几度月圆昆仑，孤影与谁共？站在昆仑之巅，遥望汉地，炊烟袅袅，乡关何处，闻巷阡陌，伊人何在，在离天最近的地方，涌动于心的却是一片无边的乡愁，如氤氲在昆仑山野中的雾霭一样，漫漶成一片空阔和苍茫。都说昆仑乃英雄之山，登上莽昆仑，便不再有英雄气短、儿女情长了。

可是，我却携妻子女儿而来，让万里寒山凸现一片温婉。当晚下榻于昆仑山下的格尔木城，倚窗可仰望昆仑，枯黄的山脊覆盖着一片皑皑白雪。女儿吁嚱而叹，说："老爸，这就是你膜拜的莽昆仑吗？高不过千仞，既不巍然，也不峻峭，为何引得天下兵家竞折腰？"

我哈哈大笑，说："你只是看到昆仑一角。昆仑巍巍，连毛公都叹其大。"

"昆仑有多大？"女儿问。

我说："横亘五千里。西起帕米尔高原东部，横贯新疆、西藏，东延入青海省境内，是古老的褶皱山。西段为塔里木盆地、藏北高原的界山，西北—东南走向。东段呈东西走向，分三支：北支为祁漫塔格山；中支为阿尔格山，东延为布尔汉布达山，又称阿尼玛卿山；南支为可可西里山，东延为巴颜喀拉山。前者把昆仑山脉分为东、西两段，后者把昆仑山脉分为西昆仑山、中昆仑山和东昆仑山。"

"那我们现在仰望的是什么山？"女儿又问。

"是东西走向的东昆仑山脉，它在青海境内。近东西向横亘青海省中部，东端始于兴海以西，在青海省东西长约八百五十公里，南北宽六十至一百二十公里。纳赤台以东名布尔汉布达山，以西在昆仑山主脊以北出现两条北南相向平行的支脉，北支脉名祁漫塔格，南支脉名喀雅克登塔格。"

女儿点了点头说："我懂了，就是东昆仑了。"

我笑了。

女儿又问："老爸，你说'格尔木'当怎么解释？"

我说："'格尔木'源出蒙古语，意为'河流集中的地方'，自清帝国元年始，是和硕特蒙古部落的一个游牧之地，后来渐成了从敦煌、柴达木而来的蒙古王孙贵族、黎民百姓入藏朝圣的一个通道。"

"那我们也是从这条朝圣大道走进西藏吗？"

我说："是。"

"明白了。"女儿说，"难怪你们军人这么膜拜莽昆仑，我今天只看到东昆仑的一角，它海拔有多高？"

"四千七百二十米。"我回答。

"是不是最高的垭口了？"

"不是，最高的垭口在帕米尔高原的界上大坂，平均海拔五千米以上。"

"天！"女儿唏嘘感叹道，"那可是生命极地。我真的是蚍蜉撼大树，小女子撼山岳了。"

"对，西方的冒险家觉得，若要领略莽昆仑之险，必须从新疆天山以南的叶城而上，穿越整个界上大坂，直至西藏的狮泉河。"

"狮泉河是什么地方？"

"就是孔繁森当地委书记的地方啊。"

"那就是阿里了。"

"对！"我点了点头，说，"不愧是徐剑的女儿，还有点西藏的地理常识。"

"呵呵，"女儿说，"我还知道那里有古格尔王国。"

我兴奋之情溢于言表，说："有其父必有其女。"

"啊！老徐，我做你的女儿，你做我的父亲，都是一种缘。"

我说："我是前世欠你的。"

她说："那就去西藏救赎吧。"

"去西藏，要作有高原反应的准备。"我说。

"呵！会有什么反应？"

"嘴发紫，胸闷，头晕。"

"那怎么办？"

"在格尔木习服。"

"什么叫习服？"

"就是一个低台阶一个高台阶上升地逐渐适应。"

"我们已经在青海西宁适应两天了。"

"还要在格尔木习服三天。"

"知道了,老徐。"

一家人就从国庆节的前夜,一直到十月二日,在格尔木这个地方习服。第一天傍晚去了百里盐桥的盐湖,看湖边的盐花如珊瑚礁石一样美轮美奂。夫人与女儿看了过后,兴奋不已,站在像灵芝和野生蘑菇一样造型的盐花上,拍了一张张照片。直至斜阳吹角,吹皱盐湖彩虹的绚烂,欣赏了那片美丽之后,才回到了格尔木的盐湖宾馆,一饱口福。

次日下午,乃是国庆之日,我们驱车八十公里之远,去了格尔木的胡杨林中,感受那生而千年不死、死而千年不倒、倒而千年不朽的胡杨林,留下了一组组一家与老树的合影。

第三天上午,我们终于往昆仑山垭口处的南山口疾驰而去,一睹青藏铁路南山口零公里处的里程碑,在高大的拱门下,以身后的昆仑雪山为背景,留下了一张一家人与一条高原铁路的全家福。然后再驱车直奔南山口,在雪峰前的一片湛蓝的水面前,又留下了雪峰、瑶池、碧水蓝天下的一家人的合影。

明天就要上山了,将跨越昆仑唐古拉。送我们去的专车是中铁十七局唐古拉山指挥长徐东的4700吉普,我还未来昆仑山之前,就风闻徐东的司机是铁道兵的一位老司机,长我五岁。司机钻进驾驶室,先戴上一双白手套,再手握方向盘,似乎在驾驭一匹骏马,其速度之快,让所有入藏的司机望尘莫及。

我们预定十月三日凌晨六点出发,意在一天通过青藏公路,直抵圣城拉萨。

那天凌晨五点半,拂晓的星光还挂在昆仑天际,闹钟叫醒了我们一家。起床后,匆匆吃了一点东西,便朝着昆仑山口驱车而去。过南山口,上纳赤台,进入西大滩,在玉珠峰冰肌玉骨的绝地风景前留下一张合影,然后再继续朝前推进。等到了昆仑山垭口时,一抹朝霞映红了天际,站在昆仑山口的巨石碑碣前留下全家人的合影,然后祭祀了为保护藏羚羊而殉职的藏族卫士索朗达杰,便朝着可可西里奔驰而去。

荒原空阔无边,在青藏公路两侧,在铁路沿线的北侧,只见一群群小精灵在二百米开外的地方悠然自得,信步其间。置身于动物王国里,女儿兴奋不已,说:"爸爸,这群小动物是什么?"

"藏羚羊,你瞧它的白色屁股。"我答道。

"呵呵,这就是奥运会的吉祥物迎迎啊。"对动物王国有着特殊嗜好的女儿眼睛遽然一亮,举起摄像的DV,录下了这一群群美丽精灵轻灵跃过可可西里莽原的身影。

一路上看着藏羚羊、藏野驴和苍狼从广阔的芫野上掠过,我们已经沉醉在那迷人的动物天堂里了。

不知不觉之中,空旷无垠的可可西里被抛于车窗之后,过了楚玛尔河,便到了五道梁哭爹又喊娘的地方了。以为女儿此时受不了高原反应,会嘤嘤而泣,如当年慕生忠说的哭爹喊娘的山岭,结果她非但没有哭喊,还情绪高度亢奋。一路向上,我们朝着海拔五千米的风火山垭口疾驶而去。

为了快速赶往长江源,我们没有在风火山垭口停留,而是在越过山脊之后,朝着长江源的第一桥沱沱风驰而去。

一条大江在视野中一点点放大,江水浑浊,远处雪山依稀可见。一桥锁大江,纵横南北,长江源头的第一座铁路大桥吞雪山、携莽原,连同万里羌塘无人区,浩浩荡荡,奔来眼底。我朝前指了指说:"马上就要到长江源了!"女儿眼睛一亮,按下车窗玻璃,问道:"长江源,在哪呀?""就在眼前啊!"朝铁道大桥方向看过去,真美啊！只见汽车到了沱沱河边，突然右拐，朝着一片山坡缓缓而行，在"长江源"石碑前戛然停下。我一脚跃出车门，手持相机准备拍照，身姿多少有些雍容的妻子也跨下车，健步如飞，与女儿一起倚在石碑前拍照。我将相机交给了司机，请他拍摄，自己则站到了妻子与女儿身旁，留下了长江源的第一张全家福。"君住长江头，我住长江尾，日日思君不见君，共饮一江水。"我们一家虽未饮长江水长大，却始终注视着这条奔流不息的母亲河。

走下石碑，蓦然回望，正午的太阳穿过云罅，撒在了石碑和苍茫的长江源上。女儿依然如履平地，表情灿烂如雪莲花，显然她早已沉醉于长江源头的极地风光之中。少时读过多少咏叹长江之作，激起女儿几多憧憬和梦想，今日得以一睹长江之源，其兴奋之状溢于言表。可是我再一回眸凝视女儿，只见她脸色蜡黄，嘴唇一片乌黑，显然是缺氧之故了。我问："小倩，你感觉如何啊，是不是有点晕？""老爸，我很好啊，要不要跑几步给你看看。"

"打住，千万不可。别看这只是一片平缓的小山丘，海拔已在四千二百多米，处处暗藏杀机，你一跑就会被放倒了。"我劝阻了女儿的莽撞之举。

女儿知道我有八上青藏高原的经历，自然不敢再孟浪。

钻进吉普车，我立刻爬到后座上，拧开一瓶氧气，将输氧管递给了女儿，让她快插进鼻子里吸氧。离开格尔木的头天晚上，我们专门备了三瓶十几升氧气，以防万一。有备无患，皆因青海省著名高原学家吴天一教授的一句忠告。吴老说，藏民族是青藏高原优等的民族，是亿万年优胜劣汰的强种，早已适应了这片高原，其细胞的携氧量非汉族所能比肩，因此上高原有缺氧反应了，绝不能硬撑。倘若条件许可，不舒服就吸氧，吸了氧生命体质便有了恢复和改善。

这与过去我刚上高原时，医生一再说，千万不要吸氧，要硬撑着扛过去，否则身体会对氧气有依赖的说法，截然相反。

吴老一席话，让我茅塞顿开，胜如登上昆仑之巅，远眺楚玛尔平原，心中豁然开朗。

女儿吸了一会儿氧气，果然，蜡黄的脸色渐渐绽放些许红润，嘴唇上的紫黑退却了，如抹了一层少女的晕红。妻子回望了一下，说："倩这回脸色好多了。"

"蔫了的花儿又活过来啦！"我笑着说。

"谁蔫了，我本来就活得好好的嘛！"女儿话又多了起来。

"车至开心岭，吸过氧气的小女自然开心了。"我答道。

"开心岭，老爸，你说这地方叫开心岭？"

"是啊！当年慕生忠将军坐着吉普车驶过风火山，蹚过沱沱河，煮鱼而食，然后再上路，远处雪峰相近，地阔云低，天苍苍，野茫茫，忽见野牦牛成群，藏羚羊悠然走过，棕熊也大摇大摆地走到河边饮水，仿佛误入动物王国，心旷神怡，赋诗一首，并将这片无名之域命名为开心岭。"

"这位老将军真浪漫啊。"

"是啊！连毛泽东都垂青慕生忠将军的浪漫，毛公看了地图上标出来的开心岭的地名，击掌而叹，连声说好！过了沱沱河，就是开心岭，这个地名起得好。"

开心岭自然令人心情怡然。爬过一道山梁，极目天际，一望无边的空阔，地平线的尽头有一座皑皑雪峰扑面而来，由一点白色渐次放大，终于在视野中崛起成一道城垣。雪峰背后则是一幕湛蓝的天幕，衬着几缕悠然白云，一群灰头雁，浮在河床上空，追逐远行的吉普车，掠过天际，雁鸣之声如响亮的箫鸣、响箭，穿透万里苍茫。

几片雁羽飘然落下，落雁之处，便有了一个美丽的地名，雁翅坪。车到雁翅坪，前方便是青藏高原最高的一道屏障唐古拉山了。

唐古拉山公路垭口，海拔五千二百三十一米，是由青海进入西藏的最高一道门槛了，而我们今天的午餐之地便是唐古拉山兵站的中铁十七局指挥部。那里一楼的海拔四千九百九十五米，住在二楼，则逾越五千米大关，是生命极限的一个重要参数。此前，我四次路经唐古拉山垭口，仅仅是拍照，稍事停留，便匆匆离去，而这回却要在兵站停留下来，吃一顿午饭了。

将近中午一点，越野吉普车穿过唐古拉镇，一路朝北，朝上，只见左边一个巨大的广告牌，画着唐古拉的巍然雪山，上书着一行大字，"唐古拉山欢迎你"。车子右拐，穿过唐古拉兵站边上的停车场，驶入一个院落，戛然停下。

到唐古拉兵站了。

拉开车门，脚一着地，便踏入了一片虚空，如踩羽翼，身子不由自主地飘了起来，出门迎接的指挥部工作人员也迎候在车前，引领我们进入一层会议室，为每人冲了一杯烧热的姜丝可乐。我看到会议室里有四五个大氧气瓶，立即拧开氧气罐闸门，将输氧管递给了夫人和女儿，我也大口地吸了起来。约莫过了二十分钟，头不晕了，胸也不闷了，神清气爽，到开午饭的时间了。

中铁十七局指挥部餐厅，原是总后青藏兵站部唐古拉兵站的一个士兵食堂，租给了当年铁道兵的老部队，伙食很丰盛，馒头蒸得松软如蛋糕。副指挥长徐东在山下告诉我说，他们当年修过青藏铁路一期西格段，有上高原的经验，蒸馒头做米饭毋须用高压锅，上唐古拉山之前，特制一个大蒸锅，馒头蒸得又快又好，让别的指挥部艳羡不已。

最令人垂涎的还是一盆手抓羊肉。指挥部医院院长说："这是唐古拉今天早晨刚杀的羊，这羊吃的是虫草，喝的是雪山矿泉水，肉质鲜嫩，很香啊。尝尝！"不由分说，给我夫人和女儿碗里各放了一块。

果真好吃。此时，夫人和女儿淑女的矜持顿失，大口吃起了手抓羊肉，似乎早已经忘却了唐古拉山海拔五千米的生命和身体关隘。

午餐很丰盛，用得也匆忙。朝圣之旅刚走了一半行程，晚上下榻圣城拉萨。步出餐厅，恰好总后兵站部车队刚到，一群穿迷彩服的士兵列队在食堂前，等待就餐，夫人与女儿站在这群兵哥哥面前，留下了一张合影。随后我们步出兵站大门，站在正午的阳光下，将唐古拉兵站摄入照片之中。

梦回唐古拉，雪风几许，前度徐郎今又来，而且是带着妻子女儿而来。离开唐古拉兵站，汽车一路爬坡，行驶了十几公里的路程，便在雪山垭口上停了下来。我跨下车门，对妻子和女儿说，唐古拉山垭口到了。

几年之间，我曾四过唐古拉，领略过四季的绝色之境。今天，它却素面朝天，或焦黑，或苍黄，或青翠，或雪白，未经任何的遮盖和掩饰，凸显一片静穆。苍山千古如斯，任由天荒地老，任由海枯石烂，任由沧海桑田，任由天堑变坦途，任由一代代朝圣客虔诚地走过，它却无动于衷，恪守着亘古的沉静。静得令人心颤，唯有风雪哨嗯。时值晌午，太阳钟盘的时钟旋到了中天，也许一连晴了数日，唐古拉山麓上的积雪融化了，只有远处常年不化的雪山顶上，仍然如白衣骑士，骑着一群白色的战马，踽踽而行，将剪影映射在雪水洗濯过的天幕之上。

唐古拉山乃青藏两省的交界之地，路南塑有一座石碑，镌刻着隶书阴刻：唐古拉山，海拔五千二百三十一米。石碑之上，狂舞着一片风马旗，在雪风中簌簌作响，似乎在向天堂诵颂六字真言"唵嘛呢叭咪吽"，连接成一条宽敞的天堂之路，连着人间天国。路北则有一尊士兵的雕像，由数块花岗岩堆砌而成，有说是为修筑这条天路的慕生忠将军的官兵而雕刻的，有说是为常年奔走在青藏线的兵站部的汽车兵而塑的。我宁愿相信是后者。

士兵雕像之下，恰好伫立着一群从青海来朝圣的红衣喇嘛和尼姑，围在雕像之下合影，巍然的武者，竟被浆红色的浓烈涂成一片宗教的虔诚。蓦然回首之间，妻子被这种景观所吸引，悄然走了过去。我喊道："转过身来。"于是，妻子以士兵的雕像与照相的喇嘛为背景，留下了一张兵者与僧人、天界与尘世相融的留影。

女儿站在唐古拉的石碑前已经等待多时了，我本想跟几步给她去拍照，突然想起来当年第一次上山，老摄影家张巨成就因为在唐古拉山垭口上跑了几步，出现上吐下泻的高原反应，我只好放慢了脚步，走过去为女儿和夫人拍合影。让女儿给我拍了一张留影后，我便催促着登车，不想在唐古拉山上久久停留，以免引起高原反应。待汽车已经缓缓驶下山坡时，我才突然后悔莫及，没有在唐古拉之上，留一张全家福。

司机笑了，说："留点遗憾吧，这样你们全家下次再上天路还有缘由。"

朝圣的天路须执着地走下去。

翻越唐古拉神山垭口，便是西藏地界。吉普车蜿蜒下山，鸟瞰万里羌塘草原，绝地美景扑面而来。"羌塘"，源自康巴话，即"酱通"的音译，除沿线途经的安多县外，皆是莽原无边，一旦误入无人区，便跨入了死亡地带。

进藏的列车，驶入唐古拉山腹地后，并没有走传统的公路垭口，而是背道而驰，直驱无人区，一百八十多公里，都在旷野莽荡之中穿行。我四过唐古拉，却无缘穿越万里羌塘，自然也与纳木错湖一次次失之交臂，唯有将来坐列车穿行其中了。此时只在一枕寒梦之中。

迷迷糊糊，似睡非睡，车过安多，车过那曲。太阳已经西斜，渐次朝着念青唐古拉方向坠落。

前方灶头，有我的黄铜茶炊。在西行圣地途中，我的脑际总不时飞过西部诗人昌耀的这句诗。前方便是当雄草原，还有将近两百公里的路程，那才是真正的天上草原，风吹草低见牛羊，雪水潺潺映冰山，毡房点点，炊烟袅袅，我闻到了酥油茶的飘香。

隔着一片炊烟，一片市井，一座雪山，隔着一道高巍的天界，山那边便是圣湖纳木错了。

权力是一服春药

热振从远望前世今生的拉姆拉错圣湖神山上走了下来。

该回去了，拉萨城里长明灯在跳荡，在跃动。那火苗，有点像蛇的芯子，红红的舌尖吐了出来，吐出一团欲望之火。又有人在长明灯前添加酥油了，将乡关里酥油的温馨燃照到透亮，烟火飘浮，弥漫着一股市井味，诱惑着一代摄政王。

风起微澜，吹起了一片吉祥；天空中落下一片羽毛，突然一阵嘤鸣。热振仰首一看，是一群灰头雁在半空盘旋，啾啾之声是在呼唤摄政王快点返回圣城拉萨吗？

一路下坡，下到加查宗，再一路往南，骑着白骏马回到山南，站在山冈上,俯看雅砻河谷溪卡里几缕晚炊,热振摄政王突然涌起一种饥肠辘辘的乡愁。青山遮不住,故乡便隐没在雅鲁藏布的祥云里,山外青山绕江流,绕着自己出生之地然麦流过。

江涛拍岸,仿佛一位苍老的母亲在呼喊游子:该回然麦去看看啦。热振突然改变主意,调转马头,不回拉萨城,要到自己出生的故地小住几日。自从被选为热振寺的转世灵童,被迎入寺院里学经后,热振就再没有回归故里。问君何日是归期?归去来兮!远眺苍山几重,山外仍然是雪山,连绵千里,秋风送爽,祥云远迎。

摄政王毕竟是摄政王,已经不是当年然麦那个地位低贱的贫寒少年了。回到然麦,也不可能再住家中,其实那贫贱的家早已经容不下一代摄政王了。居万人之上,环顾雪域,唯有热振独大了。

热振一行在然麦搭起了帐篷,但却不与噶厦政府陪同而来的官员帐篷连在一起,只允许他的私人随从在摄政王的附近搭帐篷。

立于帐篷之外,仰望故乡的天空,一行灰头雁掠过天际,远处的雪山映在碧水之中。秋风徐徐,云朵飞掠,风吹草低见牛羊,但再也无法在牧童心中激起欢愉的浪花了。往事如烟,早已被雪风吹淡,涌动摄政王心中的却是一种谁主雪域的雄心和霸气。

帐篷那边传来了纵酒的狂欢。"好烦,这是谁啊,搅得本摄政好生不得安宁啊。"热振挥了挥手,对近侍说道,"过去看看,是谁如此喧哗,吵得我心烦意乱。"

近侍躬身退出,一会儿便转回来了,说:"摄政爷,是池门噶伦啊。"

"又是池门,越来越目中无人了。"

"摄政大人,池门噶伦不仅越来越专横跋扈,性情暴戾,而且狂妄自大,行为古怪,有失噶伦身份。"摄政王的堪布僧官进言道。

"哦！"摄政王一听反倒来了兴致，"如何古怪，说来本摄政听听。"

"听说卡拉荣增活佛，曾经邀请池门大人与他一起去转经，可是转经回来时，池门大人竟然穿着别致的衣服，戴着宁玛派红帽系喇嘛的帽子，不伦不类。"

"哦？"摄政王悚然一惊。

"唉！"摄政王长叹了一声，池门真的是疯了，该让他回家养老了。

"听说他还在觊觎司伦的职务呢。"

"他还想当司伦？好啊，请池门来，我有话要说。"

"摄政王啊，卧榻之侧，岂能容一只疯狮在窥视啊。"

"呵呵，这个我知道，我自有办法。"

此后几天的一个下午，池门噶伦被召进了摄政王的帐篷，两人相谈甚欢，密谈了一个又一个长夜，就连紧随池门左右的侄子夏格巴也觉得诧异——叔叔一直未将热振放在眼中，觉得这个贫寒人家出身的摄政王，只不过是运气好而已，侥幸抽签，登上大位，但永远也改不了进入圣城贵族圈的孤狼本性，成不了大气候，西藏真正的权柄掌握在噶厦政府中滚了四十多年的池门手中。

最后那天，直至拂晓，池门才从热振的帐篷里出来。

一夜未眠的夏格巴问叔叔："您与摄政王素来貌合神离，为何彻夜长谈，如此投机，有那么多的话可以说吗？"

"嘘！"池门故作神秘，对夏格巴说，"侄子，天机不可泄露。"

在然麦小住了五天，热振一行又去了达诺寺。池门将侄子夏格巴叫到自己的下榻处，回顾自己出仕、入噶厦政府、侍候十三世达赖喇嘛土登嘉措、跟着夏扎司伦出使西姆拉、舌战群雄、官至四大噶伦之首的经历,感叹道:"放眼雪域,僧俗官员,宦海沉浮,你方唱罢我登台,有多少人意气风发,野心勃勃,最终落得个不是抄家流放就是挖眼囚禁的下场,我也算是善终了。你帮我拟一份辞呈吧,要详尽罗列出我所参与的各项活动和所做的事情。"

夏格巴愕然,说:"叔叔,您今年才五十七岁,正值盛年,又处于权力的珠穆朗玛之上,是西藏的擎天柱啊,有谁能够撼动得了你的九五之尊啊,怎么能说辞就辞职呢?"

"你不懂这里边的玄机,我与热振彻夜长谈,已达成了共识,同甘苦、共进退。"

"哈哈,"年轻的侄子仰天长笑,"叔叔,您未免太幼稚了,何处共甘苦,他摄政王当年是一个柴巴的儿子,您出身世家贵族,苍鹰岂能与蓬间鸟同伍啊。"

"放肆!"池门斥责自己的侄子,"我虽一直视你为己出,但也不能容你这样揶揄摄政王。"

夏格巴摇头道:"什么一起共进退,那是以退为进,逼您下台。"

"他还是一只荆棘鸟,虽然仰望天空,但飞不高。"池门自负地说,"我看他政治上还没有修炼到这般老辣。"

"内地安班有句名言,叫'士别三日,当刮目相看',叔叔别小觑了今日的摄政王,他可是羽毛丰满了。"

"一只雏鸟,飞不到珠穆朗玛顶峰的,别啰唆了,我们有君子协定,这只是一出戏,演给别人看的。你文笔好,帮我将请愿书写好,在信的末尾,一定要加上,我年事已高,愿辞去政府职务,以将自己的余生奉献给佛教事业。"

"遵命!"夏格巴悻悻而退。

离开达诺寺,策马伫立在山冈上,远眺拉萨河谷,雪域权力之巅布达拉若隐若现，摄政王的脸上泛起自信的笑容。

回拉萨。热振扬鞭打马，绝尘而去，乘牛皮船渡过拉萨河，回到了布达拉宫的皇皇殿堂之上。

池门噶伦回到府上，向摄政王请愿辞职的魔咒掠过他的脑际。他知道摄政王肩膀太嫩了，扛不起雪域的江山，还得倚重他，因此绝不会让他辞职。抱定这个念头，池门不顾家人的劝阻，毅然决然将辞职请愿书递了上去。

摄政王坐在布达拉的早朝大殿之上，看了一眼，不置可否，反而褒奖池门的一片老臣之心。

池门也不知道，年轻的摄政王葫芦里装的什么药。

不知不觉之中，一个冬天过去了。池门噶伦仍然被摄政王冷冻，他的辞职请愿书一直石沉大海，折磨得他越发疯狂。

最疯狂的举动，莫过于池门大人穿着苦行僧们平时穿的最低劣的白色"仙地"，去逛市场，疯狂跳舞，引起街谈巷议。拉萨城里的歌谣已经传出来了：

> 啊，伟大的噶伦，
> 身居高位，
> 却穿着白色的"仙地"，
> 跳着疯狂的舞。
> 这是怎么啦？

过了藏历新年，欢歌狂舞的藏戏演出刚一落幕，在新一年的早朝大殿上，摄政王突然打了池门噶伦一个措手不及，他拿出了池门上呈的辞职请愿书，说："去年秋天，池门就将辞书递呈上来了，我一直沉默着，等待池门大人收回辞呈。池门噶伦一门忠臣，为噶厦政府立下了不少汗马功劳，是雪域的栋梁之材啊。可是最近池门大人的身体越来越不济了，行止有损噶伦形象，你们听拉萨城里都唱遍了：'啊，伟大的噶伦/身居高位/却穿着白色的"仙地"/跳着疯狂的舞/这是怎么啦？'是啊，池门怎么了啊？我看是身体有恙了，该回去静养了。鉴于池门噶伦为西藏所作出的贡献，我要重奖他，奖给他一座'噶溪鲁林'庄园，作为养老之用。"

早朝大殿上静悄悄的。所有人都面面相觑，凝视着池门一声不吭。

池门愣怔了，都说老姜还比新姜辣，但是一个老奸巨猾、经历政坛沉浮的老臣，还是被年轻的热振算计了，中了热振的圈套。热振对他的请辞不仅未做丝毫的挽留，还赠了一座庄园打发他去养老。他虽然贪财渔色，但是司伦的位置他觊觎已久了，结果仍旧功败垂成，挂冠而归。

以后一连好些天，池门还去上早朝，他觉得离开他的支撑，雪域圣地的太阳都会从西边出来的。直至有一天，他发现自己坐的卡垫被拿走了，他仰天长叹——我被热振算计了。

迈着沉重的步履，走下噶厦颇章，池门悻然回到府上。

剪除了池门，放眼雪域，再也没有人敢与热振抗衡了。热振执意要召开西藏民众大会，开始寻找十四世达赖灵童。

破译圣湖密码

佛殿之上,孤灯长夜,第二天拂晓,便是早朝。噶厦政府的噶伦们在首席司伦朗顿公爵的率领下,坐在法台之下。民众大会的代表也分列两旁。

喝过了早茶,热振摄政王终于睁开法眼,说:"拉姆拉错的湖象,我看了三遍,达赖转世灵童的村庄和地貌,我都看到了。再请乃穷神汉跳神吧。"

"遵命!"摄政王的堪布答道,然后转过身,大声喊道:"请乃穷神汉跳神。"

乃穷神汉来了。戴上牦牛头面具,口念咒语,然后咚咚地跳了起来。跳到极度疯狂之际,便进入昏迷之状,咒语越念越激烈,手朝着莲花之瓣转了一圈过后,往空中一抛哈达,突然定神在了东北方向安多藏区。

热振欣然一笑,说:"乃穷跳神指的方向,与我在圣湖拉姆拉错看到的一样啊。"随后向民众大会说了各种奇异的征候和预兆,其中最重要的预兆是去年在拉姆拉错湖中见到的。民众大会上的僧俗官员屏气凝神,等着听热振说的预兆是什么。

摄政王顿了一下,郑重地说:"我最难忘的是在祥云中现出三个藏文字母:A、Ka、Ma,三个字母都有一个相同的音 A,再就是一座有三层松耳石顶和一个金塔似屋顶的寺庙,寺庙的东面有一条弯曲的小路通向对面一座光秃秃的山上的一座蓝屋顶的小平房。因为对这些预兆没有确切的把握,这一年来,我一直请教三大寺的高僧,请乃穷神汉跳神示谕,指点迷津,得出的结论,却是惊人的相似:

我所见到的藏文字母A代表着安多，就是居住着许多藏民的青海省。"

早朝大殿的民众大会代表一片愕然。

热振说："这些预兆与先前十三世达赖的神奇迹象完全吻合。布达拉堪布的仲译(秘书)对我说，十三世达赖圆寂后，他的法体是面向南置放于罗布林卡的一个法座之上。然而第二天早晨回来时，却发现达赖的头转向了东方；与其相呼应，位于这间屋子东北部的一根木柱上忽然长出了一株硕大无比的星形蘑菇。在好几个场合，乃穷神汉和噶东，还有桑耶寺的喇嘛跳神时，最后都将哈达抛向了东方。"

朗顿司伦说："摄政王不可往东方寻找，拉萨城里已经出现了奇异之象，有一天达赖骑过的坐骑，突然挣脱了缰绳，直奔他的老主人颇本的家门。而尧西颇本的儿子也出现了一些奇异之象。安多现在被马步芳控制，一旦他们知道西藏来寻找灵童，会顿生事端，并使西藏受制于异族。"

热振摇了摇头，心里早已经窥透这个朗顿公爵的心思，他虽说是十三世达赖土登嘉措的亲侄子，却是一个庸才。做事居然这样明火执仗，谁人不知啊。尧西颇本是他的亲戚，这不是肥水不流外人田吗？他是想继续通过在拉萨方向寻找灵童，以便控制西藏。

最后民众大会仍然同意摄政王的意见，派出僧俗官员组成三支队伍，往东北(安多)、东方(康地)和东南(达布和工布)寻找达赖喇嘛的转世灵童。

"格乌昌活佛！"摄政王喊道。

"摄政法台。"格乌昌活佛躬身吐了舌头，匆匆地走进了早朝大殿。

"大师跟本摄政去了拉姆拉错，观了圣湖之象，还得劳驾你再跑一趟。"

格乌昌活佛说："摄政王有令，老僧愿肝脑涂地。"

摄政王说："我知道你的一片忠心，所以拜托活佛还得再出一趟远门。"

格乌昌说："老僧俯首听命。"

"还需要你再风尘仆仆走一趟。"

"去什么地方？"

"乃穷跳神已经指了寻找达赖转世灵童的转世方向。烦劳活佛跑一趟，前路茫茫，此去藏东路八千。"

"老僧有话可说。"

"但说无妨。"

"老僧此行，必经玉树。有九世班禅住在那里，按过去寻找灵童的旧规旧制，须听班禅大师的意见。大师自与十三世达赖龃龉之后，负气远去玉树，扎寺难归，老僧既然路过此地，避不开大师啊。"

热振摄政王沉吟了片刻，说："班禅大师乃我辈所敬大活佛，彼与达赖喇嘛虽政见不同，但终究皆为一代宗师，按照西藏的旧规旧制，选灵童，自然要听他的建议了。"

"喳！"格乌昌活佛躬身答道，领了哈达和通关的文书，退出了早朝大殿。

"散朝吧。"摄政王挥了挥手。

朗顿公爵和噶厦政府的四大噶伦退了出来。民众大会落下了帷幕。

热振迈着悠然的步履回到颇章，躺在睡榻上晒了一会儿早晨的太阳，喝了几杯酥油茶，打坐念了一会儿经书，然后便进入密宗之境。

过了一会儿，摄政王转过身来，对贴身的侍卫唤道："备马！"

"喳！"警卫一溜烟跑出去备马了。

祥风掠起喇嘛袍，热振抛了一下左臂上长长的酱色袈裟，如一只鸣春的神鸟，穿越碧空祥云，沿着云梯，徐徐而下。下至热振颇章门前的朝圣之道，踩着仆人之背，跃身上马，回头对他的侍卫们说："去热振扎萨家。"

侍卫面面相觑，脸上泛起一丝神秘的表情，然后打马跟着摄政王驰骋而去。

马蹄声碎，如雨如雷。蹄声踏碎了一条念经的长河，威风凛凛的气势掠过拉萨城郭，沿着布达拉宫转经的黎民百姓无须好奇张望，便知是摄政王出行了。

热振虽然涉政不久，却唯我独尊，好奢华，好风月。他出行之时，坐骑和驮畜装饰得华丽豪奢，他坐的金鞍上镶嵌着一颗颗祖母绿、猫儿眼、绿松石，阳光斜射下来，如同夜空的星星在闪耀。那后边的卫队，都按照色彩分队布列，所有侍卫随从都穿着红黄色的锦缎，甚至连胡须都剪成一个样，远比当年十三世达赖气派万分。

卫队转过一条石头房子相拥的老巷，转过几道弯，绕过几幢拉萨贵族豪宅，在热振扎萨的宅院门口停了下来。仆人跑过来，牵着马头，将热振的马牵到了热振扎萨家的下马石前。

"扎西得勒！"热振扎萨闻讯走出豪宅，带着妻子、管家、仆人迎了出来。漂亮的侍女捧着切玛，就连次央也手持哈达，阵势就像在迎接一个远方的贵客一样。

坐在高头大马之上，众人皆一片仰望的神色，亲人亦如是，摄政王春风得意，目光炯炯，穿过人群，与次央的目光偶然相遇，睿眸挟着电火燧石，一下便将一个黑宝石的柔媚之眸点燃了。次央的脸上唰地绽开了一朵朵红润的祥云，羞涩地低下了头。

年轻热振踩着马镫，一跃跨到下马石上，悠然走了下来，将马鞭交给了贴身侍卫。

进了热振扎萨的豪宅，却没有入二楼的客厅，而由管家引领，径直去了房子后边的林卡里，几顶白色的帐篷已经搭好了。帐篷里边放着藏式茶几，茶几上边放着酥油茶、奶渣、水果、印度咖啡、甜茶。

热振在坐北朝南的上座卡垫上落座，见热振扎萨和弟媳仍然站在那里，唯唯诺诺，便挥了挥手，说："站着做什么，我刚才不是说过了，我是回家了，再别按摄政王规格行礼，我是你们的哥哥，如果不出家的话，便也是次央的丈夫。"

热振扎萨和次央战战兢兢地坐了下来，听到摄政王最后一句后，次央脸上唰地绽开了一朵桃花，心里涌动着几许温婉。

天上之湖

圣湖纳木错的绝地风景，就在山那边。

那里也会有惊世的风景带给我们幸运和惊喜吗？我在叩问念青唐古拉，在叩问藏北羌塘平原。

时至傍晚，漫漫一千二百多公里的天路朝圣之旅，将至尾声，吉普车沿着念青唐古拉山南麓，在一个狭长山谷里，穿越当雄草原。车窗外边，雪山、草地、牦牛、藏包、村舍，一条小溪从高处奔涌而下，翻滚着水沫，蜿蜒其间。流水淙淙，雪涛翻滚，就像一条洁白的哈达抛在草原之上，静穆成一幅油画的景深，奔入视野，令人沉醉不已。

　　风景这边独好。女儿按下车窗，将DV镜头聚焦于这片天上草原，脸上绽开了入藏以来的第一朵红牡丹，笑得清爽恬静。

　　一幅幅如诗如画的美景扑入视野，旋即又从车窗身后远遁而去。接近念青唐古拉主峰了，白皑皑的雪峰隐没在一片乌云里边，遮住了西斜的太阳。一缕缕斜阳透过云罅，像一朵朵绽放的酥油花一样，有金黄的花蕊，有银白的花蓓，有雪白的花蕾，盛开在神山之巅。美景虽好，可是那朵巨型酥油花后边的天幕却是一片黑色帷幕，让人有点忧心，它恰好飘浮在念青唐古拉的纳根山口一带。因为有八次进藏的经历，经验告诉我，纳根山口正在下雪，而且这片乌云极可能将距念青唐古拉主峰仅三十公里的纳木错圣湖遮蔽掉，这意味着我们此时去了纳木错，也许看不到灵湖的真面目。

　　车进了当雄县城，说是一座县城，也不过是中国内地一个小镇那么大的一块地方。朝着大路驰骋，此地离圣城拉萨还有一百八十多公里，至多也就是两个小时的车程。如果往左，朝北拐，翻越念青唐古拉山脉，过纳根山口去朝拜纳木错圣湖，加上在纳木错圣湖的游览时间，再前往拉萨下榻，也许是子夜时分了。

　　远眺笼罩在念青唐古拉主峰上的乌云，不免心中怅然，望山却步。妻子和女儿只有七天长假，倘若到了拉萨再来纳木错，在整个西藏的行旅就要紧缩，一些著名的风景名胜、河流山川、灵山灵地、灵湖灵殿便看不到了。可是若不计后果直奔纳木错而去，走近湖边，却是一片狂雪飞舞，被乌云般的锅盖覆盖，那又是天大的憾事。

　　铁道兵老兵出身的司机似乎也看出了我的踌躇，善意劝道："您看念青唐古拉山巅上的乌云，预示纳木错那边在下雪，去了可能什么也看不到啊。"

老司机的意图不言而喻,就是别去纳木错观湖了,车子直奔拉萨吧。

妻子一脸福相,躯壳里却不时凸显灵异之处,冥冥之中,可与上苍神灵感应。承德避暑山庄一位高人隐士说,她的眉宇之间,坐着一尊观音之相,旺夫荫子。事实也如此,二十载一路走来,与我患难与共。去还是不去纳木错,此刻唯有将最后的定夺大权,交予她了。

"去啊!"妻子全凭女人的直觉,没有一丝的犹豫,说,"我们也是朝圣的信徒啊,从早晨天不亮就起床,一千多公里行程,已够虔诚和执着了,一定会感动纳木错。圣湖天眼顿开,自然只垂青有福之人,徐剑,你找了我,算磕头碰着天了。呵呵!"

"是啊,我现在一个长头,五体投地就磕到天上了,听老婆的。老兵,烦托你开车上念青唐古拉山吧。"

"好!"司机点了点头,说,"徐作家,我接待过多少过青藏高原的客人,你们这一家子,可是最快乐的啊,听夫人的,上山。"

吉普车在当雄县城未作停留,朝着念青唐古拉山口疾驰而去。我抬腕看表,时针恰好指在了下午六时,离西藏天黑,还有将近三个半小时,有足够时间游览纳木错圣湖了。

车至进山的入口,停下来买门票时,卖票的藏族姑娘一片惊愕,说:"念青唐古拉正在下雪,没有出来的车,也没有进去的车,你们这么晚了还敢进山?"

我笑着说:"我们是朝湖之人,就像在天路上磕长头的香客一样,不怕风霜雨雪。"

藏族姑娘莞尔一笑,说:"雪多路滑,一路多保重。"

吉普车穿入一条峡谷,沿着斜坡缓缓而上,公路是新修过的,刚铺过沥青路面，跟我去年路过时的土路相比，真是天壤之别。路好走了，却不见车来车往。但是越往山上走，太阳就越被簇拥在山间的乌云遮蔽了。天空黯淡下来，周遭一片混沌，越往山巅盘旋，天色越黑。心里由衷地盼望迎面驶来一辆对头车，走来一个转湖转山的香客，却是一派高天鸟飞尽、寒山人迹绝的静寂。海拔渐次升高，车至念青唐古拉山的纳根山口时，狂雪飞舞，挡风玻璃上落下了一层雪花，能见度不到十米，司机连忙打开了车灯，而公路上已经结了一层薄薄的冰凌。

"完了！纳木错圣湖，可能被一个黑锅盖罩住了，什么也看不到了。"我心里一阵嘀咕，多少有点后悔，率全家而游，刚才应该听司机的，不该贸然上山。

突然一道道经幡横空，凸现在视野里，给躁动不安的心情，添了些许的宁静。拐过一道弯，只见白色的经幡在雪风中飞舞，显然已到了念青唐古拉山垭口了，藏地的经幡，多挂在神山垭口之上，从高处俯瞰，与雪山那边的雪色苍茫相互映衬，独成一片风景。

女儿感叹："雪山经幡，真美，老爸，能不能停车拍张照片？"

"可以！"我请司机停车，车在纳根山口的一个拐弯处停下。一步跨出车门，一股雪风吹来，雪花落在脸上，凉飕飕的，走上几步，便有头重脚轻之感。我一看海拔，五千一百多米，已逾身体可以承受的极限，匆匆拍了几张照片，便招呼女儿上车前行。

登车下行，翻过纳根山口，回望寂然的雪野，还有嵌在冰雪路上的两道车辙，脑际倏地掠过当年唐代诗人岑参的诗句："峰回路转不见君，雪上空留马行处。"君不是朋党友人、墨客雅士，而是伫立在身前身后的念青唐古拉神山和圣湖纳木错，胡马的蹄印没有了，却留下铁马的车辙。岑参当年无缘进藏，最远去了抵御匈奴第一线，肩水金关居延古城,可是那种雪地的诗意却穿越千年的时空,引起了一位军旅作家内心的共鸣。

然而,吉普车沿着冰雪道往下滑行,瞬息之间便碾碎了所有的诗意。路太险了,沟壑里白雪茫茫,天色又暗,拐弯的时候,轮子都在打滑,我一阵心惊肉跳,倘若突发意外,汽车掉进深谷里去,那便冻成冰人,永远与念青唐古拉雪山和圣湖做伴了。

好在车中有福之人坐镇,好在司机技术非同凡响,好在命运的天空飘浮着一缕吉祥之云,保佑我们一家。谢天谢地,下山路程,一路冰雪,一路风光,一路险境,却未出现让人胆战心惊的险情。渐渐地,车子已经横穿了念青唐古拉山脉,又行驶了十几公里,下至北麓山脚边上,一座新建设的藏民村落凸现在视野之中,车由村中穿过,朝西侧向着圣湖方向疾驶而去。

车出藏民村,穿过一片迷茫的烟云,黑沉沉的天空被抛于车窗之后。向南拐了一个弯,朝西一看,一片晚霞像布达拉宫壁画上的丹霞祥云一样,飘绕在西天之上。而左边念青唐古拉山笼罩的乌云被驱散了,雪掩千山,如身着一袭白衣的王子,跨上一匹白马,矗立在大荒之间,玉树临风,向碧水红润的祥云中出浴的圣湖纳木错神女呼唤呢。

"纳木错开湖了,云开日朗,圣湖天蓝,我们真的是好福气啊!"我感慨道。

夫人很得意,说:"徐剑,看跟谁来啊。是我给你带来的福,你别不识好歹。知道了吧,我走到哪里,就将福气给你带到哪里。"夫人逗乐道。

车中一片笑声。

不知不觉之中,车子已经逼近了纳木错湖边。如一颗绿松石在视野中一点点放大,蓝天丹霞,雪山倒映,一座偌大的念青唐古拉雪山,如白衣王子映入纳木错圣湖之中,恰如王子与纯洁无瑕的公主,融为一体。

太美了!天底下还有这样美丽的湖泊,简直就是仙境。女儿按下车窗玻璃,打开DV,录下了尽情展现在她眼前的纳木错。

我扬腕看看表,此时恰好下午七时许,离天黑还有两个小时,我们可以在纳木错湖边游览一个半小时,八点半之前必须离开圣湖,在暮色中返回纳根山口,不然在夜晚穿越念青唐古拉山,多少有点令人心惊胆战。

车到了扎西岛下,停了下来。我们匆匆下车,穿过那两块巨石矗立的迎宾门,上边经幡飞扬,前度徐郎今又来,而且是带着妻子女儿而来,来一个觉得百年之后可以圆寂的地方,如登瀛台仙境。

可惜天色已晚,虽不能再登扎西岛上,俯瞰圣湖之水诡谲多姿的湖象,却可以伫立在湖边,远眺雪山静穆,仰望丹霞满天,身心沉入湖泊之中,被一湖瑶池碧波所洗濯、沉淀和纯净,重新梳理自己沾染了世俗之气的羽毛。

晚风徐徐,波涛不惊。行将逝去的黄昏,将它玫瑰色的暮霭浮在了纳木错的圣地之上,一朵莲花绽放在湖面之上,心域里也仿佛莲花盛开。雪风在身边流动,我们漫步于湖边,远望天边,似乎在等待着不紧不快走来的宁静,一种亘古般的宁静,天荒地老的宁静。

妻子和女儿相拥着站在湖边留下了一张合影,我们一家人站在湖边,留下了全家福,让这个宁静的黄昏成为前世今生的记忆。

一家人牵手转湖,漫步湖边,享受那已经洗却了尘世俗气的清纯。看着暮霭渐渐浮了起来,念青唐古拉雪峰的那一层昏黄的蛋黄色在一点点地变红、变紫,变成一层渐渐升腾起来的夜的前驱。我一看表,已经是八点二十分了,连忙催促妻子和女儿快走,不然天黑之前,我们翻越不了纳根山口。

匆匆地返回,回到了一座玛尼石前,每片石块上,都刻了一句六字真言。玛尼石上边放着一个牦牛头,我再次调准焦距,以牦牛头为近景,将纳木错圣湖摄入照相机之中,摄入自己灵魂的记忆之城。我看到了自己的家园,我看到了自己的前世今生,看到了自己最后的乡关沉落在湖西的祥云中,袅袅浮起,升腾成一座村舍,一座幻城。

返回车上,暮霭四起,黄昏的夕云,渐起灰白,与湖水连成一片,漫漶于天际。也许因为走得急,我们都有些气喘吁吁,上车后,我便拔出氧气管,让妻子和女儿吸氧,随后我也吸了一会儿,吸着吸着,渐渐地醉入了梦乡。

一觉醒来,车子早已过了念青唐古拉,行驶在前往圣城拉萨的路上。天路上也没有了车来车往,大灯射向远方,夜幕中飞起了细雨,灯光穿透夜雨,偶尔看到路旁会有几个身影凸现,三步一个长头磕在冰冷坚硬的公路上,磕向神圣之地拉萨。

天堂里没有人来人住,天路上却是熙熙攘攘,一批又一批执着朝圣的香客,伴随我们左右。

寻找转世灵童之旅

雪大好个冬。

格乌昌活佛本该伫立在摄政王法台前,伴随左右,可是他却领命去了藏东,寻找达赖转世灵童。过万里羌塘,翻越唐古拉,在青藏高原上走了整整半年,渡过黄河,走过巴颜喀拉山,玉树草原在望。

那天早晨,喝过酥油茶后,走出帐篷,朔风停了,莽原如处子一样安静,太阳不知什么时候钻出云罅,刺眼的光束就像活佛布施时撒下的一串串藏银,落在了雪地上。前边一座金山在闪耀,那是青海玉树结古寺吧。

"该去拜见九世班禅大师了。"格乌昌活佛对身后的随从说。

班禅堪布的仲译一听说拉萨来人了,连忙跑到了青海玉树结古寺的强巴佛殿奏请道:"大师,我们回扎什伦布寺的吉兆降临了。"

九世班禅睁开法眼,神情淡定,问:"此话怎讲?"

"拉萨来人了,大师回扎什伦布寺的事情露出一线佛光。"

九世班禅摇了摇头,说:"你在做白日梦吧,今生我注定要在玉树圆寂,难归扎什伦布寺啊。"

"大师一生慈悲为怀,普度众生,必得善报。您看十三世达赖的经师格乌昌活佛已经来到玉树寺门口了,等待您召见呢。"

"他是来求教寻找达赖灵童的。"九世班禅的眼睛半睁半闭,"难为他了,风雪迷茫,走过芫野千里,召他进来吧。"

"遵命!"班禅堪布仲译退了下去。

九世班禅重又闭上了法眼,心中顿时沉静下来,远天泛起一片宗教蓝,那该是后藏佛地日喀则扎什伦布寺大殿顶上的湛蓝吧,他有点思念自己那座主寺了。十三世达赖要扎什伦布寺支付三次战争四分之一的赋税和军费,两人感情交恶最终闹翻,九世班禅只好匆匆从扎什伦布寺出走,来到了青海,待在塔尔寺,后来再云游到了玉树。归去来兮,扎什伦布寺在望,却被藏军堵住了。何处是归地?大师只能西望扎什伦布寺,十年了,有家难归啊。按说达赖圆寂了，恩怨从此了结，可是布达拉宫那班人还是抵制他，害怕他回去，再主西藏沉浮。重返西藏无望，看来唯有客死他乡了。

是谁的脚步，在结古寺大经堂里橐橐作响，携着权力中心的重量，一定是格乌昌活佛了。只见格乌昌活佛迈着方步，走了过来，在强巴佛殿向九世班禅法台行了一个晋见礼，磕了一个长头，然后站起身来，向大师行敬献哈达、锦缎和布施之礼。

班禅接过哈达，为格乌昌活佛摩了摩顶，然后说："久违了，格乌昌经师，别来无恙。"

"托大师的福，西藏苍生政通人和。"

"摄政王热振活佛还好吧？"

"托大师的福，热振摄政王治藏有方。"

"热振摄政王一代少年英主，当年转世为达赖所选，一统西藏政务，众望所归啊，这是西藏苍生之福啊。不过，达赖圆寂三载，灵童已经降生，该给雪域苍生寻访法王了。"

"我此行来玉树，便是按摄政王之意前来讨教请益，乞请班禅大师指点迷津。"

"哦，"九世班禅沉吟片刻，说，"摄政王果有此意？"

"大师，摄政王确有此意，他到圣湖拉姆拉错观了湖象，看到了东北方向一座赭色的神山之下，有一金庙，金庙旁边有一座小山村，十三世达赖喇嘛的转世灵童，便降生在那里。"

"还有什么神示？"

"摄政王说他在祥云中看到了藏语的几个字母：A、Ka、Ma。"

"那是安多啊。"九世班禅大师感天长叹道，"摄政王果然是热振寺里的一代高僧，灵异非凡，与我心灵的感应竟然如出一辙。"

"大师也感应到了达赖的转世之地？"

九世班禅点了点头，说："你就到宗喀巴大师的诞生之地去寻访吧，我在塔尔寺住过几年，那里有几个刚出生的孩童，灵异无边，你就在周遭寻访吧，神圣的达赖喇嘛转世灵童，已经坐在菩提树下仰望西天极乐世界了。"

格乌昌活佛跪了下来，向班禅大师深深一跪，说："我辈愚顽，千里涉足莽原，如迷途羔羊，不辨西东，一经班禅大师点拨，犹如迷失的莽原上初现北斗灿烂，有路可循了。"

"谢什么，我与达赖为师兄弟，能寻访转世灵童，乃苍生之福。老僧苟延残喘，若天赐福于我，我还想给灵童做几天经师呢。"

九世班禅大师将球踢给了格乌昌，欲将返藏之事知会对方。

谁知格乌昌活佛并没有得到摄政王让班禅从玉树返回西藏的授权，唯唯诺诺，说："就是，就是，历史上旧规旧制皆如是。"

班禅大师看到格乌昌活佛在与自己打哈哈，便单刀直入，说："我知道你担不了事，但还是请你回到拉萨，转告摄政王吧，老僧与达赖的恩恩怨怨，那是上代人的事情，如今达赖已经圆寂，我没有半点儿政治图谋，只想回到我住持的扎什伦布寺去，打坐念经，教化后藏信众，为西藏苍生祈福，除此，别无他图。"

"这个……"格乌昌活佛向班禅大师深深一拜，说，"大师之意，我一定代为转告。"

格乌昌经师当晚下榻玉树结古寺里，第二天早晨起来，只见玉树草原狂雪飞舞，茫茫迷迷一片大荒。巴颜喀拉被大雪覆盖了，那场大雪整整下了一个春天，丰年好大雪啊，这是瑞兆。他感叹道："人不留我天留人，这回我可以在结古寺长住，好向班禅大师讨教《甘珠尔》的学问了。"

春天驮在百灵的翅膀上，降临玉树草原。巴颜喀拉山垭口上的积雪融化了，驿道通了。格乌昌一行打马驰过玉树草原，越过巴颜喀拉山，朝着日月山，朝着青海湖策马而来。祥风拂面，天边天蓝，环湖四周，满山遍野盛开着油菜花、格桑花，打马侧立神山垭口，只见青海湖犹如一颗镶嵌在布达拉宫灵塔上的蓝宝石，渐次放大，放大成一片瀛台仙境。烟波浩渺，阳光耀金，一道彩虹从青海湖的清波中跃然而起。

天堂！格乌昌经师惊呼，此乃仙国之境，难怪当年六世达赖会选择在这里圆寂。遗风犹在，当有灵童转世啊。

离湟中县越来越近了，离塔尔寺越来越近了。一座盖有金顶三层黄色琉璃瓦的主楼，在山坡之下若隐若现，格乌昌活佛恍然若梦，说："就是它，这就是热振活佛在拉姆拉错神湖看见过的那座金庙啊。达赖灵童应该转世于此地。"

寻访灵童的队伍住了下来，短短时间里，便搜罗到了十二名灵异孩童，但是格乌昌活佛最看好的却是班禅大师曾经推荐过的祁家沟当采村的孩子。因此在见其他灵异的孩子之前，他要造访班禅大师首推的孩子。那天他特意将自己化装成一个仆人，而让自己的仆人装成一个贵族头人，带着朝圣队伍来到了当采，下榻于孩子家里。仆人只能待在厨房里，这也是孩子常来的地方，他想多与这个孩子说说话，以便侧面观察。

朝圣的队伍刚在当采村的灵童家里住下，趁父母与别人说话时，那个只有四岁的孩子却钻进了厨房，指着格乌昌活佛挂着的一串佛珠说："我要那个。"

达赖转世灵童就这样被锁定了。

天上最美之湖

黄昏的血色，驮在仙鹤的翅膀上，降落在圣湖的碧波之上。

圣湖羊卓雍错水面堆积着祥云，飘飘浮浮，被太阳神迸射的金笔涂鸦着，一会儿幻化成一朵金黄的鸡冠花，一会儿染色成一只火红的凤凰，一会儿雕塑成一群在荒原上狂奔的野牦牛，一会儿怒目成喇嘛庙穹顶上长着翅膀的护法天神，一会儿静穆为一条洁白的哈达，诡谲多姿，倒映在湖面之上。

暮霭沉沉，天上的流云像烧红的牛粪一样，渐渐褪尽七彩，成为一簇黑色。夕照透出云层，仍然有一束束散光泻在湖面，浮光跃金，碧波荡漾。吉普车环湖而行，拐过一个湖弯，是山水画般的湖光山色，再拐一个湖弯，又是一道绝美的风景扑面而来，令人目不暇接。

重游羊卓雍错，期间居然相隔十五年之久。自从我经历了一九九〇年的那场生命之劫后，我对羊卓雍错始终有一种敬畏感。敬神敬湖，这回却带着老婆女儿而来。那天上午我们从拉萨日光之城去了日喀则的扎什伦布寺，拜谒了强巴殿和五世以来的班禅大师的灵塔，看过了喇嘛的傩戏表演后，匆匆在扎什伦布寺脚下吃了一顿午饭。然后驱车去了我的老首长阴法唐当过地委书记的西藏粮仓江孜，不仅仅因为那儿有一座英雄之城，更重要的是阴老当年以超前的眼光，将帕拉庄园留了下来，那是唯一一座农奴制社会的标本啊。

到江孜的时候，已经是下午三点多钟了。当我们站在帕拉庄园门口拍照时，一个看护大门的藏族男人走了出来，我感觉有点似曾相识，也许上次来江孜的时候就曾见过，遂用汉语说："你知道阴法唐书记的夫人李国柱吗?"他说:"知道啊,她是我的汉语老师。"

"我给阴法唐书记做过秘书。一九九〇年之夏我来过江孜的。"我说。

"那年阴书记来江孜时,我在啊。"他说。

"难怪,我觉得你面熟,当时阴书记在江孜开座谈会时,我见过你的。"我说。

"帕拉旺久的年轻老婆死了。"他说。

"如果我没有记错的话,她的名字叫恰娘,他的哥哥是从尼泊尔过来的,曾经当过江孜宗宗本。"我接着说。

"对啊,她是一名小学教师。"

"可惜她的丈夫帕拉旺久并不喜欢她,而喜欢管家的女人。"

"这个你也知道啊。"

"我知道的事情多啦。"

"佩服,佩服。你可是一个汉人啊,比我这个西藏人还懂西藏。"

"过奖,过奖。我只不过窥见了西藏的冰山一角,不足为奇,应该佩服的是阴书记,我的西藏情结皆出于他。"

"原来这样,请进去看吧。"

"我不去了,就让夫人与女儿去游览吧。"

夫人与女儿进去了,我想,她们可以看到帕拉家的刑具、骷髅做成的碗和酒具,还有明清时代的文人画、印度买来的英式沙发。

我站在庭院里,仰望帕拉庄园的高墙深深,遥想着当年帕拉旺久与裤腰带上挂满钥匙的管家婆娘的私情,却冷落了如花似玉的年轻夫人。

后来帕拉三兄弟在叛乱的枪声响彻雪域时,匆匆逃往国外;苦苦厮守丈夫的娇娘却不见郎君归来。最终她融入了民主改革行列,成为江孜县的一名小学老师，终老一生。退休之后，恰娘成了江孜县的政协委员。遥想十五年前我与她合影的瞬间，她仍不失一位大家闺秀的高贵。二十世纪九十年代初我见到她时，她已年逾七旬，一颦一笑，尽显美丽与悲怆。

内地说三代才培养一个贵族，可是西藏贵族四大家，却有着数千年的历史，而帕拉家族则是十九世纪才崛起的贵族，发迹不过百年。

正午的阳光挂在天庭之上，我坐在门口等待妻女，等待了漫长的一个时辰。妻子和女儿出来了，第一句话便是，没有想到西藏的贵族这么有文化和品位，家中的摆设和装饰亦中亦西，中西合璧。

我笑了，说："这里本来就是中西文化的碰撞之地，虽然隔着一座喜马拉雅山，但是仍然挡不住西风东渐，东风西进。"

"阴爷爷真有远见啊。"女儿感慨道。

"是啊，我第一次来这里参观时，更没有想到阴老爷子会将这个西藏农奴社会的活化石和标本保留下来。"

于是我们一家人在帕拉庄园的门口，留下了一张合影，回去好给阴法唐书记和夫人李国柱看。

余下的时间，便是看宗山宗政府城堡与山下的白居寺了。下午三点多钟，我们驱车来到宗政府的古老城堡前，时间却不允许我们停留过久，匆匆在宗山脚下的广场上拍了一张合影后，便朝着浪卡子方向的羊卓雍错湖驱车而去。

进入浪卡子县城之前，须越过一座神山，神山垭口处便是著名的卡诺冰川了。十五年前，我路过此地，冰川流到了路旁边，可如今盛景不再，因为全球气候变暖，冰川萎缩了许多，悬挂到了半山坡上，裸露出褐色的岩层。

遗憾是无法弥补的，而今晚的憾事，却是不能与妻子和女儿伫立于高高的山冈上，俯瞰圣湖之美。环湖的路好漫长，太阳落山了，最后一抹余晖从云罅里收了回去，羊卓雍错和四周的山野氤氲成一片水雾，冉冉攀升，连成一片暮霭。穹顶上的黑色帷幕缓缓落了下来，与夜朦胧缠绵着，演绎成黑夜的前驱，似乎在悄然地等待，等待千年的劫数和期盼。

　　自从二十世纪九十年代初经历那场劫难后，我便对海拔五千多米的岗巴拉山巅，有一种生命的敬畏感。而黄昏将至，我们一家人要再次通过岗巴拉，心里不免忐忑不安起来。不是我怕死，而是老婆孩子跟着自己，我却将她们的生命系在了一个少校武警军官身上，所以越想越有种战栗感。

　　吉普车盘旋而上。绕过一道弯，再绕过一道弯，螺旋式地升高，胸开始闷了，我知道此时的海拔已经越过生命的极限，但是车仍然在往上爬。回首车后，羊卓雍错沉落在暮色苍茫之中，湖光黯然，蓝宝石般的圣湖淹没在黑夜的前驱之中。再扭头朝前看，已经到了岗巴拉山口了，天空中突然飞起小雪，车灯远射，柏油路上结了一层薄冰，右边是千山重重，左边是万丈沟壑，车子一旦打滑，我们一家人便要经历一场万劫不复的劫难了。我闭上眼睛，默默祈祷，鉴于我八次进藏，心中一片虔诚，保佑我们一家吧，平平安安地下至雅鲁藏布边上。

　　车灯闪烁，我突然发现前行的道路上有了两道车辙，不远处有灯光点点，上苍神佐，有两辆车子在前边开道，我们渐渐地追了上去，原来是挂着陕字头的两辆小轿车，一前一后，正缓缓地朝着山脚盘旋而下。

　　"别超车，压着他们的车辙，跟紧了，慢慢下山！"我对少校武警军官说道。

"放心啊,徐作家,我会平安地将你们送下山。"司机也许看出了我心中恐慌,反过来安慰我。

海拔在渐渐降低,吉普车绕过一道道急弯,轧得冰雪道嗞嗞作响,纷飞的雪花终于小了,天色全部黑了下来。下至半山腰,见路上已经没有冰了,司机踩了一下油门,超过了两辆陕地来的车辆,冲了出去。

约莫三十分钟,车下到了山谷,奔腾的雅鲁藏布江,惊涛拍岸,如雷轰鸣,我心里悬着的石头才落了地。

吉普车往曲水方向驶去时,我感喟道:"佛祖保佑,我们终于安全了。"

盛极必衰

天堂有多远?

轮回总是在走向天堂的朝觐路上。驱车驶过曲水,夜的帷幔已从天庭上落了下来,与雅鲁藏布江面氤氲的暮霭缠绵、融和,凝固漫溢成如水的夜凉,江水呜呜,黑潮一般地淹没了我们。汽车穿越柳林兀立的环江公路,村舍、民居在车窗两边擦身而过。前方,帐房外有炊烟袅袅吗?嗅着藏房里飘来的酥油茶的芳香,我们早已饥肠辘辘,乡愁随着炊烟飘散,追逐着江雾,飘向了辽远的天边。

今夜,我还会梦回天阙吗?

天堂近了,人间却远了,汽车一直溯雅鲁藏布而下,下榻之所便是藏王诞生和安息之地——雅砻河谷。

到泽当镇还有六七十公里的行程，车速很快，远射的车灯像一道犁铧，犁开夜幕，翻卷于两侧的是江边的白杨和山脚下的柳林。喇叭响起，原来公路两边，不时有骑马的旅者驰马而行，车灯将他们孤独的身影嵌在了深邃的天幕之上。

夜路上，传来一阵马蹄声，间或有马队的摇铃，摇得我睡意蒙眬，骑士的影子仍在眼前恍惚，恍惚成一团江雾、一片迷离、一种悲怆、一场杀戮。不知是不是我的错觉，错将那骑士的身影，当成了一代摄政王留给这块土地、这个时代的最后投影。

夜幕里的骑士就是已故摄政王热振吗？还是当年从这条路上匆匆出走的十四世达赖喇嘛？我一直在默默地叩问。自从离开了圣湖拉姆拉错，离开了山南这片神奇之地，离开了然麦老家，从这里沿雅鲁藏布而上，涉江而过，朝拜了桑耶寺后，摄政王再也不曾回来。

没有归途，一个人一旦走上了朝圣和为王之旅，心中唯有一块圣地，抑或只有一个魔咒，再不会有归程。

那年秋天，格乌昌活佛给西北王马步芳进贡了十万两藏银，又经摄政王恳请中央政府蒋公出面斡旋，十三世达赖喇嘛的转世灵童被送至了拉萨。

达赖转世轮回雪域，布达拉莲花绽放。灵童从青海抵拉萨城那天，万人空巷，僧侣贵族黎民百姓手执哈达，端着切玛，出来迎接，个个热泪盈眶。

摄政王站在迎官厅前，眼睛如秋空一样明丽，举目四望，尽是感激之眸，从苍生脸上绽开的灿烂和虔诚之中，他悄然窥见到了这片雪域，这座圣城对他的感激和虔敬。

转世灵童到达拉萨的第三天，民众大会拟定了四件事情：在拉萨城里向灵童全家提供一幢房子，禁止民众和官员前去参拜；授予十四世达赖父母庄园、农奴；将全家提升为贵族，以他们青海老家的当采村为家族名；提升和奖赏寻访达赖喇嘛的有功之臣。

三天朝议，前三件事情已经尘埃落定，唯有最后提升和重奖有功之臣却久议不决。三大寺的堪布自然与摄政王一条心，哲蚌寺杰巴扎仓的堪布益西迥乃第一个站了出来，说："谁是寻访达赖喇嘛的第一功臣，明摆着嘛，当然是摄政王了，应该重奖他五至六个政府庄园。"

"太少了！"色拉寺的堆巴堪布坚赞僧格说，"摄政王寻访达赖功盖雪域，应该加十倍，授予热振五十至六十个政府庄园！并翻修热振颇章。"

噶厦政府的噶伦们三缄其口。这罕见的沉默，说明噶厦政府的高官并不赞成重赏摄政王，因为热振他已经富得流油，已拥有了五六十个庄园，政府庄园和金库里的钱，应该留给年幼的达赖亲政时使用。可是谁也不愿站出来将这层纸捅破，都明哲保身。

那曲总管琼让挺身而出，大胆劝谏，说："摄政王寻访达赖喇嘛自然有功，这是人所共知。我和天下信众一样，感激不尽，觉得也该重赏，但是庄园土地和仆人，都是神圣的达赖喇嘛的，灵童尚未进寺院学经，金库空虚，要花钱的事情多了。"最后琼让列举藏军军官在战争中失去财产，引用了拉萨街头流行的一句谚语："吃下大山，依然饥肠辘辘。喝尽海水，仍然不解干渴。"

热振被激怒了，却一时难以找到收拾琼让的借口。他麾下的一个宠臣噶雪巴当过前任那曲总管，知道做官敛财的内幕，便煽动那里的头人上访，控诉琼让的苛政猛于虎，四处巡游，挥霍钱财，累及百姓。

琼让觉得是莫须有,欲上书请愿,结果被热振以反叛罪下令逮捕,庄园被没收,两房太太被遣送回原籍,后代不许做官,本人被鞭笞一百皮鞭,流放到阿里普兰一座寺庙,终身不许返回。

杀一儆百,却仍然有人敢于抗命。那天热振派人去噶厦的金库,借一些康区富商捐助传昭大法会的香火钱,执管金库的凯默以"十三世达赖在世时,已明令禁止官员借钱"为由,给堵了回去,说:"难道不该留点钱在金库里,给新一世的达赖执政留点家底吗?"

摄政王听了拉章之人回来诉说被凯默羞辱之事,颇为恼火,于是借凯默在维修布达拉宫时出了一点差错——不去向热振禀报,却不辞而别,擅自到温泉泡澡为由,在热振拉章的一次演藏戏时,当众宣旨,革去凯默官职。

"摄政王不可以啊!"热振拉章的老管家热振扎萨,第一个站出来啼血苦谏,嗡然一个长跪,说,"热振活佛,我从你少年时候就跟着你,侍候左右,有一句话不知当讲不当讲。"

"吃了农区的豌豆,容易放屁,说吧,我听着。"摄政王已经对老管家不满了,因为老管家最近总在自己的耳边絮絮叨叨,让他有点烦了。

"拉萨城的水太深、太浑,摄政王,你可不能树敌太多啊。"

"我树什么敌?"

"摄政王真是太年轻,你树的政敌何止一人。"

"树了多少,你说给我听听。"

"摄政王真的愿听?"

"热振扎萨,我在洗耳恭听。"

"那我就说了,十三世达赖的宠臣龙夏被噶厦政府判以刺瞎双眼的酷刑时，你该出面制止，可是你没有。这就与龙夏家结下梁子了。此其一。"

"还有其二吗？"

"有啊！"

"有就直说吧，别藏着掖着。"

"其二，琼让在民众大会仗义执言，你不该将他鞭笞，遣送两位夫人回老家，放逐他到了阿里普兰的一个冷冷清清的寺庙里。"

热振的脸色铁青了，可是他还是耐着性子，问道："还有第三条吗？"

"当然有啦。"热振扎萨答道，"噶厦政府执掌金库的大总管凯默，虽然顶撞了我们热振拉章的人，但摄政王不应该忌恨而当众打散了他的发结，摘了他的顶戴。"

"还有第四条吗？"

"没有了。"

"好，好事不过三，坏事也不过三。"摄政王的口气变得坚硬了，说，"管家，你真是老糊涂了，该回家去养老了。"

"摄政王要辞退我？"

"不是辞退，而是让你回家去养老。"

"明白了。"热振扎萨说，"我不会再眷恋管家这个职位的，我确实累了。该归去了。"

"这说明你还有自知之明。"

老管家摘下顶戴，解下了身上的钥匙，说："五世热振大活佛，你还是一个灵童、几岁的孩子时，我便跟随你左右了。主仆告别的时候，我还有最后一句话，不知该讲不该讲。"

"一片老臣心，忠诚可嘉。说吧。"

"我希望你不要成为第二个三世热振,第二个第穆活佛。"

五世热振闭上了眼睛,挥了挥手说:"你回家去吧,你的话我耳朵都已经听起茧了。"

热振扎萨再次向年轻的摄政王磕了一个长头。站起身来,掸了掸身上的尘土含着泪水说:"摄政王好自为之,老僧告辞了。"

摄政王仍然未睁开眼睛,说:"走吧走吧。门外的马已经备好了。"

热振扎萨走出大门,看一匹老马已经站在门口,他踩着上马石,艰难地翻身跨上马鞍,拽着缰绳,朝热振拉章投去最后深情的一瞥,老泪纵横,颤抖地说:"五世热振,竖子不可教也,这样下去,不会善终的。"

泪洒驿路,热振扎萨驰马往故乡归去。

天堂有多远?

归去来兮。

雅鲁藏布夜风徐徐,徐郎三度重来,带着妻子女儿而来。来到山南重镇泽当已经是晚上十点,饥肠辘辘的艰难时刻已经度过,坐到一家川菜馆吃火锅时,反倒没有了食欲。

一个川地来的老板娘总在我们身边转悠。川音呢喃,蕴藏着成都川西平原的温婉,她说:"请问几位明天到哪里游玩?"

"加查!"

"你们要去拜谒拉姆拉错圣湖?"

"你去过加查?"我问。

"去过啊!"

"从山南出发,要走几个小时?"我问。

她说:"四个小时吧。"

我说:"到了加查,上到拉姆拉错圣湖之上,需要几个小时?"

"还要四五个小时。不过海拔平均都在五千米以上。"

"哦!"我有点错愕。

"被吓着了吧?"她说。

"吓什么啊,我几乎转遍西藏的圣湖,唯有加查县的拉姆拉错湖没有去。"

"你一定会功德圆满,不会有事的。"

"托你的吉言,谢谢!"我点了点头。

也许是因为第三次来到泽当镇上,也许是因为三千里山河的长途之旅太疲惫了,那天晚上,在山南雅砻河谷,我睡得特别深沉。沉沉的夜梦,一幕幕像电影默片一样,凸现在我的视野,我梦见了大唐帝国文成公主,在昌珠寺里为松赞干布做饭,也许是经营爱情,也许是被贬为厨娘。娇娘也好,厨娘也罢,都是上得厅堂,下得厨房,这是好女人的标志。我还梦见历代藏王圆寂时,最终魂归琼结冷山之上,鸟瞰藏王的出身之地,远眺莽荡的雪域。最终伴随他们的是一个个泥塑的释迦牟尼和守墓的红衣喇嘛。我还梦见西藏的摄政王五世热振,往圣湖拉姆拉错驰骋,那嘚嘚的蹄声,奏响了一首史诗。

梦醒时分,一轮红日从喜马拉雅山东麓冉冉升起,祥瑞终成。

下到餐厅里吃过早餐后,已是翌日早晨八点,我们向加查县的拉姆拉错圣湖驱车而去,一路都是路面很差的搓板路,颠得人腰都直不起来。

四个小时显得很漫长，仿佛走了一个又一个世纪。车窗两边一目千里，起伏的山峦有白雪皑皑，也有女娲补天时燃焦的枯黄和黧黑。在高原太阳和雪光的直射下，瞳仁会干涩、喋血、龟裂，可是那无休无止的雪风，仿佛从布达拉宫的长号里吹来的一样，携着浓烈而又血腥的悲怆和仁慈，划过乌云滚滚的天穹，没有留在我的记忆之中，却融入我的血脉。

这样酷烈的绝地，这样起伏连绵的重山，这样永远也走不出的喜马拉雅，信仰是唯一的出路，唯一的救赎。

路太颠了。突然将我抛了起来，我的头碰到了车里的顶篷上，终于将我撞醒了，梦撞碎了。

梦里的碎片连缀不起来了，一座孤独的小城却奔来眼底、映入视野，那是群山环抱的一块宗教圣地。

到了县城，匆匆吃过午饭，便往拉姆拉错疾驶而去。越往前走，越头疼欲裂，涨得晕晕乎乎的，我知道此时的海拔已逾五千米，达到了生命的极限。可是还有那座拉姆拉错湖外的雪山在等着我们。到了山脚下，越野吉普不能前行了。

拾级而上，站在拉姆拉错的山冈上远眺，一条狭长的湖泊惊现眼底，雪峰的山峦倒映其中，天边不时露出一抹彩虹，当人们竞相拍照时，湖的神秘和大气竟然奇迹般地消失了。

我朝着湖心磕了三个长头。第一个长头，我看到了自己的前世，达赖喇嘛的前世，摄政王的前世。前世的我们是什么？是空阔无边的牧场上的一个牧童，倒骑牛背，看着紫气东来，向着东方，向着世界屋脊，向着佛陀和菩萨们住的天堂踽踽独行。

摄政王热振走向了权力专断众叛亲离，成了孤家寡人；可是他心向祖国，欲与中央政府交好。

然而孤掌难鸣，独树难成林，一个个忠诚于他的随从已噙泪远去。

众人归去，热振也该收山了。

解脱的办法唯有隐去，隐归到热振藏布，在藏雄那一片原始的柏树林里，看黑颈鹤飞过高天，听白唇鹿呦呦鹿鸣。归隐热振的住持之寺，才能逃过一劫。

于是，聪明一世的摄政王决定以退为进，先退位，找一位庸人代替自己当摄政王，当自己避过几年的血光之灾之后，再复出，一览藏地之小。

庸人是谁，热振选择的是出身于一个小寺庙，对自己唯唯诺诺，又当过自己副经师的大札。

大札一生很低调，也很窝囊，窝囊的男人没有政治野心，也成不了大气候。于是热振决定将自己的摄政之位交给大札，等自己避谷静修，躲过了劫难之后，再叫他交权于己。

与大札谈过了，大札一口应承下来，说："摄政王大可放心，你想什么时候复出，就什么时候复出，我会毫不犹豫地还权于你。"

"行，有你这句话，我就放心了。"

两个活佛朝着历世达赖的经塔骤然一跪，就算是当着藏传黄教的开山鼻祖宗喀巴许下的愿，决不反悔。

没有反悔的热振向噶厦政府的高官吐露了心曲，决定辞去摄政之位。

噶厦的四大噶伦一片骇然，睁大眼睛仰望着坐在法台上的摄政王，然后一一苦谏，说："西藏信众需要你，摄政王不能退位啊。"

热振淡然一笑，说："我去意已决，你们不要再说了，为了十四世达赖灵童的安康,我不退位谁退位?我不下地狱谁下地狱?在退位之前,我有一句话,要忠告各位:西藏与中央政府的关系,在十三世达赖时一度闹僵了,唇亡齿寒啊,没有中央政府的支持,西藏没有出路。后来刘曼卿宣慰使进来了,达赖喇嘛摩顶,近晤长谈,有所改善。我上台之后,与民国中央政府蒋委员长的关系协调得非常融洽,内地兴,西藏强,内地衰,西藏弱,西藏离不开中华民族大家庭,中华民族大家庭的五族团结,也离不开藏民族,所以我希望自己退位后,你们不能将西藏与内地的关系搞僵,搞僵了于西藏于内地都是灾难。你们记住了吗?"

众人云:"摄政王放心,我们绝不会把与中央政府的关系搞僵的。"

摄政王点了点头说:"好!众位噶伦已经答应我了,那我就宣布自己的继承人。请出大札活佛。"

"传大札。"热振颇章的堪布大声喊道。

大札出来了,神情委顿,举止唯唯诺诺,见到了摄政王便陡然而跪,热振喊道:"经师且慢。"

已经跪下的大札仰起头来,说:"摄政王有何盼咐?"

"请师兄来我法座前。"

大札战战兢兢,迈着碎步,走到了摄政王的法台前。

五世热振从摄政王的法座上走了下来,牵住自己师兄的手说:"请往上坐。"

大札一愣,说:"这是您的宝座啊。本僧只是一座小小寺院的活佛,历史上这座寺庙从未出过摄政王啊。"

"此一时,彼一时也。现在西藏的摄政王就是大札经师了。"

大札的眼睛遽然一亮,灿烂如千阳普照,说:"大札何德何能啊,从不敢奢望。"

"好了，请上去吧。摄政王就是你了。"

大札战战兢兢地走了上去。

伫立一旁的五世热振指着坐到法台上的大札说："这就是替我出任摄政王的大札活佛了。你们参拜吧。"

"大札摄政王，请受臣等一拜。"

在众官员磕长头时，摄政王脚步橐橐走出早朝大殿，在走下神坛时蓦然回首，说了一句话："三年之后，我还会回来复位的。"

我仰起头，再次长拜时，看到了热振的今生，今生，热振活佛也许回不来了。

朝着圣湖之滨的雪峰看去，一抹晚霞，正向西飘去。看到了我今生爱情的宿命，远去的红颜知己，站在朝天阙前，向人间向云贵高原昆明城的大板桥驿站，投去深情的一瞥。那一深情的凝眸，告诉我，天上人间，人间天上，只有凭着藏王的天梯，她才能下得来，我才能上得去。

通向天堂的天梯，是由吟诵十万次的藏传佛教六字真言"唵嘛呢叭咪吽"搭成的。

前世，我们相遇在灵隐寺的弥勒佛前，三炷梵香之中，她莞尔一笑。那一笑，却是五百年的等待。等了五百年，相会不是在断桥边，而是在零落成泥的驿道旁，昆明大板桥的驿道旁，可是未曾牵手，伊人便远去了，去了西海边上。

第三次长拜看来世，得走到拉姆拉错的湖边。

我沿着当年热振骑白牦牛向湖边的路走去，而一上路就顺着山坡滑下，连滚带爬地滑下。到了湖边，我看到一匹神马从湖水中跃然腾空,长着翅膀,飞向遥远的天堂。

白马背上,我看到了一个人。那个少年时神功无比的五世热振活佛,他向人间投去最后一眼的脸庞上,尽是痛楚的悲怆。

悲怆的缘由是他眼拙,错看了继任者——师兄大札。

大札继位后,一夜之间发现当摄政王的感觉真好,一人之下,万人之上。一人就只有十四世达赖,而达赖还是一个学经的灵童;万人之上,却是西藏所有的苍生都向自己三呼九跪。

高高的法座有如此的权威,谁会放弃这种权力之杖?五世热振不会,继任者大札摄政王也不会。于是,大札凭靠英国以令四大噶伦,乃至藏地苍生信众,彻底改变了当年五世热振与中央政府之间的关系,朝着西藏"独立"的方向渐行渐远。

那天,通往布达拉的转经街上响起了呜呜的长号,这号是欢迎谁的?

大札从日光殿里跑了出来,站在布达拉的穹顶上一看,发现居然是五世热振回来了。那气势,那装饰华丽高贵的金鞍宝石,和清一色黄色缎面的长袍,唯有五世热振可以这样豪奢张狂。

热振回来了,住在自己的弟弟家,第一件事情便是向大札捎口信,说:"我避祸的时间已过,所有的危险都已解除,是到了还政于我的时候了,请来热振扎萨家与我相见,完成权力交接。"

大札一听,要解除自己一言九鼎的雄威,是可忍,孰不可忍!忍耐可以使人成为最终的胜利者,那么成为摄政王的师兄大札能改变自己的意向,交出权柄吗?

热振在拉萨城里住了几个月,迟迟不见大札交权的动静,只好怏怏不乐地准备回到热振寺。临走之前,他给过去宠臣觉札的夫人郎杰泽珍写信，希望她去热振寺见面。

泽珍犹豫了半响，给五世热振回了一封信，说："离开自己的丈夫，这样不太合适，不过我愿在拉萨与您会面。"

热振只好悻然回到寺院，青灯长夜，继续念经，进入密宗的最高境界。

可是热振寺的喜德扎仓雍乃和当年在色拉寺学经的噶多喇嘛，还有热振扎萨合计，决定在大札出席拉萨"酥油花灯节"时用手榴弹刺杀大札。热振对刺杀成功的把握不大，向自己亲近的民国中央政府求援，一旦行动失败希望对方给予自己庇护。还未得到答复，行动便开始了。执行爆炸任务的是哲蚌寺的僧人琼则丹增和甘孜地区来的一个康巴人洛桑朗杰。

然而天下没有不透风的墙，大札得到情报，有人要刺杀他。于是大札没有在酥油花灯节上露面，雍乃喇嘛只好将手榴弹的引信装在一拉开就会引爆的匣子上，并将匣子送到大札那里，预想在他拉开匣子时爆炸。雍乃等人计划请一个康区的不知情的大商人把匣子敬送给大札，讵料尚未送出，商人的侄子觉得蹊跷，拉开了匣子，轰然一声巨响，不但炸裂了富商家的玻璃窗，还将房间的内部炸了一个稀烂。

噶厦政府介入了。结果热振法座之下的雍乃、噶多和热振扎萨全被供了出来。

大札愤怒了，决定踏平热振寺，逮捕前任摄政王。

热振当年摄政时，也许从未料到，踏平热振寺的藏军，竟然是当年他让朗顿公爵挖去双眼的龙夏的大儿子，这个父子共一个拉鲁夫人的过继儿子，在藏政府颁布今世不能做官的禁令时，通过继母、后来成为自己妻子的拉鲁夫人的策划，让生母写亲笔信，称自己不是龙夏之子，而是母亲与另一位贵族所生。同时有拉鲁夫人闺密的情人——噶伦池门从中斡旋，最终一朝复出，一级一级擢升，官至噶伦。他带藏兵炮击热振寺，活捉了热振，并将其投入布达拉的夏钦角监狱的索达巴细巴拉，那个关了他父亲一生的阴暗的牢房，而看管热振的监狱长竟然是龙夏大儿子的同胞之弟乌坚朗珠。

时间真是一位公正的老人，复仇的机会总会到来。几天之后，公审还未进行，就有热振病逝的消息传出。有人说他是服下佛医的第三颗"珍珠三十五"后，病情恶化，用微弱的声音请求印度医生来打针，却未果，过了几个小时便溘然辞世。

还有一种说法是，热振是被活活勒死的。

说法不一，已经卸任的前任噶伦擦绒·达桑占堆被派去调查。回来后，他向民众大会报告说，没有发现热振被勒死的证据，也没有发现其他伤口的痕迹。只是在他的背部和臀部发现一道伤痕，那是受到护法神的惩罚所致。

可是大家都在嘲笑他这个结论。

热振之死，究竟是被毒杀，受刑而死，还是自然病死，至今仍然是一个谜，西藏近代史之谜。

纷纭的乱世，纷繁的摄政王死亡之谜，还是会有破解的密码，打开密码的钥匙便是流传在拉萨街头的歌谣。歌谣出现在热振去世数日之后，一阵雪风之后便风靡拉萨城：

花一千藏币买来顶髻，

他于二十五日将其戴在头上。

杀害山羊（指失势的热振）的罪恶酬劳，

是获得拉萨米本（市长）的宝座。

这首歌是影射龙夏的小儿子乌坚朗珠的,他在藏历一月二十五日当上了俗官,热振死后成为拉萨的米本。

此其一,还有一首歌谣说得更直白三分:

> 勇士普觉(乌坚),
> 双手沾满了山羊的鲜血。
> 作为报仇雪恨的酬偿,
> 他得到了红色的顶戴。

清朝皇帝赐予西藏贵族僧侣的红色顶戴,是红宝石般的红,而对于某些官员来说,那红色却沾满了受害者的鲜血。

一首歌谣揭穿了谜底,只是有多少人相信呢?!

从拉姆拉错圣湖中仰起头来,眺望天边的血色,在一片碎霞中,我看到了热振的前尘,也看到自己的前尘。

前尘注定,谁也无法改变。

这在佛家的辞典里叫宿命。

轮回,所有结束都是开始

走出宿命,那就走出了西方圣地。

那天下午,我朝着贡嘎机场翩翩而下,借一只神鹰之翼,借着天梯在雪风徐徐之中,振翼而起,昂首冲天。机翼之下,一江雪水流向阿育王子成佛的西天佛国,那滚滚西去的大江,成了一根血红的血管,这血管连着东方与西天,幻化成朝圣的虔诚。

每一次最后的藏地行旅,都成了一次新的起点,每一次转山、转湖,都以为是告别之旅,皆成了新的征程。

朝着芫野而去,朝着雪山而去。

我记得雪山之巅有一座曼荼罗,一座像大昭寺、拉萨一样的坛城,被八廓街和雪山包围着。城中住着修行的佛陀与菩萨,吸引前来朝拜的万千信众。

去雪山之上寻找曼荼罗吧。二〇一三年八月,我已经是第十六次入藏地了。

那天傍晚,黄昏泛起。我在拉萨八廓街古城采访将近半月了,行程排得尤其紧张,几乎是日出而行,踏暮而归。然,不管多晚,总要从八廓街西北口而入,绕大昭寺转经一圈,疲惫身心由此得到了舒缓,躁动的心情顿时安静了下来,可最终还是想纵情山水一番。因此,有一天晚上吃饭,我对拉萨市委宣传部原副部长刘亮说,两次来拉萨,那个地方也未去,这一次就到雍则绿错观圣湖吧。刘亮不辨东西,问圣湖在何处。我说,仁布县啊。

此为寻找班禅灵童的观象之湖。

相传,十世班禅大师额尔德尼·确吉坚赞圆寂三年后,转世灵童已经出生。扎什伦布寺经师、堪布来到雪山之下,在小小的尼姑庙泽鲁寺里作法三天,沐浴之后向雍则绿错跋涉而去,去观湖象。那些高僧多为老者,虽然在西藏出生,但是前方有四座海拔五千米以上的大雪山绵延相连,对这些老喇嘛来说也是一个挑战。有的实在爬不动了,就由体力好的喇嘛背着他们,一步步往雪山之脊爬去。

从早晨出发，走了四五个小时，翻过最后一道雪山之梁，一个圣湖横亘于前。湖面不大，圆圆的，犹如一颗绿松石。就在这个像铜镜般的湖泊与雪山相拥处，念经祈祷之后，他们便开始看湖象。扎什伦布寺的经师看到了一匹白马，只见在藏南的牧场之上，四周森林如海，风掠过处，如诉如泣，一位少年在献哈达。经师由此判定，转世灵童生于马年。而他的故里应该就在藏南与藏北之间的一个牧场。按湖象所示，寻访小班禅的高僧大德，在那曲嘉黎县找到了转世灵童，他的名字叫坚赞诺布。

一九九〇年二月十三日，一个男孩在西藏嘉黎县的一个普通藏族家庭呱呱落地。其父索南扎巴和母亲桑吉卓玛均读过小学，他们生下一个肤色白皙、五官秀美、双目明亮，右脸上生有一痣，颇具瑞相的男孩。桑吉卓玛的父亲给外孙取名为坚赞诺布，意为"神圣的胜利幢"。

坚赞诺布出生前后出现过许多吉兆。吉兆之一是有一天，桑吉卓玛外出，将孩子放在一位老师家，老师在无意间发现坚赞诺布的舌头上有一个白色的藏文楷书字母"A"。

在藏传佛教里，这是一个神圣的符号，是佛的化身。按照宗教仪轨，秘密寻访十世班禅转世灵童的人员，根据十世班禅大师的逝相以及观湖、占卜所得结论，得出转世灵童诞生的大致方向，当他们得知有关坚赞诺布的传闻后，开始进行核查、问试。寻访人员发现，坚赞诺布对宗教器皿极为爱好，拿到手中就不放，还对寻访人员说："我认识你们。"尤其令人惊讶的是，当寻访人员在他家休息用餐时，他抱着寻访人员的糌粑木碗说："我也有一个这样的碗，放在扎什伦布寺。"

于是，嘉黎县的这位灵童和另外两位与他同年出生的灵童被带到了拉萨，等待中央政府金瓶掣签。

刘亮问我："雍则绿错在哪里？"

"仁布县。"

"那里离我家不远啊。"翻译次桑说。

"是吗？"

"是啊！徐主任。"

"那就由你带路。"

"好！"次桑答应我。

已经是第十天了，明天就是周六，我对次桑说："报告你们刘亮部长吧，明天上午我要去寻找班禅灵童的圣湖雍则绿错朝湖。"

"甚好，甚好！"刘亮前几天晚上答应过我，说，"我正想沾点仙气呢。陪徐主任去观湖象。"次桑报告过后，开始他想开着自己的坐骑去，后来觉得一行六人，坐不下，就换了一辆4700吉普。

翌日，晨六时许，我们一行六人——除我跟司机之外，还有拉萨市委宣传部副部长刘亮，宣传科长蔡新民，副科长、翻译次桑和自治区人民医院内科主任李海英——驾一辆日本牛头大吉普，溯雅鲁藏布而上，驱车二百多公里，去谒圣湖。

上午十时五十八分，车抵泽鲁寺，于一小尼姑庙前戛然而止。公路已至断头处，唯有背包上山。一行六人，皆比余小，堪称老西藏，都在拉萨待了二三十年之久，可从未谒过圣湖，均不识路。

我见一年轻尼姑，肩挎一个铜壶，欲上山背水，身边跟着一只岩羊，曼妙如仙，便上去与她搭讪，想请她带路上山。她掩口一笑，操着藏话，对我的翻译次桑说："佛家人不与俗人为伍。"言毕，便上山去背水了。岩羊紧随其后，这一幕在我脑海里许多日子都挥之不忘。小尼身影婆娑，与她的羊渐行渐远，我则从她出来的小门走过去一看，这只是一座普通的小寺院啊。

然而，山不在高，有仙则灵，庙不在小，有佛则灵。泽鲁寺可是非同寻常，康区寺院的大活佛圆寂，都要来这里念经作法，然后再观湖象。据说这座尼姑庙里，有一位老尼活到一百零二岁，坐化圆寂之后，要实施火葬，于是被背到雪山之上，选择在一个圣湖边，乘坐积香木而去。一点点、一簇簇酥油灯被点亮了，扔进了柴火堆后，熊熊大火而起。她欲御风而行，却有人间瑞相相伴，彼时，本来晴空万里的天空，突然降起了五彩雨。这可是祥雨啊！雨下过之后，一簇白云从天边而来，一缕缕，一片片，倏地像一笼经幢一样，从天穹中垂直落下，落在了焚烧的积香木之上。泽鲁寺老尼的灵魂，突然从火中一跃飙升，在白云般经幢的护卫下，飘然去了一个曼荼罗世界，一座坛城之中，再往生成佛。等灰飞烟灭后，她的弟子于一抔冷灰之中，找到了白色的舍利子。

这个故事是临行前一天晚上的饭局上，西藏网主编王舒女士讲给我听的，一下子便诱惑了我。于是，就在那一刻，我决定返回北京之前，一定要去雍则绿错一拜。

寻找达赖灵童的圣湖拉姆拉错我于二〇一二年拜谒过了，但两个寻找藏传佛教灵童的圣湖，岂能只看一个啊，倘不看另一个，那就是不圆满。

那天晚上，与王舒女士同来的一位摄影家说，他曾经去雍则绿错拍过片子，上大雪山来回需要七小时，且步步向上。我不以为然。我在北京城里曾有穿越野山的经历，从妙峰山至凤凰岭，二十五公里山路，我七个小时就下来了，还是一个人走。如今这七个小时的路程，亦不足为惧。

然，从泽鲁寺开始攀登，前方竟横亘四座大雪山，海拔皆在五千米以上。刚登第一座，嗓子便拉起风箱，途中又遇雨雪。朝湖之旅，一行千辛万苦，抵第一道经幡群时，海拔升至五千三百米，已跋涉四个小时。队伍几近崩溃，走十米就要歇一下，大口喘息。雪大路滑，说话声音大点，冰雹就追着人砸。当时保健医出身的李海英感冒未愈，咳嗽不止，引得冰雹将我的头顶和后背砸得噼里啪啦地响。我对李海英说："你能不能不咳嗽，忍一忍，行吗？你一咳，声波便将云中的雨雪冰雹震了下来，直砸头顶啊。"李海英说："实在忍不住啊。"

又是一座大雪山横亘于前，次桑一直在前方打前阵，他从雪山顶上下来，告诉我前边的刘亮部长未看见湖，也不知湖在何方。绝望之时，刘亮与我商量说："徐主任后撤吧。刚才次桑爬到山顶了，仍然没有看到湖……"

我当时已经爬到半山腰上了，几乎是爬三步退一步，大口地喘气。仰首一看，只见一道经幡在前方一百多米处高高飘扬。以我对圣湖的知识，有经幡处，必离圣湖不远了。于是，我对刘亮说："上去吧，我们在经幡前合影一张，亦不枉来过……"刘亮同意我的想法，又转身向上跋涉。我紧随其后，踩着未被踩过的白雪，一步一步，一滑一退，仍然执着地向上。最后二十米，实在有点爬不动了，是次桑下来搀扶着我上去的。伫立于雪山之巅，视野辽阔，大峡谷之中，仍然不见圣湖。拍了几张照片之后，我失望极了，准备下山。

这时，沿我们来的山路上，上来一家四口人，是仁布县德吉乡次仁、米吉姐妹一家。五岁小男孩顿珠几乎不要大人携扶，履雪山胜似闲庭信步，令我辈惊讶不已。我叫次桑上前打听圣湖在哪里，米吉说："左前方仅剩十分钟行程，隐没在另一道雪山之脊下边。"啊？我们皆讶异不已，这可是度我们之人啊。五岁的顿珠，与五十五岁的剑客可有一比啊，相形之下，徐剑输给了这个叫顿珠的小男孩。

于是，我们紧随次仁阿佳拉一家，蹚雪而行至一个玛尼石堆前。按规定，朝雍则绿错时，不能带任何铁器上去，我见那姑娘将黄金耳坠和项链全摘下来，于是我将自己腕上的手表也摘了下来，扔下了相机，手中仅持一个迷你 iPad，然后朝前方还有四百米的山脊爬过去。一路白雪踏碎，在脚下咯吱作响，大约二十分钟后，我终于抵达最后一道经幡前。又是次桑伸手下来，将我拽了上去。我一下子在山脊上坐了下来，精疲力竭，一看 iPad 上时间，此刻已经是下午三点二十分，从出发到此刻整整走了四个半小时。也许真诚、虔诚和执着感动了上天，佛缘已至，神湖雍则绿错掀开神秘面纱，向我们展示了诡谲多姿的湖象。

也许是冥冥之中的一种感应吧，我坐在山脊之上观湖，刘亮部长、次桑和司机都下到湖边。不知为何，第一眼见到湖开，我便潸然泪下，哽咽不已，不顾脸上还挂着好多泪珠，便冲下去与他们七个人会合。我下来时，刘亮他们正在用哈达包裹青稞，准备往圣湖投掷，见我脸上挂着泪痕，他们皆惊讶不已。

次桑抓了一把青稞给我。我将身上的哈达掏了出来，将青稞包了进去，结成一小团，然后去投湖。据说，如果青稞落到湖底，就是有缘和有福之人。我朝湖里一投，青稞落了下去，一颗悬在空中的心便随之落地。

坐在湖边观湖象，我看到的第一幕竟然是一条像大蟒般的山影投影湖中，我大骇，今年是蛇年啊，最诡谲的第一个湖象，竟是一条龙形之蛇！

继续观湖。我突然看到第二幕幻象，一头牦牛在奔驰，后边紧随一只老虎，向湖中心四蹄急驰，欲冲天而起。至湖心，居然变成了两位女士，浮冉而升，向湖面跃然而起，飘飘欲仙。我脸色陡变，一片愕然——去岁在拉姆拉错，看到的第一幕生肖是牛，这次却有虎追随。我夫人属牛，女儿属虎，冥冥之中，我看到了她们的前世。

默记于心。刘亮等一行七个人开始转湖了，此湖不大，环湖也就是四百多米，我看完了湖中的幻影之后，才起身转湖。走了一百多米，听到雪山流水淙淙，蹚过一片乱石的斜坡，我再回眸一看圣湖，刚才我们坐在那儿投青稞的地方，竟然是一只大鹏金雕在展翅高飞。再转了五十米，我又回眸一看，天啊，大鹏变成了一只巨大的蝙蝠。

鹏程万里，蝙蝠有福，不枉此行了。

前面转湖的七个人已经转至终点，与我相差一百五十多米，我不知道他们看到了什么湖象。我回首再看湖中，唯见布达拉宫高高的白墙之影，倒映于湖心。也许有人会说这是作家想象，可倘若是信佛有缘之人，一定会觉得我并非梦呓之语。

终于与他们七人会合了，他们或趴在湖边，或半躺于山坡之上，却没有看到什么幻象。我在转湖终点一处山坡坐下，朝湖心一看，只见湖水中有三个仙女衣袂飘飘，宽大长长的袂袖在碧波下舞动，与长天上的流云相接。我惊呼："你们看到了吗，有仙女在湖里跳舞啊！"

"在哪？在哪里啊？"仁布县一家的小妹说没有看见。

"你过来，沿着我的手指方向看去。"

她站起身来到我边上，俯看湖心，突然惊叫起来："我看到了，看到啦！太神奇了，真的是三位仙女在湖心翩翩起舞！"

刘亮部长也往我身边靠拢，沿着我手指方向看过去，也看到了。他惊呼："真的太奇妙了！"

于是我们一行八人，除了两位老西藏——年轻的蔡科长和保健医李海英女士未上来，都被这圣湖之象倾倒了。我们喟然而叹，寻得福祉，神灵护佑。

四十分钟后，我们转完了湖。我站起身来，只见刘亮部长站在山坡一侧，默默祈祷。

该走了。我朝山脊爬去，觉得特别吃力，刚才未见到圣湖时的驱动力已经没有了，显得步履维艰。等到了山脊时，想用次桑帮我背上来的"大炮"，拍几张圣湖。可是当我将镜头装好时，雾霭涌上来，一下子将神圣的雍则绿错掩没了。或许这是对我带着"大炮"上来的惩罚吧。

下山了，时针已经指到下午四时四十分了。踏着斜阳而归，那天下山，因为失去了动力，加上边走边拍照片，我一直殿后，到傍晚七时四十分，才下到泽鲁寺的小庙。

又见到那位曼妙的小尼和她的岩羊。我由岩羊引领，走进了泽鲁寺的大殿。殿堂不大，也就两间房子那么大，四五个尼姑盘坐成一排，坐东朝西，坐在卡垫上默默念经。泽鲁寺是一座宁玛派寺庙，为莲花生大师创建，其悠久的历史堪与桑耶寺媲美，却毁于"文革"年代，直至一九八六年才重新恢复。殿的正中央供奉莲花生大师的手掌印。扎西群宗、慈仁白珍是最早入寺的两位尼姑，今年已经四十有余，其余小尼，皆后来入寺，共有十四人之多。关于那位一百零二岁圆寂老尼的故事，住持扎西群宗说，她也是二十世纪八十年代才入寺的，仅仅是听说而已。

喝酥油茶之际，听说我们爬到了圣湖顶上，几位尼姑皆露出惊讶之色，起初她们怀疑我们是否能爬到湖边，认为有此心也就足矣，说明佛缘已至，未曾想到我们不仅拜谒圣湖，并看到云诡波谲的湖象。那位背水的美丽尼姑说，你们都是有福之人，班禅大师会保佑你们的。

谢谢！我们起身归去，向圣城拉萨疾驰而去。

这一刻，夕阳西下，西风残照，尼姑庙沉浸于烟霭之中。我登车，将氧气管插于鼻上，蓦然回首间，看到那位背着铜壶上山背水的尼姑和那只野岩羊。一阵雪风吹来，迷迷茫茫，那身影突然幻化成了大卫·妮尔和刘曼卿的婆娑身姿，长长的影子，沐浴于皇皇落日里，藏地昏黄，尼姑庙灿然。我的心中倏地升腾起一种温馨，一种包容，一种秋风纯净的宽容与博大，一种仁爱仁慈的悲悯，悲天悯人的温润和温婉。于是乎，站在藏地，伫立于地球的城垣之上，极目寰球，天下小了，胸襟大了，大过浩瀚之宇。觉得头顶之上的喜马拉雅，喀喇昆仑，还有脚下横亘在神秘的北纬三十度线上的横断山脉，突然变小了，变成一个白色的点，一个黛色的点。

归去，胡不归？虽然城郭的喧嚣，就在前方，就在万家灯火深处的夜夜笙歌里，可是小隐于山，中隐于市，大隐于心。有一颗纯粹之心，焉能担忧浮世、浮生、浮尘之惑？置身于炊烟袅袅的城池，麻将声四起的城郭，霓虹闪闪的城邦，所有的诱惑、迷惑，所有的混沌、混浊，都被纯清了、纯净了、纯粹了。

这净化心灵和欲望的纯洁剂，酿制于转山转湖的三大圣湖之水。沐浴其中的一刻，我心中的文学海拔、精神海拔骤然升高了。

灵山、灵地、灵湖，转山、转湖、转水，山转、人转、心转，那是一位汉人抵达彼岸之后的感恩与跪拜。

2007年11月5日凌晨2：36写于北京南礼士路剑雨斋

2015年5月6日23：58完稿于北京复兴门外大街甲7号院

2015年6月17日17时校改于北京

跋

谁舞经幡颂天祈

十年前，写完反映青藏铁路建设的《东方哈达》一书后，仿佛完成了一次生命之旅的涅槃，浮华、浮躁之情，皆被神山圣湖沉淀、澄清了。从此，功名利禄、沉浮毁誉，皆成身外之物。尽管此书给我带来无尽的浮名与好事，然，值得庆幸的莫过于文心归于寂然。

一切都沉寂下来了。以后的日子，万物皆空，苦厄去，观自在，大道空花，苍苍莽莽一片芫野，掳走了我的魂魄。茫然四顾，相处十五载的三尺书房，不过一个阳台而已。然，伏案一张书桌，却可极目远方；身后四尺墙壁，逼仄仅容一小排暖气片，却是无边的空阔。心中唯有圣湖之清，波澜不惊，犹如平镜；头顶，祥云悠悠；耳边，漠风掠过，经幡拂动，谁诉天祈直达天庭，终于有了一片安放灵魂的原乡。我伫立于此，蓦然觉得，文学需要这种至尊之境，艺术需要这般寂寥，如此清冷、寂寞，于作家最好，其修为可入不浮、不躁、不名、不利、不己、不他之境，只为自己内心真实而作，方可成经国文章，其肉身寂灭之后，唯有所写的方块字活着。于是，那些日子，萦绕于心的是，下一部写什么，该怎么写，从怎样的角度切入？

踌躇之际，掠过脑际的，居然是几位雪域女性的影子，一如《东方哈达》写作中，神遇帝国公主文成和藏女西原一样，天路漫漫，仰望夜空，书案之上，法国东方学家大卫·妮尔《一个巴黎女子的拉萨历险记》、民国特使刘曼卿《康藏轺征》、国际著名藏学家梅·戈尔斯坦《喇嘛王国的覆灭》，还有二十世纪三十年代颇负盛名的藏学大家于道泉和李安宅纷至沓来，前者著有《于道泉藏学文集》，后者则有《李安宅文集》，甚至数十卷本的西藏自治区政协《文史资料》，并非轻易得到的毛泽东、周恩来论西藏谈话"文革"影印本，西藏社会科学院翻译的夏格巴《西藏政治史》，等等，书中之人物和故事，总让我挥之不去。于清风明月之中，于晓风残月之后，或在我的前方踽踽独行，或与我擦肩而过，或在横断山之巅抛给我一个诡谲诱人的微笑，抑或于风中默默祷告一句藏密，诱惑着我去猜、去想、去破译。

时光流年，三十年藏南，三十年藏北。二十世纪八十年代中期，自有缘成为阴法唐老人的部下起，三十年间，我的生命之旅，无不投影喜马拉雅、莽昆仑、念青唐古拉、冈底斯山和横断山的雪风山骨。至二〇一六年，来来往往，我竟然走了十八趟青藏大地，多则三两个月，少则亦半月二十天。读书行走，读天下之大书，循大卫·妮尔、刘曼卿留在青藏的万里之痕，沿西藏摄政王热振寻找达赖转世灵童的观圣湖之旅，一步一步走过空花大道，雪尘掩没，历史界碑何处？我爬上一座座神山垭口，斯时漠风正烈，灰头雁掠过天空，经幡随风飘荡，不停地祈诉天语。冥冥之中，那些传奇的、壮美的、凄美的神话般的故事、神性般的藏地、诗意般的雪域，裹挟一股历史文化和风俗宗教之风，形成一个强大的道场，感应、感染、震撼着我。于是，拉萨城、江孜城贵族之家的每片瓦砾、每块铺石，门前每对雪狮的纹理，一一清晰凸现出来。三十载西藏高原的阅读、行走与研究，《经幡》藤上之果，瓜熟蒂落了。

二〇〇七年早春二月，北京复兴门下，残雪未尽，大院里的紫玉兰含苞一个冬季，只待东风唤醒。我坐于书案前，眼前一片雪风四起，风雪夜归人，来者竟是巴黎丽人大卫·妮尔。彼乃一位东方学家、人类学者，却藏装褴褛，金发染成黑色，扎两条藏族长辫，盘于头上，脸上抹了一把锅烟子，乔装成行乞的藏边老妪，挂着拐杖，身后紧随其义子、尼泊尔喇嘛庸登，朝着寒山踽踽而行，为的是寻找心中的香巴拉，拜谒圣城拉萨。

二十世纪二十年代，彼从法国巴黎而来，东渡入印，欲翻越喜马拉雅进西藏，千辛万苦走来，只到了日喀则，虽见到九世班禅大师，可最终还是被藏兵阻于年楚河边。江孜古城不可逾兮，唯有悻悻而归。随后，她辗转内地，转道大西北，入拉卜楞寺，学经五载，已能操一口地道的拉萨话。后其欲走唐蕃古道，翻越念青唐古拉入藏，可最终还是被藏军拦于玉树。

西进不成，北进不得，执着的大卫·妮尔转道四川，从成都过雅安，翻越二郎山，渡泸水，抵打箭炉（今康定），仍被藏军堵住，不能前行。她在折多山下的打箭炉城，看云蒸霞蔚，观窗含西岭雪，日出日落，花开花谢，一看便是四载时光。终于有一天，她患了阑尾炎，便径自策马上了折多山，过雅江，欲穿越毛垭坝大草原，去巴塘天主教会医院做手术治病，最终还是被藏军挡住，只好又辗转去了玉树。路路不通，终难入藏。最终大卫·妮尔改变了方向，从云南而入，将自己装扮成一位藏族女乞丐，带着义子庸登，从大理、丽江，溯金沙江而上，转山转水，环藏区十大神山之首梅里雪山转山而行，穿行于怒江、澜沧江、金沙江三江并流之地，终于如愿以偿，闯进了月贤王的香巴拉王国。

大卫·妮尔已远，我神游于历史与现实之中，纵笔于卡瓦格博神山与大卫·妮尔雪泥留痕之中，追寻那个风雪中时隐时现的香巴拉。失去的地平线渐次浮现，视野中一座唯有福缘方可见的灵山矗立于前方。

那段日子，可谓人神相会、天地相通，我看到霜风露白之时，秋山尽染，花豹出没，白唇鹿惊鸣，引大卫·妮尔入香巴拉国。彼入梦中之城，终登彼岸。而当下的我，则环绕于卡瓦格博大转经道上，幻城终不可见，却有历史文化信息源源输入，磁场甚强。于是，我穿行于历史与现实之间，游走于过去与未来之途。蓦然回首间，居然有一个惊人的发现，东西方两位女性大卫·妮尔与刘曼卿，虽素昧平生，却多次在藏区大香巴拉之域产生交集。二十世纪三十年代，大卫·妮尔蛰伏打箭炉城中，听着康定情歌，欲入藏而不得，而民国特使刘曼卿却屡屡紧随于后，只是互不相识。大卫·妮尔在康定城中蛰伏数载，刘曼卿则盘桓数日。终未有缘相识，匆匆之中，擦肩而过。后大卫·妮尔从大理入丽江，再进至中甸，最终以藏妇乞丐之乔装，骗过哨卡上的藏兵，直驱藏南，入拉萨圣城，夙愿得偿。时隔数载，刘曼卿履行了民国特使之职，又辗转重庆、昆明，由大理、丽江，进至中甸，对大香格里拉藏区进行考察，其行进路线，与大卫·妮尔完全重合。命中注定，两位中外女性在不同的时域，共同演绎了一个香巴拉的神话，而我旨在复活她们的传奇。

《经幡》之卷一《灵山》，寂然而又安静地写了四十天。四十天，心若止水，波澜不惊，一键一键从容敲来，终以七万余字收官，连我都觉得惊奇。取名"灵山"乃发心声，并无抄他人书名之嫌，卡瓦格博乃藏区十大名山之首，高不过六千七百多米，诡异、神奇、灵应，至今无人能登顶。凡欲攀越、征服、玷污神山者，皆被雪崩埋葬。我当年绕其而行一周，别时，背走了三十多公斤中甸县志、府志，对历史轮廓有了一种清晰的梳理，尤其是西方传教士在此历经的种种磨难，最终立足，将此地温润成一块温婉之地，形同香巴拉王国。

《灵山》卷完成之后，藏地余热未褪。原想接着写刘曼卿的故事。当年从阴法唐夫人李国柱处得一部刘氏边疆史力作《康藏轺征》，此书与陈渠珍《艽野尘梦》，堪称中国边疆游记双子星座。刘氏文章之乎者也，全系文言文而作，一点也未受到"五四"新文化运动的浸淫，我觉得美极。可阴夫人视为至宝，催得甚紧，隔三岔五要一回，我只好复印一份，原书奉还。后因多次搬家，居然找不到了。只好笔指另一个风云人物，十三世达赖喇嘛圆寂后的西藏摄政王五世热振(藏译为瑞廷)。

热振是一位心向汉地，向中央政府靠拢的爱国者。我未读西藏史之前，便从一些藏学专家口中知道此公：少年得志，一生传奇，命运多舛，死得很惨，但瑕不掩瑜。论者皆肯定其爱国行为。然，知君愈深，唯余一声叹息，其命运沉浮，堪称荣亦摄政，毁亦摄政，死亦摄政。彼对藏地最大贡献，是到加查拉姆拉错观湖象，最终确定十三世达赖转世灵童出生地在安多，并详尽描述湟中小山村地貌房屋之状，给出了转世灵童的宗教文化地图，使得达乌昌活佛等按图索骥，寻找到转世灵童，并将其接回拉萨。后，彼因犯色戒，会危及转世灵童及自身安危，且不能主持转世灵童之沙弥戒，只好将摄政之位让给并不起眼的副经师大札代理。三年之后，当热振卷土重来，欲要回西藏摄政王之位时，一场血灾发生了，并殃及千年古寺热振寺。我溯热振仁波切的来路与归路，徘徊于曲水古渡，伫立于林周恰拉山口，盘坐在拉姆拉错圣湖的垭口，还原和复活二十世纪三四十年代西藏那一场腥风血雨。

《经幡》之卷三《灵湖》，便于此时一鼓作气地写完了，亦巧，控制甚好，仍旧是七万余字。然，我却将其搁置在电脑之中，再没有理会，一放便是八载时光，并未有半点发表欲望。写完了，一件心事了却，一个过程结束。只乐耕耘，不问收获，愉悦皆在过程之中，足矣，《灵湖》之作仿佛已与己无关。

然，几年之后，在走革命老区的路上，相识一位红颜知己，新疆回族作家毛眉女士。她读了我的《东方哈达》,颇为激动,一连写了我的两篇亦文亦人印象记。得知我已经写完《经幡》之《灵山》《灵地》《灵湖》三卷,正准备以《灵殿》作为收官之作时,彼云,还要写《灵魂》啊。一语点醒梦中人。然,梦未尽,《灵殿》未成,《灵魂》也迟迟未见动笔。可是,曾当过我的责任编辑的徐宪江先生,却始终惦记"五灵"系列之书,一再催促我完成写作。

其实《灵地》的写作,远早于《灵山》。二〇〇六年九月,我随"中国名作家康定情歌故乡行",沿着当年刘曼卿的康藏之旅,入雅安,越二郎山,过大渡河,进康定城,后又翻越折多山,去新都桥、雅江等地,在当年毛垭土司的领地踯躅数日。回京后,便伏案草成了一万五千多字的《灵地》,三个达赖灵童同一个故乡,这是一块怎样的灵异之地啊。别离之时,我的影子亦留在这里。人离去了,魂犹在,神往之。走下折多山,《灵地》的框架和骨骼已成,而我的视角却神游远方,就等刘曼卿女士纵马芃野,一等就是十载。

十年一觉寒山梦,梦醒时分,五更犹寒,神鸦晓唱。觅得刘氏《康藏轺征》,再次翻看,在她之乎者也的叙事之中,让自己的心路与她生命之旅重合。掩卷之时,竟然一声喟然长叹,我的故国与这片神奇的土地,竟然如此爱恨纠结,打断骨头连着筋。清朝灭亡前后,备受慈禧和光绪冷落的土登嘉措,在与驻藏大臣较量之中,屡屡完败。后,武昌起义殃及藏地,兵燹从藏南燃至拉萨。帝国倒下之后,川督赵尔丰又被尹昌衡杀于成都,支撑帝国边陲的最后一根支柱崩塌,一群边军无国可依,无乡可回,无魂所系。袍哥伺机挑事,长官被戮,群龙无首,终于酿成拉萨兵乱,被赶出西藏。十三世达赖喇嘛土登嘉措从亚东赶回,从此大权独揽,雪域独尊,与中央政府渐行渐远,欲入英国人之怀,却四处碰壁。西姆拉会议上,土登嘉措挟洋自重，划界谈判中私签协议，欲割内地之肉，结果赔了藏南门隅的土地，自食苦果。其晚年于中英之间徘徊时，小女子刘曼卿跃身上马，阳光万里，横断山逶迤茫茫，踏雪尘而来，飒爽英姿。

刘曼卿，奇女子也，出身于汉藏之家，其父为晚清驻藏大臣衙门幕僚，其母为康巴女子。清朝灭亡，彼不过七八岁，随父逃至印度噶伦堡念书，后辗转北平，在通州读女子师范学校，汉藏英文皆通。蒋介石接见九世班禅大师堪布时，彼被选为翻译，给蒋留下了好印象，故留在国民政府行政院文官处工作。然，紫金山下，她与蒙藏委员会格桑处长的爱情，却遭遇钟山风雨。出嫁之时，妹妹曼云居然在喜帖之上姐姐的名字旁，添补了自己的名字，而未婚夫凝视小姨妹的眼神，竟也含情脉脉。本来当时内地有姐妹易嫁，藏地有兄弟共妻、姐妹嫁夫之俗，并非大逆不道，可刘曼卿系新女性，承受不了如此情殇，决绝而去，争得民国女特使身份，远走西藏，踏上了一条洗心之旅、忘情之路。万水千山，山寒水瘦，刘曼卿率两仆从迤逦而行，穿越响马与盗匪横行之地，纵有百般阻挠，千种烦恼，不远万里走来。从夏至春，将近一年，终于抵达圣城拉萨。年迈的达赖喇嘛土登嘉措亦为之动容，破例为这个汉家女儿摩顶，多次接见，促膝而谈，表达向中央政府示好和靠拢之意。刘曼卿离开藏地时，达赖喇嘛专为其占卜，选定良辰吉日。

我浸沉于刘曼卿的叙述之河里，去路苍茫，来时何处？香草美人，马蹄声碎，空山落雪，一袭藏式皮袍在身，膻味四溢。封疆大吏、达官贵人、巨贾商贩、盗贼响马、活佛尼姑、转世灵童皆消失了，狂雪荡洗之后，不留一点痕迹。唯有刘曼卿、大卫·妮尔或策马，或徒步，走过青藏高原，羸弱身影和动人传奇于风雪之中兀然而立。还有五世热振被杀时,声震拉萨天空的惨叫,久久不绝。故旧新交,陈年旧痕,一场心灵对话由此开始。由物观景,由情达心,由人入史,从苍苍茫茫一片白,最终随经幡拂动,六字真言呢喃,天风四起,顺着天梯直上云端,入宗教之大千世界。

十年一觉燕山雪,秋去雪落,冬去春来,重新翻出压在抽屉里的书稿,披阅数月,增删几遍,《经幡》之卷二《灵地》杀青时,未及校读,便被宪江和穆爽要走了,甚是辛苦了穆爽女士一番。历时两载,《经幡》就要出版了,此乃我继《麦克马洪线》《东方哈达》《雪域飞虹》《玛吉阿米》等之后的第六部关于西藏之书,构成了我写导弹文学之外的又一翼。战争与和平,导弹与经幡,东风吹起,比翼双飞,送我入文学之天空。然,涅槃轮回,万物皆空,好一个放下与安静。在落下最后一行字之时,心中升腾的是一种敬畏,对神山圣湖、天地人心的敬畏之情。之后,便是经幡飘过,风诉天语,祈佑天下安、苍生好,你和我,皆安。

斯为跋。

徐剑

2016年12月6日23:16写于北京复兴门外大街甲7号院剑雨斋

图书在版编目（CIP）数据

经幡 / 徐剑著. -- 重庆：重庆出版社，2019.4
ISBN 978-7-229-12578-3

Ⅰ. ①经… Ⅱ. ①徐… Ⅲ. ①散文集—中国—当代
Ⅳ. ①I267

中国版本图书馆CIP数据核字（2018）第088671号

经幡
JINGFAN

徐 剑 著

策　　划：华章同人
出版监制：陈建军
责任编辑：徐宪江　秦　琥
营销编辑：张　宁　胡　刚
责任印制：杨　宁
装帧设计：视觉共振设计工作室

重庆出版集团
重庆出版社　出版

（重庆市南岸区南滨路162号1幢）

投稿邮箱：bjhztr@vip.163.com

三河市天润建兴印务有限公司　印刷
重庆出版集团图书发行有限公司　发行
邮购电话：010-85869375/76/77转810

重庆出版社天猫旗舰店
cqcbs.tmall.com

全国新华书店经销

开本：880mm×1230mm　1/32　印张：11.125　字数：258千
2019年4月第1版　2019年4月第1次印刷
定价：48.00元

如有印装质量问题，请致电023-61520678

版权所有，侵权必究